移动我尸骨者定受诅咒……

Interred with Their Bones

莎士比亚谜案

Jennifer Lee Carrell
〔美国〕珍妮弗·李·卡雷尔 著
张琼 张冲 译

译林出版社

人们的恶行将在其身后传扬，

而善行则经常随尸骨葬入坟墓。[1]

——莎士比亚

① 此句源自莎士比亚悲剧《裘力斯·恺撒》三幕二景，是安东尼在恺撒死后说的一段话。

序　幕

一六一三年六月二十九日

河流的光影中，仿佛有两轮夕阳映照着伦敦。

其中一轮正在西坠，粉色、深粉红色、金色光带流光溢彩。然而，第二轮夕阳将小船、游艇、轻舟、舢板等召唤汇集，弥漫在泰晤士河幽黑的水面上，河岸边圣保罗教堂的断塔处，有一片沉郁的橙色光影，朝南岸延伸着，模糊了水平线。它宛若夜晚的火焰之剑，刺穿了南岸区林立的小酒馆和妓院。

当然，它并非真的太阳，虽然那些以诗人自居的人会将这种虚幻的想象逐浪般波及各条船之间。它是，或者说，曾经是一处建筑，是伦敦著名剧院中最负盛名的、中空的圆形木建筑剧场，是城市之梦的圆座，是伟大的环球剧院本尊，它正在熊熊燃烧。全伦敦人都倾巢而出，到水边观望。

萨福克伯爵也在其中。“上帝让火雨从天而降，落在所多玛和蛾摩拉城[1]。”伯爵咕哝着，从他的私人游艇，这座浮动的宫殿中注视着南面。萨福克是国王的朝臣，在英国宫务大臣官邸中工作。如此的灾难降临在国王剧团——那些国王陛下心爱的演员班底，当他们不在宫廷演出时，就在环球剧院里登台表演，而且还是剧院的所有者——的头上，这本应使伯爵烦恼不堪，至少要坏了他的兴致。可是，在丝质遮篷下，坐在伯

① 所多玛（Sodom），古代巴勒斯坦的一座城市，可能位于死海以南。《旧约全书》记载，它因为邪恶和堕落与蛾摩拉城一起被毁掉。蛾摩拉城（Gomorrah），据《圣经·创世记》，该城因居民罪恶深重被神毁灭。两者在此都比喻罪恶之都。

爵身旁的两个男人却毫不惊慌，一边品酒，一边凝望着火灾。

他们的沉默让萨福克有些不满。“壮观华丽，是吗？”他说。

“华而不实啊。”白发的叔父打断了他的话，此人是北安普顿[1]伯爵，七十五岁上下，依然瘦削优雅。

三人中最年轻的那位，是萨福克的儿子兼继承人西奥菲勒斯，即瓦尔登的霍华德勋爵，他身子前倾，兴奋得仿佛幼狮盯着猎物。“到了早晨，我们的复仇之火会更猛烈，那时莎士比亚和他的剧团就会了解真相。”

北安普顿伯爵垂着眼睛，盯住侄孙。“如你所说，莎士比亚先生和他的剧团会一无所知。”

西奥心猛地一悸，被叔父盯得僵坐在那里。接着，他站起身，把酒杯猛地往前丢掷在游艇地板上，棕黑色的酒滴洒落在侍从橘黄色的制服上。“他们在公众舞台上奚落我姐姐，”西奥喊道，“这群老家伙怎么密谋都休想逃开我的复仇。”

“贤侄，”北安普顿扭头对萨福克说，“真是一脉相承，你的儿子也颇有不合时宜的鲁莽之气，真不知从何而来，这可不是霍华德遗风。”

他很快将注意力转回西奥，后者右手握着剑柄，痉挛地攥紧了又松开。“对仇敌幸灾乐祸是愚蠢的复仇，”老伯爵说道，“哪个农民都能做到。”在他点头示意下，一个仆人把另一只酒杯递给了西奥，而西奥有失风度地拿了过去。“绝妙高超之举，”北安普顿继续说，“是同情你的仇敌，迫使他对你表达感谢，即便他再怎么怀疑你，都说不出个所以然来。”

正说着，一叶轻舟靠近了游艇。一个男人飞快地越过栏杆，朝北安普顿迅速滑过来，像飘忽不定的影子避开了光线，倏忽回归肉体。北安普顿继续道：“正如塞顿将告诉你的，任何值得做的事情，就得做得完美无缺。谁来做不重要，谁知道是谁做的也根本不重要。”塞顿跪在老伯爵跟前，伯爵把手放在他肩头。“萨福克大人和我那愠怒的侄孙都和我一样好奇，等着听你报告。”

---

① Northampton，也有音译为“诺桑普顿”的。

那人悄悄地清了清嗓子，他的声音就像他身上残存的衣服，甚至像他的眼睛，透着间乎灰黑的模糊不清。“起初，大人，饰演炮手的演员今天一早意外生病了，替他上场的演员好像在炮筒里装了松软的填料。有人甚至怀疑它被松脂浸泡过。”他的嘴巴瘪进了一些，让人觉得他笑得很狡黠。

“说下去。”北安普顿挥手示意。

“今天下午的这部戏比较新，名叫《皆为真实》，是关于亨利八世的。”

“了不起的哈里，”萨福克低声说，一只手在水里划着，“女王的父亲，这可要涉险了。”

“总之，大人，”塞顿回答着，“这部戏中有假面舞会和游行，还包括鸣礼炮。大炮是按时开火了，可是观众太专注于台上的胡说八道，没有人注意到火花落到了屋顶上。等有人闻到烟味，屋顶的茅草已经起火，除了逃走，没别的办法了。”

“有伤亡吗？”

“两个人受了伤，”他的眼睛炯炯有神地对着西奥，“其中一人名叫谢尔顿。”

西奥一惊。“什么？”他结巴起来，“受的什么伤？”

“烧伤，不太重。不过也够呛。从我的位置——那座位不错，可以这么说——我看到他掌控着局面，组织大家从剧院撤离。正当看似人人都逃脱时，一个年轻姑娘出现在楼上的窗口处。那姑娘很漂亮，头发乌黑浓密，眼神很激动。真是个难得一见的漂亮女孩。

“没等有人阻止他，谢尔顿先生又冲了进去。过了几分钟，当他抱着小姑娘跳出着火的门帘，背上都烧起来时，大伙都哭了。其中一个南岸吧女将一桶麦芽酒朝他泼过去，接着他又不见了，这次是消失在一团水汽中。原来他的马裤烧着了，而他竟然奇迹般地只受了灼伤。”

“他现在在哪儿？”西奥喊道，“你干吗不把他一起带回来？”

“我不认识这男人，大人，”塞顿辩解着，“再说，他当时成了英雄，无论如何，我都没法把他从人群中拉出来。”

北安普顿不悦地瞥了一眼侄孙，身子往前倾。“那孩子呢？”

“不省人事。”塞顿说。

“好可怜，”老伯爵说，“可是孩子们总会不可思议地恢复体力。”伯爵和仆人之间默不作声地产生了一种默契，“也许她能活下来。”

“是啊。”塞顿说。

北安普顿坐了回去。“那个炮手呢？”

塞顿的嘴角又露出了微妙的笑意。“他失踪了。”

北安普顿不动声色，但他还是流露出一种隐秘的心满意足。

“可关键在于那可是环球剧院啊。”萨福克很焦虑。

塞顿叹了口气。“损失惨重，大人！整幢建筑都烧光了，包括后面的化装室，里面保存着剧团的戏服和斗篷，还有演戏用的首饰、木剑和木盾……都烧光了。约翰·赫明斯站在大街上，又哭又闹，他痛失了剧院，那可是他心爱的宫殿，丢了账本，最重要的是，连剧本都没了。大人，国王剧团，他们连个落脚地都没了。”

河那边，巨大的声浪直冲天际。建筑爆炸后，残骸炸成了一堆灰烬和星星点点的火花。突然，一股热气流激起了水面的旋涡，随之盘旋起一阵下雪般的黑色煤灰。

西奥欢呼着，身旁的父亲一只手小心翼翼地抚着头发和胡须。“莎士比亚先生再也没法嘲弄霍华德家的人了。”

“我这辈子都看不到了，你也一样。”北安普顿说。在火光映衬下，他的眼睫毛遮住了那双深不可测的眼睛，鼻子因年岁而更显尖锐，看上去简直就像黑色大理石雕刻出来的恶魔化身。“不过再也不能就意味着永远。”

第 一 幕

1

二〇〇四年六月二十九日

我们都着了魔。并非受制于不可思议的乐音或鬼魅般的氛围，更非无头骑士和哭泣的女王，这些真的幽灵出没于记忆的城垛，无休止地低语着：别忘了我。我开始学会孤身一人坐在夕阳下的山坡上，俯瞰伦敦城。在我脚下，汉普斯特德高地流入了更低处的银灰色的城市海洋中。我膝头的小盒子闪着光，它被金线和缎带包裹着。在夕阳余晖中，藤木和树叶，或许是月亮和星星，交织成的图案，在纸面下游动。

我双手捧着盒子，把它举高。“这是什么？”那天早些时候我曾这么问过，我的声音在环球剧院的底层楼座的阴影中穿梭，当时我正在那里执导《哈姆雷特》。“难道是道歉？是贿赂？”

罗莎琳德·霍华德，这位容貌艳丽、性情古怪的哈佛大学莎学教授，她是亚马孙女战士、大地母亲、吉卜赛女王的混合体，她努力把身体前倾着。“是一个冒险。碰巧，它也是一个秘密。”

我的手指飞快地伸到了缎带底下，可是罗兹[1]伸出手来制止了我，她绿色的眼睛探寻似的注视着我的脸。她五十来岁，头发乌黑，剪得很短，透着股男孩子气；长长的、微微闪亮的耳环坠在耳垂下面。她一只手拿着一顶宽边白帽子，帽子上还缀着艳丽的深红色丝制牡丹花，这可是奥黛丽·赫本和格雷丝·凯利的浪漫时期最流行的漂亮玩意儿。“你要是打开它，就得听它的了。”

她曾经是我的导师和偶像，几乎像妈妈。她施展着母性威力，而我

① 罗莎琳德的简称。

就像顺从的信徒，直到三年前我决定放弃学术，从事剧院工作。我还没离开前，我们的关系就已经有了裂痕，且日益恶化，这一走就彻底分裂了。罗兹很明确地表示，她认为我是逃离象牙塔的叛徒。我觉得那是一种逃避，可听人说她管这叫潜逃。不过这只是道听途说罢了。其间，我从未听她说过诸如后悔或和解之类的话，直到那天下午她毫无征兆地出现在剧院里，说要打听一名观众的情况。我很勉强地在排练中抽出了一刻钟时间。就一刻钟，我告诉自己，这女人没权利再多要求什么了。

“你读了太多的童话故事，”我大声回答，很快把盒子推到桌子另一头，“除非它和排练有直接关系，否则我不会听从的。”

“反复无常的凯特，”她苦笑着说，“是不会还是不愿意？”

我倔强地保持沉默。

罗兹叹着气。“管你打不打开，反正我交给你了。”

“不要。”

她昂起头，注视着我。“我有所发现，亲爱的，是大发现。”

“我也是。”

她四下望着剧院，橡木搭建的楼座有三层高，绕着突出的舞台，台面奢华地镶嵌着黄金和大理石，延展到庭院的另一端。“棒极了，当然，要在环球剧院导演《哈姆雷特》，尤其作为一个年轻的美国人，还是位女性。英国剧院可是全世界最势利的。我真想不出还有人能撼动这个与世隔绝的小世界。”她的眼神又回到了我身上，扫视了一下我们之间的礼物。“不过，这事可更大。”

我狐疑地盯着她，难道她真想让我抖落脚上的环球剧院的尘土，跟她走？就凭几句玩笑似的暗示，一个金丝包扎的小盒子，就凭这点儿微弱的吸引力？

“是什么？”我问。

她摇摇头。“就锁在我记忆里，你得自己拿到钥匙。”

奥菲莉亚，我对自己叹息着，我原本指望从她那听到哈姆雷特，这个主要角色，永远的舞台焦点。“别拿小玩意儿打字谜了好吗？”

她朝着门的方向点点头。“跟我来。”

“我正在排戏呢。”

“相信我，”她说着身子靠了过来，“你不该错过这事。”

我一阵愤怒，霍地站起身，还碰落了桌上的几本书。

她眼里的促狭神情消失了。“我需要帮助，凯特。”

“另请高明吧。”

“我要你的帮助。”

我的？我皱起了眉头。罗兹有的是剧院朋友，她不需要特地跑来找我问关于莎士比亚表演的问题。此外，她能关注的，而我又比她更熟知的东西，像雷区般横亘在我俩之间，那就是我的论文。我写的是莎士比亚的神秘性。就神秘性一词的本义，我总是急着想补充些什么。并非模糊黑暗的魔力，如隐秘、晦涩、秘密等。我钻研的是众多怪异的探秘，大部分是十九世纪的，目的是为了寻找莎翁作品中编码的神秘智慧。罗兹和我一样认为这课题诡异迷人，她曾公开这么表示过。私下里，我得知，她企图摧毁它，认为它不算真正的学术研究。可现在她又需要我的帮助了？

“为什么？”我问，“您发现了什么？”

她摇摇头。“这里不行，”她说话的声音低了下来，有点儿催促的意思，“你什么时候完事？”

“八点左右。”

她靠得更近了。“那九点来见我，议会山山顶。”

那时天都要黑了，还是在伦敦最偏僻的地方，在高地这片可不是最安全之处，不过那里非常美。我正犹豫着，罗兹脸上似乎流露出一丝恐慌。“拜托了。”

我还没回答，她就伸出手来，那个瞬间，我以为她会把盒子拿回去，可是她却用一根手指摸摸我的头发。“还是红头发，幽黑的博林[①]家族眼

① 这里指的是安妮·博林（Anne Boleyn，1507—1536），她曾是英格兰王后（1533—1536），亨利八世的第二任妻子，伊丽莎白一世的母亲。她没有生养男性继承人，后来因通奸被审判并被砍头。

睛啊，”她喃喃着，“你知道自己生气时格外有贵族气质吗？”

她以前就爱这么逗我，说我在某些情绪下看上去就像那位女王。不是现在的伊丽莎白，是第一位女王，莎士比亚笔下的女王。不仅仅是因为我金棕色的头发和黑色的眼睛，还有稍稍勾起的鼻子，以及在阳光下生出雀斑的白皙皮肤。有一两次，我在镜子里也有所察觉，不过我从来不喜欢这种比较或暗示。我十五岁时，父母就去世了，只得和姑婆一起生活。自那以后，我大多数时间都有这位独裁的老妇陪着，因此我总是发誓以后绝不成为那样的人。所以我喜欢认为自己和那位冷酷的都铎女王并无多少相像之处，也许除了智力以及对莎士比亚的兴趣之外。

“好吧，”我听见自己这么回答，“九点在议会山。”

罗兹略有点儿尴尬地垂下手，我这么轻易就答应了，她不是很相信。我自己都不相信。不过，我已经怒不可遏。

对讲机响了。“女士们，先生们，”舞台经理大声说着，“五分钟内归位。”

演员们成群结队地拥进了场中的聚光地带。罗兹微笑着站起身。“你得回去工作了，我这就走。”一阵怀旧感涌上心头，我仿佛又看到我们俩之间曾经擦出的智慧和火花。“保重，凯特。”她最后朝盒子点了下头，离开了。

因此，当白昼即将逝去，我终于来到议会山山顶，坐在了长椅上等待罗兹，此举我曾经发誓永不再做。

我伸展四肢，望着延伸在远方的世界。尽管东面有卡纳里码头的两座尖顶塔，还有市中心的另一座尖塔，但从这个高度看，伦敦宛若温柔乡，以圣保罗大教堂的穹顶为中心点，像一个巨大而柔和的巢穴，正孵化着一个光灿灿的鸡蛋。时日将尽时，一小群人慢慢地稳步走过下面的小径，不过没有人抬头朝我看，大家穿过绿地时，步态都带着罗兹那样的傲慢。她在哪里呢？

她想要什么？但凡脑子清醒的人，都没法想象我会搁下执导环球剧院《哈姆雷特》的重要任务。我还不到三十岁，美国籍，最初是个学者，我以为英国剧院任哪个权威都不会看好我，绝不会看出我会是个当导演的好料子。执导《哈姆雷特》的机会，这可是英国剧院皇冠上最璀璨的珠宝，简直就像神奇的飞来横财。以至于我还把环球剧院艺术指导的音频电邮保存下来，逐字逐句记下来。每天早上，我仍然会播放他疯狂的、断断续续的声音，好让自己确信这是真的。在那样的心情下，我才不管膝头的盒子里装的是亚特兰蒂斯的地图还是约柜[①]的钥匙呢。即便是罗兹，她再感情用事，也肯定不会指望我能拿“戏剧大师”的称号去换取她交给我的神秘玩意儿，无论大小。

三周后，演出就要开始了。再十天后，就进入剧院生活最艰难的时日了。作为导演，我无法再在舞台下面徘徊，得从演员和工作人员的人情关系中抽身出来，把戏放给演员。除非我日程排得很满，还有其他事情要做。

膝头的盒子发着光。

*好的，不过没到时候呢，我可以这么告诉罗兹，等我完成了《哈姆雷特》，我会打开你恶魔般的礼物。*也就是说，假如她会揭示什么谜底的话。

山下一片灯火阑珊，夜晚像黑色浪花席卷着城市。下午天气很热，可是夜里空气就转凉了，我很庆幸带了外套。我穿起外套时，听到身后有树枝折断的声音，就在山上的某个地方；我听到声音时，甚至还感觉背后如芒刺般掠过注视的目光。我站起来，转过身，可山头的树丛被浓重的夜幕笼罩。除了树间的风，没有什么动静。我上前一步。“是罗兹吗？”

没人答话。

我转过身，扫视了下面的情况。没人，可是慢慢的，我感到方才不曾留意到的动静。在下面的远处，就在圣保罗大教堂后面，一大团苍白的烟雾正缓缓旋转着升入天空。我屏住了呼吸。在圣保罗大教堂后面，在泰晤士河南岸，坐落着新修建的环球剧院，白色石膏外墙上显露着橡木交叉梁，屋顶上铺着多刺的易燃茅草。事实上，茅草太容易燃烧，自一六六六年伦敦大火，城市徒留焦土和灰烬后，差不多三百五十年来，

① 亚特兰蒂斯（Atlantis），传说位于大西洋口的一片神秘大陆，最先由柏拉图提及。约柜（Ark of the Covenant），古以色列人保藏刻有十诫的两块石板的木柜。

伦敦还是首次允许有盖上茅草的屋顶。

那段距离在视线上肯定造成误差。那烟雾可能在剧院以南五英里外，或是以东一英里。

烟雾越发浓重，翻腾着灰色，转而变成黑色。一阵风推波助澜，加强了它的势头；烟雾中心闪着不祥的红色火光。我把罗兹的礼物猛地塞进外套口袋里，大步往山下走。走上小径后，我跑了起来。

2

往地铁车站跑去时，我给所有对此可能略知一二的人打了电话。没人接，每次都直接转到语音留言上。我很快跑到了地下，进入了伦敦地铁，手机信号消失了。

排戏后我急着去见罗兹，缩减了当日的计划。难道我忘了关掉桌子上的台灯？那桌子我一直用来当书桌用的。难道台灯被打翻了，我那乱成一团的笔记堆积翻卷着，就等着被人点燃烧成灰吗？莎士比亚离世前不久，剧院曾因有人大意而着火过。如果我没记错的话，那一次大火中，除了一个小孩子丧生，大家都逃脱了。

老天，大伙都没事吧？

千万别是环球剧院，别是环球剧院，随着火车有节奏的咔嗒声，我默默念叨。当我迅速走出圣保罗站，两步并作一步往前赶，夜幕已经降临。飞快地穿过一条小巷，我走上了宽阔的交叉道。整座教堂像斯芬克斯般蹲坐在我眼前，挡住了通往河岸的路。我朝右拐，跑了起来，掠过围绕教堂庭院的铁栅栏，还有伸出墙头的树枝。绕着式柱形的主通道和晃眼的安妮女王的雕像向左拐，沿着拉德盖特山一路向西。接着我又向左拐，绕过南面河滨的一处开阔的弧形区域，冲上了穿越老伦敦密集区的新修人行道，这条道开辟了从教堂到河岸的广阔街景。我拐过街角，停了下来。

这条道是下坡路，往下走是千禧桥，这座桥成拱形横跨泰晤士河，通往一大片砖石结构的建筑，那是南岸区的泰特现代艺术博物馆。从博物馆向左望，我还是看不到环球剧院；我只能望见泰特的中心建筑，它依然很像一座电站，这在建设之初就如此，到现在它都不像是现代艺术殿堂。那古老的烟囱伸向夜空，新建的顶层是绿色玻璃和钢铁的宽大冠状物，像玻璃缸一样闪着光。在耀眼的橘色天光下，一切轮廓都被勾亮了。

天黑后，伦敦的这片地区，即城中心，也是英国的金融心脏，应该几乎被清空了，可是此刻人们还在我四周涌动，朝下山方向跑。我也在当中跑着，推搡着穿过拥挤的人群。花坛和长椅从我身旁掠过。我右手边是狄更斯风格的酒吧,左手边是现代办公大楼。维多利亚大街横亘在前面，接着是停车场。我躲闪着避开球状的黑色出租车和双层大巴，继续跑着。

再往前几码的距离，路变窄了。密密麻麻的一群人推挤着拥上了千禧桥，要观看熊熊火焰。我的心一沉，我挤不过去的。我回头看，人群早已拥了上来。没有侧道，我哪里都走不了了。

水上传来深沉的、令人战栗的轰鸣，烟雾从左面飞速升腾到空中，紧接着一阵水花降落。一个巨浪，人群呻吟着，拥上了桥，也把我裹挟了。右边裂开一条道来,我瞥见低低的阶梯延伸到下面。我奋力冲到人群边缘，终于杀出重围，趔趄着，几乎是滑下了阶梯。

我来到了桥下十英尺处的一小块空地上，目瞪口呆地看着河对岸。环球剧院在燃烧，烟雾像黑血般从侧面涌出来，更多的烟向天空升腾。穿过烟雾，一束束、一股股、一团团的火焰，红的、橘红的、黄的，向夜空喷射。

我口袋里的手机发出刺耳的声音，是亨利·李爵士，他是英国舞台的资深要人之一，在我执导的剧中饰演哈姆雷特的亡父。“凯特！”我一翻开手机，就听到他喊我。“谢天谢地！”我听到背景声里有回旋飘荡的鸣笛声，他就在现场。

我激动得难以抑制。“大家都逃脱了吗？”

“什么——”

“大家都逃脱了吗？”

“是的，”他心急火燎地说，“都逃脱了，你是最后一个被确认的，你到底在哪里？”

我很懊恼地意识到，恐慌和释然的泪水正沿着我的脸颊淌下来。我用手背擦去泪水。“在河对岸。”

“该死的。别挂电话。”他捂着嘴对着话筒说，背后的嘈杂声混乱一片。

亨利爵士刚过六十岁，三十年来他在舞台和银幕上久负盛名。在鼎盛时期，他曾饰演过阿喀琉斯、亚历山大、亚瑟王、佛陀和基督，还有俄狄浦斯、恺撒，以及哈姆雷特。就像老派的审美家，他喜欢萨维尔街[①]，喜欢凯歌香槟[②]（“一说到香槟酒，亲爱的，很多老权威是不会出错的”），还有专职司机驾驶的宾利车。尽管他的出身并不富贵，可是他不时地要饶有兴味地炫耀一番。他是泰晤士河上船夫的后代，祖辈结实的胳膊在河上划了几百年的船桨，运送着货物、乘客，逆水、顺水、横贯地行驶着。他喜欢用年轻时开阔的船坞里常有的口音说：斩了他，他的血能把绿色泰晤士河染黑了。酒喝多了的时候，亨利爵士会像个足球运动员一样骂个没完。

我们六个月前碰的面，当时我欣然接受去指导一部戏，就在伦敦西区不太有名的地方；最后关头，他很勉强地答应担任两周的主演，算是还了编剧的某个人情。几天后，他开始管我叫“那个聪明的美国小孩”，用这种称呼来介绍我时，会让我结巴，让我溅出些什么，比如咖啡或红酒之类的，就洒在我跟前。那部戏很惨，只连着演出了整整两星期；不过，三天后，我接到了环球剧院的电话。我猜想，这事多少有些关联，可亨利爵士从不承认从中牵了线。

他在电话里又咆哮开了。“*我的老天哪*，我告诉过你，她会在那里……抱歉，”他对我说着，声音刹那间软了下来，从钢铁般的坚硬转成了丝绸般的柔软，“我刚刚得知，所有的桥走不了了。你能到达河滨步道吗？”

“如果从千禧桥下面的阶梯能到达那里的话，我只好这样了。”

“*什么下面*？……不过那可太好了！走阶梯，亲爱的，朝东走。在通往老桥墩的第一个断墙处，*克利奥帕特拉*五分钟后在那里接应你。”

“*克利奥帕特拉*？”

① 萨维尔街（Savile Row），伦敦的一条购物街道，以传统男士定制服装行业而闻名。

② 凯歌香槟（Veuve Clicquot），法国著名香槟品牌。

“是我的新船。”

河畔步道有种怪异的空荡，月光把我的影子在前面拉得很长。我身后，头顶上人群的叫喊吵闹声似乎远去，变得模糊起来。我朝东走，巨大的河堤墙擦着我的右肩膀，死气沉沉的灰色公寓楼在我左侧慢慢后退。灯罩上的光轻柔地扩散在墙面上。前方不远处，一堵狭长的石头墙在水泥防波堤上凸出来。阶梯往上延伸，越过了这处漂亮的墙头，进入了一个小花园，里面满是淡色的凌乱的花朵。在主墙面的对面，有一处断裂，裂口外什么都没有。我抛去突然涌上的恐慌，往前走到边缘处。

带着咸味的潮湿空气朝上吹拂，我抖了一下，缩回身子。如果就是这里，那亨利爵士随时会来。我强迫自己再次走到边缘。陡峭的木阶梯，长着水藻，又滑又黑，往下面延伸至黑暗中。阶梯没有栏杆，我扶着两边的墙，走上了第一步。木头吱吱作响，不过撑得住我的体重。我往下望，阶梯似乎被钉子钉在墙上，那钉子没准都是罗马十字架中挑选而来的。此处看不到桥墩；再往下十五英尺，阶梯完全沉入水中。

我努力望着河对面的南岸，就在环球剧院正下方，一块尖尖的东西在幽黑的水面上移动。*难道是克利奥帕特拉？*没错，是一条船，是的，它径直朝我开来。*错不了。*

一次滑一步，我慢慢地往下走，直到离水面三英尺处，河面像黑玻璃般光滑。不时，有一片潮湿、陌生的影子左右颤动着，这说明一定是在涨潮。我竭力抑制住晕眩感，站稳了，抬起眼睛望着河对面。在河中央，水面将城市灯火和真正的火焰之光捕获并揉碎了。接着，我看到又一阵颤动。亨利爵士的船正在河上飞快行驶。虽然一阵轻松拂过我身体，可是我看到船猛地转向，露出了船外壳上巡警船黑白相间的格子图案。*根本不是克利奥帕特拉。*船开远了，消失在千禧桥下。

船尾的浪头冲到了最低的台阶上，懒散地来回撞击着，这时我听到另一个方向传来很轻的声音。很可能是脚步的刮擦声，就在阶梯顶上。我再次感到有人盯着我，后背有灼热的芒刺感。也许亨利爵士正在某个结实的桥墩处系好缆绳，我告诉自己，他现在正从陆地上走过来找我。我转头看。

阶梯上和断墙处都没有东西，只有微微的月光。“有人吗？”我喊道。没有人答话。

接着，我听到了舞台上才有的声音，是剑出鞘时冰冷的嘶嘶震颤声。

我又后退了一步，再一步，再后退就入水了。

我回头朝河面上望，没有其他船只破浪而来。亨利爵士到底去哪里了？老天，我干吗一个人到这么个鬼地方来？在纽约或波士顿我做梦都不会想到这么做的。我这是在想什么啊？

我回头看，拼命朝幽黑处死盯，可是无论谁在上头，一切都静寂无声，如果真有人在的话。也许我的神经在开玩笑，也许吧。

我用余光扫到下面的地方有动静，接近水面处。在阶梯的两侧，铁链撞到墙上，发出轻轻的叮当声。在东面，一艘划艇系在那里，在水浪中起伏。如果我能到那里的话，我就能划到安全处。

接着，我发现船没有系住，没有定锚，它正从墙边朝我慢慢靠过来。

我转身看着另一头岸边。我被钳住了，唯一的出路就是河。看着河水在我脚下起伏，我琢磨起浪头来。我能游过去吗？还是最好悄悄入水，沿着墙漂浮，直到抵达另一处台阶？

我又回头，掠过肩膀看着河堤的墙，我模模糊糊能看出划艇的轮廓，不过这就够了。船靠近了一些，我看看脚下的阶梯，摸摸口袋，没发现什么能派上用场的东西，哪怕是散落的棍子或石头什么的。我口袋里只有几个硬币，还有罗兹给的金盒子，那是她的秘密。

好好保管，她曾说过。这难道表示它不够安全？或者，既然是我拿着，难道是我不安全？

该死的倒霉盒子。

我听到轰鸣声，千禧桥下面如离弦之箭般飞来一艘私人游艇，是克利奥帕特拉！我稳住身，举起一只手臂，僵硬地挥舞着，更像是在敬礼。过了很久，没有人应。接着，我看到亨利爵士站在船中央，向我招手。

就在我身后，左手边，与其说我是看到，不如说我听到船停在那里；水花节奏不一地拍打着船身，克利奥帕特拉轰鸣着靠近了，掩盖住所有其他的声音，直到亨利爵士的驾船手将引擎停下来。这时，我听到最上面一层阶梯有重量压下来的吱吱声。回头望，我看到了钢铁的光泽。

我跳进克利奥帕特拉，跌倒在甲板上，就跌在亨利爵士脚旁。

“你没事吧？”亨利爵士喊道。

我用力站起身，朝他挥手。“走。”亨利爵士头一点，驾船手发动引擎。“你刚才在哪里？”我大口喘气，这时我们正在掉头，“我以为你还在剧院呢。”

“你怎么会这么想？”亨利爵士一边问，一边把我拉到他旁边的座位上。

“我听到警报声，从电话里。”

他摇摇头。“那时候伦敦所有的警报都在响，孩子。不是，我在河上游参加一个无聊透顶的聚会。还好最后起了点儿作用，”他说着，望着桥上的人群，“大多数人都忘了，河流依然是穿过城市的最佳通道。”

第二次世界大战后，河上贸易开始衰微，亨利爵士的父亲沉溺于酗酒，心情不是愠怒就是悔恨，直到一天夜里，河水吞噬了他，他的痛苦也就此终结。年轻的哈里——当时别人就这么叫亨利爵士——他的兴趣不同，他利用颇有可塑性的好嗓音和漂亮身板来愉悦别人。他最初是个水手，一路混到了穷人头，又在皇家海军谋到一职，他喜欢暗示说自己是靠敲诈得到这个职位的，终于，他变成了戏剧名流。活在这世上的人里面，还没有像他那样熟知莎士比亚人物的，从妓女到国王，其中的道德明暗对比，从荣耀到蒙垢再到荣耀，这或许也是他在表演这些角色时，为何会是我迄今所见过的最富有技巧和情感的。

他离开舞台差不多有十年之久。有人说他变得干巴巴的了，也有人说他把自己腌了起来。不管怎样，他厌倦了，现在他回来了。他拒绝饰演大角色，如克劳迪斯这样的反派，波洛涅斯这样的傻瓜，而是接下了小角色，如哈姆雷特的父亲，他被人敬爱但死了。很快，在一些和他一样尊贵的导演手下，他跳到了普洛斯彼罗和李尔王的角色中。不过，他最先选择在我的戏里饰演亡灵，以这个老年政治家的角色来试水。这个选择至今仍让我很惊讶。

克利奥帕特拉转直了方向，船头昂起，在水面上滑行。我又回头看看阶梯，那里没有人，小划艇再次抵到了墙上。难道是我做梦看见它移动了？

在阶梯顶端，墙开裂的地方，一个男人的身影跃入我眼帘。我内心一紧，当时有人在那里，可又是谁呢？为什么呢？

在我身后，一声低沉的呻吟划过黑夜，我立即转身，看到远处河岸上环球剧院消失在大团水雾中。我回头朝后退的河岸瞥去，那男人的身影已经消散在夜色之中。

3

我的右手几乎不由自主地伸进了口袋里。罗兹的礼物还在，我颤抖着，尽管当我们越来越靠近南岸时，风一阵阵地更热了。烟和水汽形成厚重的雾，笼罩在水面上。在我脑海里，环球剧院依然和从前一样闪亮，一幢小小的白木屋蜷曲着，宛若天鹅沉睡在河岸边。真荒诞，我想着，居然不怕火。那建筑足够容纳一千六百人。虽然在一些人看来，人造的古旧更让人觉得拙劣，而非奇趣。罗兹管它叫“莎士比亚老茶馆”，她今天下午还在嘲笑自己居然踏足此地。

说到莎士比亚，罗兹很少出错，不过她在这一点上有误。无论她喜欢与否，环球剧院就是有一种奇怪的魔力；在那里，语言是有生命的，有着特殊的张力。

我们嘎嚓作响地靠近了桥墩。薄雾旋转着，到处弥漫，我看到艺术指导西里尔·曼宁厄姆像只急躁的长脚鸟儿般在码头上踱步。“完了，”当我们爬上码头，他发着牢骚，“全完了。”

在我前面，亨利爵士站着不动，我感到内心的希望灰飞烟灭。薄雾又打起转来，我看到消防队长，他戴着红色的头盔，穿着厚重的蓝色外套，上面有反光的条纹。“并没那么糟糕，”他咕哝着，“虽然我不能违心说情况不错。过来看吧。”

我们跟着他加快了步伐。黑暗中，我的思绪飘到建筑的上方。新环球剧院的设计师们尽可能还原莎士比亚剧院的原貌，真的将剧院围绕舞台建造，舞台是一个大平台，抵在八边形露天庭院的一端，楼座依庭院而建，都面朝场内，就像个狭窄的三层楼玩具屋，每一层楼都放满了一排排打磨过的橡木长椅，可以从楼座里望着庭院。

所有这一切的工艺都很简洁，这让莎迷们很是满意，除了舞台。在那里，每一寸裸露的木头和石膏都被画成了大理石、碧玉石、斑岩的质地，被雕刻成女像柱和英雄，镀金后闪着光泽。在孔雀般耀目的装饰上面，是像露天棚架一样的屋顶，上面画着星星，可以为演员遮挡阳光和雨水。在北欧神话中有一棵白蜡树，它顶天立地；不知为何，想到莎士比亚的天堂就建立在两棵巨型英国橡树的树干上，我总是很高兴。它们和大树不再有哪怕是牵强的关联了。它们被命名为赫拉克勒斯之柱，上面的雕刻和绘画让人以为是红色大理石材料制成的，更像是波斯波利斯古城运来的石柱子，那时亚历山大大帝还没有烧毁那座古城。

剧院现在什么样了？

我们走到警察设置的迷宫般的障碍栏和指挥帐篷的最远端，终于来到了一扇宽大的双页门前。我皱起眉头。它们看上去就像是通往剧院的主门。“只得损失其他一切东西了，”消防队长说着一只手拂过木梁，就像建筑工人抚摸着自己建造的房子，“办公室、房屋、售票处、餐馆，所有的一切。”他转身看着我们，带着疲惫的自豪感，那骄傲的神情慢慢地在他红润的脸庞上展开。“不过，我认为我们救下了环球剧院。”

救下？

队长把门拉开，空间正好够我们一个个地走进去，他朝我点了点头。“打起精神来，”亨利爵士捏着我的肩膀。我走了进去，穿过通道进入庭院，停下脚步，像是踩到了玻璃似的。我原以为看见的会是一片狼藉，可眼前呈现的竟然是超凡脱俗的美。

烟雾从蒸汽机里翻腾出来，弥漫了整个舞台。在前面，赫拉克勒斯之柱在烟灰中发出幽黑的暗光。在我前面的地上有一小片水。头上，火花像燃烧的花瓣，如雨般缓缓落下。剧院根本不像是一片残骸，它变成了怪异的绚丽夺目的神殿，供奉着黑暗王权。这地方适合德鲁伊[1]，适合血流遍地，也适合幽灵出没。

---

① 德鲁伊（Druids）是古代凯尔特人或不列颠人中的祭司，他们在威尔士及爱尔兰传说中是预言家和占卜家。

一些燃烧的纸片飞过，我抓住了一张，是只剩下半页的工作剧本。这不是个好兆头。我跑上楼梯，进入下层楼座，走到我的桌子旁。桌子一侧被撞击过，我的书和笔记本都一堆堆地堆落在周围；肯定是火星落在了上面，烧着了，因为这些纸张都烧掉了一半。笔记本里夹着工作剧本，就掉在地上，上面的扣环裂开了，纸张都飞了出来，随风飘着，落在了水里。我跪在地上，尽量将它们归拢。其他纸张落在桌子后面，我跟着绕到桌子后，突然停了下来，猛吸一口气。

在地板上躺着一顶宽边白帽，上面点缀着深红色的丝绸牡丹花，像泼了鲜血似的。再过去一点儿，我看见有人蜷缩在长椅下面的地板上。她可能睡着了，可是眼睛却张开着，雕像般的眼睛，眼神空洞却又很狂野，只是这对眼睛并不是白色大理石的，它们是绿色的，就在男孩子式的黑色刘海下。

“罗兹。”我倒抽一口气。

亨利爵士蹲在我的肘部位置，他身后站着西里尔。亨利爵士把我挤开，将两根手指放在罗兹的脖颈处。过了片刻，他直起身来，摇摇头，一下子没了话。

她死了。

4

我半是抽泣，半是大笑起来。那天下午，当我意识到自己个子比罗兹高时，委实吓了一跳。很多年来，她在我的想象中总是体型庞大；可现在她死了，看上去那么小，简直像个孩子。*她怎么会死呢？*

我慢慢地、稳步地退了回去。“凯特。”亨利爵士说道，我这才意识到他已经叫了我三遍。我发现自己坐在从庭院通往舞台的台阶上，双手抱着头，不住地颤抖，虽然我还穿着外套，肩膀上还搭着另一件衣服。

“喝了它。”亨利爵士说着，将一个银色的瓶子塞进我手里。威士忌火烧火燎地灌进了我的喉咙，我的视线慢慢清晰起来。穿过庭院，我看到一张白纸落在尸体旁。低层楼座里满是医务人员、消防员，还有警察。有两个人从人群中走出来，走向我们，他们的脚步踏在地板上浅浅的水里，溅起水花。西里尔一路烦躁不安的样子，另外一个人我不认识，姿态自然，情绪激动，皮肤是西印度群岛人那种略红的棕色，脸刮得很干净，眉毛呈波形高耸着，像是用黑墨水涂抹出来的。他正在写字板上不停地打勾。

“凯瑟琳 · J. 斯坦利。”他说着，停在了台阶下面。语调是陈述，不是提问。

我点头。

“我是探长弗朗西斯·辛克莱。”他自我介绍道，声音是明快的男中音，他的 BBC 口音中略带加勒比腔和傲慢的布里克斯顿味道。他的视线回到了写字板。“你目前正在执导《哈姆雷特》，大约二一分钟前你发现了尸体，当时你正在查找自己的文件。”

“没错，是我发现罗兹的。”

辛克莱翻动纸张。“死者今天下午曾过来见你。”

“她是来见过我，”我语调平淡地说，“我们谈了话，我以为她是来看亨利爵士的。我不知道她会留下来。”

他抬起头，一瞬间睁大了眼睛，好像认出我身边就是亨利爵士。接着，他转回来对着我。“你和她熟吗？”

“是的，哦，不，我也不知道。”我吞咽了一下，“我是说，曾经很熟。不过到今天下午前，我和她已经三年没见面了。她发生了什么事？”

“不是火烧死的，关于这我们了解得很确切，可能是心脏病，或者是中风。她好像是一下子死去的，肯定是在火灾发生前。这事巧合得很奇怪，当然，我们会调查的。不过，情况很明显。”他又开始写写画画了。

我的手指紧攥着玻璃瓶。“这不是巧合。”

亨利爵士和西里尔在一旁停止了议论，转过来盯着我。辛克莱的笔也在纸上停下了，不过他没抬头看我，“你为什么这么认为？”

“她过来是为了告诉我她发现了什么，”我补充着，“是来向我求助的。”

辛克莱再次抬眼盯着我。“发现了什么？”

在我的口袋里，那个盒子好像有了生命。一次历险，罗兹说过的，也是一个秘密。

不能让他知道，我突然心一横。

探长朝我靠过来。“发现了什么，斯坦利女士？”

“我不知道。”谎言脱口而出。我希望自己没有想象的那么惊慌。我暗想，我只想找到机会私下打开罗兹的礼物，再和她单独相处一会儿，对她的秘密表示尊重。如果真是重要的东西，我会上交的，我当然会。可现在不行。

我把自己的外套和亨利爵士的那件一起往肩上裹紧了些。我用一层薄薄的真相外衣掩盖了谎言。“她说今晚会告诉我，让我在议会山上见她，可是她没来……我看见这里有浓烟升起，于是赶紧回来了。”

辛克莱的眼睛更幽黑了。“这么说，是霍华德教授告诉你，说她发现了什么，你并不知情，可你认为这可能与她的死因有关。”

“*这太荒谬了*。”西里尔插话了。

“闭嘴。”亨利爵士朝他低吼。

我盯着辛克莱。“有这可能。”

他查了一下笔记。“她是文学教授，对吧？并非生物或原子物理技术方面的。”

“没错。”

他摇着头。“抱歉，不管她发现了什么，这里面不太可能有谋杀的动机。”

“每天都有人因为零钱和轮毂被杀害呢。”我坚持着。

“那是在美国，斯坦利女士，不是在萨瑟克区[①]。”

“也不是在环球剧院。”西里尔哼了一声。

“环球以前也着过火。”我说。

“那是很久以前了。”探长说。

“是在一六一三年。不过也是在六月二十九日。”

辛克莱抬起了头。

“是星期二,六月二十九日。”我强调。

一阵停顿。“今天是星期二,六月二十九日。”亨利爵士用力地低声说道。

探长的眼睛里闪了一下，不过他很快控制了情绪。“如果日期没错的话，在纵火调查上是很有趣的突破点。”

“不仅仅是纵火，”我坚持着，“前一次着火，只有一个人逃脱。”

辛克莱不顾自己的写字板落在地上,又是同情又是惊讶地看着我。“你今晚吓得够呛，斯坦利女士，该回去好好睡一觉。”他向亨利爵士点了一下头，朝着令人生畏的白色帐篷踱步而去。西里尔赶紧跑上去跟着他。

我站起身，从亨利爵士善意的拥抱中抽身出来。我不想把罗兹的礼物交出来，不过我也不能让警察就这么漠视她的死亡，把它当作稀松平常的事件，当作那种关乎“何地”“何时”，而非“为何”的普通案件。我的声音刺啦啦地跑出了嗓子：“你们都看见尸体了。”

① 萨瑟克区（Southwark），伦敦一个区，位于泰晤士河南岸。

辛克莱在庭院里走到一半停住了，他脚下水洼里的倒影晃动着。“这并不能说明我接手的是谋杀案，如果有什么证据的话，不管是什么，你该清楚我们不会漏掉的。”

亨利爵士陪我走下楼梯来到庭院。辛克莱放我们走了，可是其他很多人吵嚷着也要走。他们乌鸦似的从四面八方下来走到舞台上，呼啦啦、乱糟糟的一片。消防队长最先走到我们这里，他急着要说明详细情况。他说，火最初从管理楼那片开始，消防员们先破拆了其他建筑的屋顶，而后浇湿剧院的茅草顶，最终保住了剧院。

我没听下去。罗兹死了，我对警察撒了谎，我只想离开，一个人蜷缩起来，而后打开那被诅咒的盒子。我脸上一定是露出了强忍住歇斯底里发作的神情，因为亨利爵士突然拉着我离开了人群。我们越来越靠近出口，这时，哀叫声消退了，我在寂静中听到有人喊我的名字。别理它，我加快了脚步，这时，两个穿着亮黄色背心的都市警察站在双页门前，我只好掉转身子。

在走道的另一头，站着探长辛克莱。“要是您不介意，”他说，“在您离开前我有几个问题要问。”他的声调温和亲切，不过这话并非请求，而是命令。

亨利爵士和我很不情愿地跟着他走回剧院，往上走进舞台边的下层楼座。一个年轻的侍从端着塑料杯子装的茶，正对着我们。我用力灌下几口温吞吞、乳白色的茶，觉得味道像石灰。“也许你们可以更详细地告诉我们有关与霍华德教授见面的情况。”辛克莱提议道。

探长身穿黑裤子，一件松松的黑色夹克衫，里面是宝石蓝的水手领衬衫，在波士顿，他这酷酷的样子一英里外就很瞩目了；可在伦敦，他的新潮刚够融入人群。总之，他锋芒毕露，却又很能把持。我暗暗觉得，他不好骗，要骗他会有风险。

是我自己傻到引出了更多的问题。可我还是忧心忡忡地看着他。“我该从哪里开始呢？”

“最好从头说起。”

5

那天下午早些时候，我的笑声还穿透着底层楼座的阴影。“大伙想想斯蒂芬·金，”我大声喊，“不是史提夫·麦昆，天哪，我们是在演幽灵故事。”

舞台上，所有人都僵住了。杰森·皮尔斯，那个澳洲的动作明星希望通过哈姆雷特这个角色一举成功，他抹了抹额头的汗水。“就在这该死的大太阳底下？”

他的话有点儿道理。夏天午后的烈日下，人们觉得更像是在非洲，而不是在英国，舞台发出红色和金色的光，就像维多利亚时期的妓院一样艳丽夺目。“什么太阳？”我问。大伙都把脑袋转向坐在楼座阴暗处的我。“我们这是在艾尔西诺大风横扫的战场上，皮尔斯先生，正望着雪地和冰雪覆盖的狭窄海面，正对着瑞典敌军，是午夜。”我噌地从桌旁起身，咚咚走下短短的三级台阶，走进场中。“正是这个时刻，一个幽灵，在最近的三个夜晚，让杀戮疆场的男人都心惊胆战。甭管他们到底看到了什么，无论是鬼魂还是恶魔，你最好的朋友刚刚告诉你，说它像你的亡父。”走到最下面一级台阶，我停住了，双手放在臀部，眼光越过大家，只看着杰森，“好了，你要让我相信这些。”

坐在右边国王御座上的亨利爵士一直在打瞌睡，此时他动弹了一下。“啊，”他低声道，“确实很有挑战。”

杰森的眼神轻轻落在亨利爵士身上，而后又朝我看看，脸上露出一丝狡猾的笑意。“你来试试。”他说，用两只手把剑的尖头插入舞台的地板。

“反挑战。”亨利爵士咯咯地笑着，毫不掩饰内心的高兴。

让一位导演过一遍演员的角色，这可犯了剧场的大忌。我足够老道，知道可以不理会他的，可是我又偏偏年轻到觉得这事会很有趣。

我非常熟悉那段表演，哪怕在梦里都对细节了如指掌，即一身哈姆雷特父王戎服的幽灵要诱使王子离开朋友霍拉旭，迅速地沿着冰雪覆盖的城墙跑，一直跑到阴阳地界处。我设计了很漂亮的动作，追赶着冲过整个剧场，包括舞台、台上的包厢、下面庭院的空地，以及全部三层的环形楼座，它们层层叠加，一直到最上面的屋顶。

至少，如果杰森愿意努力认真地表演，这设计很棒。我让他担任最重要的角色，不仅因为靠他的名头，戏票四分钟内就能售罄，还因为他有一种罕见的才能，能把暴躁的愤怒和沉思的魅力相融合。不幸的是，过去几周里，他草草地过了一遍自己的台词，对角色、全剧，甚至是更笼统的莎剧都表示出不屑。如果我无法很快激发杰森进入真实的情感中，那么整部戏就会分裂成一出戏谑模仿剧。

我在院子里踱步，又跑上那段很短的台阶，上了舞台，我边走边把头发往后扎成一束马尾。剑还戳在舞台中央，四下晃动着。我抓住剑柄，剑就像音叉似的在双手里颤动。“莎士比亚该有危机感了。”我平静地说，把剑刃很顺利地从地板上拔出。

“别吓我。”杰森假笑着应答我。

“你演霍拉旭，我是哈姆雷特。”

周围的其他演员吹起口哨，喊叫着。杰森脸红了，可是有人递给他一把剑，他抓过剑，点了点头。我接受了他的挑战，他无法推托了。

我瞥了一眼舞台经理，他叫道：“劳您就位，亨利爵士。”

亨利爵士站起身，走进后台消失了。头顶上，钟敲响了。突然出现一股气流，舞台后面的大门敞开了。我慢慢地转过身子，看到门口站着扮成老国王幽灵的亨利爵士，他披着斗篷，戴着头罩，于夜半时分现身。“天使与美惠之臣，保佑我们。”我低声道。我一个箭步，朝幽灵跃过去；杰森也跟随着。

当我们到达门口时，幽灵不见了，门又紧紧地关闭。我转过身，眼神狂野地环顾着剧院。为了加重这场戏的分量，我让幽灵脱离肉体，用仿佛镜中阳光反射般的炫目强光来替代。这光会在各处显现的。

瞧，它正在底层楼座的座位上舞动。我上前一步，可是杰森拦住了我。“您不能去，大人。”他抓住我的肩膀，这表明他在很认真地扮演霍拉旭这个角色。他正竭力阻拦我去追随那个鬼魂。

至少他很认真，这是很好的开头。我迅速地扭动着，挣脱了他的手，往舞台后下方冲，穿过庭院，跑上三级较浅的台阶，进入了底层楼座。幽灵不在那里。*真该死*。庭院里的一声喊叫使我转过身来。随着中层楼座伸出来的弧形长臂，我看到它了，那是一道闪动的光束，在上一层楼座迅速掠过。

杰森早已朝我飞奔过来，我朝右虚晃一下，绕过他冲向楼梯，又向上跑了一段楼梯。光在右边的远处晃动，就在包厢位置，西里尔坚持认为大家都应把那里称为男化装间。我从后面绕过走廊，钻了进去。

第一间空着，第二间也是空的。

在建筑的对面，一道光闪着。接着又出现一道光，再出现一道，直到剧院里出现了成千束小小的光，它们像萤火虫般闪烁着，仿佛整个剧院都笼罩其中。突然，这些光熄灭了，幽灵在痛苦中呻吟着，叫声盘旋着从舞台下面升起来。

接近这场戏的尾声，我转身走开，发现杰森拦在门口，手里抓着剑。该死。就在这一片刻，我沉迷在哈姆雷特追寻幽灵的戏中，都忘了这人。

“别冲动，”他低吼着，“您不能去。”他上前一步，用剑刃指着我。钢铁如梭般刺出，他手腕猛地一动，将我手中的剑挑落。剑飞旋着，在阳光下闪动。在下面，演员们像惊慌的群鸟般散开，剑刃咔嗒一声落在了庭院中央。

“您得祈求慈悲，”杰森说，他开口很大的澳大利亚元音一下子破坏了霍拉旭温文尔雅的感觉，他咧着大嘴笑着，“最好是跪下。”

我往后退，感觉双膝碰到了栏杆，猛地坐下来，感到一阵晕眩。我身处的地方只有一层楼，可是那个刹那却显得非常高。“你对《威尼斯商人》中的慈悲稍有了解吧？”

“慈悲的天性本非勉强，”他顶嘴，“可我却是。”

“我喜欢下一句。”我尽量压低声音，两条腿跨过栏杆晃动着，“犹如甘霖从天而降。”他往前压了上来，我逃脱了。

我从十英尺高处跳下，落在地上，在庭院中央摸到了我的剑。杰森也追着我跳了下来。我抓起剑柄，挥动着。

杰森停住脚步，喘着气，剑刃距离他腹部六英寸。“你有否遇到高地围场里一大群袋鼠跑散的情形？”

“这是什么意思？”我能感觉到衬衫正黏湿地贴在我的肩胛处，卡其裤的膝盖处开裂了，脸上大概有污迹。

“澳大利亚人用它来表示完全疯了，”他喊道，“疯癫之极，你可能会喜欢一跃就跳下楼去，凯特·斯坦利，可该死的你干吗指望我在这种滑稽表演后还能成功演绎生存还是死亡呢？”

我拿起剑。“你现在是哈姆雷特。”我微笑着。

他的双手一张一合地摆动着，瞬间，我以为他会斥责我。他的目光掠过我的肩膀，把脸转开了。

我转过去想知道他在看什么。在包厢远处的角落里，站着亨利爵士，他身穿铠甲，一只拳头里握着一把出鞘的剑，另一只拳头伸出来指向我们，招手示意。杰森愤怒地叫了一声，出了戏，很快地跑过庭院，爬上舞台旁隐在墙后面的梯子。等我跟着他用力翻到包厢里，杰森正踱步走过舞台，把亨利爵士逼入了远处的阴影里。我拍拍身上的灰尘，也跟过去。可是，走了一半，有什么东西，不知是某个声音，还是某种气味，让我放慢了脚步，并停了下来，我到后来也没弄清楚到底是什么。

在我身后，一个黑影从台侧走出来。我转过身，不禁皱起了眉头。“还记得我吗？”那声音嘶嘶的很干涩，就像落叶擦过石头。方才还被杰森赶着，亨利爵士怎么如此迅速地穿过迷宫般的后台，从另一侧出来了呢？

一只苍白的手一扬，头罩往后一掀，此人不是亨利爵士。

是罗兹。“莎士比亚该有什么感觉来着？”她低声道，“危机感？”

在楼座包厢的另一头，亨利爵士和杰森跨出来走到舞台上。“罗莎琳德·霍华德，哈佛大学莎士比亚教授登场。”亨利爵士说着，好让聚集在下面的剧团诸位知道，“大家都称她为莎学女王。”

“该死女王。”我打断了他。

罗兹爆发出低沉、沙哑的笑声，在她给我一个大大的拥抱时，斗篷滑落到地上。“就叫我过去之灵[①]好了，亲爱的，我可是带了礼物来的。”

“希腊人也是，”我说着，身子在她怀里很僵硬，“瞧瞧特洛伊人的下场。[②]”

像海浪从岩石上撞回来一般，她放开了我。“这见鬼的办公室。”她说着，赞赏地四下打量着剧院。

“见鬼的登场，”我回她，“即使是你。”

“没法子，”她耸耸肩说，“我想这还得公布于众，要么你就是拒绝我的礼物。”

“我还是可以做到的。”

“礼物？”

我眨眨眼睛。“这是她的原话。”我有点儿辩护似的回答，一边悄悄地骂自己。

“确实，斯坦利女士，无论霍华德教授是否直率地告诉你她发现了什么，你一定有某些想法。”

有那么一会儿，一种将它从我口袋里掏出来，交出它了事，就这样和罗兹了断的冲动从我心里涌上来。

“抱歉，”我大声说，“可我真没有。”从某个角度说，这话还真没说错；我确实不知道盒子里面装的是什么。尽管我会知道，只要能独自一人，就可以打开盒子了，我不作声地朝辛克莱皱眉。

他叹了口气。“我希望你能坦率点儿，斯坦利女士；也许我对你开诚

① 过去之灵（the Ghost of Christmas Past），出自狄更斯的《圣诞颂歌》，主人公史刻鲁挤遇到三个幽灵：过去之灵、现在之灵、未来之灵。

② 典出《伊利亚特》。希腊人攻打特洛伊城十年不克，假意撤军，留下一个巨大的木马。特洛伊人将木马运进城中，后木马中的希腊士兵里应外合，攻陷特洛伊。希腊人的礼物指不怀好意的礼物。

布公会有好处。”他抚平了裤子上的一处褶皱，“我们已经发现了有针刺的痕迹。”

针刺痕迹？

“胡说，”亨利爵士怒斥道，“罗兹可不是瘾君子。”

辛克莱的目光移到了亨利爵士那里。“有一处痕迹，单单一处很明显，这并不说明她有瘾。”

“那这意味着什么呢？”亨利爵士反问道。

“这么说吧，我非常怀疑斯坦利女士有所隐瞒。”他转过来对着我，又补充道，“我希望你能真诚配合。”他伸直了手指，仔细打量着我。

一阵恐慌传遍我的身体。下午，我打发走了罗兹。现在，我却愿意不惜一切代价，只要能和她说话，朝她高声叫，倾听她，让她爱抱我多久就抱多久，可她却走了，彻底地、完全地走了，没有任何解释或说明，甚至连声简单的再见都没有，更别提有什么建议了。

除了有一事相求。好好保管，她曾这么说过。

我在恼怒中思忖着，如果她的礼物需要好好保管，还有谁能比警察更称职的？尤其是他们，至少是这一位，还如此急切地希望我能提供些什么。

可是罗兹并没找警察，她找的是我。而且，辛克莱和安全搭不着边。我再一次直直地盯着他的眼睛，撒了谎：“我其他什么都不知道。”

他的拳头猛砸到长椅上，亨利爵士和我正坐在那张椅子上，他砸得很重，我都跳了起来。“在这个国家，斯坦利女士，有关谋杀案调查时，知情不报是一种罪行，是我们得严肃处理的罪行。”他靠上来，挨得很近，我都能闻出他呼吸里的薄荷味。“听清楚了？”

我的心都跳到了嗓子眼。我再次点头。

“最后一次，我真的要强调，你不能有所隐瞒。”

亨利爵士在我身旁站起身。“够了。”

辛克莱猛地坐了回去，他牙关紧闭，而后轻轻一挥手，让亨利爵士和我走了。“别告诉媒体，别离开伦敦，我会再找你们俩的。这会儿，就道声晚安了。”

亨利爵士抓住我的胳膊肘，陪着我一起走出去。我们还没走到门口时，辛克莱在后面对我喊：“无论会发现什么，斯坦利女士，”他轻声说，“我相信你会发现的。”

他第一次这么说时，听起来像是承诺。可这一次，像是威胁。

6

我赶紧走出剧院，进入一条巷子，那里挤满了消防车和警车，亨利爵士随即叫了一辆出租车。等车开过来后，我吻了吻他的脸颊，钻进车去。“海格特墓地。”没等坐下我就对司机说，随后我发现亨利爵士也坐了进来。

我想制止他，可他抬起一只手。“你甭想独自回家，亲爱的，今晚不行。”他紧紧地关上车门，出租车开动了。我不耐烦地用手指触碰口袋里罗兹的礼物。多久我才能独自一人，才能打开它呢？

起风了，云朵在天空快速移动。大火烧尽的气味很重，刺鼻且充斥全城。经过滑铁卢桥，我朝右边望了望千禧桥，桥上还是聚集着看客。左手边，伦敦眼那不知疲倦的蓝色轮子依然在夜色里缓缓转动，更远处，议会大厦和大本钟闪着金边。这时，我们已经驶过桥，进入了拥挤的市区。我在座位上身子前倾着，希望出租车更快些穿过狭窄的街道。我们一路上坡行驶，开上高地，将伦敦抛在了北面。

亨利爵士深深靠坐在座位里，垂着眼睛观察我。“秘密就是一种承诺，”他平静地说，“也是一种束缚。”

我回视他，他猜到了多少？我能信任他吗？罗兹很相信他，也许她倒不是针对藏在盒子里的秘密，而是针对我。

“我很乐意能帮上忙，”他说，“可我有价码的。”

“我付得起吗？”

“这得看你是否能说出真相。”

我还没来得及改变主意，就伸手进口袋拿出了那个盒子。“今天下午她在剧院里把这东西给了我，让我好好看管。”

他仔细琢磨着这只盒子，盒子在街灯下闪烁，有那么一瞬间，我以为他会夺过去，可是他只是饶有兴趣地扬起一条眉毛，看着依然包裹得严实整齐的盒子。“你很有克制力，难道你觉得她连上你打开都不许？”

“她说了，如果我打开它，我就得听它的了。”

他叹了口气。“我亲爱的，死亡改变了一切。”

“甚至是承诺？”

“连诅咒都是。”

我心不在焉，而后突然注意到这点，恍然大悟起来。我把罗兹的礼物嘲讽为特洛伊木马，可它是真实的，在神话和古老传说中，这种礼物常常隐藏着厄运，比如永远停不下来的红色跳舞鞋，会转变一切的触碰，连活人被碰了都会变成僵死的黄金。

这很怪异，我突然想。只一拉，我就拉开了盒子上的纸，金色的薄纱膨开了，而后飘落在地上。我手里是一个黑色绸缎盒子。我小心翼翼地掀开了盒盖。

里面放着一块椭圆形墨玉，玉上画着花，还饰有金丝线。“*这是什么？*”我大声问，我曾问过罗兹同样的问题。

“我觉得是枚胸针。”亨利爵士答道。

我用一根手指碰了碰它，很美丽的珠宝，可是样式很老。我没法想象任何小于我祖母年龄的人能佩戴它。罗兹不行，我当然也不行。那到底她说的“就得听它的了”是什么意思？

亨利爵士皱着眉头。“你一定认得这些花吧。”

我看着宝石。“是三色紫罗兰，雏菊，”我摇着头，“不是的，不对，我在沙漠里长大，亨利爵士，我们那里的花不同。”

“都是《哈姆雷特》里的花，是奥菲莉亚的花。”他身子凑上来，用小手指指着它们，“是迷迭香和三色紫罗兰、茴香和耧斗菜，瞧，还有一朵雏菊，甚至有几朵枯萎的紫罗兰。这是芸香。*这是你的芸香，这些是我的，我们可以称之为星期日的典雅芳草。*”他轻声哼着，“典雅芳草！更像是死亡和疯癫的花草，是英国人所谓的乳香和没药。维多利亚时期常用它们来当葬礼的饰物，纪念年轻女子的逝去……那是个病态的年代，真的，虽然很辉煌。”他身子坐了回去。“你手里拿到的就是维多利亚时期的悼念胸针，可问题是为什么呢？难道你觉得她莫名地感觉到自己将不久于人世？”

我摇摇头，手指滑过镶金丝的边。下午我确实感到有不祥之兆，可更多的是兴奋。*我有了某个发现*，她说过。难道是这个？难道她发现三色紫罗兰和雏菊带有什么讯息吗？这默默躺在盒子里的珠宝？

车子开上了我住的那条街，街上遍布着维多利亚风格的灰石房屋。即便在欢闹的夏日午后，这里依然是伦敦较为安静的区域；在凌晨两点，这里就像是被遗弃的地方，只有风在角落里呜咽，在树叶间穿梭，在人行道上划出银色的光线。

在街的尽头，一扇敞开的窗户中有窗帘幽灵般地拂动着，在风中轻轻起伏。我认出那里就是我的住处。公寓前屋的窗户开在二楼，一种冰冷的恐惧感聚集在我口中。*我之前并没把窗户打开啊。*

车子开到公寓楼前，慢慢停下。透过窗子望，一个阴影在风中交缠着，这是我当晚第二次看到他，那个幽暗的身影，那个比周围更幽黑的影子，与其说它像一个男人，毋宁说是像一个人形的空洞，是黑色的空洞。

“继续开。”我低声说。

“可是——”

“继续开。”

7

到了街尽头，我回头看。窗帘不见了，月光洒在窗棂上，里面也没有影子。*难道刚才是我在做梦？*我的手紧紧地抓住盒子里的胸针。

"看来你们压根儿不想回家喽？"出租车司机问。

"没错。"

"那去哪儿？"他问。

我摇摇头，如果那个身影能找到我的公寓，哪儿都不安全。我用夹克衫裹紧了身子。

"克莱里奇旅馆。"亨利爵士说。

等我们开车进入宽敞的梅菲尔大街，我开始说话了，可是他非常轻微地摇摇头。我顺着他的眼神，看到出租车司机在后视镜里好奇地盯着我们。司机一看到我在盯着，连忙将视线移开。

到了克莱里奇，亨利爵士很快付了钱，扶我下车，带我走进了一间豪华大厅，其中的镜子装饰就像是凡尔赛宫，地面是光滑的黑白艺术装饰的棋盘图案。门房很殷勤地迅速走过来。"你好，塔尔博特。"亨利爵士说。

"见到您很高兴，爵士，"那男子回答，"今晚能为您效劳吗？"

"给我找个可靠的地方等人，拜托了，"亨利爵士说，"还要有一辆可靠的小轿车和同样可靠的司机。刚才带我们来这里的出租车司机探头探脑的，他也许会回来。"

"他没准会回来的，这是他的事，"塔尔博特殷勤地说，"可是除非您愿意，他是找不到您的。"

我们就待在一间小客厅里，那里满是铺着印花棉布的深靠背座椅和沙发。亨利爵士在房间里四下走动，查看着遍布周围的有浮雕装饰的水晶玻璃。我站在客厅中央不动，仔细琢磨着手里的胸针，我开口想要说话，可是亨利爵士又摇了摇头。

几分钟后，塔尔博特再次出现，带我们飞快地穿过门厅，经过入口服务处，进入了一间狭小的私人车库，里面停着一辆有着彩色车窗的轿车，车引擎正在低吼。方才那位出租车司机好像还真又出现了，声称我们在他车上落下了东西。塔尔博特的脸抽搐着，露出高深莫测的微笑。“他今晚不会再打搅你们了，我有意让他发现一些迹象，表明你们整夜都会和我们在一起，就待在某间套房里。我相信他准会把自己锁在门房的碗橱里，在旁门楼梯附近四下探寻。”

“我不管具体究竟如何。”亨利爵士满意地说，我俩钻进轿车。

“祝您好运，先生。”塔尔博特柔声说着，一边将门关上了。

车子开动时，我回头望，门房漠然地站着，随着车子离开，身子越变越小，直到消失在夜色中。

这会儿，亨利爵士才开口慢慢说出了方向，于是我们在梅菲尔街上蜿蜒曲折地穿行，经过伯克利广场，进入皮卡迪利。车子弯过海德公园角，驶进骑士桥。这时，周围幽黑僻静，车子最后弯入枝叶繁茂的肯辛顿小巷，我们的目标是亨利爵士的城内住宅。

街上空荡荡的，可是在黑暗中，我不禁感到有一种威胁越来越迫近。我们越是远离宾馆，这感觉就越是强烈，最后，仿佛有树叶蔓延着笼罩了轿车。当我们马上要抵达亨利爵士家时，有灯光在我们身后闪烁着，另一辆车也行驶在这条路上。很快，我为之挣扎了一整夜的惊慌像黏湿的波浪涌了上来，朝我劈头盖脸地席卷过来。我心跳加速，抓着座椅的边缘，可是紧攥的双手却感觉不到抓住了任何东西。我们的车朝左边拐，接着又迅速向右转，可另一俩车依然紧跟着。

最后，我们的车轰鸣着开上了一条很短的砾石道，没等车停稳，我立刻跳下，飞快地朝房子跑去。雕刻着纹饰的大门在我们面前开启，我跑进去，停下脚步，亨利爵士就在我身后。我瞥了一眼，红色的尾灯在路上消失了，接着，门关上了。我站在亨利爵士城中住宅的大厅里喘息着，眼前站着他那位惊讶的男管家。

“拜托，请确保所有的大门和窗户都关闭锁上了，巴恩斯，”亨利爵士镇定地说，“报警器要开着。然后，给我们来点儿法国白兰地吧，书房里生点儿火。”

书房在楼上，里面装饰着厚重的紫红色天鹅绒，还有威廉·莫里斯设计的油绿色草地地毯。灯光洒在光滑的大理石半身像、橡木书架、真皮封皮上，在镀金的手工轧花书皮上闪着光。两把高背扶手靠椅安放在火炉旁。巴恩斯把白兰地和窄口高脚酒杯放在靠椅中间的桌子上。

我径直朝着火堆走去。“你相信鬼吗？”

亨利爵士舒适地安坐在扶手椅里。“亲爱的，并不是从坟墓里出来的鬼用针头戳罗兹，或是付钱给出租车司机让他监视你。”

我惊讶地转过身。“难道这就是我们为何要在克莱里奇换车？”

“全知全能，”亨利爵士一边说着，一边倒着白兰地，“上帝才有的优秀品质，因此凡事都要存疑。你既没有告诉那位出租车司机自己住的大街名，也没有告诉他公寓号，我也没有，可是他却都知道。”

我凭着感觉往回退，坐在了另一张扶手椅的边缘。那位出租车司机早就知道我住哪条大街，他放慢了车速，几乎是停在了我住所的门口。他的声音，紧张中带着点儿什么呢？是失望？焦虑？惊慌？这些想法突然再次闪现在我的脑海。*那么你不想回家喽？*我当时太过关注其他事情，竟然没留意到。我战栗着。“有人在我公寓里。”

亨利爵士递给我高脚酒杯。“是吗？我并不惊讶。出租车司机只负责运送，亲爱的，并非首要人物。他顶顶不开心的事情就是发现货物没按订货程序送达，这就说明确实有一个首要人物在。或者说，至少司机明白他得答复某个小头目。”他双手捧着酒杯，慢慢地转动着琥珀色的液体，“你处境危险，凯特，这是不争的事实。”他深深地吸了口气，小小地呷了一口，全身因为满足而放松下来。“红葡萄酒是小伙子们的，波尔图葡萄酒是男人们的，但渴望做英雄的汉子必须品尝白兰地。塞缪尔·约翰逊的话，真是睿智的老家伙……让我们再好好看看那个胸针。”

我掏了出来，胸针就静静地躺在盒子里。“这可不是一条康庄大道，对吧？你怎么想，我要跟着它的指引走吗？”

亨利爵士微笑着。“把它比作红舞鞋更合适，也许你该穿上它了。我能拿起来吗？”他将胸针从盒子里拿起来，一张卡片飘了出来，不停翻身打转，朝火堆那里飘去。亨利爵士往前一扑，幸好抓住了它，把它放到我手里。

那是一张小小的长方形卡片，浓重的奶油色纸质，底上打着一个洞。洞上方有几行自由流畅的文字。我心一紧，认出那是罗兹的笔迹。亨利爵士将胸针别在我的翻领上，我开始大声读起来：

> 恭喜你，反复无常的凯特，终于抛开无聊的虔诚，使长久以来深埋于我们所珍爱的詹姆斯一世时期巨著中的真相大白于天下。我相信公众很快也会同样心怀尊崇。
>
> 美好的鲜花献给鲜花般的美人
>
> R.

“詹姆斯一世时期？”亨利爵士突然问。

“原文如此。”詹姆斯一世时期是从“詹姆斯一世金币”[①]一词而来，我心想，就是拉丁文的詹姆斯，即詹姆斯国王，莎士比亚戏剧后一个时期的英格兰统治者。措辞很清楚，除了罗兹谈到的戏剧据推测应该是《哈姆雷特》，该剧被称为巨著是毋庸置疑的，只是它并非詹姆斯一世时期的作品，而是伊丽莎白时期的，是所有伊丽莎白时期的戏剧中最后也是最伟大的一部作品。当时，那位固执的老处女女王正忧心忡忡地迅速走向死亡，她不肯将王位交给年轻的远亲詹姆斯，或是其他任何人，不想有人

① “詹姆斯一世时期”原文为 Jacobean，“詹姆斯一世金币”原文为 Jacobus。

继承王位。对大多数人而言，伊丽莎白和詹姆斯一世差异细微，并无迥异。可是对罗兹，这两者间有着沟壑，其本质的差异如同日月或男女之别。她不会将两者混淆，就像她不可能把兄弟误认为姊妹，把脑袋混同为手臂。

亨利爵士开始默念起詹姆斯时期莎士比亚的戏剧："《麦克白》《奥赛罗》《暴风雨》《李尔王》……她喜欢的是哪一部？"

"我不太清楚。"

"至少，她最终回到了《哈姆雷特》，"他思忖着，"美好的鲜花献给鲜花般的美人，是格特鲁德说的，她同时把鲜花撒在了奥菲莉亚的墓地里。总之，这很符合她的睿智风格。"

"不止这些。"我说着，把卡片朝灯光凑过去。在底部，她还潦草地写了类似于诗体风格的"又及"，是浅蓝色铅笔痕迹的四行诗，两行之间由长划线隔开：

可是你为何不以更强大的方式
向时间这血腥暴君发起抗争？
——
啊，但愿我无声的作品能够
滔滔不绝地说出我满腔豪言。

亨利爵士一惊。"没错，"他嘶哑着说，"是詹姆斯一世时期的巨著。"

我皱皱眉，在记忆里找寻这些诗行。"是莎士比亚的，这我很肯定，可是出自哪里？不是《哈姆雷特》。"

亨利爵士身子一跃，走到一处很高的书架前，那里还摆放着莎士比亚半身像。他高声说："不，傻孩子，不是《哈姆雷特》。"他用手指划过一本本书，一边咕哝着，"下面第三层书架，第四本书，没错，是的，找到了。"他抽出很薄的一本书，书皮是棕黑色皮革，镀金压印的。他走回壁炉，兴奋地将书放在我膝盖上。

封面上没有标题，我把卡片放在两人中间的桌子上，打开书本，翻到了第一页，抚过那厚而柔软的、咖啡冰激凌色的纸张。当页的顶部有图饰，小天使骑在鲜花上，花儿也像飞龙。我大声地朗读着最开头的几个词："莎士比亚十四行诗。"

"我应该将它标为《谜语自传》，"亨利爵士说，"可是没人问起过。"

我回头看看书页：

本书系首版

伦敦印制

G. 埃尔德为 T.T. 印刷

由威廉·埃斯普雷销售

1609

我抬起头，十分惊讶。"这可是原版。"

"是詹姆斯一世时期的原版，"亨利爵士说着，眼睛里有一丝狡黠，"也是一部巨著，没错的，一百五十四首诗，通常被视为独立的小珠宝，罗兹引用了其中两首诗，可它们的真正价值只有被串在一起，放进一个故事中，才能显现。在诗行间，有如此奇幻的黑色故事在闪烁：金发青年、黑女郎，还有诗人。当然，莎士比亚就是那位诗人，可是谁是那个青年，他又是如何投入了莎士比亚笔下那位黑发、黑心情妇的怀抱呢？"整幢房子都似乎在悉心聆听他的话，"为何诗人要央求年轻男子繁衍后代，而为什么年轻男子要拒绝呢？"

他摇摇头。"充满了爱、嫉妒、背叛，这些十四行诗，它们全都是深邃、阴郁的神话，更引人入胜的是，它们全都是真实的。"

壁炉里的圆木噼啪开裂。"其中还充满了某种痛楚，那是为舞台上一位逐渐老去的女王所发的，"亨利爵士突然用自嘲的口吻双关地隐射道，"可是你为何不以更强大的方式向时间这血腥暴君发起抗争？难道罗兹曾经这么想过你？"

我差点儿没把白兰地喷出来。"什么，难道她认为我该结婚，生下很多小萝卜头凯特？”

亨利爵士身子向前倾。“你应该找一位情人，繁衍自我，永葆青春。这是第一行诗的意思，你懂的。通过繁衍子嗣来向时间发起战争。”他把书拿回来，翻阅着头几页。“是从，从哪里开始的呢？这里。”他用手指点着书页上的诗歌，“是第十六首。”

他又翻过几页，停了下来。“真糟糕，第二处引文肯定会让你哭的，如果你细想的话。什么样的男人，竟会轻松写就《罗密欧与朱丽叶》，却不敢对心上人说‘我爱你’呢？竟会如此，可是当着对手那甜言蜜语的私生子的面，他唯一的防御之道竟然是恳求，读我的作品？

啊，但愿我无声的作品能够
滔滔不绝地说出我满腔豪言。
来为爱辩护，并期待着回报
比那善言的舌头更强的雄辩。”

他的声音充满了房间，充溢着渴望之情，高亢到了令人难以承受的临界点，而后慢慢轻下来。

其间还混杂着一丝疑虑。胸针是礼物，仅此而已。我凝视着两人之间桌子上的卡片，它并没有正面朝向我。

“看来，这是悲剧，被裁减成了一首十四行诗的长度，”亨利爵士说，“才写到二十三首，他就已经得出……”

白兰地在我喉咙里火烧火燎的。“你刚才说什么？”

“他就已经得出……”

“不是，那个数字。”

“二十三，瞧。”他把书拿过来。

“重要的不是词语，”我说，突然紧张起来，“无论措辞如何精彩，关键是数字，是十四行诗的数字。”

“第十六首和第二十三首？”

我把罗兹的卡片倒转过来，这样他就能倒过来看，直接注意到“又及”部分。“看到她在底部潦草的字迹吗？”

他皱起眉，看到了我所见的内容：那难以辨认的潦草字体，我们俩曾认为那是字母 s，实际上是字母 a，紧跟着的是字母 d[①]。

“A.D.，”他大声念着，“耶稣纪元后……我还是不明白这是什么意思。”

“回溯时间，”我简略地回答，“将这些数字凑起来，是个日期。”

“一六二三……可这又表示什么呢？除了表示莎士比亚去世后六年，不，是七年？我们还在讨论莎士比亚，是吧？”

“他的詹姆斯一世时期巨著，”我点头，“这巨著包含了他所有其他的作品，出版于一六二三年。”

“老天，”亨利爵士说，“是第一对开本。”

① 英文“又及”为 P.S.，P 为倒写的 d.

8

我们凝视着对方。第一对开本是莎士比亚全集的第一版，莎翁逝世后，在老友和资助人的努力下，该书于一六二三年问世。在他们看来，此书是比大理石更珍贵的纪念碑，为此他们不惜金钱、心血和时间。最终出版时，该书十分精美，高调地将作者从粗俗、邋遢的剧场天地转移到了诗歌的恒久真理中。莎士比亚的敌人在他活着的时候一直奚落他，嘲讽他是暴发户，不配从他们的餐桌上拾捡面包屑，对于他们，该书就是复仇的利剑。

“没错，谋杀的动机和线索足够了，”亨利爵士说，“第一对开本是世上最有价值、最被人垂涎的东西，要知道，不久前，一本破裂、有水渍、缺页的复印本，在拍卖会上都值十六万英镑呢。”他不相信似的摇着头，“去年，索斯比拿出了一部尤其精美的复印版来拍卖，竟卖到了五百万美元。据说保罗 · 盖蒂爵士为此还花了六百万。试想，一本老书的价格居然是伦敦城一幢房子均价的十倍。恕我直言，凯特，假如罗兹发现了第一对开本，她干吗不直接跑去索斯比或克里斯蒂拍卖行那里，把它卖了，就此在普罗旺斯的别墅里养老呢？她干吗要来找你？”

“我不知道，”我说着，千头万绪，不知所以。“除非她发现的并非第一对开本，我的意思是，某本新的复印版，而是其中的某样东西。除非她想找的是信息。”

“是她没法知道，而你却有所了解的信息吗？”

如果他说的是罗兹之外的其他人，他的怀疑或许带有些侮辱。对于莎士比亚戏剧和诗歌如何被美国国会发言人所援引和借鉴，以及它们如何融入苏联芭蕾舞和纳粹宣传等，罗兹都有渊博的知识和深入的了解，在这方面非常出名。正是由于罗兹，世人才了解到，原来莎士比亚在日本歌舞伎剧院和中非丛林篝火旁都同样受到重视。罗兹的最后一部著作（我也协助参与了该书所涉的最初阶段研究）就详细分析了莎士比亚在美国西部荒野地带，在山区文盲居民和矿工、牧人、妓女，甚至偶尔在印第安部落里的受欢迎程度。她的专业经验和建议受到全世界学者、博物馆以及剧院团体等的接受和追捧。

然而，她却来向我咨询。“我需要帮助，凯特，”下午她曾这么说，“你的帮助。”现在，和当初一样，我唯一能想到的理由就是：我的论文。我的论文效仿并基于她的研究，只是我选择从更为隐晦的历史资料中进行精选和细查。

“莎士比亚的神秘性，”我大声说，“是谜案，而非神秘，”我补充道，又进入了曾经的、熟悉的自我辩护中，“这是莎士比亚研究主题之一，对此我比罗兹钻研得更深，即悠久的、怪异的研究历史，是企图从莎翁作品中发现被禁用的智慧，而它们被认为遍布在这些作品里。据说，大部分信息隐藏在第一对开本里。”

亨利爵士细细打量我。“被禁用的智慧？”

“预言或历史记事，随你挑。”我做鬼脸似的朝他微笑，“那些相信莎士比亚是预言家的人，将第一对开本视为占星术士的神谕，当作对未来解密式的预测，能预先推测到希特勒的崛起，人类登上月球，世界末日的日期，甚至是下周二晚餐你会吃些什么。另一方面，那些‘历史学家’大部分时间都在其中挖掘伊丽莎白女王和莱斯特伯爵之间古老的爱情故事……”

“几乎算不上是谜案，”亨利爵士说，“每过十年，总会出一本关于那段古老风流韵事的畅销书，一本爱情小说。近百年来，好莱坞就一直致力于此。”

“没错，不过我谈到的历史记录中，都认为女王和伯爵是有婚姻关系的，并非只是恋爱，而且还诞下了合法的继承人。他们的儿子一生下就被匆匆带走藏了起来，就像亚瑟王，而且他也和亚瑟王一样，承诺必定会回归的。”

亨利爵士说了什么,听上去好像是“哼”。他在琢磨着想说点儿什么时,常会发出不满的声音。“但是一个来自斯特拉特福的地位卑下的剧作家怎么可能得知这些消息?”

一阵风在屋子的角落里呜咽,把我们身后阳台方向的落地窗吹得咯吱作响。我呷了一口白兰地。“因为他就是那个被藏起来的儿子。”

有那么一会儿,唯一的响动就是火苗的嘶嘶声。接着,亨利爵士爆发出笑声。“怎么可能相信这种荒唐话。”他高声笑着,一边把白兰地倒入我的玻璃杯。

我微笑着。“是的,罗兹也不信,对此我们过去常常一笑了之,虽然其中有一两则故事很悲惨。”我站起身,走到壁炉旁,“我也没法相信,在毫无确凿的证据和学术性的前提下,她居然会对此进行追寻。但如果这是真的,也没什么关系啊,不是吗?罗兹可能是因为有人以为她发现了什么才遭到杀害的。”

“或者说是害怕她会发现什么。”

我把酒杯放在壁炉架上。“可究竟是什么呢?在哪里?比如说类似于第一对开本的东西,共有二百三十本,散落在全世界。即便我知道是哪一本,或者说她确实已经发现了其中的一本,那可是本厚厚的大书。我该找什么呢?”

亨利爵士正注视着桌子上的卡片。“听我说,”他开口了,“她从第十六和第二十三首十四行诗中摘选了诗行,合成了日期。可是,每一首诗中有十四行可以挑,为什么她偏偏挑这几行呢?”他用手指叩击着卡片。

我走过去看着他指着的那两行:

> 啊,但愿我无声的作品能够
> 滔滔不绝地说出我满腔豪言。

我身体一热,突然明白了什么。“她指的是自己的作品,是吗?并非莎士比亚的,这可真巧妙,亨利爵士。”

“对于一位博学的教授而言，这依然是大海捞针。”

“至少我们有了点儿头绪，”我咧嘴笑着说，“把它翻过来。”

在另一面，是不均匀的、手动打字机字母键叩击出来的文字，是老式的目录卡书目：

钱伯斯，E. K. (Edmund Kerchever)，1866—1954

伊丽莎白时期的舞台

牛津，牛津大学出版部印刷所，1923

“绝妙的卷册。”亨利爵士说。

“你的意思是多卷册，是四厚卷。”钱伯斯是一个老派学者群里最后一位学者，这些人搜集资料的方式如同维多利亚时期的植物学家搜集甲虫和蝴蝶，不加区别，非常深入，展现资料时充满睿智和丰富性。《伊丽莎白时期的舞台》出版时，网罗了与莎士比亚时期剧院有关的所有已知的资料。还有一些没有被挖掘，但是数量不多了。对于学者来说，它依然是关于那些被淡忘的剧院琐事的私藏箱。

“总之，比对开本强，”他说着，从椅子上撑起身子，“因为我恰好有一套。”他走到房间的另一边。

“等等，”我说，“不是你的书，是*她的*书。这是她的卡片。”

他转过身子。“罗兹把她自己的书编了卡片目录？”

“不是，提到书，她从来没法清楚区分自己的和哈佛的。看到没？”我指指卡片顶上的号码：Thr 390.160。“这是怀德纳老系统采用的索书号，怀德纳是哈佛的主要图书馆，时间应该在杜威设计出自己的书号编码之前。”

“她从哈佛的图书目录里拿的卡片？”

“现在是她的了。几年前，大学将图书目录放在网上，在科技狂飙的势头下，当时的图书馆管理者们认为卡片目录过时了。为节省空间，他们决定扔掉那些老卡片，一共有一千一百万张呢，有些还能追溯到十八世纪。从此，他们就把这些卡片当便条纸用。罗兹当时看到了，还大发脾气，于是一直保留着它。”

“她肯定一顿雄辩。”亨利爵士说着，又打住了。

我微笑着。“她在《纽约时报》《纽约客》《大西洋杂志》《泰晤士报文学增刊》上写了几篇文章，痛斥图书馆。最后，她搅起了一阵骚动，大学答应把所有关于英国文艺复兴和莎士比亚的卡片都送给她，只要她闭嘴。她只需将这些卡片从其他卡片中挑选出来即可。图书馆工作人员或许以为这会让她知难而退，可是他们想错了。她雇了三个研究助手，用一年半时间，在堆积如山的纸堆里挑选……我就是其中的一名助手。”我伤心地看着那张卡片，“她把这些卡片放在，存放在图书馆的一个旧柜子里，就放在她的书房内。我觉得她不会轻易用它来当名片。”我的手指抚过卡片，“其实，我愿意打赌，在她拥有的钱伯斯著作中，有某样东西会告诉我们她指的是哪个对开本，以及在哪里。”

“你愿意打赌，真的？”

“去一趟哈佛？”我问，可这其实并非提问。

亨利爵士把酒杯放下。“那干吗不去警署？不就近在咫尺。”

“把它交给某个自以为是的可恶警察，他根本没能力破解，于是就搁置在资料柜里让它烂了吗？不行。”我猛咽了一口气，“再说了，罗兹也没找警察，她找的是我。”

“可罗兹死了，凯特。”

“这就是我为什么要去。”我的手指拨弄着翻领上的胸针，“我承诺过的，而且我也许是唯一能追踪她线索的人。”

*也许除了那位杀人凶手。*这句话我们俩都没说出口。

亨利爵士叹着气。“辛克莱探长可不会赞同。”

“他没必要知道，我会飞过去，就看看那本书，马上就回来。”

“在那儿找个人帮你查可能更快更安全。你又不需要告知原因，哈佛肯定还能找出一两个莎学专家。”

我取回酒杯，不耐烦地晃着白兰地。我离开哈佛的那年，马修·莫里斯教授来到大学，获得了终身职位，也带来了激烈论争。他口才流畅、文笔优美、思维敏捷。本科生和记者都很崇拜他，学校像对待摇滚明星似的捧着他。可是我第一眼看到他就不喜欢他，罗兹也是。我渊博的同事，她常常这么称呼他，温柔中隐含着憎恶。在她看来，他代表了最糟糕的现代学术人士，尽是噱头，没有实质。她肯定最不愿意让我把这秘密告诉此人了。我觉得，要是这样，我倒宁愿去找辛克莱。

在我酒杯里，白兰地晃得缓慢起来，最后停了下来。我摇着头。“我读研究生时的同学都散落在各地，马修·莫里斯在华盛顿特区的福尔杰图书馆休学术假。”颇为讽刺的是，实际上，就算我愿意找他，可他曾嘲笑过资料搜寻式的研究单调而乏味。“其他人我没法信任。”我说。至少，这话是千真万确的。

关于我的出行，亨利爵士要么同意，要么让步妥协，我并不肯定会是哪一种。不过，对于我要回家整理行装，他可是立场坚定。“你的公寓会被人监视，”他说，“再说了，你也需要休息。给我列个单子，我会让巴恩斯给你把东西拿来的。我保证，我们会送你去希斯罗机场，让你赶头一班飞机去波士顿。”

“巴恩斯可不会给我买内衣裤。”

他的表情有些尴尬。“女性贴身内衣，亲爱的，这么说更性感[①]。”

“随你说了，可是巴恩斯不会买。”

“我们会让巴恩斯太太去买，她可是无畏果敢，不会在大堆胸罩面前退缩的。”我都不知道还有巴恩斯太太这个人，可是亨利爵士假装惶恐地看着我，“你不会以为我自己打理住所吧？”

我笑了起来。“你是生活在另一个世纪的人，亨利爵士。”

---

① “内衣裤”英文为“underwear”，“女性贴身内衣”英文为“lingerie”。

“只要付得起，谁都会这么做的。”他的语气轻描淡写，接着将白兰地一饮而尽。

我爬上装饰着重重帷幔的床铺，那床宽敞得足以容下十来个国王，这时，我听到从房子深处不知哪里传来钟鸣，已经三点了。我紧紧地蜷缩着身子，一只手抓住胸针，另一只手抓着罗兹的卡片，想着之前在我公寓的窗口匆匆掠过的阴影。

我当然会惊慌，竟然在风扫落叶的大街上瞥到窗帘和家具的位置有些异样，就好像在云里看到了狼或鲸鱼。我躺着，很长时间都睡不着，倾听着深夜房屋里的动静。

我最后迷迷糊糊入睡了。慢慢的，我的梦里充满了浪涌的声音。我坐起身，床上面长满了草，变成了洒满银色月光的溪流边的水岸。不远处，有人在紫罗兰花丛中睡着，是一位头发灰白的国王，他额上还有一顶王冠。我俯身朝着他，他身子下面的紫罗兰在花茎上全部枯萎了；而他也已经死去。至少，我之前以为他是个男人，可是再仔细看，那张脸微微动起来，变得像一张浸在水下的面孔，这时我发现，那人是罗兹。

随着一道绿光，她的眼睛睁开了。就在我跳着后退时，一个身影自我背后袭来，我听到刀剑出鞘的嘶鸣声。

我从床上坐起来，发现胸针的针戳进了我的手，有一点儿血沾在了亨利爵士的被子上。我起身，小心翼翼地拉开窗帘。在花园里，在令人愉悦的清晨阳光下，牡丹般大小的玫瑰展露着粉红和深红的色泽。我站在窗口，让阳光洒遍我的脸，直到它让我的梦彻底散去，同时慢慢地把我心头残留的恐惧驱逐殆尽。

在更衣室里，新衣服已经摆放在那里了：黑色窄腿长裤，高领上衣比我常穿的更为贴身，还有一件外套，裁剪简约而高档。它们看起来很漂亮，对此我颇为惊喜。衣服旁边放着一只小行李箱，都已经打包妥当。一张机票放在箱子上。航班是九点。我赶紧穿戴好，在新外套上别上罗兹的胸针，走下楼去找亨利爵士。

“被娱记们追赶可比剧院工作更能让你学会狡猾。”当我走进餐厅时，他很是满意地说道。我发现，宾利车正要出发去海格特墓地，后座还坐着园丁和他的孙女。即便是派出一辆声东击西的车子，亨利爵士还是在整个早餐期间大惊小怪地不停叨叨着：“你确定自己不需要人陪？”他边问边将看起来有一整磅的糖搅入了自己的茶里面。

我摇摇头。“谢了，不过我要是与一位世界知名的演员同行，会引起更大的注意。”

终于，当我坐进一辆由巴恩斯驾驶的路虎车时，觉得一阵轻松。“保重，凯特。”亨利爵士关上车门时最后就说了这话。可是，他的目光中满是焦虑。

9

那段航程我记不太清了。亨利爵士给我买的是头等舱，因此，虽然不可能好好睡觉和思考，我至少可以把腿伸直了。下午一点左右，我降落在波士顿的洛根机场，然后跳上一辆出租车，朝着内陆方向的哈佛进发。

当出租车驶入斯托罗快车道，我看着查尔斯河在右手边流淌，在晴朗的天空下呈现出深蓝色。最终，那栗色、青绿色，还有纯蓝色圆顶下的红砖房屋出现了，那都是哈佛学生们住的地方，他们出现在对岸。公路成弧形跨过河流，回转进入六月明亮温暖的坎布里奇腹地。我尽可能迅速地入住宾馆，即哈佛旅舍。我把行李箱放在房间里，黑色的书包甩在肩膀上，跑过马萨诸塞大街，走进哈佛园[①]。

这里更凉快，砖石大楼被海洋般广阔的草地而非人行道包围着，修剪过的轻盈通透的树林里长着树皮光滑、树干高耸的大树。我转过一个角落，图书馆矗立在眼前。这幢楼是为了纪念一位年轻的研究生而建造的。他出于对精美书籍的无比热情，于一九一二年坐船航行去欧洲，回程订了泰坦尼克号邮轮。哈利·埃尔金斯·怀德纳纪念图书馆就坐落在哈佛园的东面，呈方形，宏伟而气势非凡，正如当初那位伤心的母亲出资建造它时所要求的。

我跑上台阶，上了两层楼，进门走入冰冷的大理石门廊。我在特殊读者办公室前短暂停了一下，拿到一张来访校友的黄色书库特权卡。再往前，我在一扇门前，对着正坐在那里万般无聊的学生管理员挥了挥临时卡，便通过一间灯光通明的楼梯间，进入了书库。

---

① Harvard Yard，即哈佛大学文理学院（哈佛大学本科教育所在地，哈佛的“本部”）校园。

有片刻，我站着没动，适应着环境。怀德纳夫人在捐赠时，以书面形式苛刻地要求图书馆的外观不能有半点儿变动，哪怕动一块砖都不行，但图书馆内部又是另一回事了。对此，她勉强同意，可以根据时代变化做相应的维修和改动。自从我离开学校后，校方对进入二十一世纪的校园投入了几百万修缮资金。我希望自己还不至于因此迷路。墙上贴着一张薄薄的复印地图，由此看，图书馆基本格局依然没变化。

我跟随着地板上的红色宽条标示走，很快走向四层楼梯，来到了怀德纳最底下的一层。我穿过幽暗的走道，走道两边都是书架，架子上的书籍中全是被时光湮没的知识。我走进一条环绕的地道，两旁是巨大的、发出叮当金属声的管道。在地道的另一头，沉重的金属门开启着，通向一个大厅，那里铺着橘红色的地毯，指向一个小型的电梯，电梯吱呀作响地下降到另一层。于是，我走进了一间宽敞的、灯光耀目的正方形厅堂，房间里发出轻柔的呜呜声，仿佛是一间被掩埋的太空舱。

我瞥了一眼钉在电梯墙上的地图，视线又回到了罗兹的卡片上。我要的是390.160这个书号。那“Thr”部分指的是剧院历史，就在房间最远处的角落里。我缓慢地踱步过去，快到那片区域时，脚步更慢了。这里就是390。我蹲下身子，用手指滑过书脊：190，180，165，160.5……然后，出现了一个长方形的空白区。我查了查手中的卡片，再看看书架。没错，就是这里。可是，这里应该有四卷书的，却空着，四卷书一本都没在架上。

该死，该死，该死的。我没料到书会不在。我赶紧回到电脑那里，它就在电梯旁的一个角落里发出邪恶的光。我能查到这几本书，通过在线目录，找到是谁借走了，不过，即便幸运的话，也得要花上一周到十天时间才能将它们要回来。假如借书者在休学术假，就得要一个月的时间了。我可没有一周时间，更别提一个月了。我暗暗咒骂着，一边把书名打在搜索页上。

当答复跳出屏幕时，结果更糟，“无搜索结果”，屏幕上如此显示。我很沮丧地回到地下书库，又上到图书流通区，那里有个学生坐在书桌后面，懒洋洋地告诉我，说可以要求进行书架搜寻。

“书架搜寻？”我不相信地问道，“难道你要派某个可怜的‘地精’，在一千一百万本书中查找遗失的四卷书？”

她耸耸肩。“这幢楼里只有三百五十万本书，不过，你要的那四本总归是找不到的。”

不管罗兹在《伊丽莎白时期的舞台》中发现了什么，她准是做了记号。这一点我很肯定，她在书中做记号是出了名的。总是用铅笔，勾号一般稍稍向后偏斜，像是阅读时打的勾，如同呼吸般无意识。据传，她有一次被驱逐出大英图书馆，因为她在一部上千年历史的手稿上打勾号。她倒不是恶意，只是不自觉罢了。这种事，英国人，至少是英国人中老派的图书管理员们，似乎还能谅解，因为他们很快又接受了她。偶尔，她会在书空白处做点儿笔记，有一两次我还看到过完整的责骂句子……我需要找到被她视为己有的书，而且是怀德纳图书馆的。

“谢了。”我勉强地说着，一边填写要求派“地精”进行查找的申请。在从图书流通区通往进馆大厅的门口，我站住了。现在该干吗？

我正要右拐朝出口走去，左手边那条巨大的大理石台阶吸引了我的注意。图书馆的构造是一座巨大空旷的正方形环绕着一个庭院，在庭院中央，有狭窄的走廊连接到外部的方形区，而中央区就是圆顶的陵墓，是年轻的哈利·怀德纳的。这里并非埋葬他骨骸之处，而是收藏了他的书籍。圆顶陵墓空洞的大理石中心区域，完全仿造他那幽暗的木板镶嵌的书房，每天早晨，都有鲜花摆放在书桌上。

我慢慢走上楼梯，完全进入了一片像羊皮纸般苍白的大理石区域。一条新古典主义风格的通道引向一个半圆形的房间，也是大理石的。走过通道，有一扇小门通往那间书房。我看着那黑色的木板镶嵌，还有玻璃门书架上的书，以及那红色的微微干枯的康乃馨。可是，我想找的就是这拱顶的厅房。在房间中央的玻璃顶的祭坛上，放着两本书，各自背对着。其中一本是最早印刷的书，即古腾堡版《圣经》，上面有规律地印着拉丁文的粗黑体字母，首字母是红色和蓝色的。另一本，拜年轻的哈利的好品味和鼓钱包所赐，是哈佛自己的第一对开本。

书房空荡荡的，哈佛学生很少参观此地。此书的扉页打开着，上面还印着莎士比亚像，画像上他的眼神飘忽不定，眉毛粗短，环状领上方的脑袋姿势笨拙，看上去有种古怪的要被斩首的感觉，位于半圆形的光环上。“威廉 · 莎士比亚先生的喜剧、历史剧及悲剧”，都是大写字母，摆在画像上方。画像下面印着“据真实原版”以及“1623 年艾萨克 · 贾格德与埃德 · 布伦特于伦敦印制”。

我浏览着那一页。没有读者敢去污损它。也许罗兹确实在某些书上做过不那么恭敬的记号，可就连她也不可能故意在对开本上落笔。

钱伯斯是关键。在《伊丽莎白时期的舞台》四卷本的某一卷中，肯定有某一处会告诉我该找寻什么。我是说，如果我能找到怀德纳的版本的话。我的心突然一阵惊跳，*若是凶手拿了它们呢*？当然，这不可能。谋杀发生时，我手中已握着罗兹给的线索，而且此后几个小时都一直拿着。

如果是罗兹自己拿走了那几本书呢？如果是的话，她很可能会带着书去伦敦。亨利爵士也许能从某个人那里找到线索。可是，我该做什么呢？回去找辛克莱，眨着眼睛，说想看看霍华德教授的书，又没有具体的原因？我跑下楼梯，向外跑进树林。

在庭院的另一边，我几步走上了一个开阔的平台，平台环绕着纪念教堂。五年前，五月的一个夜晚，这个平台曾被我用来上演自己导演的处女秀，即本科生表演的《第十二夜》，当时没有用任何背景布置，只凭借了教堂建筑庄严肃穆的轮廓。那天，山茱萸那盛开的白色和粉红色花朵衬托着舞台，在榆树的掩映下，笑声荡漾。

我现在仍然为这出戏感到骄傲，它欢快诙谐却又阴郁纠结，那关键的俏皮式谜语始终引诱着骄傲、严苛的马伏里奥，起初让他愚蠢，而后是疯狂。我坐在教堂的台阶上想，难道罗兹也在用类似的手段引我上路？

这一想法使我感到不快。我心一紧，想到她躺在环球剧院的长椅下面，两眼圆睁。

这见鬼的办公室，那天早些时候她这么说过。

见鬼的登场，我是这么回答的。

这些麻烦之后，凯特，我希望找到某个不那么世俗的东西，更多一点儿，是的，莎士比亚特色。

我当时只是怒视她。是亨利爵士给了她所想要的。“我会称您哈姆雷特，”他曾说，“国王，父亲，高贵的丹麦人。”

“我会称您哈姆雷特。”我高声对自己说，当我说这话的时候，脑海里某个幽暗角落的锁咔嗒一下打开了。有那么片刻，我静静地坐着。然后，我摸到手机，拨通了亨利爵士的电话。

“那个针眼。”他一接电话，我就说开了，声音因急切而变得尖厉。

“你好，凯特甜心。”

“他们在罗兹身上发现的针眼，它在什么位置？”

“好古怪的问题，”他吸了口气，“答案也不寻常，我恰好知道，因为我刚刚又和辛克莱探长谈过。他可真是个严厉无比的家伙，真像陀思妥耶夫斯基。”

“在什么位置，亨利爵士？”

“在她右耳后面的大静脉处。”

在我头顶很高的地方，绿光如水般透过树叶，仿佛要倾泻到宁静的海面。光线照到我身上，它几乎没有带走我的阴郁，那温暖早就消散。

“凯特？你在吗？”

“他也是这么死的。”我低语。

“谁？还有谁死了？”

“哈姆雷特的父王，老哈姆雷特。这就是他为何一开场就变成了幽灵。”

亨利爵士发出长长的、呼啸似的呼吸声。“在耳廓处，”他低语，“老天，凯特，没错，他的胞弟趁他熟睡，将毒药灌进了他的耳朵。完全吻合……除了一件事。”

“什么？”

“初步的毒药检测，亲爱的，”他解释道，“结果是无毒的。”

“没有毒药？你确定？”

“我不太知道他们查的是什么。毒品，我猜，可是，不，没有一丝一毫。”

“那么他们肯定漏掉了什么，你能联系到辛克莱……”

“我就是从刻板警官本人那里得到的消息。”

“老天，亨利爵士，”我突然说，“哈姆雷特父王的幽灵就是昨天下午罗兹所扮演的角色。环球剧院第一次着火是在周年纪念日，而她让我去找的书，就是有索书卡编码的那本，也不见了。没有出借记录，就是不见了。你能接受这么多的巧合吗？”

一种不祥的沉默弥漫在电话中。

“要我回去找辛克莱有一个条件，”亨利爵士很生硬地说，“你快回到宾馆房间里，锁上门，等我的电话。我很担心你。”

“可是那套钱伯斯的……”我提出异议。

“你刚刚说过都不见了。”

“可是……”

“等我电话，凯特。”他很坚决，“我们一旦从辛克莱那里得到答复，就会想出下一步该去哪里。如果你是对的——我并不是说你一定正确——那这浑水你就不能一个人蹚了。”

我犹豫着，要是现在停止行动，就是把钱伯斯这条线索太突然地砍断了；对此我很确定，可是我不能没有亨利爵士的帮助。“好吧，”我勉强说道，“我等着。”

“好姑娘，一旦我得到消息就马上给你电话。”

我把电话挂了。罗兹到底陷入了什么？要从我那里，经过我，还有亨利爵士，得到什么呢？

我的视线越过庭院，望着图书馆。从这个角度看，图书馆巨大的柱子在庄重的砖石映衬下，有一种古典神庙的高贵气派。我想，它是知识的神庙，是哈佛尊贵的教授们的家园，他们在那里有书房。马修 · 莫里斯根本不喜欢图书馆，占据着一间他几乎很少涉足的书房，可他又不肯放弃。它是威望的勋章。“我的秘密房间，”罗兹这么称呼她的研究室，一边把钥匙交到我手里，当时我刚成为她的研究助手，“我的记忆之屋。”

这句话又让我想到了另一句。是什么？我当时这样问，那是最近我们遇见时的对话。“*就锁在我记忆里*，”她回答道，“*你得自己拿到钥匙*。”

当时，我以为她指的是金盒子，可现在我突然意识到，我还真有把钥匙。我从书包的侧面口袋里找到我的钥匙圈。现在我手里放着五把钥匙，有一把较长，更重些，而且比其他的都更黑。这是罗兹书房的钥匙。我离开这里时带走了它。已经三年了，我还保管着，一直告诉自己，说哪天她问我要了，我就还给她。她从没问我要过。

突然，我明白了。我抬起头。*她的足迹正好穿过那间书房*。

辛克莱凭着他那块写字板和严谨的效率，肯定已经联系了哈佛的校警，请求将罗兹的办公室作为犯罪现场封起来；她的英语系办公室肯定也被封了。可是，她的图书馆书房或许，或许恰好就被忽略了。这里可是怀德纳，时间轻易就飞逝了。教授们逍遥地躲进自己的书房，避开大学的各种琐事，沉浸在对知识的追索中。很可能，英语系甚至没有人会知道罗兹在怀德纳的书房在哪儿。

可是，一旦公众知道她被谋杀致死，当局迟早会想到这地方。在辛克莱的施压下，可能会更快。我只有一线机会，而且它也快向我关闭了。

我一边默默地向亨利爵士表示抱歉，一边拎起包，跑过庭院，迅速跑上陡峭的楼梯，冲进怀德纳。

10

我挥了挥卡，再次钻入书库，我指的不是地下室的延伸区，而是图书馆正馆，那里有迷宫般的十层楼，六层在地上。罗兹的图书馆书房在第五层。我迅速上楼，走出楼梯间，停下脚步。

我忘了书库的厉害之处。它们与盛大开阔的公共大厅和阅览室不同，也和地下室单调的明亮不一样。在那里，空气中有一种古老的霉味，还混杂着一种辛辣味，那是纸张和氧气抗衡的味道，缓缓地释放出一种烧灼感，哪天这整个帝国都会成为灰烬。

我沉下肩膀，赶紧朝图书馆南侧走去，那里一排排钢铁的书架形成转弯，向远处延伸。在温暖的夏季午后，这里的人并不多。即便如此，我还是能看到有两三个用功的学生正伏案学习。我找不到完全属于自己的空间。

只要我表现得像自己有权待在这里，就不会引起怀疑。我拐入一条通道，退回到更里面的走廊，走进去正好对着罗兹书房的门。门上有扇窗，和其他书房的一样，是磨砂玻璃的。

钥匙依然能用，门开了，我走了进去。

一切和我记忆中的完全一样。几个书架靠着三面墙，仍然放着从地板一直顶到天花板的书籍，只有一面墙，那里放着书目卡的柜子，柜子对面是书桌。桌子上，有一对长长的耳环，是银质绿松石的纳瓦霍工艺，这是我很久前送给她的。耳环就在键盘旁静静地垂放着，它旁边是一个银质的相框，里面是弗吉尼亚·伍尔芙的照片。莎士比亚半身像放在一堆纸上。墙上钉着一张很大的英国地图，旁边还有一张，是莎士比亚时期绘制的地图的复印品。地板上铺着同样古老的东方地毯，上面被磨损的部位也是老样子，那是她在上面来回拉动椅子所留下的。在远处的角落里，就在书架和窗户的中间，是一把靠背椅，上面的印花棉布已经被磨得破旧了。

那两扇窗与众不同。罗兹固执地拒绝在上面装窗帘或遮光罩，她不愿意少掉哪怕是一寸可以见到天空的空间，她曾这么说过。其实多少都一样。可是我最后一次在这里时，从窗口可以看到图书馆阴暗的中央庭院，那里只有鸟儿和几点零落的被风吹过来的垃圾可以到达。此刻，从窗口望下去，是一间灯火通明的房间，里面有一些读者。我记得，这是后来修缮的成果之一。哈佛大学为庭院加上了环绕中央圆顶屋的顶棚，采用的是透明玻璃材料，由此把那个空间改造成两间豪华的阅览室，对此，学校还颇感自豪。

站在书房中央，任何读者都能从那里看到我。我心里诅咒着，走到书桌前。我把自己的书包放到地板上，跌坐在罗兹的椅子里，绞尽脑汁地思考起来。

如果我坐在这里读书的话，下面任何人抬头看，都不会觉得有异常。我也许可以查查电脑。没人会怀疑教授雇了一位助手在她的办公室里工作。尤其是罗兹，她不太喜欢电脑。她的专著和文章的初稿或二稿都是手写的，而后才交到秘书手里。除非她的死讯已经传开，我在她电脑前工作应该没事。

但我得查一下她的书，这事更棘手。她历来放书方式古怪，在房间四周排了两列书。大多数人排两列书时，会把最常用的放在前面，可是罗兹却相反。她曾经说自己从来不喜欢让别人窥探自己尚未成型的思想。因此，她书架的外面一层书都是她的同事和朋友的作品，还有一些从事莎士比亚研究的新秀们的新作，这让好奇的参观者看不出端倪来。

看上去，甚至连能够暗示罗兹思想之不可预测的轨迹的书籍都消失了。不是消失了，我叹了口气，而是被藏起来了。要找到《伊丽莎白时期的舞台》，我得把房间里每层书架上的每一本书都抽出来。至少，这么做太怪了，只要有人抬头看，就会有所感觉，况且这要花很长的时间，被人看见的概率就会非常高。

在钢笔和铅笔堆里，有一个罐子上插着一个小手电筒，就在电脑边上。我拿起它。怀德纳仍然是十点闭馆，图书管理员和门房十一点时全都会离开，外面的工作人员十二点走。这样我就有六七个小时可以不被人看见，直到工作人员次日归来，八点开馆。我微笑着看着伍尔芙女士那双大而忧郁的眼睛。白昼无法做的事，得放在夜晚做。我只需把自己关在里面。在罗兹的电脑屏幕旁，斜靠着第一对开本的现代复印本。我拿起书，站起身，带上书包，走出办公室。

我在一间阅览室里找到位子坐下，打开对开本。在这段长久的等待中，我查阅了复印本的每一页，可是一个记号都没有。

到九点半，我终于从扩音器里听到一个男声："流通区的阅览室将在十五分钟后关闭。十五分钟后，流通区阅览室将关闭。"到了九点四十五分，灯光闪起来，于是少许几个还在的老读者也离开了。我等着，直到听见扩音器里的男人对我下面的两层楼发话。最后，我站起身，伸展了一下身体，累得有些僵硬了。现在是伦敦时间差不多凌晨三点，可是我还得有几个小时才能睡觉。我看着沿着长长的阅览桌的两条通道，这一侧之前已经很少有人了，现在完全空了。

我合上书，返回罗兹的书房。钥匙轻轻转动，我走了进去。我把门开得尽量小，是侧身进入的。下面的阅览室已经空了，管理员也没在书桌前。我赶紧蹲下，俯身在地板上的书包旁。我拿出手机，把它关了。接着，有一个小时，我坐下来一边听着声音在图书馆里慢慢消失，一边等着罗兹在我内心出现。

终于，走廊里的灯光熄灭了，只有每隔二十或三十英尺有一盏微弱的小灯亮着。房间里充满了沉重的睡意。我的下巴撞到了胸口。我把自己摇醒，可是头又低了下来，眼睛慢慢闭上了。

我猛地一动，又醒了。有什么让我惊了一下，可又是什么呢？在书房外面，黑暗越发浓密，仿佛天鹅绒般。我趴在地板上，倾听着，但什么都没听见。

我打开手电筒，移到书桌旁，把对开本放回当初找到它的老地方。我从莎士比亚半身像下面抽出纸，把它们叠好，放进了我的书包。接着，我面向书架。“抱歉。”我低语着，究竟是对书呢，还是对书房？或是对罗兹？然后，我沉下肩膀，开始工作了。

我在书架间有序地移动，这样做罗兹也会认可的，我把第一排书一部分一部分地移开，把手电筒照在里面幽暗的那排。至少得承认，她的兴趣很多样。我看到一小列关于塞万提斯和《堂吉诃德》的书，接着是有关迪莉娅·培根的，她是十九世纪新英格兰的才女，痴迷于莎士比亚，起初才华横溢，可后来为莎学疯了。迪莉娅曾是我的研究范围，是什么激发了罗兹的兴趣？我用手掩住了哈欠，继续找。一长列关于美国西部莎士比亚研究的书，是罗兹放在最后的。总之，这里就像是随意堆在书架外面的大杂烩。她的藏书没法让人看出什么有系统的新研究方案。更关键的是，我没有找到《伊丽莎白时期的舞台》。

二十分钟后，我跪在地上，几乎绝望地朝窗户旁底层书架的最里面看去。有四本暗红色布封面的书，书脊上金色黯淡，是简写书名：伊丽莎白时期的舞台，钱伯斯。

我俯身更靠近了一些。在其中一本书差不多结束的几页中，夹着一张纸，它像一面小旗般露在外面。我把书抽出来，放松身体，坐在靠椅边，打开了那一页，第四百八十八页。标题是“剧本与剧作家”，这是很长的整一章的标题，一个一个列着英国文艺复兴时期的剧作家，以及已知的每一部戏剧的印刷版和手稿复印版。真是令人难以置信的学术研究专著。

第四百八十八页是从有关《奥赛罗》的中间一段开始的，下面接着的是《麦克白》《李尔王》《安东尼和克利奥帕特拉》……一直到对页上的《暴风雨》和《亨利八世》。是莎士比亚的后期剧作，他的詹姆斯一世时期巨著。昏暗的黄色手电筒光晕在空白边缘扫过，她费心寻找的究竟是哪一部戏呢？

可是，我再次发现没有任何记号。我坐直身子。线索不会就此终止的，不可能。我把罗兹的卡片从外衣口袋里拿出来，又读了一遍她的笔记。

我翻转卡片，摸索着卡片底上打的孔。罗兹大费周折地要到了这些卡片，她不可能用它当类似生日贺卡这样临时使用的东西，为此拿掉任何一张的。不管她想要我找什么，它肯定是与这些书有关的东西。

不是书，我想着坐起身。*根本就不是书*。我之前以为这些卡片只是线索，可是罗兹是让我关注这张卡片本身。我站起来，走到她放书目卡的柜子那里,这可是怀德纳的其中一个旧柜子。我把打开的书放在柜子上，用手电筒沿着一个个小抽屉往下照，每个抽屉上都整齐地标有罗兹的笔迹，我找到一个写着“塞西尔－查尔斯二世”的抽屉。

我拉开抽屉，翻着里面的卡片，直到找到标有“钱伯斯，E. K.”的。第一本书名为《英国的亚瑟》，接着是《早期英国抒情诗》，而后是《英国民间戏剧》，查过头了。我往回翻了一张卡，把两张卡推开。就在那里，在抽屉底上，手电筒的光照到了一张对折的小纸片的一角。我小心翼翼地把纸抽出来。

“致凯特。”是蓝色的铅笔字。

就在这时，大厅里刚才还是黯淡的灯光闪动起来，接着就熄灭了。我把这张纸放进书里，把书贴着胸口抱着，关掉手电筒，踮脚走到门边。我发现,所有的灯都熄灭了,整个图书馆一片漆黑。背景中有一种嗡嗡声，我差点儿没察觉，那声音似乎深沉缓慢起来，接着就归于寂静，仿佛整幢大楼是一头巨大的活着的野兽，刚刚咽下最后一口气。

我转身回去继续工作，这时，就在寂静中，我听到一个吱吱声，还有很低的叹息般的嗖嗖声。我僵住了。这声音我很熟悉，来自狭窄的楼梯间防火门，楼梯间就在书房外走廊的两端。东侧的门刚才打开了，正在关闭。这楼里有人。

我又一次悄悄走出办公室，可是这次，我把门几乎全关闭了，只是没把门锁带上，于是我迅速穿过走廊。正当我走进书库时，一个比周围的黑暗更幽黑的身影迅速转进了楼梯旁的角落里。

一定是保安，要不就是哈佛负责照明管制的校警。可是，一个念头却在我脑海里驱逐不散，这个身影或许就是我在自己居所窗口看到的，他和罗兹的礼物有着神秘莫测的联系。我用手掌盖住那枚胸针,躲进走道。

在走道尽头，月光洒在地面。我看到走道上那个男人的身影，可是没等我辨识其模糊的轮廓，他就走了过去。我悄悄地松了一口气。可是，没走几步，他又停住了，接着退后两步，又退了一步。走到罗兹的房门那里，他又停住了，接着我瞥见钥匙的金属光泽。可是，罗兹的门没锁上啊,它甚至都没关严。在摸索中,门被推开了,发出细微的吱呀声。很快，他不动了。

突然,他转过身子。我赶紧躲闪,并跑了起来。他迅速跳进走道追赶我。在阅览桌边向左拐，我跑过三条通道，又迅速冲回书房区。在走道头上，在铁书架的掩护下，我停住了，心脏狂跳，听他的动静。没有声音。怀德纳是短走廊构成的迷宫，到处是突兀的拐弯，怪异的小房间，何况这会儿还是在黑暗中。如果他不像我这样熟悉迷宫中的道路，如果重修工程没有改变我所了解的路线，我经过一番努力还是有机会逃脱的。

在外面走廊里，一阵脚步声响起，这让我听出了跟踪者的方位。在几条走道之外，他拐着弯，开始跑回书房区。他越是靠近，我就在书架那里躲得更深。无论如何，我得隔在他和书架之间。我一只手紧紧抓住钱伯斯的书，另一只手摸着头上的一层书架。摸进了几码后，我的手感觉到那里有一处空隙。我把手够了进去。没错，我踮脚站着，正好可以碰到另一边走道书架里侧的书。我猛地用力，把一排书推到了另一条走道上。

他就转进了那条走道，朝着响声走过来；正当他走来时，我朝另一个方向一跃，朝走廊附近一头的楼梯方向跑去，只有十英尺的距离。不知道那堆掉在地板上的书会耽搁他多久？我跑进楼梯间，拉开下楼的门，而后一阵尖锐的金属般的尖叫声在黑暗中传来。我朝四下看，往上走的楼梯的门都虚掩着，毫无阻碍。我转身迅速往上跑。

到了楼顶，我闪入书库。正当门迅速关上时，楼梯下面有了脚步声。脚步停住了，接着门又被推开，同时发出尖厉的声音。脚步声急速而平静地朝下面去了。

我等着。他或许正在往回爬,已经猜到了我的伎俩,等着我现身。或者,他会去主出口处等着我。不对。来了,那轻微的鞋子踏在楼梯上的吱呀声。我紧张起来,准备跑,可是又什么都听不到了,连这些书籍都似乎屏住了呼吸。

过了很久,我放松身体,慢慢地退回到西侧的内墙处。那里,高高的窗户能往下看到阅览室,这和罗兹书房里望下去是同一个区域。我站在小角落里,能看到书房的整排窗户。我正要转身走开,一小道红色的光照在了其中一扇窗上。我凑近一看,就在下面一层楼,往前三扇窗子,正是罗兹的窗户。

他又回去了。

我很快下楼,穿过书房走廊,穿过书库,来到外侧走廊。也许,此时此地,我没法阻止他一个人在黑暗中乱抓罗兹的东西。但我可以找到一些线索,弄清楚此人究竟是谁。

我来到直接通往罗兹书房的走道上,朝书库四下张望,看到有一道红光闪过罗兹的窗户,他还在那里。

我穿过一条通道,把书塞在书架下面一层的空档处,记住了它的位置,是在六本书之后。实在没办法的话,我可以明天上午过来拿。把它错放在百万本书中,别人发现的概率微乎其微。同时,这样也很安全。

我悄悄转过角落,往前踏了一步,又一步,蹑手蹑脚地沿着走道走下去。当罗兹的门映入眼帘时,我停住了。什么都没有。我又走了一步,这时尖厉的警铃声打破了沉寂。没等我缩回去,一个黑影子冲出门,朝我扑过来,一只手臂抓住了我的后背。在警铃的高声尖叫中,勉强听到耳朵边的低语声:“普通的凯特,可爱的凯特,有时又是该死的凯特。”

我的名字!他知道我的名字。我扭动着,想看看袭击者的面孔,可是他把我的手臂狠狠地往上拉,我痛得直抽气。

他笑了,笑声里没有任何欢乐和暖意。“可是,正如另一位莎士比亚老主顾所说的,名字里有什么?……罗兹改了她的名字,你知道的,改成了*老哈姆雷特*。”

我的皮肤如被冰冷的针刺过。我没猜错。我再一次挣扎着。有东西闪着光，接着冰冷的薄薄的刀刃架在了我的脖子上。“也许我们也该改了你的名字。”我能感觉到脖子上有他潮湿的呼吸。“跑啊，凯特。”他奚落我。接着，他仿佛在尖叫不停的黑暗中消失了一般，不知道到哪里去了。

我心里一阵恐惧，朝有阅览桌的外侧走廊跑过去。我朝右边看，又朝左边望。没处可去，只有一个藏身之地。我躲在一张阅览桌下面。他去了哪里？发生了什么？他准是带有什么行动感应器，出于自我保护才消失的。也就是说，他在等着我返回。

尖叫声停住了。如果是他关掉的话，那他就在不远处。

有脚步声偷偷地穿过书库。走开，我拼命地使起了意念力，拜托请走开。

但他还是朝我的方向走来，脚步有意放慢了，在每张阅读桌前都停顿一下，也许他在往每张桌子底下看，正在找我。

他在我前面那张桌子前停住了，我紧张起来，准备跳出去。要抵挡他的利器，我只有靠阅览桌了。我可以把桌子顶过去，也许能破坏他的平衡，趁机逃走。虽然胜算不大，但总比坐以待毙强。

他又往前走了一步，又一步，接着他经过我的桌子，继续走下去，一直走到走廊尽头都没有回头看。他朝出口方向一转弯，消失了。我听到远处楼梯口大门的开启声。

我释然地出了一口气，从桌子下面爬出来，站起身，看看桌子。我爬进去前，桌子是空的，可是这会儿上面有一张纸，像一片银色月光洒在黑漆漆的桌面上。我拿起纸，纸张的一边很粗糙，毛毛的，是从一本书上撕下来的；纸上的印刷文字旧旧的，质地很厚、绵软，比较重，不是从现代版的书上撕下的。

我移动身子，想从外面借点儿光。这张纸是第一对开本上的，是原版，不是我在罗兹书桌上发现的影印版。总之，那上面没有记号，这张纸上却有。在右边的空白处，有人画了一只手，手指向左边。那是一只拳头，食指点着一行字，大拇指向上竖着，像是现在孩子模仿手枪的样子。不过，那是一个老式的记号，是很久以前读者用来表示提醒的，即中世纪和文艺复兴时的加重记号。我凑近了看，这标记的形状是老式的，可记号却是新做的，用黑色圆珠笔而非纤细的鹅毛笔或钢笔标在上面。

我看了看那行字，突然觉得不安起来。准确地说，那不是正文，是舞台指示，不是《哈姆雷特》，是《泰特斯·安德洛尼克斯》中的，那是莎剧中最残忍的戏剧，又是最残忍的时刻。那暴力过于血腥，是在腹部戳一个黑洞，残忍到连莎士比亚都不想把这放入台词中：*莱维尼娅上场，双手被砍去，舌头被割掉，被强奸。*

“名字里有什么？”跟踪我的人曾这么嘶哑着说，“也许我们也该改了你的名字。”

改成*莱维尼娅*？

“*凯特*。”有个男人的声音在我肩后面说。我尖叫起来，接着一只手捂住了我的嘴巴。

11

“别出声，听我说，”一个低沉的英国口音传来 “罗兹派我来的。”

我偏了偏身子，可是他抓住我，把我扭过来，紧紧地靠着他。我清楚地看到他有乌黑卷曲的头发，又长又直的鼻子，身体非常坚实，就像是大理石雕塑，除了有体温外。

“罗兹死了。”我说。

“她没听我的。”

我挣脱开去，他又把我抓了回来。这一次，他的眼睛狠狠盯住我。“你要是打开了它，就得听它的了。”

这是罗兹的原话，我不动了。“你是谁？”

“本·波尔，”他简洁地回答，“抱歉我态度不好，但我尽力要让你活着离开这里。假如我与跟踪你的那个人走不同的方向，我们还有其他办法吗？”他的口音里有种英国上流社会不经意的傲慢和圆滑。他的脸和手臂裸露着，穿着灰色T恤，而那个在黑暗中低声说话的人从头到脚一身黑色，而且说话是美国口音。

“我干吗要信任你？”

“她是我的姨妈，凯特。”

“你是英国人。”

“大洋两边的人常来常往。她是我母亲的妹妹，她雇我来保护你。”

他黑发碧眼，和罗兹一样。“放开我。”我坚持道。

可他还是紧紧抓住我。“安静。”他的眼睛闪烁着，从我身上掠过，望着窗外。我也随着望过去。在外面，朦胧的黄光从路灯处弥漫开去。再下面一点儿，有黑影像水波般晃动，或像迷雾似的在涡流中回旋。

“是那人吗？”我低声问。

他拉着我轻轻地离开窗户，穿过走廊。“除非他克隆出十几个自己来，”他静静地说着，我们一边迅速走入书库的阴影中，“我猜想这是灯火管制的校警，主出口那里不能去了，还有其他什么法子？”

“有一个后门，就在我们下面，五层楼下面。”

他摇摇头。“也许警察正要去那里。”

我咬住嘴唇。“普赛那里还有个出口，就是旁边那个图书馆。”

“好的。”

“可是从它那里出来，就是怀德纳前门旁的转角处。”

他愠怒地看看我。“这里是哈佛，老天，难道就没有暗门或秘道了？”

“有一处，”我慢慢地说，“至少，曾经有过。那是庭院下面通往拉蒙的，即本科生图书馆。”我刚成为研究生时，那个通道已向大学的所有人开放了，在新年和春假之间阴郁的几个月里，那里差不多成了地下快速路。可是到我二年级时，在图书馆那些较为偏僻的走道里，有人留下了一些被刀严重乱刻过的书页。有一段时间，这成了玩笑的对象。乱刻的人被命名为弥诺陶洛斯[①]，即迷宫中的魔鬼。哈佛校方对此事做出了官方回应，即建议学生必须两人以上走入迷宫般的书库。可是，非官方的实情是，怀德纳里的研究或多或少地出现了停滞。

当番红花破雪而出，秘密警察布满书库。有一天早晨醒来时，我们听到了这样的消息，说有一位小个子的陌生男子，长着蛇一样的眼睛，他被捕了，而拉蒙地下通道被永久关闭。谣言在学生中不胫而走，说根本不是警察抓住了那个用刀乱刻的人，而是一位牧师抓的，说发生过一场激烈的搏斗，血染了整条地下道，刷都刷不掉。当然，哈佛校方不会屈尊直接传播这样的迷信。相反，学校无情地将这条通道从每张地图上抹去，不允许印制它，甚至不许教职员工们谈论它。四年里，它的存在就基本从学生的集体记忆中消除了。

---

① 弥诺陶洛斯（The Minotaur），半人半牛的怪物。它住在克里特岛的迷宫中并吃掉雅典进贡的童男童女，直至被忒修斯杀死。

“棒极了，”本说，“这是我们的胜算。”

“前提是它还存在。”我不安地说。

“肯定在的，”他简短地回答，“必须在，你随身带了什么吗，教授？”

作为回答，我走回那条通道，我先前在那里留下了书，于是我把书从书架上抽了出来。

“还有什么吗？”

“我没有……”我讲到一半停住了。我的包，我把它落在罗兹办公室里了，里面还有我的钱包和所有的卡……难怪凶手会知道我的名字。我还给他留了张名片。我觉得脸都红了。“我把包留在了罗兹的办公室，还有，我也不是什么教授，”我简洁地补充道，“从来就不是。”

“你不相信凡事从简，是吧？”他把我拉过一条走道，前后打量着沿着书房的走廊。“是这里吗？”他低声问，一边指着那扇微微开启的门。

我挣脱了他，跨过走廊，来到门口。我一走进去，就停住了。

房间被弄得乱七八糟，垫子都被撕开了。书本乱糟糟地高高地堆在房间中央。书桌上，电脑屏幕被砸碎了。在电脑后面的墙上，罗兹的两幅地图被撕裂了。除了屏幕，书桌上的其他东西好像都没动过：绿松石的耳环依然靠在键盘上，参考书也一本挨着一本在墙上排列着，不过那里出现了一个空隙。我曾经把罗兹的第一对开本的复印版放回了原来的地方，可现在它不见了。他知道自己要找的是什么，并得手了。其他乱糟糟的一片是愚蠢的恶意破坏。

我的包就放在书本堆里，搁在书本形成的坡度和怪异的角度上。整齐的书桌，摆放得如此小心的包，所有这些都指向了一件事：这远非愚蠢的恶意破坏，是亵渎，是残忍而故意地破坏她的记忆。他有意让我看见这一切。

在我思绪万千时，传来了很低的一声闷响。与此同时，本抓起我的手臂，飞速拉我回到了书库处。书从我手中飞离，我正要去抓，他一下子扑倒在我身上。一道亮光射进黑暗，走廊里所有的玻璃都破碎了，发出尖厉的声音。一阵深沉的震颤波及了整幢楼。

渐渐地，那声音消失了。从我身上，本撑起身体。我的脸颊贴着大理石地面，感觉非常冰冷。我抬起头，在十尺远的地方，钱伯斯的那卷书打开着，面朝下贴着地板。一块玻璃碴儿像被诅咒的珠宝，嵌在了书的封皮上。我蹒跚地走过去拿起书，翻着书页。罗兹的那张纸依然夹在书快结束的部分。

本说了几句什么，可是声音听起来很遥远，像是隔着雾，我没法听清楚。我茫然地抬起头。他跨过三步，来到我面前，双手划过我的背脊，将我转过来，从头到脚地端详着我。“你没事，待着别动。”

他走回书房，身影消失了。

我没听他的命令，也慢慢挪过去，偷偷往书房里看。本背着火光站着，正在琢磨我的包，那只包此刻被压在了搅成一团的砖瓦和钢铁下面。罗兹书房里所有的窗户都被震碎了，满地板都是玻璃碎片。再望过去，我能看到墙上有一个洞，透过洞能见到庭院。房间里弥漫着一种令人愤怒的橘红色光。在烟雾中，纸张的碎片飘浮着，在庭院里打着旋儿，就像暴风中的雪花。

我把包上面的一根铁棒拉开，本拿过棒子，走了回来。“是你的包吗？还是你还在其他地方留下过‘凯特到此一游’的标记？”

我摇摇头。

“那好，我们走。”

可我还是站着没动。

“走啊。”本硬拉着我朝楼梯走去。他走在前面，一只手握着一把黑色半自动手枪，迅速带我走下一级楼梯，接着走下另一级。在隐约模糊的远处，警笛鸣叫着。火焰忽明忽暗的光怪异地照在下面的整个庭院，照亮了我们的路，直到我们抵达底楼。再往下，即便是最微弱的光都消散了。一步一步地，我们在漆黑一片中摸索着向下的路。在我们四周，整幢楼开始低吼和叮当作响起来；我尽量不去想那三百五十万本书正在我们头顶的每层楼的书架上坍塌下来。我们穿过了 A 区，接着到了 B 区。“就是这里。”抵达 C 区时，我低声说。

接着，我意识到自己错了。这里不像楼上各层，上面都有宽阔的走廊贯穿楼的东西侧，也不像地下层是一分为二的，在这一层，在我们所在的西侧，只有一条很短、很窄的瓶颈似的通道连着东侧，即通往地下通道的大门处。更糟糕的是，它还隐藏在一个书架后面。五年前，即便在白天，我对图书馆的这个区域都不是很熟悉；此刻，在黑暗中，这条通道简直太难找到了。

本往我手里塞了个手电筒。咔嗒一声打开，光朝着远处射出。他不作声，伸手把我的手弯曲了些，这样光束就集中些，稍稍稳定了点儿，照在了我们前方几英尺处。我试探地沿着主走廊往前走了几步。一层层的书架在我们前面延伸着，显得很高，当我把手电筒的光从书架间扫过时，它们仿佛怀疑似的窥视着我们。光束扫过去之后，我才感到这些书架变动过了，角落的位置和拐弯的角度都不一样了。*我要走的是哪条通道？*我尝试的第一条道夹在两排关于麦哲伦的书籍中间，是死胡同。第二条在征服印加的主题处断了。我悄悄溜回来，站到走廊里。

“速度，”本低声说，“我们需要速度。”

“更需要准确。”

我是很意外地发现了那条走道，当时我并不是找它。*我要找的是哪条来着？*

*罗兹。是罗兹派我来的。*我当时正在写一篇关于霍华德家族叛国阴谋的论文，据说他们长期被西班牙收买。“你是说我的祖先阴谋叛国喽。”罗兹说，于是给了我一条到这里来的线索。当时没成功，我并没有找到任何关于霍华德家族的线索。不过，我看到满满一书架有关古老西班牙的漫谈，如日记、急件、宫廷文件等，这些资料都曾被细心地誊抄，很久前由贵族学者出版，因此保留了下来，在偏僻的角落里腐烂着。在这书架的后面，我发现了一条通往东 C 区的走道。

我把手电筒往另一条走道照着，不是那条。接着再照过去。我继续走着，接着又退回来。没错，这条道看起来很熟悉。我走进去，随着辨识度的加强，我加快了速度。没错，就是这条道。

在远处，一扇门吱呀响着。本就在身后，于是我把手电筒灭了，摸索着往前走，直到我感觉到书本就在我鼻子尖前头。我伸手向右摸，感觉到书架转向了一个封闭的角落。*该死*。我把书换到另一只手上，伸手往左摸。

在几排走道外，我很清晰地听到一声闷响，接着有一道微弱的红光在天花板上扫过。我呆住了,凶手用的就是红光手电筒。本拍拍我的肩膀，我明白了他的意思。继续走。我的手指迅速划过那些看不见的、有着光滑书脊的图书,突然摸到了一个空当。我挤了进去,小心翼翼地绕着书架走,书架再往前几步就是大楼的后墙。我用双手摸着墙壁走,寻找着那个出口,心里祈祷着它能依然在那里。

我很快就找到了，以至于一个趔趄，差点儿跌进去，书从我的手里滑落。我盲目地往前一冲，趁书还未落地抓住了它，封皮上嵌着的玻璃碴儿刺进了我的手掌，我疼得身体缩了进去。本在我背后闪开，拉住了要跌倒下去的我。“抓得真准。”他低声说。

有脚步在我们身后走动，突然又停住了。红光透过架子上的书照过来，图书遮住了我们。光线足以让我们看到自己所在的走道通往一条走廊，走廊朝东面笔直地延伸。光熄灭了，脚步又从原路退回去。我长舒了一口气。我们尽力迅速往前，一直向东爬，直到我感觉到横断口的交叉气流。

往右边拐，我继续走，直到我们抵达一堵墙面。在后面的角落里，在一排破旧的、弃用的阅览桌围住的地方，有一扇沉重的铁门。我惊讶地发现，门上装了一个电子锁。接着，门轻轻地一弹，就像屏风被微风吹动了。准是电量不足，锁松开了。

本把门拉开，一股热热的、潮湿的黑暗喷涌而来，微微带着腐烂的硫黄的恶臭。我打开手电筒往里照，可是光线只射出几尺远。

我退后一步。*名字里有什么？*凶手曾这么说过。*也许我们也该改了你的名字*。在《泰特斯》中，莱维尼娅被强奸之前，她和爱人被诱入一个黑暗的、废弃的洞穴。爱人死了，她恳求能让自己也死去。我又往隧道里看了看，又后退了一步。

楼上有脚步声走过，走进大厅，接着有开门的声音。记忆中的另一个声音隐约传来。听它的。我抓紧书，向前走入隧道。本从我手里抽走手电筒，把它关了，他关上门，黑暗朝我们的喉咙口扑来。

12

本从我一边擦身而过，沿着隧道往前走。我一只手抓着书，另一只手抬起来摸着墙壁，赶紧追上去。墙上排列着巨大的管道，有一些是温暖的，一些还在颤动，其他的毫无动静。我们拖着脚步在地面移动，以免绊倒，接着又加快速度尽快地穿过这黑漆漆的地方。我的眼睛在幽黑一片中拼命睁着，觉得要被挤出眼窝了。

走了一段路，隧道朝右拐去，刚一转，本停住了。

“怎么——”我问，可是他打断了我。

“闭上眼睛，仔细听。”

很快，眼睛放松了，在无法动用视力的情况下，我努力集中精力倾听，听到身后有悄悄擦过地面的脚步声。

我们沉默不语，加紧步子，几乎要跑起来。远处传来了一声咆哮，接着是管道里的嗡嗡声，隧道里有灯光闪烁，我意识到发生了什么。有人最终摸到了电源，如果在我们到达门之前还是这情况，门就会锁上，我们就被困住了。

“快跑！”我叫着，不过本不需要我催促。灯光又闪起来，这次，我看到了隧道尽头，还有十五英尺的距离。

“站住。”远远的身后，有一个放大的声音喊道。

又跑了三步，本纵身一跃，朝门冲去，门被撞开了，我赶紧冲了过去。本跟在我后面也冲了过来，并将门推上了。门锁咔嗒锁上了。

我们站在巨大的洞穴般的地下室里，大口喘气，那里几乎灯火辉煌，是一个放满了书架的书库。另外一扇门通往楼梯间。我们走上两段楼梯，到达了光线暗淡的拉蒙图书馆的一楼。我们右边是放复印机的房间，左边放着一张废弃的离馆手续台，还有一扇玻璃门，那门通往一个小小的门廊，门上贴着“仅供紧急出口，擅动将触发警铃”的标签。门外面，似乎校园里所有的警铃都在鸣叫。

“你觉得会有人注意到吗？”本喊道。

我推着他，径自走入黑夜中。我们站在一个狭小的水泥门廊处，那里爬满常青藤。在我们头上，另外一个警铃也加入了鸣叫，可是我很怀疑五英尺外是否会有人听到我们的动静。我们转过一个角落，我停住了脚步。

一小群人拥挤在前方的路上，可没有人转过身子，原因之一是，在令人毛骨悚然的嘈杂声里，他们不可能听到我们的脚步声，另外，他们正张口结舌地抬头凝望着怀德纳，那里有一股浓烟伴着火苗，正从图书馆中央庭院蹿出来。

我突然意识到，这火灾的心脏部位是哈利·怀德纳的书房。“*那些书*。”我大口喘气。*所有那些美丽的、无可替代的书籍啊*。这就是我当时从罗兹破碎的窗口看到的正在飘浮着、燃烧着的东西。是怀德纳珍藏的稀有图书的书页。

“它们比人都珍贵。”本冷冷地说。

于是，我突然想到它们究竟是什么书了。“天哪，”我倒吸一口气，“*第一对开本*。”我下午还刚见过它，就在书房外的圆形建筑里。

环球剧院的对开本也升腾在高塔外，化为灰烬。刹那间，我明白那个罪魁祸首，他想杀人，想烧掉整幢楼，目的就是为了毁掉对开本。那些对开本，或者说至少有一部对开本，那个特殊的版本，就是罗兹提到的詹姆斯一世时期巨著。可以说，这也是找到她的发现的钥匙。这也就意味着，他并不只是阻止罗兹和我找到宝藏，暂不论宝藏到底是什么。他是想把一切通往宝藏的路径全部堵死。

我推搡着穿过人群，可是本把我拖了回来。“太迟了，”他简短地说，“已经完了。”他拉着我绕过拉蒙馆的正面，把我赶紧拉出刚才进入的那道门，往回走上了昆西街。烟灰穿过我的头发，细砂粒填满了我的嘴巴和鼻子，烟雾刺痛了我的眼睛。

当我们走到马萨大街，好像方圆一百英里的所有带有警笛的车辆都在朝庭院进发。我们停在路边，望着街对面我住的宾馆。

“你就住那里吗？”本在警笛声中大声问。

我点点头，走上街。

他把一只手搭在我的手臂上。“是用你真名入住的？”

“我用的是蒙娜·丽莎，”我立即回答他，一边舔着干燥的嘴唇，“你以为我会用什么名？”

“你不能回那里去了。”

“警察不会……”

“有比警察更让我们担心的事情。”

我想反驳他，可又打住了。*该死的凯特*，凶手曾在我耳边低语。他知道我的名字，如果他来找我，那哈佛旅舍，这家离图书馆最近的宾馆，就会是他最先要查的地方。*可是我又能去哪里呢？*

“我那里。”本说。

我真的没别的选择了。我们很快穿过马萨大街，转上弓箭街，往奥本山方向走，然后穿过肯尼迪大道，迅速走过哈佛广场的后端。他住在河边，就在查尔斯宾馆。那是一处融合了轻快时尚的都市特色和新英格兰农庄风格的建筑，查尔斯还是坎布里奇最豪华的宾馆，是权贵和总裁们来探望在哈佛的孩子或博士时居住的地方。我还从未走进去过。

本住的还不是单房，而是套房。一走进去，我马上看到紫色的沙发椅，高高的、黑色的，椅背呈梯状的椅子像卫兵似的围着餐厅的桌子排列着，餐桌一端放着一台笔记本电脑，还有散开的几张纸。再远处，是一排窗户，从那里能俯瞰夜幕降临前的城市。幸好怀德纳被遮住了。

我紧握着书，站在刚进入的门口。“我干吗要相信你？”我再次问他。

“你完全有理由怀疑，”本说，“可是，我要是想害你，早就下手了。正如我说的，罗兹希望你得到保护，是她雇了我。这就是我要做的，凯特。我拥有一家保安公司，有枪有卫兵的那种，”他说话时带着诡秘的微笑，“可不是股票和债券。”

“谁都能这么说。”不知道什么时候，他的手枪不见了。

他迅速从我身边闪过，关上了门。他个子很高，我忽然意识到，他的绿眼睛很大。他清清嗓子。“人们经历着海浪般的事件，便利时，遇到幸运；疏忽时，他们一生的行程都会遍布浅滩和不幸。”

罗兹应该给他一封介绍信的。这可是她喜欢的莎士比亚的引语，虽然她当时不肯承认，受人喜爱的引语大多是感伤而具有预言性的。不过，这段摘自《裘力斯·恺撒》的话归根结底是一种她所信奉的偶然性哲学，而且她还试图把这种思想慢慢灌输给我。虽然，当我真接受它，抓住了转瞬即逝的剧院机会，她曾咆哮着反对，把我离开学术研究的决定视为放弃、懦弱和背叛。于是，在我们分别的那天晚上，我就把这些《裘力斯·恺撒》一剧中的原话当面扔还给她。直到后来，我才意识到原剧中说这话的人是谁，是布鲁图斯，那个由信徒转变成刺客的家伙。

我浑身一颤。“她都知道？她早知道会让我陷入危险？”

“把书给我，先坐下。”

我往后退。

“这不是我要找的书，凯特，”他耐心地说，“看看你的手。”

我往下看，一条很粗的像中国书法般的黑色血迹在书封面上划过，让嵌在书角上的玻璃碴儿都黯淡了些。我依然站着，把书丢下，看着它掉在地板上。一条刻痕从我手掌划过，还在渗血。我踉跄地走过餐桌，跌坐在椅子上。

“谢谢。”本一边说，一边把书捡起来，跟着我。他把书放在桌子上，又把一只小红包从行李箱里取出，放在旁边。那是一只急救包。他从包里掏出一些消毒棉，开始帮我清理伤口。他的手很温柔，不过消毒液让我感到刺痛。“你觉得那个跟踪者是谁？”

我摇摇头。“不知道，我只晓得是他杀了罗兹，把她变成了哈姆雷特的亡父幽灵。”

本抬头看我，于是我把那个针眼的事告诉了他。

起初，他一直专注于仔细观察伤口，没有作声，既没有表示怀疑，也没有显得惊讶，什么表情都没有。“好了，”他松开我的手，终于说话了，“没事了，如果你愿意，我可以帮你包扎，不过如果你让它暴露在空气中，会好得更快…… 你为什么认为跟踪者就是凶手？”

“是他告诉我的，就在他拿着刀扑过来之后，他说：‘名字里有什么？’”这恐吓很奇怪，我脱口而出，“‘罗兹改了她的名字，改成了老哈姆雷特。也许我们也该改了你的名字。’”

本下巴那里的肌肉又动了一下。

“他还把这个留了下来。”我用那只没受伤的手从口袋里抽出了那张对开本里的书页。“你知道《泰特斯》吗？”

“我看过电影。”

我把那页纸放到了桌子上，就放在本的面前，看到他读那页纸时，露出了恶心的表情。“老天哪。”读完后他说道。

“你想保护我，”我平静地说，“那就别让写这话的人靠近我。”

本站起身，走到窗口，朝外望。“我唯一能做的，凯特，就是协助你。也就是说，我得知道你打算怎么做，得知道你在寻找什么。”

“难道她没告诉你？”

“她只说你在查找学术信息。我对她说，不了，谢谢，那是核弹与生物恐怖武器中昂贵的配料。她就挥挥手让我走了，并说她正在找有大写 T 的真相：美即是真，真即是美，这就是你所知的世间真理，也是你需要明白的一切……[①]”他朝我嘲讽地一笑，“别这么震惊，我也读书的，有时候我还读济慈呢。知道你在枪口下周旋，这并非本质上不可理解的事情。此外，我也只是把她的原话转述给你罢了。”

“这可比她告诉我的多多了。我所得到的只是一个被金色纸张包装起来的小盒子。她说这是一次历险，一个秘密。由此，我找到了这个。”我打开书，把书本推到他面前。书里面有我在她书房里找到的笔记。它比我记忆中的要小，依然好好地折叠着。它肯定能解释一切，比如罗兹暗

① 出自济慈名诗《希腊古瓮颂》。

示的是莎士比亚在詹姆斯一世时期的哪部戏剧，我该在第一对开本的何处去查找，查什么。也许还会有更珍贵的信息，如一个解释，或一处说明什么的。

本靠过来看。“致凯特。”他一边大声读着，一边把笔记交给我。当我打开它时，纸张裂开了。是浅色铅笔写下的黑色大写字母，组成了两个单词：CHILD．CORR．

“有点费解，”本说，“你觉得是什么意思？”

“Corr 是‘correspondence’（信件）的简写。”我皱着眉头说。

“就是书信的意思，可是 child 又是什么的简写呢？‘Childhood’（童年）吗？‘童年的书信’？谁的呢？她的？”本问道，他的问题像冰雹似的砸在我四周。

“可以推测她有过一个，一个童年，我是说，虽然我并不太相信，我倒无意冒犯你的祖父母。”我补充道。

“没关系。”

“反正，我不认为孩子们的通信可以称作‘书信’。”我摇摇头，“恰尔德[①]是个地名，是英语系的专用图书馆。”

恰尔德，对我来说，这个小小的单词开启了一个失落的世界，这世界比它实指的空间要大得多，这地方本身是一个位于角落的套房，就在怀德纳的顶楼。对系里的研究生而言，那地方就是家，那里有破旧的扶手椅，坐下去能陷得很深，还有宽阔的桌子，旧书上泛着温暖的灯光。那里不仅有与众不同的文学藏书，还有零零碎碎的文学资料，如回忆录、自传、历史、书信等，书信多到成卷成册。

“那里满是书信。”我哼哼着。

“有莎士比亚的？”本说。

“你若是能找到一封，马上告诉我。”

“恰尔德没有这些信吗？”

---

① 即英文 child（孩子）的读音。

“没人有，”我简短地说，“根本就没有。他是最伟大的剧作家，也许全世界也绝无仅有，可我们就是没有他的信，哪怕是写给妻子的一行字，或是对书商的一句怨言，都没有，也没有写给女王的谄媚感谢信。关于书信，我们只有一封写给他的，是关于小额贷款的请求，而且从未寄出过。从书信资料看，他没有写过一封，也没有人给他写过信。你简直会怀疑他是个文盲。”我把罗兹的笔记放在敞开的书中，退了回去。“当然，他肯定写过信，只是信都不在了。这是典型的案例，表明残缺不齐的证据会掩盖真相。”

我擦擦脖子，隐约想到，我宁愿曲解罗兹的笔记。她提及的书信是什么？难道这女人就不能明确说出自己的意思吗？

本正在仔细看着那张纸。“请详细告诉我你是怎么发现它的。”

我很平静、迅速地告诉他我所了解的一切，从罗兹以幽灵的角色进入剧院，到她塞在盒子里的密码留言，一直到她书房里的书目卡片。

“书目卡片？”他皱着眉，“你是在书目卡片里找到这个的？”

我点头。

“哈佛的建筑都是以人名来命名的，对吧？”

我点头。

“那么，请问教授，图书馆是以谁命名的？”

“别这么叫我。”可是，当这些话脱口而出时，我意识到他的用意了。罗兹指的并非是地方，“Child. Corr.”是一张缩写的书目卡片，是“恰尔德，书信”的图书目录的登录，即“恰尔德书信”。

“弗朗西斯·恰尔德是一位教授，”我放慢了语速，“确有其人，是罗兹的前辈，好几代之前了。他是英语教授，事实上，也是哈佛的著名学者之一。不过，我不知道罗兹为何在他的论文中不停搜寻，或是为什么要我这么做，他的专研领域是民谣，并非莎士比亚。”我指了指本的笔记本电脑，“它能上网吗？”

他点头，并把电脑推到我这边。我找到哈佛的网上图书目录页，键入“恰尔德”的名字和“书信”。

“弗朗西斯·詹姆斯·恰尔德，”本在我肩膀后面读道，“书信，1855—1896年，波洛克斯。”他咕哝着，“即便用了三个小时，成功获得正确信息也不算晚。”

“我们还不算太晚。”我慢慢摇着头。

“你有没有碰巧注意到有什么在夜里隆隆作响？那是怀德纳在爆炸。”

“瞧，”我一边说，一边指着屏幕，“图书编目号是MS Am 1922。”

“有了，”本说，“这就说得通了。”

“MS指的是‘manuscript’（手稿），”我一边关上网页，一边说，“也就是说书信不在怀德纳，而是在休顿，即哈佛珍稀书籍和手稿图书馆。”

“在哪儿？”

“是怀德纳和拉蒙中间的那幢低矮的砖石建筑。”

“也就是说，就在怀德纳隔壁。”他摇着头，“既然怀德纳都出事了，你凭什么认为隔壁的图书馆今天上午会开呢？”

“这是在哈佛，它九点会开的。”我朝他戏谑地咧嘴笑笑，“我们不会太晚，只会太早了。”

“好吧，”本答应着，他身子靠上来，碰碰我的手臂，“你确定自己要这个样子去吗？”

“难道你想吓唬我？”

“你应该害怕的。”

“但这并不表示我会停下来。”

他点头，我觉得似乎看到他露出了一丝敬佩。他站起身，走到小冰箱那里，取出红牛饮料。他倚靠着冰箱，砰地拉开罐头。“你在飞机上睡过吗？”

“没有。”

“前一晚呢？”

“也没怎么睡。”

他看着我的眼睛。“第一堂搏击课：疲倦使人迟钝，而迟钝导致危险，不仅是对你自己，还对你周围的所有人都不利。现在，我就受你的影响了。

因此，我建议你至少得服从一下。”他朝门口示意，“走过那里就是床铺，还有淋浴间，看你的了。”

“你这是在开玩笑吧。”

但他没在开玩笑。“我们有时间，能为你偷出几小时来。有什么需要的，我就在这里。”

工作伙伴就是这个样子。我像个孩子似的被安排上床休息。我很恼火，但是也疲惫不堪。于是，我朝卧室走去。

“睡个好觉，教授。”

“别这么叫我。”我比平常更略微用力地甩上门。我面前是一张巨大的加长型床铺，毛绒绒的紫色被单铺展着。对面的窗口望去是另一番美景。浴室宛若闪着微光的白色瓷砖铺就的完整大陆。我走进那个庇护所，把本和我之间的门尽量都关闭了。

我站在热水淋浴头下面，想把自己最近两天来愠怒的污垢都冲刷掉。我的脑海里浮动着各种画面：火焰在怀德纳的书房里像蛇一般蔓延过书架，笼罩着蓝色和红色皮封面的珍贵书籍。一片棕红色的烈焰爬过第一对开本的书页。*那些书，我心里感到一阵抽搐，所有那些美丽的书啊。*

比人更美丽，本曾经说过。

其他画面也出现了：散开的纸张盘旋着飘浮在罗兹的办公室里，像一阵缓慢而安静的风。莎士比亚的半身像碎裂了，他脸颊处的一条细细的、没有血迹的碎片落在地毯上。如果我当时晚两秒钟跑出那个房间，我一边想，一边关掉了水龙头，也许那片脸颊就归我了。

我用毛巾擦干身体，又用梳子梳理头发。没错，本把我当孩子对待，这让我很恼火，不过我的回应也像个孩子，是跺着脚走出房间的。再怎么样，我一定显得很无礼又忘恩。我才不管自己在别人眼里有多糟呢。

我用一根脚趾戳了戳衣服，衣服散发着火烧过的味道。除非我想穿着它们睡觉，否则就得走出去，问本借衣服穿。我懊恼地盯着自己的衣服，随后用白色长毛绒毛巾把自己裹住，毛巾有沙滩毯那么大。接着，我松垮垮地走回到客厅。

他坐的位置视角很好，一眼就能清楚地看到门和窗。他把两条腿架在桌子上，手枪放在伸手能及的地方，在翻阅着钱伯斯的书。他已经把书封皮上的那块玻璃碴儿抠出来了，可那黑色的污迹还留在那里。他低头看着书的脸部轮廓很有型，像是米开朗琪罗或是罗丹的雕塑作品，尽管他穿得多了些。

“罗兹告诉过我，莎士比亚的语言很厚重，因为他的舞台非常简单，”他说话时没有抬头，“没有布景，只有服装和几件道具。”

我吓了一跳，压根儿没想到他注意到我在。“他用语言建构自己的世界。”

“你们俩当中有人读过这本书？”他翻了一页，皱着眉头，“根据老钱伯斯所说的，伦敦的舞台能喷射雾气和水流，能打雷和发出闪电，甚至还能制造阵雨或焰火，这些大概不是同时能做到的。有一家剧场有活动的森林，它可以从舞台的地板门处升起来。也许不完全是乔治·卢卡斯那一套，不过也不是那么毫无装饰。我最喜欢的是那位公然表现出残酷本性的命运女神让死神普鲁托穿上了着火的袍子，听听这个，”他的手指指着当页顶上的一行字，“*朱庇特庄严地降落在彩虹底下，他的雷电正在轰鸣*……”

“今晚是你救了我吧？”

他的手指停在了书页上。“听起来像是埃尔顿·约翰的话。”

“我是说真的。”

“我可不想那么严肃。”

“好吧，随你，仅此一次。看在你姨妈的分儿上，我不跟你计较。”

他离开那本书，往后靠，双手交叉放在脑后。他的眼睛悠闲地瞥着我，让我想到一头豹在树杈上慵懒地盯着羚羊。“你打算就裹在毛巾里？”

我立刻意识到那条毛巾，能感受到我皮肤上它的每一寸，每一处曲线和毛毛圈。“还没。”

“这也是我的回答，还没。”

我把毛巾裹紧了些。“总之，谢谢你，一直还留着它。”

“做个好梦，教授。”他微微一笑，又回到了书本上。

“浑蛋。”我一边回嘴，一边走回了卧室。来到床边，我突然停住了。我本来是要问他借一件 T 恤的，我可不喜欢赤裸着躺在隔壁房间。这个男人我都不算认识，不管他可能是谁的外甥。可我才不愿意再回去呢，尤其是谈及裸体，不管说得多迂回。我扔下毛巾，爬进床罩下面，头刚碰到枕头就沉入了梦乡。

我进入了梦境。光线寒冷、灰暗，充满海腥味，一堵石墙延伸到远方。稍远处，斜挂着一幅挂毯，上面是维纳斯和阿多尼斯，其中有一道血污划过。在挂毯下面，一位白发国王四肢摊开躺着，王冠放在前额。我俯下身子，他已经死了。风拂过挂毯下的编织的羊毛缕须。死去的国王眼睛圆睁，骷髅般的手指抓住了我的手臂。“要报仇……”他嘶哑地喊着。没等我挪动身体，一个黑影从后面扑上来，接着一把锋利、滚烫的匕首刺穿了我的喉咙。

我吓得坐起身。我肯定是喊出声了，因为本立刻出现在房门口。“怎么了？”

“没事，”我虚弱地微微一笑，“做了个噩梦，没事，是《哈姆雷特》里的。”

“是吗？”他狐疑地看着我，“你梦到了五幕的悲剧？”

“更像是 B 级的恐怖片。”

他很快退出门，接着又出现了，将一件 T 恤扔到我膝头。“你该起床了，早餐准备好了。”他补充道，而后又很快离开了，随手将门关上。T 恤是灰色的，上面没有任何印记，还留着仔细折叠过的压痕。我把衣服凑到鼻子底下，闻起来很干净，仿佛是在高山花园里晾干的。套上衣服时，我胸口一热，那个梦像潮水般缓缓地低吼着退去了。

走进客厅，我发现电视机无声地闪着光，立体声的维瓦尔第音乐静静地流淌着，月桂培根的香味从餐桌上飘过来。本站在窗边，望着查尔斯河。

“蔓越橘法式烤面包或火腿蛋松饼，”他说，“如果你想要烤面包上配乳酪薄片牛肉，我们得重新点。”

“别开玩笑了，”我做着鬼脸，“查尔斯宾馆的菜单上还真的有那玩意儿？”

他转过身。“即便是军人，若有女士在场，也不会使用这么令人反胃的措辞。”

“你服过役吗？”

“这倒没有。”

我等着看他还有什么话要说，他没说话。“这样的话，”我说，“我们分了鸡蛋和法式烤面包，怎么样？”

“很棒的外交风范。”他把其中一个火腿蛋松饼到在我的盘子里，“我还让人把你的行李送过来了。”

确实，那只黑色的小拉杆箱，即亨利爵士让巴恩斯太太购买并装包的那只箱子，已经搁在了门边。“你说过我不能回去的。”

“你不能，这并不意味着其他人就不能神出鬼没地进出那里。”

“是你把我的行李偷出来的？”我问，叉子上的蛋还没来得及放进嘴里。

“我找了个熟人帮忙，如果你不乐意，我们可以把包送回去的。”

“别，”我满嘴奶油酱和鸡蛋，嘟嘟囔囔地说着，“我得有干净衣服，也就是说，我不会在乎的。”

“说到可疑行为，我们引发了早新闻，不只是当地新闻，是大家伙，有线新闻网，《今日报道》，还有《早安美国》。”

“上面有什么新消息吗？”

“他们连我们早就知道的都没报道，除了方圆九英里人人皆知的消息。”他揶揄地看着我，“你确定要继续这么干吗？已经够热的，还会越来越火。”

“你的意思是很危险喽。”

“你要是用‘热’这个词，听起来会更酷。”他脸上拂过一丝笑意。“差不多是一个意思。”他把盘子推开，“只是时间问题，凯特，除了我们，总会有人把哈佛的火灾和环球剧院的联系到一起，到那时，世界上所有新闻媒体都会跟着你，再加上两国的警察。”

我端着一杯咖啡走到窗口。我想做的事很明确，不管有没有人跟着。对我来说，更有趣的问题，而且答案也很不确定的问题是：为什么？要报仇，这是老国王在我梦里喊过的。可是为谁报仇呢？

为罗兹，这是当然的。她就是那位国王；我知道你的思维方式，在梦中，陌生人就是你的母亲或爱人，或是你童年最心爱的狗。你就是这么认为的，凭着圣人，也许是狂热者的基本信仰。可是，被砍的可是我的脖子。而且，在图书馆，凶手拿着真刀对着的也是我的脖子。

我对跟踪凶手，亲自伸张正义，或是让他受到法律上的公正审判等并不抱幻想。尽管如此，我还是想报仇。

他宁愿纵火，甚至杀人，为了不让罗兹所发现的事实公布于众。我必须弄清真相。

可是报仇并不是全部。我又喝了一小口咖啡，一边看着海鸥盘旋并俯冲向河面。罗兹交给我的那个金色礼物也许是潘多拉宝盒。确实，为了罗兹，我想要报仇。对我而言，我要的东西更为简单，动机也更自私。我想要弄清楚，我想知道她究竟发现了什么。

她对本谈论过美与真。对我，她曾说，你要是打开了它，就得听它的了。我最后呷了一口咖啡，走了回去。“我承诺过的，你不必跟我的。”

“可是我跟了。”他对我微笑，“我也承诺过的。”

我们轮流淋浴。我不得不再次承认，穿上巴恩斯太太帮我备好的干净衣服，感觉真是不错。虽然她把包塞得满满的——这肯定是亨利爵士的主意——有些东西我从来没想过自己会穿。我穿上了一条哔叽呢的卡普里长裤，一件印着美洲虎的宽松上衣，无袖，深 V 形领的。我一边等着本，一边把胸针移到了轻飘飘的新上衣上。

他走出来，穿着一件橄榄绿的水手领衬衫，一条卡其裤。

“准备好了？”我问，把书藏进我的包里，还附带了几张纸。

他把腋下手枪套挂在身上，把手枪放了进去，接着在整套装备上又罩了一件小山羊皮的夹克。“好了。”

我们走出门，朝休顿图书馆走去。

13

怀德纳仍然被警察和消防车包围着。人们在路障外伸长脖子往里面看，可是从门口望向里面烟雾弥漫看得不太清楚。本和我迅速穿过人群，绕到了隔壁更小一些、更优雅的砖石建筑，即休顿图书馆那里。

针对怀德纳昨夜的灾情，目前唯一的措施就是保安人员增加了一倍，从一个变成了两个。听到我们的脚步声，他们欣然点着头，把视线从报纸上抬了起来。其中一人派给我一个有锁的储物柜，另一个仔细地查看我的包。“请注意不要真的锁上你的柜子，”第一个人说，“这几天不允许这么做。”

走进狭窄的门廊，我几乎把所有东西都存好，除了一叠黄纸和钱伯斯的书。我不可能把它随意存放的，尤其是在不上锁的柜子里。我和本一起走过大厅尽头的蓝色门，摁了铃。

两秒钟后嗡的一声，我们走了进去。

长方形的阅览室宽敞通风，墙上有很高的窗户，看得到明亮瓦蓝的夏日天空。一排排巨大铮亮的阅览桌摆放着，那里有不少伏案工作的学者，他们四周散放着纸页。我走到一张空阅览桌前，把纸放下。本在我旁边落座。邻桌的一位男士脸部肌肉如沙皮狗般松弛，他抬头露出不快的表情，好像我们挡住了他的视线。我填写着借书卡：手稿 1922，弗朗西斯·J.恰尔德，书信集。我把纸交给主工作台上一位表情严肃的男子，而后拿起一支铅笔，坐回来等。在过去，这地方让人觉得像是温暖的茧室，可现在我觉得自己很暴露。我觉得，凶手早已在这屋子里了。

本站起身，在四周走动着，不时地看看参考书。我想，他这是在留意房间里的每个细节和每个人。他是在找麻烦，也是在寻找逃离的出口。

我使劲把思绪拽回到自己面临的问题上，我这是在找什么？罗兹之前一直在干什么，在搜寻恰尔德的书吗？等我看到这书时，我会辨认出要找的信息吗？

本消失在联桥走廊处，那里是休顿和怀德纳的连接处，靠墙整排放着柜子和电脑，上面有休顿的新老书目。让我惊讶的是，他回来时手里也拿着一张借书单。他把单子交到前台，而后坐到我身旁。

让人紧张不安的十五分钟后，两个图书馆员推出一辆小车，上面高高地叠着四个很大的档案盒子，还有一副轻薄的白色棉手套，两人沉默而严肃，就像是亡故的国王的男仆。在邻桌上，沙皮狗叹着气，好像那些没被人查找的盒子就堆在他胸口上。有那么一会儿，我都怀疑他在监视我们。不过这太荒诞了，不是，我这是胡思乱想，他比我们先到这里的。

我戴上手套，把第一个盒子的盖子打开，开始查起来。

这些信件都经过编目和数字分类，可是在研究中，罗兹既推崇彻底性又相信偶然性。对隐藏有秘密的信件，她不太愿意提供诸如数字这样精确的标示。她常说，精湛学识在其高贵的发展或新门类的进化上，进展是缓慢而郑重的，不过，我可无福拥有精湛的学识。我尽可能快速地逐页浏览另一个男人生命中的纠结和成功，每翻过一页都意识到自己不知道要查些什么。如果我的速度太快，很可能就错过了。

没有一封信是恰尔德写的，都是同事和投稿者写给他的信，当时他正在孜孜不倦地收集抒情民谣，如诗人朗费罗和洛威尔、格林兄弟之一、哲学家威廉·詹姆斯等人的。在这些信当中，还穿插着他妻子伊丽莎白没完没了的欢快唠叨。没有一封信明显像是罗兹的大发现！

在旁边的桌子上，沙皮狗伸展四肢，关节咯咯作响。在他身后的墙上，钟已经走过了两个钟头。我俯身继续工作。

第三个盒子快要查完时，我正在浏览关于伊丽莎白和孩子们一起在缅因度夏的快乐记录，这时我读到和前一页毫不相关的内容：

最小的那个蹒跚学步，捡着黑……

一页纸到此结束。可是，当我翻过去看下一页时，上面写着：我有了新发现。是罗兹曾说过的话。

我坐直了，朝本望去，可是他正专注于一个小本子，像是饱经风霜的旧日记。

我把两张纸并排放着，第二页并非伊丽莎白·恰尔德所写。那纤细的笔迹和她的十分相像，纸张和淡淡的蓝墨水也很类似，像到足以让人以为是同一封信，至少粗看是。可是，仔细观察，就露出了端倪。

> 我有了新发现，我相信你这样的学者会对此很有兴趣，因为，正如我坚信的，不是所有的金子始终都会闪光，这发现甚至会很有价值。

我用舌头舔舔干涩的双唇，仿佛听到了罗兹在说话：我有了新发现，需要你的帮助。我回头再看信。

> 它是一份手稿，我相信是用英语写的，至少字里行间的词汇肯定是英语，我是在古本《堂吉诃德》的英译中发现的，就夹在其中。可是内容，哎呀，大部分是难以辨认的，即便是没有污迹和被画线的部分也难以解读。不过，我破解了题目，而且有理由相信还是很准确的，除了第一个字母，这我得承认，这个字母我从来没见过。很像螺旋，中间有一条线画过。我原来觉得可能是希腊文，只是后面的又是我们的罗马字母了。
>
> –ardeno，我猜，或者是–ardonia？

我皱着眉头，这个怪怪的字母不是希腊文，是英语，是大写C，这是很难辨认的伊丽莎白时期的草体，被称作文书体，这样题目就应该是“卡德诺”（Cardeno）或“卡多尼亚”（Cardonia）。

我曾经见过这个词，这我很肯定。在哪里读到过……应该是个名字，可又是什么名字呢？是人名，或者地名？我越是拼命回忆，这个模糊的字体就越是沉入了柔软灰色的遗忘迷雾中。也许这封信能解释，于是我迅速浏览起来。

我把它放在了安全地方。我相信，正是在那里，它不被人看到，也不受人干扰，保存了下来，因为之前在它被完成后不久，就丢失了。我的两难之处是，我应该把它拿出来，交给某位专家做鉴定。可是，在这文明的粗糙边缘，我对相关权威的大名和方位一无所知。我也不知道怎样在不损伤它的情况下，把这东西从目前的状态下移动。它十分易碎，我担心无论是用马来驮还是用火车运送，艰难的旅程会彻底毁了它，更别提海运了。

其中一个男孩，他声称自己以前——“曾经”是您的一个好学生，他告诉我，您有，先生，非凡的智慧。我会永远感激你，如果您能在这件事上给予一点儿建议的话。另外，如果您能不吝烦劳赐予机会，即便其中的概率如赌徒赢钱般微乎其微，我也愿意，如常言所道：“洗耳恭听”。

不过，也许您并非赌徒。

对于我所占用的您的时间，为了表达谢意，特此附上一首歌谣。我相信，这是古老苏格兰调子的新世界版的演绎。我颇费周折，整理了这里的营地很流行的歌曲，最终找到一首还值得花点儿笔墨的歌曲，希望能博得您的欢心。

不胜荣幸，您真诚的杰雷米·格兰威尔

问候语和签名都挤在页末的最后一行，就像信的另一行内容。我瞥了瞥下面一页。

……莓[①]，是伊丽莎白的笔迹。“正如你能想象的，而我正在担心这些熊！！！”

难怪恰尔德教授要收集歌谣，我回头再看格兰威尔的信，难道罗兹发现的就是这个？

应该没错。

我很快摸到箱底，可除了普通的信件，并没有发现什么特别的。此外，杰雷米·格兰威尔余下的信不见了。我查了查书目单，没有发现任何登记。看来，这一页纸是被错夹在了伊丽莎白的信当中，也许就放在了恰尔德教授的书房里。总之，编目的图书馆员没有发现错误。

这页纸没有日期，没有明确提到地点，除了一个签名，以及被放在恰尔德的文件中，成为历史文献之一。此外，它还提及了《堂吉诃德》的古本。我一激灵，想起我昨晚曾经在罗兹的书架上看到过整部《堂吉诃德》。可是，这又能说明什么呢？对《堂吉诃德》有兴趣，和对《伊利亚特》或《战争与和平》有兴趣并没有大的差别，只表明你作为知识分子有自己的阅读爱好，可这并不独特。

不过，这个信息也许有用，能查找到格兰威尔的发现。《堂吉诃德》最早的版本是十七世纪初西班牙文的，就在伊丽莎白女王去世前后。在十年内，它就被译成了英文。因此，格兰威尔的“古本《堂吉诃德》”，以及他所发现的存书处，不可能比这更早。另外，它也不可能比恰尔德教授去世时更晚。我内心感叹着，这可帮了大忙，这两个时间差不多有三百年之隔。

我看了看钱伯斯的著作，它正安静地放在我面前的桌子上。至少，这段时间的早期和钱伯斯年代相符，后者不止创作了戏剧，还有很多其他作品。我把书拉到面前，翻到最后，叹了口气。没有索引。接着，我想起来，四卷本的索引在最后一本里，而我把那本书留在了罗兹的书架上。我翻到罗兹做记号的那页，再次阅读。

① 前文伊丽莎白信件被打断前的最后一个单词是black，此处为berries，连起来为黑莓（blackberries）。

突然，当我意识到出现格兰威尔的文字时，灯光拉长并跳跃了一下。我再回头去看信。也许是我在做梦吧。不，这和我记忆中的一模一样。

我尽可能迅速地将黄色便笺本拉过来，开始抄信，我的手飞快地划过纸页。沙皮狗一脸羡慕地抬起头，在嫉妒我有了值得抄写的发现。我能感受到本也饶有兴趣地盯着我，尽管他没怎么动。“……很像螺旋，中间有一条线画过，我原来觉得可能是希腊文……”我抄写着，加了自己的笔记：“不是希腊文，是英文，即伊丽莎白时期的大写 C。”

我把纸推到本面前，他读了以后，困惑地抬起头。作为回答，我把书推过去，点了点关键的段落。

这和我昨晚读的是同一页，上面一一罗列着莎士比亚在詹姆斯一世时期的作品，每部作品都有一段说明。可是那页的底上有另外一段话，我以前总是略过了。我感觉到，本在看到这段话时猛吸了口气，于是，尽管本阅读得很快，我的脑海里还是再次出现了这段话。

“丢失的剧本。”它如此写道，下面是两个标题，第一个是《爱得其所》，第二个是《卡德尼奥》。

他迅速抬头。“丢失了？”

“我们有这些题目，还有宫廷日志上关于表演的谈论。我们知道它们曾经存在过，可是没有人看到过一丁点儿的情节，再附加以下几个词的修饰：几百年来都没有。”我的声线拉紧了，“除了杰雷米 · 格兰威尔。”

他的眼睛睁大了。“在哪里？”

我摇摇头，信的第一页丢了。在所丢失的那一页里，他曾经明确涉及相关信息。“我不知道。”

可是罗兹知道，我突然意识到。“我有所发现，亲爱的，”她曾说，“是大发现。”比环球剧院的《哈姆雷特》更大的发现，她坚持着，她的绿眼睛闪着光，而我却自鸣得意地嘲笑她。

门嗡嗡地响了起来，我跳起身。

门开了，一个我熟悉的声音传了进来，很怪异，这声音如此清晰。

是辛克莱探长。

幕　间

一五九八年春

在一段狭窄的秘密楼梯顶端，有一处挂着织锦帘的入口，那女人走到那里停住脚步，抚平了绿色丝绸袍子，那衣服很衬她的一头黑发和她的眼睛。她用一只手把门帘拉起，拉到正好能瞥到里面的情况。在房间另一头，一位年轻男子在圣坛前虔诚地跪着祈祷，没有注意到女人在场。

她停在原处。观察这男人已经成了她的一种需要，就像望着燃烧的火。那头金发就像光晕飘浮在他头顶，他一脸野性未驯。她颤抖起来，她不该再叫他“男孩”了。即便他还不算是个真正的男子汉，他至少是个年轻人了。威尔，她坚定地对自己说道。

正是她的另一位情人建议她用这个名字称呼年轻人，而这名字与那个情人一样。

“那我怎么叫你呢？”她曾问。

“用我另一个名字，”他微笑着说，“叫我莎士比亚。”接着，他又提议用另一个名字，不久后该名字用在了诗歌中。“威尔”将充塞你的爱情仓库，他如此写道，你拥有你的“威尔”，还有额外的“威尔”，太多的“威尔”①。

七个月前，这曾是他的主意，让她勾引这男孩。他恳求她，这让她大为吃惊，于是她沉默不语地坐着，任这男人在她面前走动着，从请求变成谄媚的哄骗，接着猛地一番威逼式的雄辩，最后情绪平息下来，又

① 前后两句分别出自莎士比亚十四行诗第135和136首。

对她恳求起来。

这也并非令人不快，她想起自己当时的想法。那个男孩，威尔，当然非常俊俏，金发亮肤，聪明伶俐。他第一次出现在莎士比亚剧团时，她就注意到此人了，尽管她并不清楚这是否是因为年轻的威尔是亲戚、被保护人，或是情人，对此她也没问过。可以说，他显然是可爱的。

“为什么？”她问，这时那位诗人的恳求不那么强烈了。她的意思并不是“你为什么这么恳求呢？”她的意思很简单，即“为什么找我？”

因为威尔从没注意过她。她习惯了男人的目光投射到自己身上。连那些只为男人动心的男子都会把她当作艺术品欣赏。可是威廉·谢尔顿不同。他看到她了,这她很明白。他们说过一两次话。可是他从来没有注意过她。

“为什么？”她又问。

莎士比亚在窗口停住了，他抓住窗台。“他梦想成为一位神父。”他朝四周望，这时，她才看到了他眼里的绝望。“成为天主教神父，一名耶稣会士。”

她莫名地颤抖起来。耶稣会士要直接听命于教皇，他们将自己视为基督的战士，致力于将真理传播到异教世界最危险的地方，英国就包括在内，因为英国及其异教徒的女王信奉新教。不过，伊丽莎白女王的大臣们的观点又更不同。他们憎恶耶稣会的体制，认为那是宗教狂热者的巢穴，其中之人不断谋划着要杀女王，让皈依天主教的君主当政，还要让所有的英国民众都陷入宗教裁判所的炼狱，脖子上还横着西班牙刀剑。

耶稣会士踏足英国，这是叛国罪。可是，他们还是来了。他们被无情地追捕，一旦被抓，就会遭到女王手下审讯官所能设计的各种残忍惩罚手段的折磨。而后，他们就会被转交到刽子手手里。

想到那个男孩柔嫩俊秀的身体要经受如此的痛苦，她吓得脸色惨白。

爱尔兰家庭里，众多子嗣中有个把想致力于神职事业的，这并不少见。可是，莎士比亚痛苦地说，威尔的兄弟们向他灌输了殉教的狂热思想，而且还协力帮他实现梦想。他们都是霍华德家族的，尽管在必要时，为了保全性命，他们会对外公开声称自己是新教徒，可私下霍华德一家却是天主教徒，一心要拯救自己的灵魂。在邪恶的北安普顿伯爵和他侄子萨福克伯爵的指使下，据传，他们还拿着西班牙国王的薪俸。如果有人能帮一位年轻的英国男子通过安全渠道前往敌国西班牙这片禁地，那个耶稣会发祥地，那这人就是霍华德家的，他一定是通过协助其他的狂热信徒，来为自己精神上的推托其辞忏悔。

难怪莎士比亚如此绝望。她走过房间，双手抚着他的双肩，以示同情。他的一根手指沿着她脸颊的曲线滑动，触摸到她脖颈的凹陷处。“你可以教会他，让他对别的事情产生欲望。”他说。

这种挑战激起了她的兴趣。她曾经与妻子们和情人们，与男孩们和男人们都争抢过，为了得到他们心上人的爱，她几乎永远不会输。可是，她还从没和上帝抢过。她差点儿就要答应了，可是她突然意识到这恳求的程度。莎士比亚可不光是求她去勾引那个男孩，他还求她去满足对方。

有那么片刻，她已经想走出去不再回头了。她不是妓女，不是他靠打赌或花钱就能暂时消费的。她也不是妻子，不是他花点儿大价钱就能买到的终身女仆，而且他还得指望自己有能耐可以这么改造她。她是自身的主宰，只要自己有兴趣去逗弄一下，并且代价也不大于一件精美的首饰或新衣服，她还是愿意付出爱，而不是出卖爱。她猛地一激灵，想到他为了这男孩无瑕的俊俏如此担忧，居然到了要请她出卖色相的地步。

在内心深处，她感到有一种不断高涨的报复欲望。好吧，她会去勾引威尔，但是她可不会就此罢休。她同时要再次勾引莎士比亚，直到诗人和小伙子都为她欲火焚心，无法自拔。待到时机成熟，她会看着他俩恍然大悟。

于是，她穿上丝绸衣服，戴上珍珠项链，披着一头瀑布似的乌亮的长发，从诗人那里来到那男孩身边，把威尔引诱过一片乐音袅袅之中，那里烛光悦人，令人沉醉，充满了甜蜜和幽怨，直到他彻底臣服。这同时，她一直知道莎士比亚就坐在楼下大厅的高背椅里，凝视着火焰。

几个月前，这一幕曾经上演过。

透过帘子的缝隙，她看见威尔在画十字，于是她胸口凝脂般的皮肤上涌现一片红晕。

就在昨天，她还在楼下莎士比亚的房间里徘徊，很偶然地看到了一首诗，还没等她明白过来，她已经念出了第一句，*我有两个爱人：安慰和绝望*。她像被人咬了似的醒悟过来，她可不愿意未经同意就朗读他的诗句。这感觉像是在亵渎。

要是他没让她这么等着，她没准就不会受诱惑继续读下去了。可是那诗句占据了她的思想，无疑，他将自己视为那个困惑的“我”，可是这也适用于她。于是，既然他还没来，她就继续读着：

> 我有两个爱人：安慰和绝望，
> 他们像两个精灵，老对我劝诱。
> 善良精灵是个男子，十分漂亮，
> 邪恶精灵是个女人，颜色坏透。

她的脸颊火烫，这首诗是在写她，可并非为她而写。颜色坏透？邪恶精灵？难道他是这么评价自己的？

她又回到了那首诗：

> 我那女鬼要骗我赶快进地狱，
> 就从我身边诱开那善良精灵，
> 教我的圣灵堕落，变做鬼蜮，
> 用恶的骄傲去媚惑他的纯真。

这正是她想要的，她告诉自己，这种不断高涨的嫉妒和困惑。她没有预料到的是，她把自己也引入了自己设好的网里面。她没有料到自己会爱上威尔。

> 我怀疑到底我那位天使有没有

变成恶魔，我不能准确地说出；
但两个都走了，他俩成了朋友，
我猜想一个进了另一个的地府。

这首十四行诗——如果真要写成这种诗体的话——还没写完，最后的对偶句还没写。她脸上涌起一阵苦涩而胜利的笑意。如果莎士比亚没写完这首诗，这是因为他写不下去了。他不知道故事如何结尾。她或许会像一只苍蝇陷在了自己编好的网里面，可至少她了解这故事情节。她不需要猜，不会像他那样。

于是，另一个想法出现了。假如这首诗是被留下的，而这里只有她一个人，所以她才会看到？难道是莎士比亚在间接地问她要答案吗？难道他在用诗歌搜索真相？

笔和墨水瓶就在旁边，她在窗前来回踱步，衣裙在草席上不时地摩擦着。她一直有意让莎士比亚了解真相，可是她不想冒险和他决裂。至少这会儿不行，得等到她肯定自己能够独自留住威尔，不在乎他兄弟们和霍华德家人的议论和意见。因此，她回复式的嘲弄必须得准确无误。

最终，她拿起鹅毛笔，咬着舌头，小心翼翼地将笔落到了纸上：

但我将永远猜不透，只能活在疑惑中——

她听到门外有声音，就放下了鹅毛笔，走到窗口，抚平了衣裙，旁若无人地凝望着楼下的花园。

如果莎士比亚看到——哪怕就一瞥——她所做的一切，他不会说什么。那天下午，他们做爱的激情尤其高涨，做了一遍又一遍，从下午一直进行到黄昏，直到暮色那缓慢忧郁的叹息响起，紫罗兰的芬芳从敞开的窗扉飘入。

他何时完成了那首诗，她并不知道。他差不多没有离开过她，除了倒酒和拿酒给她，银质酒杯充满了泡沫，当时她正精疲力竭地躺在他的床上。

可是，当她离开时，烛光照在她那行诗上，下面又出现了一行，十四行诗已经完成。

等待那恶灵把那善神赶出来。

就像一个巴掌拍过她的手，即便不算是脸蛋挨着它，那啪的一下带着猥亵的轻浮感。那是一种拒绝，表达的方式很堂皇，采用的是诗歌这种严肃的方式，诗歌是她除了威尔之外的至爱。

此刻，她看着圣坛前的男孩，意识到这是一种应允。莎士比亚不是猜到那个天使进入了另一个的“地府”。他早就知道了。他只是不愿意承认，于是继续下去，直到一切都结束了，等到她把威尔抛弃。因为他以为事情就是这样的结局，以为自己是最终的赢家。

在那一瞬间，她明白自己该做什么了。无论如何，她要赢。在赢得威尔·谢尔顿全心全意的爱上，她要赢过莎士比亚，赢过霍华德家人，还有上帝。

她轻轻地将小礼拜堂门口的织锦挂毯拂到一边，走了进去。

听到她的脚步声，威尔跳了起来，一只手要去摸剑，可当认出是她时，他目光一闪。“我亲爱的。”他说着鞠了一躬。

“你真粗心，”她说，“也许我是别人呢。”

“小礼拜堂很隐蔽的。”

“我还是找到你了。”她挑起一边的眉毛说道。

“我可没有躲着你。”他回答。

她由着他用双唇拂过她的手指，接着，她的身子靠了过去。“楼下有位画家在等你，”她低声说，“之后，如果他待的时间不长，你会发现另一个人正在花园里等你。”她带着期待的微笑，转身离开了，只留下了一阵紫罗兰的芬芳，还有那挥之不去的欲望。

第 二 幕

14

铅笔从桌子滚到了软木地板上。我赶紧俯下身子，蹲着去捡，背脊朝着大门口，就在这时，辛克莱探长跟随着一位保安人员踱步走了进来，身后还跟着两位穿黑西装的男人。走到主服务台时，那两个穿黑西装的人出示了证件。其中一人对管理员平静地说："联邦调查局。"我不知道接下来会发生什么。难道他们是来找我的？

我保持不动，回头偷偷瞥着辛克莱裤子的折痕。管理员从桌子后面走出来。"请跟我来。"他说。于是服务台旁的那一小群人就转过身，朝着阅览室的另一头走去，并走上联桥区，那里是放书目和电脑的。

我扭过身子，抬头看着本。"是英国警察。"我说道。

"快走。"本平静地说，脑袋依然对着书本，抬都没抬。

"可是我才抄了一半……"

"交给我好了。"

"我要完整的……"

"赶紧。"

我抓过桌上那本便笺本，草草写上"马萨大街对面的书店——莎士比亚专区"。我把便笺交给本，站起身，迅速走到门口，闪了出去。

在底楼大厅，另一位保安坐在黄色灯光下，阅读着《波士顿先驱报》。我脚步趔趄地朝他走去，他抬头一瞥，斜着眼看我。我拿起铅笔，示意手里就只有它，他懒散地挥手放行。

我尽量控制步态，不至于跑起来，走进储物间，拿到我的小包，朝出口走去。我推开门走向庭院，身上直冒汗。在我身后，通往阅览室的门锁再次嗡嗡响起。我警觉地回头一看，不想撞上了进入图书馆的另一个人。

有双手抓住了我的肩膀，将我稳住。“凯特·斯坦利！”一个男高音轻声说。深金黄色的头发、蓝色的眼睛跃入了我的视线，这人戴着一顶破旧的红袜队的帽子，从他矮壮的身材，我就认出是马修·莫里斯，是哈佛大学的另一位莎士比亚教授。“你怎么来这里了？”

“我要走了。”*该死，该死，该死。这可不是闲聊的时候，尤其不想与他聊。*

我抽身想去，可是他抓得更紧了。“我有三年没见你了，难道就一声再见，连问候都没有？太粗鲁了吧。”

“我以为你在特区，在福尔杰呢。”我语气刺拉拉的，有些愠怒。

他穿着牛仔裤和红色T恤，也许因为是波士顿名流的后裔，他说起话来故意不用常春藤名校那些悠闲散漫的教授的惯用措辞。“我确实在那里，直到今天早上电话响起，是个令人讨厌的时间点。近来我们似乎确实出了件关于莎士比亚的紧要事件，我是驻校专家，所以被叫了回来。”

门开启时，四周的空气很冷，我缩紧了身子，转了过去。一位丰满、棕色短发的女人朝我们微微一点头，气喘吁吁地走下阶梯，手里拿着一叠书，还有一只鼓胀的电脑包。

“有点儿紧张，凯特。”马修说着，那女人已经走远了。

“关于莎士比亚的紧要事件？”我反问他。

他朝周围看看，靠近了些。“是关于第一对开本，昨晚火灾后，怀德纳的圆形大厅里到处是烧焦了一部分的纸张，还有古腾堡版的碎片，不过目前，他们还没有发现可以确认的痕迹证明是对开本。还有，装这两部书的柜子好像也被人动过了。”

我周围的空气突然变得寒冷起来。“你说什么？”

“在炸弹爆炸之前，好像对开本被人偷走了。”

我仿佛看见一小片方形的月影，一种不祥的感觉涌上心头，我看见一只手用蓝色墨水在那片光晕上潦草地写着：*莱维尼娅上场*。那是从第一对开本上撕下的一页。

“还得花点儿时间来确认，”马修补充道，“但这种可能性很蹊跷，因为环球剧院好像也发生了类似的事情。你怎么了？你的脸像纸张一样惨白。”

我脱身要离开。“我得走了。”

“等一下。”

走到楼梯最下面时，我停住脚步。

“最近几天你肯定糟透了，”他眯缝的眼睛里流露出关心和歉意，“听着，我不知道自己最初是怎么得罪了你，可是你得给我一个机会弥补。等一会儿和我一起去喝一杯怎样？我们可以为罗兹敬一杯。”他哀伤地笑了笑，“她可是第一个说，自从你离开后，周围一切都不一样了……不过，你看上去不错，剧院工作一定很适合你。”

“马修……”

“你不用麻烦过来的，我来找你，你住在哪里？”

“嗯……”我听到自己说，“哈佛旅舍。”

“太好了，那就定在教员俱乐部。从旅馆出来，穿过大街就是。五点半吧。”他推开了图书馆的门，有一阵冷风往外翻腾着。再远处，我听到阅览室的门又一次嗡嗡作响。

“好吧。”我撒了谎，猛地转身离开了。我尽可能快地沿着大楼走，转过拐角，突然跑了起来，冲入了一道拱门，穿过威格斯沃斯楼。我来到马萨大街上，一边还想着马修告诉我的新闻。

对开本不见了，不是被损坏，是不见了。

一辆公共汽车呼啸而过，离我的鼻尖只有一英尺距离，一股蓝灰色的柴油尾气从排气管里喷出来，穿过我那早已汗津津的头发。我穿过大街，走过砖石人行道，朝着熟悉的黑框玻璃窗户走去。在窗户顶上，写有整齐的金色字体“哈佛书店”。

我走进书店。除了有图书放在前窗展示外，这地方和我离开坎布里奇时没什么两样。我往回退，朝着文学类书籍的那间屋子走。房间中央摆着一排排放莎士比亚书籍的书架。我停在这些书架前，手指慢慢地划过这些书，思绪飘到了其他地方。

大约一刻钟前，我还以为钱伯斯的线索会从某种角度解释为何罗兹提到詹姆斯一世时期巨著，即一六二三年的第一对开本。可是，钱伯斯又转而指向了《卡德尼奥》，而第一对开本似乎在另一个地方整个消失了，假如马修没说错的话。

我不知道是该笑还是该大叫。至少，对开本没有被损坏，没有被大火一部部地焚毁。另外，如果那个在图书馆跟踪我的狗娘养的没有损坏它们，他准是偷了这书。也就是说，他想要这些书，真糟糕。

为了什么呢？

没错，书信和第一对开本最终都指向同一个地方，即莎士比亚的手稿，希望它还依然蒙着天鹅绒般厚厚的灰尘。

他知道自己在找的是什么吗？也许不知道，因为他在对开本的影印本之间移动得很快，甚至走到了第三本那里，假如你数过从罗兹办公室里拿出的影印本的话。但是不，他对自己正在做的事一定知道些什么。谁会冒着风险，从警卫森严的环球剧院的珍品室和怀德纳那里偷走东西，而后再用大火掩盖痕迹，仅仅凭着一时的荒唐或为了碰碰运气？

尽管我很不愿意承认，那个凶手可能比我都更加清楚他在做什么。关于詹姆斯一世时期的巨著，我连一条清晰的线索都没有。

另外，我找到了一封关于《卡德尼奥》的信。或者，至少找到了休顿。

天哪，我离开图书馆时如此匆忙，竟然把关键的那本钱伯斯的《伊丽莎白时期的舞台》落下了。我只好指望本能够记得。

我不安地扫视着书店，透过窗户朝街上看。他在哪里呢？怎么耽搁这么久？

他不是学者，他能否知道我所说的抄写的意思？他能完全照原样抄写下所有的东西，包括每个拼写错误和标点符号，不管有多怪异？当然，我想要的是格兰威尔的原话，可是我也想要他的特殊习惯和错误。正是这些怪异，这些不经思索很容易错过的东西，才是依稀可辨的脚印，能够指明一个学者的历史发展踪迹，以及一位作家的习惯。

我叹了口气。在他现身之前，我只掌握了三个特别的信息碎片，即杰雷米·格兰威尔、弗朗西斯·恰尔德这两个名字，还有《堂吉诃德》的英译本。不用费太大力气，我就能推断，一部英语戏剧，被藏在英译本中，“刚创作完成”就不见，那它准是丢失在英国某地，藏在了某个烟囱角落里，不久就被人遗忘了。它可能就在塔楼或地牢里，或是被放进了一只箱子，留在了某块耸立的巨石脚下，就在孤独的荒野里。我好像记得，格兰威尔的拼写是英国式的。

可是，他写信给恰尔德教授这一事实又推翻了我的猜测。如果格兰威尔当时一直在英国，或是在欧洲某国，那么，与一位英国教授联系非常容易而便捷，大费周折地写信给恰尔德显然根本没有必要。如果格兰威尔自己就是英国人的话，就更是如此了。他肯定是在另一个半球发现了什么。

我理了理头绪，那封信里隐藏着其他线索，只是它们或许更微妙、更隐秘。那该死的东西我才读了两遍，而且看得很快，简直是浏览。

我需要那封信。本在哪里呢？

走到莎士比亚图书书架的另一头，我停住了。在我手臂下方，有一本很大的平装书，因自身的重量原因，书往下凹陷。那是第一对开本的影印版，和我在罗兹办公室里找到的是同一个版本。而那本书已经不见了，就像怀德纳和环球剧院的那几本一样。

我把书拿出来，翻了起来，每一页的边缘空白处都很干净。

“又在看詹姆斯一世时期巨著了？”

我急忙转身，本正站在我面前，咧着嘴笑，像那只讨厌的笑猫。他手里拿着钱伯斯的那本书，还有我的黄色便笺本。

“那封信，”我说，“你抄来了吗？”

他把黄色便笺本递给我。我低头看去。

便笺本上没有字。

15

我再次抬头瞥了他一眼，心里因懊恼而变得愤怒。“你说过……”

“小事一桩，就别发火啦。”他靠近过来，翻着纸页，有一页纸飘了出来，我赶紧抓住。

那张纸是白色的，不是黄色的，里面有细密的蓝墨水字迹。我眯着眼看，很慢才反应过来。“可这是原件啊。”

他咧嘴笑。“我借出来了。”

“你疯了？”我厉声悄悄地说，“休顿的图书可不外借。”哈佛在图书馆管理上很严格。在独立战争大概十年前的一个晚上，当时哈佛只有一个图书馆，严格禁止图书外借，有一根未剪过的蜡烛灯芯上落下了灰烬，或是炉子上爆出了一点儿星火，没人能肯定，火花掉在一张散落的纸上，或是帘子、地毯什么的上面，着起火来。人们只知道，呼啸的东北风很快就把那小火苗助长成了大火，火势难以控制地在图书馆里蔓延开去，直到来了暴风雪将它熄灭，而且暴风雪还在火头上抛下了足够湿润的雪，使大火被浇灭，真算是赠送了离别礼。

在凛冽清晨的冷光中，爱德华·霍利约克牧师，即当时大学的校长，披着大衣直立着，双手放在背后，对这场灾难极具耐心地沉思着：*上帝赠予我们，而后又拿走；神圣的上帝*。据传，有位本科生在融化的雪地里跋涉而来，那雪黯淡得像灰烬，为了鼓舞这位老人，年轻人专程来还一本书，那是他前一天晚上从图书馆里偷偷带走的，当时是为了极尽所能用功读书。阴差阳错的，这本书现在成了一个世纪前约翰·哈佛遗赠给大学的书籍中唯一幸存的一本，能留下来的还有这个名字。

霍利约克校长并没有义务将对待天火那样的耐心扩展到那个本科生

身上，他接受了那本书，还感谢了这位年轻人，但接着因偷书行为开除了这个学生。

“你是想让我把它还回去？”本问。

我怒视着他，把那封信从他手里抽回来，紧缩身子凑在那张铜版印的手稿上，再次浏览起来。读着读着，一些词组突然引起了我的注意，仿佛着火似的亮了起来。*新世界的诠释*……没错，我猜对了，是北美，也许就是美国。*这文明的粗糙边缘*……西部，我猜想着，一边咬住了嘴唇。这并没有太大的用处，因为美国西部太广袤了。

整理一下头绪，格兰威尔的文章有意显得很隐晦，甚至很晦涩。可是，如果罗兹能解开这个谜，那我也能。

*其中一个男孩。赌徒。这里的营地。*如果他曾经当过牛仔，难道他会不写诸如“牧场上”或是“草原上”，或“简陋小棚”之类的词汇？而写上“这里的营地”。

什么营地呢？军营跃入了我的脑海，可是我看了一眼格兰威尔的签名，那上面没有提到军衔。他也没有提及军官、军令、武器、敌人，或是战斗等。这信读起来也不像是关于军队的。

营地。我闭上眼睛，看到白杨林间遍布着帐篷，还有锄头和铁铲，坑洞和杆子。*煤矿*。我睁开了眼睛。“他在西部，”我说，“在煤矿的营地。”

可又是怎样的营地呢？是早期的淘金热，还是后来的银矿？是在加州？科罗拉多？亚利桑那？阿拉斯加？我伸手去拿信，就在那里，在信的顶上。*不是所有的金子都会闪光*，格兰威尔这么写道。“是金矿。”我说着，指了指那句话。

“你认为他是一个金矿主？”

“我觉得他是在找黄金，却发现了别的什么。那句话是随手将俗语‘不是所有闪光的都是金子’进行了倒装，原文是《威尼斯商人》的核心。他写得很随意，也许也没什么用意，这关系不大。重要的是，格兰威尔是采矿的，而且他还懂莎士比亚。”

“你确定吗？”本问，“似乎一个老探矿人写出这样的文章有点儿夸张。”

“他们并非都是文盲乡下佬，”我反驳道，“他的其中一位随从好像曾经是哈佛的学生，或者至少是恰尔德的学生。格兰威尔不可能太没文化的。即便他真是文盲，也没什么大关系。莎士比亚在过去的西部很受欢迎，就像现在的电影，是一种人人共享的语言。有点儿像‘快去，好好干一场’。只是，山里人可以对着篝火滔滔不绝地整本背诵《罗密欧与朱丽叶》或是《裘力斯·恺撒》，牛仔们一点点儿地从文集里自学着。当时最伟大的演员会坐船绕过好望角，来到加州，坐着马车摇摇晃晃地来到山里，在淘金客的营地里表演《哈姆雷特》，而这些采矿人会把金块和一袋袋的金粉扔到舞台上去。在一个月里，一个好演员可以比在纽约或伦敦的整个季度都多赚十倍的钱……”

“好吧，教授……”本开口了。

“别叫……”

“你要是不喜欢这个绰号，那就别摆出这个架势来。了解莎士比亚并不意味着你就得像他那样创作，是吧？”他把信拿了回去，浏览了一下。“您有，先生，某种非凡的智慧……你真觉得写这信的是某位老年淘金客？”

“你为什么觉得他就是年老的？”我问他，“也许他就是不像好莱坞呈现的那种头发花白、跛腿的怪老头呢？”我越想，越觉得他从事探矿的可能性很大。“再说了，难道你有更可信的推测？”

“我只是不明白这样推想有什么用。”

“这会让我们想到犹他州。”我说。

“犹他州？这可不是莎士比亚能让人首先想到的线索，也不是淘金能带来的信息。”

“你还没去过犹他州的莎士比亚节。”我用手指抚过书架，“你认为伦敦环球剧院看上去很超现实，可是你没在雪松城看到过它，在红石乡的雪松城。”

“别开玩笑了。”

我摇了摇头。

“你认为莎剧在那里上演过？”

“那个剧院是一九七〇年代建造的，正如我所说的，我认为格兰威尔正在探金矿。现在我需要到那附近去一趟，即犹他州莎士比亚资料馆。”

资料馆这个词使用不当。它更像是一家票据交易所，是老式的数据库，里面的资料都与密西西比河以西的莎士比亚活动有关，有已知名字、表演、场地、人员、事件的相互参照信息。那里收藏各种琐碎信息，西部人民热爱莎士比亚的方式，如同他们认为有义务去征服那片广袤的旷野一样。因此，有许多和莎翁同名的，诸如矿地、城镇、水库，甚至河流和山脉等，其实并不好收集。资料馆没法收集或复印的，他们就用地图来绘制。

“也是罗兹喜爱的北美私人研究资料所。”我俯下身子在书架的下面一层查看莎士比亚批评研究资料。当我找到所需的那本书时，把它抽了出来，放到本的手中。那本书的封面上是手绘的照片，里面是一个穿着紧身短上衣、戴着牛仔帽的演员，他手里拿着一个骷髅头，摆出经典的哈姆雷特的造型，被嵌在一张现代的大天空地区[1]的照片顶上，成浮雕状。那上面的题目是“狂野的西部莎士比亚”，作者是罗莎琳德·霍华德。

“这是她最近的，也是最后一部著作，”我说，“她是在那里做的研究，我当时是她的助手，至少最初是，在我们分手前。”

在那个明媚的夏日，我曾经为她驱车穿越草原，爬过山脉，途径峡谷，搜索那些期待中的故事和被人遗忘已久的表演。那段经历改变了我的生活，虽然那个夏天并不像罗兹所预期的。我站在科罗拉多州雷德维尔那个褪色的镀金深红色剧院里，站在那个尘土飞扬的舞台上，那里曾是喧闹的银矿开采地，是新兴城镇，现在却萎缩而沉闷了。我在那个舞台上念着朱丽叶的台词，最初是低声说，渐渐地嗓音高了起来，直到那声音在黑暗中回荡，包围了我。在电光石火般的一刹那，我意识到舞台上的莎士比亚与书中的莎士比亚竟有天壤之别，那差别就像滚烫的经历和美

① 大天空地区（Big Sky），泛指美国西部，因地势平坦、天空广阔而得名。

好悠长的记忆，与变化无常的生活和空洞的死亡的对比。

那个秋天，在罗兹的莎士比亚课程中，我指导了几个班，其中有学生请我帮助制作《罗密欧与朱丽叶》的舞台剧，我欣然接受。到了春天，我已答应指导他们演《第十二夜》。

我没有再回头。

可是，不知怎么的，那个夏天在我的记忆里就像失落前的伊甸园。“我需要你帮忙。”罗兹两天前曾在环球剧院对我说过。那么，这是因为我了解某些事。可四年前，她说过同样的话，那次是因为我本人的原因。她那快捷、简略的新英格兰风格，在西部的那些牧民和小镇居民中并不奏效。即便我不是其中之人，我至少明白最基本的农场民风。我会用小恩小惠，喜欢在问问题和请求帮助前，递上一杯啤酒或牛奶，或是糕饼什么的。而且，我不怕弄脏了手，如果有人需要帮忙把牛从一个饮水槽赶到另一个去，我会稳稳地坐在马背上，帮他的忙。因此，我能让人侃侃而谈，而他们看见她却抱以疑虑重重的沉默。

于是，我成了她实地考察中的得力助手，四处穿越广阔天地，查找线索。这同时，罗兹把资料馆当作指挥中心，一边待在那井然有序的字母编号和分类表中，一边汲取所有我带回的信息。那分工很适合我俩，我们曾开玩笑说，那是沉思者与流浪者的差别。

我大声说：“如果罗兹怀疑格兰威尔与往日西部的莎士比亚有关联，那犹他州莎士比亚资料馆会是她首先去调查的地方。我们也许能在那里探出她或他的什么踪迹来。”

“*也许*，”本强调说，他打开那本书，“里面有他吗？”

“我还没读过呢。”

本抬起头，摇了摇，又低头看书。“他不在索引中。”

“她可能留下他以备日后研究，”我说，“或者她是在这本书交付印刷后才找到了有关他的资料。”

他合上书。“如果你猜错了，那怎么办？”

“那我们就落下了两天时间，错走了三千英里路。不过我不会错的。”

他点头。“那如果你对了，又怎样？如果我们找到了这线索，发现你猜对了，又有什么价值？”

我用一只手拢了拢头发，我还没想到这问题。也许克里斯蒂行知道答案，可是据我所知，拍卖行凭对比进行估价。就本兰威尔声称的发现，目前还没有过。没有另一本《卡德尼奥》的复印本，也没有当代的任何确定是关于莎士比亚戏剧的手稿，更别说是莎士比亚本人的手稿了。除了六个签名外，什么都没有，而且这些还是英国政府机构所用，从来不标价卖的。

如果是一部第一对开本，即二百三十部中的其中一本，那几年前曾拍到六百万美元，这是亨利爵士告诉我的，那么，一本独特的遗失剧本的手稿能标到……什么价格呢？我摇摇头。光想想数字，脑子就混乱起来。

“我不知道，”我说，“没有人知道。可是，不找到它，它就什么都不值。”

“听起来像是有人早就标好价了，”本说，“而且还标得非常高。”

我缩了一下身子，明白了他所指的意思。谋杀。那是一条命的价格。在一瞬间，我看到了罗兹的双眼在环球剧院的长椅下向上凝望着。可是凶手并没有由此住手。我再一次看到了对开本，那用蓝色墨水画出的手正指着血淋淋的一行字：莱维尼娅上场，双手被砍去，舌头被割掉，被强奸……

“我这条命的价格。”我平静地说。

“我们很清楚地明白这点。”本说。

在外面，警灯闪烁着。透过前窗，我们看到三辆巡警的车子穿过大街猛地停下来，堵住了哈佛园的大门。我本能地将那页纸塞回黄色便笺本中。

“是犹他州吗？”本问。这一次，他问的是方向，而不是表达疑虑。

我点头。

“待着别动，”他说，“我五分钟后会叫来一辆出租车。”他说着走出门，早已掏出了手机。

16

我还有五分钟时间，要么抓狂，要么好好利用。

我又看了一眼连贯停在街边的警车，接着在书架间蹲下身去，把东西都叠在身旁的地板上，然后翻开了《伊丽莎白时期的舞台》。根据钱伯斯所言，《卡德尼奥》是莎士比亚和他自己选定的为国王剧团创作剧本的接班人约翰·弗莱彻的合著。弗莱彻先生对作品的贡献，他究竟写了哪几部分，至今没有定论。

剧本遗失，这种猜想就失去了佐证。不过，合作的事实说明，这部戏也许是晚期作品，因为还有两部戏莎士比亚同意和弗莱彻一起合作，它们分别是《两位高贵的亲戚》和《亨利八世》，都是莎士比亚最后的作品。

我小心翼翼地翻着书，关于作品的时间我似乎说对了：

> 据推测，《卡德尼奥》曾于1612和1613年间，被宫廷的国王剧团以“卡德诺”和“卡德那”之名上演过，1613年6月8日，又上演一次。该戏主题出自《堂吉诃德》——

书差点儿从我手中跌落，我四周仿佛有无声的“愚蠢啊”的尖叫。看来，这就是罗兹的书架上放了那么多《堂吉诃德》的原因。这也是为什么这个书名如此熟悉的原因，我曾经阅读过《堂吉诃德》，不过，说实话，我已经多年未翻阅此书了。

又得再去翻看它了。我走到小说的书架区，搜索起C字母打头的书籍，直到我看到塞万提斯。就是这熟悉的企鹅版《堂吉诃德》，厚厚的、书脊呈黑色的著作，封面被那憔悴的骑士占据着，那是古斯塔夫·多尔凭想象创作的钢笔画。我把书叠在罗兹那本著作和对开本复印版上面，赶紧走到前台。我的信用卡像出租车开抵前门似的运作起来，我匆匆签了名，拿起书，迅速走出书店。

即便是快步和本一起坐进车内，我还是看到街上有点儿骚动。一群人出现在哈佛园的门口，为首的就是辛克莱探长，他身后跟着穿黑西装的人。

“洛根机场。”本说道。出租车开始启动，接着又停下了。

在街对面，警车突然发动，警灯闪了起来。那一刻，我以为他们是直接冲着我们来的，可是警车开了个 U 字形，沿着马萨大街的反方向迅速开去，而这时的警灯仿佛从所有不同的方向汇聚过来。

我尽量在座位上缩起身子，没别的地方可躲。

辛克莱走下街沿，不过他没有朝我们走来。我朝后视镜瞥着，想看他朝哪个方向走。在一两个街区外，巡逻车像黑白相间的蚂蚁似的聚集着，围着一幢拱形的砖瓦建筑，那幢楼就位于街中央色彩明快的花园地带，就是哈佛旅舍。

我们的出租车开动起来，汇入大街上的车流中。开过两个较短的街区，我们掉转方向朝河开去。

“你对别人说过自己住哪里吗？”几分钟后，本问我。

我内疚地点点头。“就在我离开图书馆时，我碰到了一个熟人，真的。”

“那个矮壮的家伙？戴棒球帽的？”

“我唯一能摆脱他的办法，就是答应之后和他一起喝一杯。”

“他直接告诉了那个英国警察。”

“那人是个探长，我是说那个警察，他名叫辛克莱。”

“那你的熟人是？”

我咬了咬嘴唇。“他是另一位莎士比亚教授。”

“老天，凯特。”本的语调有些刺人，更糟糕的是，这事是我活该。“难道你准备站在路中央，摇起红旗吗？”

我猜想出租车司机听不到我说话，因为座椅间有树脂玻璃隔着，而且海地语的流行歌曲正从收音机里冲出来。“马修，就是那位教授，他说第一对开本不见了。环球剧院和怀德纳的都不见了。”

我还想再说下去，可是本摇了摇头，看了一眼司机。那人不可能在音乐声中听到我们的，何况他还跟着音乐哼哼，降了四个半音，又在打着拍子。不过，我想起自己公寓楼窗口的黑影，便停住不说了。

当车子开上了士兵广场路，我的手机在小包里响起来，我拿出手机，上面显示是马修·莫里斯。

“是他吗？”本问。

我点点头，刚要接通手机，但本摇摇头。他从我手中拿过手机，关掉电源。他没有解释，手里轻轻地握着手机，这时，波士顿在车窗外向后退去。

看着他的手，我有些愠恼。

余下的路程，我们一直沉默着。

到了机场，本冲进人群，他们正围绕在机场行李搬运工周围。我默默地诅咒着，紧抓住放书的包，跟在他后面。没走几步，一个手柄塞入我那只空着的手里，我低头看，那手柄连着一只黑色的拉杆箱。我再仔细看，原来是我的行李箱。

我朝周围看，可根本没人注意我。本此刻也拉着一只箱子，他朝我笑了一下，于是我们就走进候机楼。他在柜台旁办理完登机手续，把机票交给我。

“飞往洛杉矶的。”离开身后那条焦急等待的队伍，我说道。

“没错。”

“雪松城有自己的机场。”

“我们飞去雪松城，那你的探长朋友几个小时后就会和我们会合了。”

“好吧，可是洛杉矶太远了，至少得有六个小时的车程，也许得十个小时。”

“我们不去洛杉矶。”

我又看了看机票。“可美国航空公司让我们去那里啊。”

“相信我。”他说。

相信这个词好像对他怎么都不适用，不过我忍着没说话。我们过了安检，出示了登机牌，而后很快就朝入口走去。正当我们要走到门口时，他放慢了脚步。

“厕所就在那里，”他点头说，“你行李箱外面的那层袋子里有要换上的衣服。你要是不放心箱包曾经离过手，也可以好好查一下。不过十分钟内要在这里和我会合。还有，把机票给我。”

我刚想表示异议，他说话了：“就按照我的话做，凯特。”

我拉着行李走进洗手间，砰一声关上了小隔间的门。他的团队行动变得越发偏激。不过，至少在换衣服上他是对的。我在外层包袋里找到了紧身牛仔裤，小羊皮细高跟靴子，还有一件紧身、深V领的粉红衬衫。包袋最下面的东西，起初看上去像是一只柔软的白色雪貂，后来发现是一条长长的白金色假发套。

我不由自主地踢掉鞋子，穿上牛仔裤。我得把每块肌肉都往里吸，这样才能把拉链拉上。这裤子不仅修身，还是窄腿的。我脱下亨利爵士中意的丝绸上衣，穿上粉红衬衫，他要是见了会难过的，不是觉得恶心就是好笑吧。那衬衫短得刚到肚脐，离牛仔裤还有一截距离。好玩儿，我全换上了，可好像没比比基尼多盖住什么。

然后，我戴上雪貂似的假发。

最后，我在行李箱的前面口袋最里面找到一个小小的化妆包，还有一包口香糖。我小心翼翼地从上衣上拿下罗兹的胸针，用餐巾纸包好，塞到小包最里面，而后，我把自己的衣服塞进行李箱，走出小隔间。我在镜子前停下来。之前的我已经消失，变成了帕丽斯·希尔顿，不过，我得承认，是饱餐狂饮了很久，恢复正常体重后的帕丽斯·希尔顿。

我抹了几下睫毛膏，刷上口红，嚼着口香糖，一切就绪。我离开洗手间，身后拉着行李。

本正在等我。他的头发往后梳得油光锃亮，显得更黑了。他穿上了亮色的图案衬衫，上面的扣子没扣，露出一条粗粗的金项链。他散发着昂贵的古龙水香味，懒散的样子表明他想一起去吃一顿。他油里油气地笑着，几乎有点儿淫荡，开玩笑似的说："你很漂亮。"声音拖得很长，像是直接从密西西比河泥滩里拽出来的。

"假如你喜欢露肚皮的白雪貂，"我突然说道，"你自己就像是埃尔维斯[①]变成了欧派垃圾。"我朝着前往洛杉矶的登机口走去。

他摇了摇头。"凯瑟琳·斯坦利是要飞往洛杉矶，也许她早就登机了，可是克丽斯托·谢尔比要去的是拉斯维加斯。"

没错，他给我的机票上印的是克丽斯托·谢尔比。"你觉得这样行得通？"

"我们又不是潜入俄罗斯黑手党，只不过临时变动一下，让人一瞥看走眼。"

我的思绪在这出戏上旋转着。确实精妙，临时变动，还有这假发，衣服……都是我的尺码，整齐地藏在我的行李中。我们的行李被迅速从宾馆运到机场，还有机票的安排等。

"你这事策划了多久？"

至少，回答这问题的是本，而不是埃尔维斯。"我到波士顿的整个目的就是帮你脱身。必要时，得让你隐姓埋名地离开。我得承认，我之前还以为我们要坐船回伦敦了呢。犹他州只是计划中的一个临时小点。"

我在机场中央停住，双手放在臀部，拦住他的路："这不仅仅是个计划，还得花钱，得用人力，不止一个呢。"

他耸耸肩。"埃尔维斯可是有一手的。"

我还是站着没动。

"你是要我说真的？"

我点点头。

---

① 即猫王。

他拉过我的胳膊，将我带到一个空着的登机口的安静角落。“正如我昨晚对你说的，我有自己的团队，也就是说有雇员，凯特。我在很多地方还有接应的，比你能想到的更多。”

“那么，你干吗要这样？干吗亲自上阵呢？”

他低声而快速地说：“这正是罗兹要求的，是我的姨妈雇了我，让我亲自上，在她让你牵涉进去的事情上要我尽可能多地保护你，这就是我正在做的。你可以说我老套，可是我不喜欢言而无信。不过，这能让你愿意配合我。因此，听着，保护人是我的本职，不过我也很擅长逃脱和追踪。这是你所需要的两项本领，可能你还没留意罢了。但是我无法创造奇迹，像这样的逃脱计划，我花的时间越多，就越完善。当然，这样的计划越少越好。至于钱，数量足够，不过还是有限的。我们逃的时间越长，警方就越是想找到你，你要秘密地寻找资料，任务就更艰巨，花费也更大。因此，你的工作进展越快，就越有可能成功。”他叉着手，像是在挑衅，“否则你就住手，把研究交给警察好了。”

“不行。”

他笑了。“这回答真不太精彩，不过我乐意接受。只是，我是有条件的，哪怕你不顾一切要这么做。在帮助你或罗兹上，我还是有底线的。”

“是什么？”

他摇摇头。“到了那里，我会告诉你的。还有，为了安全起见，你得听我的建议，否则合同无效，我立马走人。”

“这算是威胁我吗？”

“事情不得不这样。”

我点头。“好吧。”

“那就好。”他指了指墙上的那排电话，“如果你想查一下语音留言，现在就可以。”

“我的手机呢？”

“没法用了。”

“它在车里还好好的。”

“现在不行了。”

“你动了它？”

“我只是不让它带来麻烦，抱歉，凯特。只要开着机，无论你在地球的何方，你就像在一个足球场大小的地方，时刻能被人盯着。”

我把手里的包递给他，大步走到其中一个电话旁，塞了两个两角五分的硬币，摁下号码。手机里有三条留言，两条是亨利爵士留的，你在哪里？他问我。另一条是在恳求我：回来吧。我怀着内疚的心情，把它们删除了。

第三条留言是马修的，他显然很担忧。

抱歉，凯特，不管你遇到了什么，我可能把事情弄糟了。离开你之后，我走进休顿，以为会被人不断问及对开本的事，可是有位英国警察不停地咆哮着问我有关弗朗西斯·恰尔德的信息。更奇怪的是，关于恰尔德的资料并不在书库里，因为有人早就借走了。不过，你该知道，他们认为那人就是你。

当那个警察得到了这条消息，我以为他会像喀拉喀托火山[①]那样反响激烈，可是他却沉默了，态度冷冰冰的，这样更糟。他认为你身处危险，凯特，非常危险。于是我告诉了他你住的地方……但愿我这么做是对的。

他还扣押了恰尔德写过的所有东西，所有有关此人的资料箱。

我不知道你陷入的是什么麻烦事，不过你如需要帮助，请给我电话。如果没事，也给我打个电话。我很想知道那些资料箱里都有什么。最重要的是，我要知道你没事。

留言在此停住了。

我又听了一遍。“来听听。”我对本说，示意他过来。

① 喀拉喀托火山（Krakatoa），在印度尼西亚。

他把话筒拿到耳边，脸上像戴了一个空白面具。

“他知道恰尔德。”我说，心里涌起了惊慌。辛克莱知道恰尔德。在我那个黑白相间的哈佛的塑料藏书袋里，书籍中还塞着一本黄色便笺纸，其中还有格兰威尔的书信，是休顿书库里拿出的书信。那里肯定有什么重要的线索。

本挂了电话，“这并不说明他知道自己在找什么。即便他知道，他也找不到。”在他的镇定中，我察觉到一丝诙谐，“如果我们先到那里，他就找不到。”

“前往拉斯维加斯的5208航班的旅客，现在准备登机了，”广播喇叭里传来了刺耳的声音，“请按照座位组号码依次进入。头等舱的乘客随时可以登机。”

我们朝登机口走去。当工作人员扫描我们的登机牌时，我听到身后有咚咚咚的跑步声。登机口周围的人们都回头去看，伸长脖子。警察排成一列纵队，从走廊里迅速跑过，几乎没朝我们的队伍看。我紧抓着书袋子，又开始感到一阵刺痛。

本从我手里拿过书袋子。“就照我上午说的做，”他镇定地对我耳语，“表现得性感，再性感些。”

隔着三个登机口的距离，我看到警察散开了，都对着门口。可是大门锁着，而且登机口没有人。服务台的女士摇着头，显然有点儿紧张。“前往洛杉矶的航班早就起飞了，”本说，“真糟糕。”

在登机口，工作人员拿过我的登机牌，我拉着拉杆箱进入了登机通道，穿着那双可笑的高跟鞋，踉踉跄跄的。

17

我们坐的是商务舱，可是机舱里依然很挤，没法进行私人交谈。再说，我们也不可能交谈，因为一坐到位子上，本就打着哈欠声明：“如果你不是很在意的话，我想睡一觉。”语气很礼貌，不过也无可厚非。两分钟后，他就完全睡着了。

睡一觉！确实，他前一晚没睡过，据我所知，再前一晚他也没睡。可是，比起睡觉，我更想张开光明之翼，前往百合花盛开的伊甸园。还有，假发戴着很痒。

我看着飞机在跑道上滑行，升起在水面上，倾斜着转向西面，朝着大海飞去。我不安地转动着身子，如果辛克莱知道有关恰尔德的资料，那凶手也可能知道。据我判断，他赶在了我前面。我们都似乎相信，在某个地方，有一个遗失了的剧本，差不多四百年来没有人见过这出戏上演。

罗兹是否见过格兰威尔的手稿？她赶来向我求助，这说明她并没见过。或者，正如亨利爵士所说的，她可能也正要赶往克里斯蒂行。

去那里会怎样，仅仅是看上一眼吗？从格兰威尔的描述看，它像是排戏的剧作副本，上面有点点画画的记号。它本身不会很精美，但是其魅力就是另一回事了。

二十年前，有两首诗被人发现了，发现者声称它们是莎士比亚的作品。诗歌并不很优秀，连发现它们的人都这么认为。不过，它们还是引起了全世界的震惊，占据了晚间新闻节目的头条，并成为纽约、伦敦、东京的报纸头版。

可是，这次是一个剧本，整整一部戏啊。

本说得没错。在这个世界上，小伙子为了轮毂盖会杀人，歹徒为了试试枪好不好使，会朝你射击，那么，就会有更多的人为了他们认为值得的事情，做出比杀人更极端的事情。

它会是一个好剧本吗？

很重要吗？

反正对我很重要。很多故事随着尾声到来就结束了，可是那些伟大的故事却不同。我曾经幻想过像朱丽叶那样去爱，像克利奥帕特拉那样被爱，像福斯塔夫那样纵酒欢乐，像亨利五世那样去战斗。如果这些在生活中无法企及，但也并非是因为我尝试得不够。我也不是事事徒劳，即便是那些最微弱的回应，都会让我的生命变得更加深刻和丰富，并超乎我的想象。从莎士比亚那里，我理解了爱、欢笑、仇恨、背叛，甚至是杀戮，所有关乎人灵魂的最明亮和最幽暗的事情。

此刻，也许，仅仅是也许，我还能品味到更多。

自从莎士比亚为环球剧院写下最后一部戏后，没有新的莎剧出现过，即世人能看到或是阅读到的新戏。这戏会是什么时候创作的？也许是一六一三年，也许是《皆为真实》，即关于亨利八世的剧。该戏比《卡德尼奥》问世晚了不到一年时间。

也许《卡德尼奥》就是莎士比亚在詹姆斯一世时期的代表作。

难道比《李尔王》《奥赛罗》《暴风雨》更好？这太苛求了。

如果真是，那为什么没放入对开本？为什么罗兹会提到对开本的日期？

我能听到身边本轻柔的呼吸声。我在那只哈佛书店的书袋里摸出钱伯斯的书，端坐着，阅读起关于《卡德尼奥》的词条解释，我一口气从开头读到结尾部分。

莎士比亚浏览过《堂吉诃德》，他似乎也曾写过一部戏，而它如坠落的流星般划过天际，最初在宫廷里赢得好评，可是很快就化作灰烬被遗忘了。据钱伯斯所言，其间只有一次复兴，那是十八世纪时的一部改编作品，标题碰巧就是《双重谬误》，或者叫《最不幸的恋人》。

至少，这部戏保存了下来，尽管钱伯斯暗示道，如果要评论的话，此戏比标题更糟糕，糟到和生活甚为脱节。这部戏可能从头至尾地重写了，就像同时期的《罗密欧与朱丽叶》，戏中的恋人及时醒过来，从此过上了幸福的生活。十八世纪的人们喜欢有幸福结局的戏，它们的结构清晰，语言文雅，很多戏都是对莎士比亚的修改。反正，只要有可能，我会去查找那部改编作品。碎石堆里可能会散落着一些莎士比亚的残片。不过，我得去藏书丰富的图书馆，去找复印本。

真可惜，在怀德纳或休顿时，我没有机会读完钱伯斯的这个词条。罗兹办公室里也许就有《双重谬误》的复印本，休顿的书库里也可能收藏着两三本。但是，《双重谬误》一事得暂缓。同时，我要从莎士比亚开始创作的原点出发，可以先从塞万提斯入手。

我拿出那本新版的《堂吉诃德》，开始读起来。

几个小时后，我已经来回翻了两百页，在三张垫鸡尾酒的餐巾纸上做了笔记，已经找出小说主线中有关卡德尼奥故事的地方。塞万提斯在虚构故事上是位大师，也是魔术师。你时而看到这故事，时而又找不到它。在《堂吉诃德》中，故事的线索时而出现，时而消失，接着又像跳动的兔子或亮色的长丝巾一般再次显现。

最后，浮现在我眼前的是一个三角，即简单的试验爱情的几何图形：求爱者、被爱者，以及背信弃义的朋友。这是莎士比亚很早就使用过的结构，例如在他最早的戏剧之一的《维洛纳二绅士》中就出现过。

可是《维洛纳二绅士》中，刚开头，友谊就因为一个女人而破裂。阅读卡德尼奥的故事就像在万花筒里看着莎士比亚的各部作品在其中闪烁变幻。在一个复杂的故事中，我们不时想起各种剧本。父亲逼迫女儿和她憎恶的人成婚：*你要做我的女儿，我把你送给我的朋友。若你不要，那就去上吊、乞讨、挨饿、死在当街上吧，因为我内心不再认你了。*一场婚礼被破坏了，女儿遭到虐待，连流浪狗都不如，可她依然很忠诚，依然爱着对方。当女儿消失后：*我的女儿，哦，我的心肝！*于是女儿又找到了。森林里遍布着爱情诗，小伙子被音乐捕获：*那乐音和甜蜜的空气带来愉悦，*

没有伤害……当我醒来时，我哭着又再次入梦……

难怪，莎士比亚把《卡德尼奥》视为己出，那时他正从白昼步入黄昏，这感觉就像回家。

飞机下降并摇晃了一下，我心里袭来一种昏昏然的乡愁。我把写满笔记的餐巾纸塞进书里，把书放到一边，可无法释怀焦虑的情绪。在我身旁，本打着哈欠，伸伸胳膊，坐直了身子。几分钟后，我跟随他，惴惴不安地从机桥走进了抵达大厅。

没有人过于注意我们，也没有警察和任何人盯梢。在波士顿很惹眼的衣服，到了拉斯维加斯，就淹没在了人群中。

本的计策奏效了。我们穿过人群，在巨大洞穴般、像迪斯科舞厅那样镶着镜面的屋顶下乱转，迅速地走过巨大的屏幕，那上面都是广告女郎和纸牌游戏。

到了车库，我们挑了一辆没什么特征的雪佛兰汽车，车的颜色是很普通的茶色。我们租车所用的名字和本杰明·波尔相去甚远，但这名字又和本从钱包里拿出来的几张信用卡和驾驶证配得上。于是，我们朝着东北方向行驶，进入了莫哈比沙漠。

18

在远处的北方，参差不齐的山脉线上漂浮着的云朵晕染着天空。极目远眺，沙漠上散布着低矮的灌木丛。车上的温度计显示外面的温度为一百一十七华氏度，不过这样或许更令人乐观。在刺目的强光下，我称这天气为暴热。

本打断了我的胡思乱想。“那么，罗兹干吗选了你，让你在这沙漠和山脉四周开着车转悠，难道是为了研究她的著作？难道你是这附近的人？”

我干脆地笑了一声：“不是，我到处是故乡，我父母是外交官，可是我有一位姑婆，她在南方，在亚利桑那有一个牧场，就在墨西哥边境处。”

“你姑婆，她的名字是？”

“海伦，她叫海伦，虽然我父亲总是称她为男爵夫人。”我看着远方，“我十五岁时，父母乘坐一架小飞机，飞机在克什米尔失事坠毁，就落在喜马拉雅山山麓地带。我当时上寄宿学校，这件事后，我就在姑婆海伦那里过假期。用她的话说，就是两个女人，加上二十平方英里的野生天堂。我很想念父母，起初很伤心。远方几乎空荡荡的，除了天空，不断低声絮语的高草丛，草的颜色像是骨骸，以及形状怪异的山脉。不过，最终，‘S皇冠’成了我唯一真正觉得像家的地方。”

我很爱父母，可是我从来没有真正了解过他们。在我小时候的大多时间里，他们只关注彼此，倾心于事业。而海伦姑婆一直很爱我，从我很小的时候起，她就像个死心眼的、凶狠的母老虎似的爱我。我忽然意识到，是她让我能适应罗兹，或者说，她给了我力量来面对罗兹，至少最初是这样的。

“那个牧场已经不在了吧？”

“和姑婆一起没了。她去世时，我正要大学毕业。牧场就被分割着卖掉了，太贵了，我没能力继承。她不想让我们，无论是我还是我的表兄弟姐妹们，被它牵绊，而且她也不想让我们为此产生争执。现在，那里有四十英亩小牧场的集合，都让那些行政长官们给买了，他们周末的时候不时会想当当牛仔。我从来没回去过。”

“失乐园啊。”本柔声说。

过了一会儿，我点点头。

在地平线之间，似乎一切都是寂静的，除了州际公路上有车子在跑动，还有发出微光的热浪在升腾。在我视线的最远处，有一只鸟儿，好像是老鹰，正在热气流中盘旋。

“你不会称呼罗兹‘罗兹姨妈’。”我突然说。

“她不喜欢这样叫。”本说着，一只手驾驶着，另一只手在音碟盒里摸索着。“广袤天地需要宏大的音乐，要听U2还是贝多芬？”

“要不来个宏大故事？”我反问道。五分钟后，我就对本从《堂吉诃德》说到了《英雄交响曲》令人沉思的力量。

主要的情节非常简单，面对着全世界的嘲弄和不信任，疯狂年迈的堂吉诃德走上了骑士的征程，骑马穿越西班牙去冒险，他那位腆着肚子的侍从桑丘·潘沙一直在身旁抱怨着。诸如此类的。

卡德尼奥这个故事的症结在于，它是情节的副线，而《堂吉诃德》的副线偏偏不简单，不知从何开始，当事情开始变得有趣时，线索又消失了。经我尽力解读，卡德尼奥的故事大体如此：年轻的卡德尼奥远离家乡，在公爵府上以跳舞为生。他委托朋友堂费南铎替他向心爱的露辛达求爱。堂费南铎是公爵的小儿子，当他看到露辛达在烛光中倚在窗口的倩影时，不禁背叛了卡德尼奥，转而自己去向这位女士求爱。卡德尼奥恰好回来得及时，亲眼看到自己心爱的人结巴着对他最好的朋友说“我愿意”。于是，卡德尼奥拔出剑来，跳到两人中间。最终，他还是没有拿剑刺杀任何人，而是逃到了山中，满怀嫉妒和伤心。在圣坛前，露辛达晕了过去，身上掉落了一把匕首和一纸自杀遗言。可是，她最终没有死，被送到修道院里休养。

“从表面看，这很难成为一部成功的喜剧。”本说。

“我还没有讲下面一半情节呢，”我说，“故事进行到这里，大多数叙述者可能已经累得气喘吁吁了，可是塞万提斯却才刚开了个头。”

本细想了一下。“你认为莎士比亚会怎么做？”

“这是个值六千四百万美金的问题，不是吗？”冷气开得很足，没有系牢的东西都在拍动着。在冷风中，我一部分身体觉得冷，另一部分却在流汗。我从黏糊糊的座位上脱身，移到了冷风处，想把后背吹干。“我只是希望他能继续讲那个老骑士和他那位侍从的故事。”

“你对诡异喜剧的评价高于愚蠢的浪漫史。”

他并没真的在问问题，可是我还是回答了：“常常是这样，不过也不完全是。”我凝望着窗外，思忖着恰当的措辞，仿佛它们是散落在沙漠里的石头。“堂吉诃德和桑丘……他俩给故事带来了某种哲学意味……比普通的肥皂剧似乎更有生命力。”

“你觉得莎士比亚并没有沉溺在肥皂剧中？”

我不知道本是真的好奇，还是在拿话刺我，也许两者都有。毕竟，他和罗兹有关系。“我倾向于认为，他还是识货的。《堂吉诃德》并不仅是故事，或是一组故事，虽然只要你愿意，你可以拿它当故事来阅读，并且还能哈哈一乐。光凭这，它就值得被印在纸上。可是，它也是关于故事的，关于这些故事拒绝被整齐地固定在书本中。”

我一边说，一边看着本，暗想着他的目光是否会流露出厌倦，或者，他会不会用尖刻的笑话来抵挡我的这些观点。他还很感兴趣，露出不同寻常的专注，那表情和他花花公子的服装很不相配，我忽然发现自己笑得喘不上气来。

“接着说。”他说道，微蹙着眉头。

我解释说，塞万提斯讲述故事的方式，即卡德尼奥的故事最初是伪造的：一头死毛驴，依然架着鞍，上着笼头，还有一个皮袋子，里面装满黄金、诗歌和情书，这些都被骑士和侍从在山间偶然发现了。一个牧羊人很快就从毛驴和袋子引出了有关一个疯男人在森林里的传闻。当堂吉诃德和桑丘·潘沙与这个神经病遇上，这些传闻就发展成了传记，于是这个年轻人，当然此人就是清醒时刻的卡德尼奥，就缓缓而忧伤地进入了这个传说，即关于他失落的爱情和友人的背叛。最终，卡德尼奥的传说从这些故事中完整地脱离出来，进入当下的现实中（至少是从堂吉诃德和桑丘的视角来看），当时这位骑士和他的侍从正遇上客栈里的大多数赌徒，他们哭啊嚷啊的，相互搏斗，又彼此饶恕。这时，故事到达高潮，不再有观众了，他们都受到情节的感染，成了其中的人物。

“这故事真精彩，”本说，“是你想出来的？”

我笑了。“我倒希望是这样。可是我们是根据塞万提斯的创意把它记下来的。他的很多故事都是这样的，有些不可抑制。”我把假发套上长长的金发交缠起来，从脖子上拨开，俯下脖颈，让冷空气吹吹。“不过，如果我能看出其中的构思，我希望莎士比亚比我更快察觉到，也想得更深。毕竟，在他读到卡德尼奥前，他已经有过不少类似的构思。他把《驯悍记》中的构思弄得更为滑稽有趣，接着又写了《麦克白》，所有这些怪异的谜语……”

“*一个不经女人诞出的男子，还有某一天森林升起来并移动了，*”本顺着我的思路沉吟着，“麦克白以为它们暗示了‘没有人’和‘绝不会’。”

我点点头。“可是它们却成真了，在《麦克白》中，这些情节的构思，如谜语，成为现实，变得如此惊悚。”我又任头发滑落到脖子上。“我愿意这么想，莎士比亚在生命行将结束前，又回到了先前的观点，即故事成真会很好玩。可是，我不明白你会怎么处理，反正不是指卡德尼奥的故事，如果没有骑士和侍从进入情节充当见证者。”

我们突然同时有了领悟，我看到本的指关节在方向盘上发白，而我也觉得脸上惨白。随着卡德尼奥，即莎士比亚笔下的塞万提斯，罗兹像哈姆雷特的父亲的幽灵一样，突然在舞台上消失，几个小时后，她也像老哈姆雷特一样，耳朵里被人灌了毒，绿色的眼睛惊讶地睁着。

可是，杀她的凶手并不只是表演莎士比亚。从某种角度看，他也是在表演塞万提斯，使自己像是被残忍地扭曲了的堂吉诃德，又衰老，又傲慢，把别人硬塞进了他所喜爱的情节中，硬要把这些虚构故事变成现实。

或是变成死亡。

这一点儿都不好玩。

“你认为他知道塞万提斯与此事的关联？”本平静地问。

我摇摇头，真心希望他不知道。“开快些。”

19

沙漠在汽车两侧忽地飞过。当《英雄交响曲》高鸣着到了尾声，我把唱碟换成了U2乐队的，心里正好想到，在好几个小时里，我所见过的最高大的活物就是龙舌兰那稀疏丛生的枝丫，博诺和他的乐队称其为耶和华之树。“我们还有多久能抵达文明之地？”我问道，音乐在车内流淌开来，宛若窗外广袤孤寂的景色。“我应该给亨利爵士打电话。”

“难道你要在无意中暴露我们的行踪吗？”

“不是，”我做着鬼脸说，“我不会告诉他我们在哪里。”

本将他的手机扔给我。

“你怎么还留着手机？”我不快地问，“难道是因为它是黑莓的，有铃声和鸣叫声吗？”

“听着，是因为没有人会去查找这手机注册登记的那个不存在的小子。”

我按下了亨利爵士的手机号码，不耐烦地听着双声的英国电话铃。*快接电话，该死的。*

电话接通了。“啊，浪荡的女儿，”亨利爵士说，“除了不具备浪荡子总会回归的本质特征，这特点你很显然没有。你啊，你这鲁莽的孩子，甚至都不愿意安定下来。”

“抱歉——”

“连发条短信报告自己还活着都不肯。”亨利爵士继续埋怨着。

“我这不是给您打电话了。”

“这就说明你有所求了。”他哼着鼻子。

我可没有时间用来内疚。“我想知道关于毒物检查的结果。”

我哄了好几分钟，亨利爵士的态度才缓和下来，愿意告诉我他知道的信息。警方已经有所发现，不过他并不知道具体是什么。他只能推测，用他的话说，是因为辛克莱探长把自己从冷漠探长变成了冷酷探长，以令人怀疑的突兀，坚持说需要和我谈谈《哈姆雷特》。辛克莱很粗鲁地断定无法找到我的踪迹，亨利爵士就替我向他作了解释。辛克莱勉强接受，可他也很明确地指出，亨利爵士不能替代我，这或许惹恼了亨利爵士。我是这么理解的。他可是很要面子的。

就算他不能很肯定地告诉我警方发现了什么，他至少明白环球剧院遗失了什么。当他告诉我对开本不见了时，显然想引出我的惊讶反应，而我发现如法炮制也颇为有趣。

“哈佛的也不见了，”我说，“是昨晚的事。”

他诅咒道：“那钱伯斯的书呢？你找到没？”

“找到了。”

“有用吗？”

“有用。”

我等着他问怎样有用，可是他接下来的话惊住了我。“无论你发现了什么，凯特，马上交给警察，让他们负责寻找对开本。”我没作声，他叹了口气。“你不想让警察找到对开本，是吗？”

“是罗兹不想让他们找到。”

“罗兹也没想到自己会死，而你会深陷危机。”

我几乎是在道歉。“我正在追踪另外一条线索。”

他叹气。“你得记住，*彩虹尽头是凶手*，我可不想让你独自行动。”

“我不是一个人。”

电话那头是一阵沉默。“我是不是该嫉妒，或是开瓶香槟啊？”他停了一会儿后，这样问道。

“两样都行，只要你愿意。”

“那我猜这人准是个男的，是谁呢？”

“有用的人。”

“我希望这话是指他枪法很准，”亨利爵士闷闷不乐地说，“如果我有了什么消息，会告诉你的，你要回来前也请通知我。注意安全。”他声音里透着怀疑，不太有鼓舞力。没等我说再见，电话挂断了。

我把手机还给本，既忧伤又放松。亨利爵士不断地帮我，我反而辜负了他，让他蒙在鼓里。我忽然想到，这是否就算是不忠诚，不过我马上抛开了这种想法。我并没有撒谎，况且有的是时间把真相告诉亨利爵士。

假如我能找出真相的话。

“你说的‘有用的人’大概是指我吧？”本问。

“亨利爵士说他希望你枪法很准，你是吗？”

“关键时刻我就是。”

“怎么能做到呢？”

“实践。”

“我稍稍介绍过自己了，等价交换吧。”他没说话，于是我继续说着，补充着我所知道的一切，“你拥有一家高风险的保安公司，你说你擅长跟踪和逃脱。你靠实践经验枪法很准。可是你身处的‘并非是真的部队’。我不认为你是当过警察才会有这一身本领。扭捏是没意义的，这是否表明我得在爱尔兰共和军和特种空勤团[①]间选择呢？”

这带刺的言论激起了他的反应。“难道我口音听起来像爱尔兰人？”

“几个小时前，你听起来像是埃尔维斯。”

“没准我就是埃尔维斯。”

“前英国情报局的，”我摇着头说，“总之，你是其中之人，是特种空勤团的，还是军情六处的？我只知道这两个。”

“我就是条猎犬，别的什么都不是。”他低声哼道，和U2形成鲜明对比。

我什么都没问出来，就告诉他亨利爵士说了有关毒性检验的事情。他突然停掉音乐。“辛克莱为什么要把你卷进去，这么说就通了，”他沉思着，“如果他知道有一起凶杀案，那他最不愿意看到的就是再发生另一起，更不愿意看到的是有业余人士弄糟了他的调查。”

---

① 特种空勤团（SAS），英国陆军特种部队，负责执行反恐及特别行动等任务。

到了亚利桑那边界地带，我们在麦斯基德镇停车加汽油，我在洗手间里用水泼脸，冲洗了手上的刀口。在柜台结账的时候，我买了一条廉价的银项链（意大利纯手工制作）。我想别上胸针，可是上衣质料贴身，撑不住别针的重量，我又不可能再回去穿外套，于是就把胸针别在项链上，并将链子挂在脖子上。项链挂得有点儿歪斜，显然拉弯了上衣的领圈，不过我喜欢胸针挂在那里的感觉。

我们驶入亚利桑那，往上坡走，穿越了一条狭窄的石灰岩河谷。等我们出现在犹他州南部的沙漠高地时，太阳已经西沉，阴影被阳光拉长，热度退去了。

我们没开多远，车子就飞速绕过了斜坡，在尘土飞扬的公路上轰鸣着前行。我们跳跃着经过了一道护牛网，在三叶杨树丛间停下，那里的州界就是一处小山坡。

“埃尔维斯要准备离开这幢楼了。”本说着，熄了引擎，走出汽车，在后座放着的包里搜寻着。“如果你有巴黎来的消息，请告诉我。”他拿起一堆衣服，走到一棵大树后面。

这次，我没有和他争执。我从行李包里找到了一条背心裙和一双凉鞋，走到另一棵树后面，走下一片沙洲，来到了一处浅洼地带。我摘掉了金色假发套，脱去汗湿的牛仔裤和粉色莱卡紧身上衣。我的胸罩和短裤都发潮了，于是我将它们都扔了。过了一会儿，我赤裸地站在近黄昏的日光中，用手指梳理着紫铜色的头发，感觉舒爽的风儿带着杜松果的气息从我身上拂过。接着，我听到本的脚步声咔嚓嚓地走回汽车。我赶紧穿好衣服。

“阿佛洛狄忒[①]来了。”本说着，而我正匆匆地攀爬着走上沙洲。

“只可惜我们不在海上，”我辛辣地回他，“就我所知，没有人被捕获并阉割，以此给我提供升腾出海面的泡沫。[②]”

---

① 希腊神话中爱与美的女神。

② 希腊神话中，天神乌拉诺斯被其子克洛诺斯阉割，生殖器被抛进爱琴海，从掀起的海浪泡沫中诞生了阿佛洛狄忒。

“你比我遇到的任何女人都更会解构赞美，”他说，很开心的语气，“不过，不管怎样，你还是很美。”

“出发吧。”我说。

当天色渐暗，我们抵达了雪松城，那地方位于布莱斯峡谷国家公园和宰恩国家公园之间，隆起于赤色悬崖下面。城里的主街具有典型的西部特色，汽车旅馆、加油站、脱衣舞厅等乱糟糟地汇集着。不过，在离那里一个街区的地方，有一个很小的摩门教小镇，那里的街道整齐有序，正如杨百翰[①]曾倡导的：宽敞得足以让马车队掉转方向。在波士顿，我疲倦地想着，这些街道就是四车道的高速公路，上面跑着时速八十英里的车辆。在这里，街道大多是空荡荡的，有整齐的草地，巨大的枫树和灰树。离人行道较远的是都铎复兴风格的房屋或手工艺者的平房，都有门廊，藤蔓上开满玫瑰花。在大街和人行道的相交处，有山麓流淌而下的小溪，溪水流过深深的沟渠，由此整个小镇都有潺潺的水声。

在南犹他大学校园的一边，我们将车停在了莎士比亚节的停车场里。本慢慢走出车，揉着眼睛，好像不相信眼前的一切：在二十世纪六十年代风格的礼堂后面，矗立着伊丽莎白时期剧院的山形墙。那斜顶上盖着木瓦，而非茅草，不过里面有灯盏，黄色的灯光流溢着，仿佛清风中的火炬。

那里的横幅表明今晚上演的是《罗密欧与朱丽叶》。我羡慕地看着这所没有被烧掉的剧院，接着视线迅速朝礼堂四周扫了一下，并穿过了那片高大的云杉林。深深的夜色早已盘绕着枝叶，有那么一会儿，我看不到黑暗中有任何东西。可是，我听到前方有笑声。当我们从树丛中走出来，就看到在剧院另一头的远处，在宽阔的草坪上拥着一大群人。人们坐在长凳上，或是躺卧在草地上，有的甚至坐在树上。他们嚼着馅饼和水果派，入神地观看着，这时，一队活泼的绿衣演员咯咯地嬉笑着，有人扮成打喷嚏的恺撒，有人演鼻伤风的布鲁图斯，还有人扮成丢手帕的，大伙正进行着一场戏前杂耍。村姑们穿着长裙和系带紧身胸衣，大步穿过

① 摩门教早期领袖，率领摩门教徒到犹他州定居。

人群，拎着大篮的食物，叫着："卖热馅饼咯！""快来买大伙爱吃的糖果咯！"

人群聚起，摩肩接踵。在口哨和掌声中，演员们跳起快步舞。后面传来喇叭声，演员们跳着穿越树丛，节拍一点儿都不会乱，最后进入剧院的大门不见了。观众们站起身，离开原位，也跟随着。

几分钟后，只剩下我们站在黑暗的草坪上。我指着绿草覆盖的幽谷，又指向一所小房子，它更有都铎风格而非都铎复兴色彩，完全是埃文河畔斯特拉特福镇上莎士比亚出生地的翻版，甚至连墙都是柔和的鼠灰色，屋顶上还盖着茅草。"就是那里，"我对本说，"资料馆。"

它比我记忆中的更加美丽。走下幽谷的石阶，经过一个小池塘，池边杨柳依依。以前并没有这些树，也没有花。这些花在幽暗的光线中还闪着光泽，它们聚集在英国风格的木屋花园中，虽然这些植物都属于落基山脉西部的物种，如耧斗菜、火焰草以及飞燕草等。在池塘边，我看到一条金色的锦鲤在游动，像美人鱼般神秘，于是我停下脚步。

自从我在往东两千五百英里的地方，站在哈佛书店的书架前，在旧日的记忆中挖掘出这所小房子后，我就马不停蹄地赶了过来。可是，我突然不想再往前走了。如果我就站在这里，我想要的答案就在草地那头，就在那道厚重的橡木大门后面，这样的可能始终存在着。如果我走进去，也许会知道它并不在那里。

我站立着，圆月升起在茅草屋顶上。在我们身后，整个剧院很宁静，这是我预料中的。

我不知道自己在期待什么，也许是等着喇叭再次响起。事情很简单，房子的大门开了，一个女人走了出来，她幽黑的长发在月光下闪着光。她背对着我们，正将钥匙插入锁孔。但是，我能看出她的皮肤就像犹他州的泥土一样是棕红色的。

"亚特伊。"我柔声说，这是我能记得的纳瓦霍语，即"你好"。

她迟疑了片刻，转过身来。玛克欣·汤姆是纳瓦霍和派尤特族的混血，十分美丽，脸颊宽宽的，嘴巴露出笑意。她站在那里，穿着闪闪发亮的裙子，一件显出她丰满曲线的T恤衫，一双别致时髦的运动鞋，鼻子上还缀着一颗小小的亮晶晶的宝石。即便是在最嬉皮风格的曼哈顿，她也会安之若素，然而真正让她有归属感的只有这里，在这个混合了莎士比亚和西南沙漠的超现实之地。

无论走到哪里，玛克欣似乎都带着这种超现实的混搭感。在她从哈佛毕业前，我曾遇到过她，当时我刚入校。我觉得她非常有才华，以为自己不会再落单了。她的各种工作机会纷至沓来，简直到了令人讨厌的程度，何况和莎士比亚有关的工作原本就少。从这堆机会中，她挑选了自己想要的工作，即英语助理教授兼小型资料性图书馆的主管，地址位于犹他州高地沙漠，就在赤岩和杜松林之间。

罗兹并不开心。当时，玛克欣走进罗兹办公室，告诉她这个消息时，我正好在办公室外间工作。我听到里面有一阵冷冷的沉默，接着罗兹说话了："你本来可以选择耶鲁或斯坦福的，干吗要在南犹他荒废自己呢？"

可是，玛克欣就是喜欢南犹他。她说，无论怎样，在那里她有归属感，可以尽可能接近她父亲的乡亲们，他们就住在小镇南面的派尤特保留地，而她母亲则住在迪内塔，那里是纳瓦霍保留地。这样她又能研究莎士比亚，又能教学，其中不少学生还是印第安人。她说完这番话后，门关上了，那以后我什么都没听到。在安静中，我有一种不祥的感觉，就像地震前鸟儿都沉默了。玛克欣离开时，像在婚礼上丢硬币似的丢给我一条建议，不过她的笑容中夹杂着苦涩。她的建议是：不要听别人劝服自己违背内心的召唤。

此刻，她抬起头，睁大了眼睛。"凯特·斯坦利。"她柔声说。

剧院里爆发出叫声，接着是一阵刀剑的碰撞声；她的目光朝那个方向投去。"进来吧。"她说道。接着，她转过身子，打开了刚锁上的门锁，走了进去。"我一直在等你。"她说着，消失在了黑暗中。

走到门口，我犹豫了。等你？谁告诉她我要来的？

我回头看了看本，见他把枪放进了口袋。

我深深吸了口气，跟着她走了进去。

20

我刚走进门，意识到本正紧张地站在我身旁。

“谁告诉你我要来的？”

“罗兹，”玛克欣在黑暗中说，“你以为是谁？”她按了一下开关，一道温暖的金色的光流泻开来。“你要是想查资料，就会千里迢迢地赶来。”

我又走进了几英尺距离，本没有动。

穿过房间，玛克欣猛地一扇接着一扇地打开窗户，夜色中的玫瑰花香飘了进来。“此行为何，凯特？”

“只是做些研究。”

她转过身，靠着其中一个窗框，看着我，眼神中并没有纳瓦霍人的味道。“罗兹去环球剧院找你，死在了那里，当时还发生了火灾，对开本也烧毁了，那天是六月二十九日，星期二。”她倚靠着窗子，两条腿交缠着，“过了两晚，你就出现在这里，正像她所说的，你会来的。同时，哈佛的对开本也烧成了灰烬。”她注视着我的眼睛，“整个莎士比亚学界都在议论这些火灾，凯特。我的邮箱里有百来封邮件，而你却说‘只是做些研究’？”

我惊讶地缩紧了身子。“你最好别问那些我无法回答的问题。”

“我必须得问一个问题，”她离开了窗台，“你这是在为她做事，还是在和她作对？”

我觉得脖子上挂着的胸针重了起来。“为她做事。”

她点点头。“那就好，你了解这里的情况，如果需要帮助，就告诉我一声。”

我四下看了看，房间比我记忆中要舒适得多。宽阔的阅览桌分散地摆放在灰暗色的地板上，这些都是老样子，不过又添加了一些印花棉布的高背靠椅，还有几个银色的盆子，里面种着花。靠墙壁依然排放着橡木书柜，里面放着书卡。

玛克欣的目光沿着主阅览桌的方向扫去，那里印着黄铜的字“阿特奈德 · D. 普雷斯顿莎士比亚西部资料馆，南犹他大学”。“我们有了新的资助人。”玛克欣解释说。我大致了解普雷斯顿夫人，是个古怪的收藏家，并非学者。据说，她比迈达斯[①]更有钱。

我走到图书目录卡那里，一个书柜是关于人物的，一个是关于地方的，还有一个是关于表演时，再有一个是关于杂项的。我径直走到“人物”书柜处，找到了 Gl—Gy 的那个抽屉。

古德奈特，查尔斯，牧场主（对他的牛仔们朗读莎士比亚剧本）。

格兰特，尤利西斯 · S.，总司令兼总统（在德克萨斯，当时还是一名中尉，曾扮演苔丝德蒙娜）。

我嗓子眼一紧，翻到了下面一张卡：

格兰威尔，杰雷米，探矿人和赌徒（曾在汤姆斯通[②]的鸟笼剧院演过哈姆雷特）。

哈姆雷特！他曾演过哈姆雷特！突然，格兰威尔似乎就在眼前，如此靠近我，就好像我一转头就能立刻看到他站在我身后，微微发着光，朦朦胧胧的，就像海市蜃楼中的人物，但就在那里。

我回头看，可是什么都没有，只有窗户开着，对着远处的剧院。

本正在阅览桌那边和玛克欣说话，声音很低，是图书馆里那种不干

① 希腊神话中的小亚细亚国王，手指碰到的东西都会变为黄金。
② 原文中汤姆斯通（Tombstone），有“墓碑”的意思。

扰安静氛围的谈话。她笑起来，笑得很开心，就像不在图书馆似的。她看上去很友好，不过我能看出，即便玛克欣在笑，本还是将大门、所有窗户，还有玛克欣都控制在他的视域中。

我把格兰威尔的卡片从书目卡中抽出来，将一张粉红色“卡被借阅”的条子放在原处。哈姆雷特。准是这个信息最早引起了罗兹的注意。可是，她是怎么会找到它的？我低头看着卡片。

1870年代至1881年，曾在新墨西哥州和亚利桑那州上演。

亚利桑那矿区：科迪莉亚，奥菲莉亚，摩洛哥王子，雅典的泰门；

新墨西哥矿区：克利奥帕特拉，眨眼的丘比特。

没错，格兰威尔了解莎士比亚作品：如科迪莉亚、奥菲莉亚，还有克利奥帕特拉，这些都是莎剧人物的名字，在西部山区很受矿工们喜爱。可是我想不出他为什么要挑选泰门，据我猜测，莎士比亚在写那出戏时，情绪显然非常暴躁，没有人会去选择读那本戏。至于“眨眼的丘比特”，它曾引发了一些微弱的怀疑声，觉得那不太像是莎士比亚的东西，不过我得查实一下才能确定。真正引起我关注的是摩洛哥王子，不是因为他很晦涩模糊，而是因为他很敏锐突出。

在《威尼斯商人》中，摩洛哥王子面对三只盒子，即金盒、银盒和铅盒，要选择其中一只。如果他打开的那只盒子里有女主人的画像，那他就能娶她。他选择了金盒子，可是发现里面空空的，只有一张纸条，上面写着嘲弄他的话：“发光的并非都是金子。”这句话格兰威尔也把玩过，放在了他写给恰尔德教授的信中。亚利桑那和新墨西哥都不是黄金州，可是我选对了。在格兰威尔先生看来，黄金思想比转瞬即逝的幻想更重要。

卡片上提到了《汤姆斯通墓志铭》中的几篇文章。最后一行写着：讣告：汤姆斯通墓志铭，1881年8月20日。

那么，写给恰尔德教授的信一定是在这个日期之前。

“找到你要的资料了？”玛克欣问，我吓了一跳。她和本都站在我身后，很关注我。

“当然。”我把文章的日期写在一张请求借阅《墓志铭》的卡上。玛克欣消失在后面的房间里，接着，就拿出两箱缩影胶片，上面标记着“1881年1—6月”及同年的“7—12月”。我把“7—12月”的箱子交给本，“你读过缩影胶片吗？”

“在我这行工作中，不常读到。”

“那就读一下吧。”这里有两卷缩影胶片阅读器，我向他展示如何把胶卷装到阅读器上，并将光源打开。“格兰威尔的讣告是在1881年8月20日的文件中。”

同时，我就去查询有关他初演哈姆雷特的文章。胶卷在快速旋转中发出尖利的声音，我很快转到了五月，而后放慢速度。

找到了：

> 放手一搏——今天早上我们得知，本市有一位在运动界颇为知名的绅士，他即将在下周六晚于鸟笼剧院首演哈姆雷特一角。该绅士以一百美元的重金赌注出演该戏，因为人们认为他不可能在三天时间内掌握他要饰演的那部分（是该剧中最重的戏份）。据了解，今天下午，在某家知名厅堂中，他将完成该戏的排练。敬请期待这一激动人心的时刻。

文章中没有写出格兰威尔这个名字，不过称他为赌徒，而且还是豪赌之人。一百美元在一八八一年准是一大笔钱了，要在今天，至少值几千块，也许是上万。不过，比这笔钱更引起我注意的，是关于三天时间的信息。哈姆雷特是莎士比亚戏剧角色中台词最长也最累人的。我认识的大多数训练有素的演员都无法在三天时间里掌握台词。这种技能，大概只有某位早已熟知莎士比亚的人才可能有，因为莎剧语言的抑扬顿挫和节奏对他而言是自然的。这个人自身还得很会讲故事，多少要像哈姆……或是在词汇方面具有像“雨人”[①]在数字上的才华。

我摁下了“复制”按钮，机器又转动起来。

窗外传来了男人们的喊叫声，接着是刀剑的碰击声。茂邱西奥和提伯尔特一定在剧院里搏斗开了，也就是说两人很快就要死了。我强迫自己把注意力放到屏幕上，将缩影胶卷往前旋转着。

接下来三天，报纸上出现了有关格兰威尔进展的简短通知，镇上人们都在越发好奇地关注他，他是在玛丽－波尔·杜蒙小姐的一个客厅里排戏的，那地方是女主人的奢华场所，被称为凡尔赛宫。看来，他正在法国风格的妓院里排戏。

最后，我翻到了相关评论，对于美国西部历史上的这座最为暴力、无政府的城市，该报的评论语言有种怪异的华丽风格。

> 鸟笼剧院——J. 格兰威尔先生在上周六晚所饰演的哈姆雷特，值得高度赞扬，为此我们这座城市应该感到骄傲。他并没有将丹麦人的激情扯碎，而是以令人钦佩的熟练将它们成功演绎。这好比鱼子酱，没错，还有香槟酒，总之是大众所喜爱的。经格兰威尔的演绎，男主角不再是东部舞台上常见的颓然的百合花形象，而是有着强悍的灵魂，甚至连亚利桑那地区的那些最狂野的观众都对此心怀敬仰。经过实践和研究，我们完全相信，格兰威尔先生能成为最伟大的演员，不过我们认为他更乐于观察和掠夺。

我把此页也复制了下来。观察和掠夺。难道格兰威尔是个骗子，就像他是个赌徒和探矿者？我没法相信。难道在手稿上他一直在欺骗恰尔德，由此罗兹也上当了——还有我？

“我找到讣告了。”本说。

---

① 雨人（Rain Man），电影《雨人》中的角色，有着超强的记忆力和心算能力。

“复制下来。”我说着，转身越过他肩膀去看那段文字。

> 鸟笼剧院——上周六，本市刚故世的杰雷米·格兰威尔先生的朋友和崇拜者，麦克雷迪先生带着他的剧团来到本市，因该剧团拥有优秀的悲剧演员，在剧院发起并资助上演《哈姆雷特》，以纪念格兰威尔先生。这位绅士两个月前驱车出城，打算外出一周时间，可是从此音信全无。据传他发现了金矿，于是无数新老朋友在沙漠中搜寻他的踪迹，可是未果。
>
> 根据他身边的密友所说，格兰威尔先生不喜欢葬礼，虽然他之前很明白自己前往未知地区后，并不一定能够驾车回城，尤其征途上还有敌对的阿帕奇人。在此我们不能原原本本地重复这位绅士之前的话，不过他的总体语调上表明，若有一条，要为他本人进行评点或纪念的话，那就必须使用莎士比亚的原文，要像演员表达的一样，他不想由牧师从祷告书上念祷文。为此，他的好友认为应该遵照他的遗愿。根据大家的一致同意，由麦克雷迪先生来满足他的心愿，而格兰威尔先生最遗憾的事情一定是他本人无法看到表演了。

“看看日期，”本说着摇了摇头，“是俄克拉荷马畜栏枪战两个月前，多容易让人遗忘啊，传闻中的金矿什么的。”

“墓地在银矿那里，不是金矿地，他周围的那些聪明人应该知道。如果那里真的可能发现金矿，那这事件就不会这么快就消停了，无论是否有俄克拉荷马畜栏枪战……我不认为他真发现了金矿。”

他的眼睛闪着光。“你觉得是文学上的发现？”

“他把‘发光的并非都是金子’改成了‘不是所有的金子始终都会闪光’。我敢保证，他很清楚自己在手稿里发现的是什么，而且有一些可能有价值……如果这并非是想象的。”我给他看那篇“观察和掠夺”的文章。

本摇着头。“如果他在欺骗恰尔德，那干吗还没得手就离开呢？为什么不在精心设计陷阱之后呢？我认为手稿是存在的，问题是，这手稿遇到了什么麻烦呢？”

我摇头。“根据文件，那年夏天阿帕奇人发动了大袭击，也许他们把他抓了，也许是克兰顿人抓的，或者是墨西哥强盗干的。如果他是在追踪金矿，即便希望十分渺茫，也可能有四分之三的居民会悄悄跟在他后面。要是我们幸运的话，他死在了去路上，无论‘去路’是在哪里，反正没到返程，因为如果是这样，那东西就还有可能在原来的地方。”

“你认为我们可以找到他的行踪，当时他的朋友们都没找到过的？”

“是罗兹认为她可以。”

“汤姆斯通有多远？”

“五百英里，也许六百吧。”

他皱着眉头。“要是再跑一程的话，我们得吃点儿东西，凯特。”

“两个街区之外有卖三明治的店，叫面食酒馆。在犹他州，酒馆里二十四小时都卖三明治。你去买吃的，我把这里的弄完，箱子最下面还有一条目录我想查查。”

他犹豫着。

“去吧，”我朝门口示意，“我相信玛克欣，而且没别人知道我们在这里，去吧。在这里汇合。”

他走后，我把格兰威尔的卡片从书目卡里抽出来，放了一张粉色的“卡被借阅”的纸条在原处，然后把整张卡拿给玛克欣看。

“格兰威尔，是吧？”她说，眼神从电脑上抬了起来。

我指着最后一行：照片23，1875年；PE：PC 437。“好像应该有张照片的，我能看看吗？”

“这简单。”她走到标着“赠书栏”的图书展区，从里面拿了一本书，然后交给我，是罗兹的。

“有了，杰雷米·格兰威尔。”她说着，一边指着封面上的男人照片，他戴着宽边帽，手里拿着一个头骨。她把书伸过来，翻开它，指着封面内页的那行字：“杰雷米·格兰威尔饰演的哈姆雷特，汤姆斯通，亚利桑那州，1881 年。犹他州莎士比亚资料馆，南犹他大学。”

“那是在我们有了新馆名之前。”她说。

我第一次仔细地端详起宽边帽下面的那张脸。我猜他有四十来岁，画家给照片上了色，把胡须染成淡赤黄色，脸颊是玫瑰红的。可是那对思索的眼睛和那张微微下垂的嘴，完全是格兰威尔的特点。

玛克欣又看了看卡片上的标注。“PE，这表示是私人物品，如衣服、手表、图书、文件等。他是一名演员，也许会有一两张表演的节目单。以前的开矿者很多都带着地图。”

仿佛有人把房间里的空气都抽掉了。“地图？”

“PC 表示‘私人收藏’，你需要的话，我明天可以给主人打电话。”

“今晚就打，”我说道，“拜托了。”

玛克欣叹了口气，从我手里拿走了卡片，把编号输入电脑。她看着屏幕，伸手抓起电话机，拨了起来。是 520 的区号，表明是南亚利桑那州，汤姆斯通，我想着。

“是吉梅内斯夫人吗？”玛克欣对着话筒说，“我是玛克欣·汤姆教授，是普雷斯顿资料馆的，抱歉这么晚打扰您，不过我想再次请求看一下格兰威尔的藏品，很紧急。”她停顿了一下。“哦，我明白了，是的，是的，不，很有意思。好吧，谢谢您。问吉梅内斯先生好。”

她放下话筒。

“我能看吗？”

“不。”她对着电话皱起了眉头。

“为什么不行？”

“他们把它给卖了。”

我咒骂起来。“卖给谁了？”

“阿特奈德·普雷斯顿。你可别、别再让我给她打电话。”

“拜托了，玛克欣，”我恳求着，“看在罗兹的面上。”

“好吧，”她说，“我看在罗兹的面上给她打个电话，不过这回是你欠我。”我听到话筒里有等待的铃声，接着咔嗒一下，有人接了。

"您好，是普雷斯顿女士吗？我是玛克欣 · 汤姆教授，资料馆的。"

另一头的声音听起来很尖厉，不过我听不出在讲些什么，尤其是玛克欣还捂着听筒，做了个鬼脸。接着，她接上了话。

"是的，女士，对不起这么晚还打电话给您，不过我这里有个人想看看格兰威尔的藏品。吉梅内斯夫人说她三天前卖给了您。我能为她担保，我们曾是研究生时的同学。她的名字是凯瑟琳·斯坦利，是的，女士。她就在这里，就站在我面前。不，女士。当然了。我会告诉她的。非常感谢，晚安。"

玛克欣重重地放下了电话。"我希望你能对我耳朵上的印痕表示感激。"她引人发笑似的看着我，"她都发飙了，直到我说出你的名字，她说她知道你的作品，让你过去。不过，你得在早上七点到那里，她九点离开。"

"她在哪里？"

"她拥有自己的小镇，一个鬼城，反正，她是整个该死的小镇的主人，就在新墨西哥州，在美丽的罗兹伯格城外，名字还来自莎士比亚。"

我的头猛地抬了起来。

"那时候为了罗兹整天开车到处跑，你居然不知道那里？"

"那也只有一个月时间，我离开时，都没有什么进展。"

"是在书里面的。"

我茫然地看着她。

"难道你没读过，真的吗？"她把手伸过书桌，再次打开了我手里的书，这次翻过了扉页，翻到了差不多是空白的一页。

致凯特，我读着，就在下面，还有一行字*我家中的所有女儿们*。

我盯着那字，停住了呼吸。

玛克欣同情地看着我。"是生气呢，还是后悔？"

"都有。"我低声说。

"别纠结了，凯特，放下罗兹。"

我看着玛克欣的眼睛。"我做不到，现在还不行。"

她摇着头。"你想见普雷斯顿女士，那就赶紧了。那个地方从这里出发，如果你不超速的话得开十一个小时的车，你只剩下九个半小时了，这其中的差异我确定普雷斯顿女士是知道的。我猜想这是一个考验，她想看看你究竟有多想看到你要找的东西。”

她拿出一张地图，给我看了路线：那是一条长长的、深拐弯的J字形线路，穿越了亚利桑那州，朝东面拐向图森，再进入新墨西哥州。“好了，如果你不介意，我想回家了。我儿子还小，上床睡觉时要听我讲故事。”

我之前还是心不在焉的，这时突然恍然大悟了。“当然了，我之前都不知道。”

“有一段时间了。”她柔声说。

我瞥了一下手表，本随时都会回来的，我可能会在走向汽车的半路碰到他。于是，我不情愿地收拾起复印的文件。玛克欣不肯收任何费用，我走到门口。“多谢了。”我很尴尬地说。

“保重，凯特。”玛克欣说。

走到外面，我一下子进入了漆黑的幽谷。我朝着剧院和更远一些的停车场走。当我走到那条绕着剧院并通往停车场的小路时，我停了一会儿，倾听着，可是我只能听见安静的低语声。罗密欧和朱丽叶都清醒了，也许意识到他们必须分开了，或者，朱丽叶正在吞下伪装死亡的毒药。

我在小路上继续走了几步，突然听见身后山谷的树丛里发出窸窣声。我回头看，资料馆的窗户漆黑一片。高高的、纤细的云飘过月亮，钻石形的窗框发出微光，像蛇皮似的有光影扭动。在柳树下面，池塘一片幽黑。我停住不动，想感觉一下声音来自何方。

我觉得，在山谷的某个地方，有一双凶狠的眼睛正盯着我。我转过身继续朝车子走，希望看到本朝我走过来。接着，我又听到一种声音，它和那天在泰晤士河岸边台阶上吓住我的声音一模一样，是刀剑出鞘的声音。

我跑了起来，穿过了云杉林，直到跑进停车场的亮光中。本还没到，我赶紧冲向汽车，可是车被锁上了。

我回头看，一个男人的身影正穿过灯光，跑过来，径直冲向我。

我很快绕过汽车，让车子隔开我和那个人。接着，车灯打亮了，我听到车门打开的声音，而后我才意识到那个跑过来的人就是本，他拿着一个包，还有两个高高的纸杯。

“怎么了？”他问。

“我来开车，”我喘着气，打开了车门，“快进来。”

21

“我听到了，”车子朝东开出城后，我说道，“听到了他的声音，他拔出了刀。”

本正在解开三明治包装，他抬起头。“你确定？他们正在舞台上斗剑呢，凯特。”

“他就在那里，”我紧张地说，“就在资料馆。”

他递给我一个三明治，可是我摇摇头。也许食物对他的作用就像睡眠，能够到手就赶紧抓住，可是我却毫无需要。沉默中，我们继续驱车前行，本在一边吃着。

公路拐进了山区。匍匐着的杜松林和矮松林变成了如巨浪般翻腾着的松树林，接着又变成了幽黑的一排排的云杉。森林变得越来越高，越发浓密，包围了公路，黑色缎带般的高速公路也蜿蜒着越爬越高。星星出现在树丛顶上，发出纤细银色的光，而公路就像穿越黑暗的隧道。在我们周围，世界仿佛静止了，有一种怪异的空洞感，除了那些低语的树木。可是，我依然无法摆脱被别人盯着的感觉。

“我觉得他可能还跟着。”我静静地说。

本揉着三明治的包装纸，转过头朝车后窗看。“你看到什么了？”

“没有，”我摇头，“可是我感觉到了。”

他的眼睛凝视了我好一会儿，接着他伸手关掉车前灯。“老天，”我说着，一只脚离开了油门。

“保持车速，”他紧张地说，“沿着路的中线开。”他解开保险带，摇下车窗，坐起身子，倚靠到窗外。他站在座椅上，头伸到树枝间，接着，他又缩回身来。那浓烈的、冬天的云杉气味和温暖的咖啡味道混合在一起。

“外面除了树木，什么都没有。”

“他就在外面。”我坚持道。

“也许吧。”他拿起咖啡,暖着手。“警觉的本能不止一次救过我的命。”

我强打起精神想摆脱恐惧,或是讲个笑话。他的严肃让我又紧张起来。我看着后视镜，差点儿拐错了一个弯；当我让车子拐弯时，轮胎发出了一阵尖厉的碰擦声。

“要不我开车，你来观察？”他建议道。他喝光了咖啡，把杯子丢进一个纸袋子里。“你饿吗？”

我摇摇头，于是他拿起钱伯斯的书，打开了一支小手电。“再给我讲讲《卡德尼奥》。钱伯斯说有人对它进行了修订并改编。”

“《双重谬误》,”我点着头，庆幸还有可以分心思考的东西，“大概在一七〇〇年前后吧。”

“一七二八年,”他边说边查实日期，“你了解多少？”

“不多,”我呷了一口咖啡，“是关于一个叫刘易斯 · 西奥博尔德的男人的创作想法，此人最出名的地方就是和诗人亚历山大·蒲柏发生了冲突。西奥博尔德说蒲柏编辑的莎士比亚故事集满是错处，这倒没错，而蒲柏回击他，说西奥博尔德是个迂腐的学究，即便他能亲身经历十年的特洛伊战争，都没法鉴别身边的好故事，这也是事实。蒲柏写了整部嘲讽史诗《群愚史诗》，把西奥博尔德比作愚人王。”

本笑了起来。“笔是比刀剑更有力的武器吗？”

“对蒲柏而言，它比全副武装的军队都要厉害，还得再加上一两艘军舰。”

“他在挑选对手上真不明智，居然和蒲柏干上了。你从来没读过那个剧本？”

“没有，很少见，我希望还在哈佛时，就能知道去好好查找一番，尽管我们也许能在网络上找到它。喜欢看十八世纪戏剧的观众是最早一批把能够到手的材料都放到网上的，而莎剧观众也并不落后。”

本伸手朝后座摸去，取出了一台手提电脑。

“你觉得这个大城市很怪异吗？”我们过了一个关卡，公路缩小成一条狭窄的高山边缘的山脊通道。我们的左边是森林，那里的斜坡很陡，一直延伸到一个高耸的、光秃秃的顶峰。在我们右边，树林几乎沿着直角落下去。我们开车时没有打开车前灯；在穿越整个倾斜的路面时，我们没有看见哪怕是丁点儿的电光或火花。除了这条公路，几乎没有任何迹象表明人类在这条路上穿行。

“就靠卫星吧。”本敲击了几个键，手提电脑发出了声响，被激活了，车里面充满了蓝光。我听到他又敲了几个键，光线从蓝色转为白色，又变成桃红色，新的网页出现了。“瞧这里，”本说，“《双重谬误》，或者叫《最不幸的恋人》。”他再按了几个键。“你想先查什么？是剧本，还是最开始的人物表？或是题献，编辑前言，序言？”

“前言吧。”我说着，双手紧紧地握着方向盘，眼睛盯着中线上微弱的光亮。

“就像西奥博尔德王刚出门就随时准备防御了。听着：一百多年来，如此强烈的好奇心竟然会被压抑，会消失，人们认为这简直难以置信。”

“到现在已经差不多四百年了。”我说。

本浏览着。“嗨！”他突然叫起来，我都吓得跳了起来。“你知道莎士比亚有个私生女吗？”

我皱起了眉头。

“你的意思是不知道咯？”本说。

“没有此人的记载。”

“除非你把这个也算作是记载。”

我摇摇头。我研究莎士比亚好多年了，还从来没听说这也算是历史记载的。

“根据传统，”他念道，“（据一位贵族所提供给我的其中一本书上所言）——”

“其中一本？”我怀疑地说，“是他的其中一本书吗，是复数吧？”

“他说他有三本。”

我发出了微弱的笑声，本又读了一遍："根据传统（据一位贵族所提供给我的其中一本书上所言），此剧为作家所赠，他视其为有价值的礼物，赠送给了自己的亲生女儿，他就是为了女儿才写的这个剧本，那时他已经离开了舞台工作。怎么私生女变成了'亲生女儿'？难道这表明婚生的孩子不是亲生的？怎么这会儿在车里觉得这事尤其好笑呢？"

我摇摇头。"这只是因为在出生和死亡的事实之外，很少有确凿的有关莎士比亚的事实。你不过是把本来就不确定的事情弄得更糊涂了。"我一口气接着说下去，"《卡德尼奥》是一出遗失的剧本，也没有莎士比亚的手稿，尽管他似乎不太上婚床，可是一旦上了，就很有成果和收获，他一共有三个孩子，都是婚生的……我们怎么突然谈起了关于《卡德尼奥》的三份手稿，还谈到了私生女？"

本盯着屏幕，似乎等着电脑说话。"你觉得格兰威尔的手稿最初写的就是关于西奥博尔德的其中一本吗？也许他拿到了一本，并带到了西部。"

"没准，"我不肯定地说，"不过格兰威尔说，他觉得手稿刚完成就被他发现了。"

"你觉得这说法有道理吗？"

"没有，不过，这些猜测都没法令人信服。"

本从前言翻到剧本，我最初注意到的是，他读剧本的声音很好听，能很轻松地把诗歌节奏转换成自然的话语节奏。此外，我还注意到，剧本很糟糕。若是在大场面下，亨利爵士可能会将其称作高贵的废墟；罗兹会觉得丢人，干脆就把它扔了。

里面找不到堂吉诃德和桑丘·潘沙，其他的人物都可辨，尽管西奥博尔德把所有的名字都改了。这很让人感到困惑，于是本很快就用回了塞万提斯的人物名字，可是他还是没法堵住情节的各处破绽。

似乎自一七二八年起，蛀虫就来光顾，或者是有鳄鱼来咬过。罪行被整个删掉，但不仅如此，还有各种各样的动作等，这让人们只能站在周围谈论事件，于是观众就只能靠猜测：是强奸？是婚礼中的一场恶斗？还是在修道院里诱拐呢？如果让西奥博尔德把《创世记》的故事进行改编，我愤愤不平地想，那他会保留夏娃和蛇的对话，却把吃禁果、以树叶蔽体，以及被驱逐出伊甸园等部分给删了。为此，他或许会缩减夏娃的两段对话，把她和蛇的对话，还有和上帝的，缩减成一段，他还以为这样既能省下时间，又能减少演员的开支。最后，故事不知所云，而这好像不是西奥博尔德要考虑和担心的。

“没法和莎士比亚的比。”本评价道。他基本上说对了。可是，也有一些段落听上去很不错，还很动听：

你是否见过世间的凤凰，
这天堂之鸟？
我见过，而且还知道她的行踪，
知道她在哪里建筑漂亮的巢；
直到我像轻信的傻瓜，
满怀信任地将宝物给朋友看，
于是他就把她从我这里夺走。

我几乎能想象到那闪着红色和金色的羽毛穿过了幽黑的树枝，风中飘着茉莉花和檀香木的气味，我仿佛听到了可怕的心跳声。本一定也感觉到了，因为，他沉默不语。

“问题是，”过了片刻，本说话了，“这不仅是一首美丽的诗，把这些诗行放到剧本里，它们会很可笑。我觉得读起来就像独白，可又不是。卡德尼奥是在对一位牧羊人说话。这可怜的家伙也许一辈子都没见过比斑点羊更奇异的东西，他突然遇到某个傻瓜不停地叨叨着凤凰和漂亮的鸟巢……这样吧，我们来试试，你来读牧羊人的。”

“我以为你只想让我开车。”

“你只需要表现出疑惑的样子，当我给你暗示时，你就说‘我发誓，先生，我没见过’，可以吗？”

“我发誓，先生，我没见过。”

“太棒了，忠厚的牧羊人……我喜欢这种指导性的工作，让人很有主人和权威感。我怎么说开始？”

“女士们先生们，准备好了吗。”这话不知不觉就跑了出来，我突然强烈地感觉到我非常怀念剧院的工作。

“好吧，那么……女士们先生们，准备好了吗。”他说起了这句话，开始进入角色。

> 您有，先生，非凡的智慧，
> 而且，我认为，您知识渊博，
> 您曾见过凤凰——

我记忆中的某扇大门被砰地撞开了，我顿时想起了什么。“你刚才怎么说来着？”

“那不是你的台词。”

“别管什么我的台词，你再念一遍。”

> 您有，先生，非凡的智慧——

我急忙刹车，车子左右晃动了几下，划出了新月形的路径，最后停下来。“那封信，”我喊道，“格兰威尔的信，放在哪里了？”我转过身，手忙脚乱地在后面摸索起来。

本从座椅后面拉出了我的书袋子，取出格兰威尔的信。我很快地看了一遍，直到发现要找的内容，便把信纸递给他，指着那地方。

“您有，先生，非凡的智慧。”他念道。

“在书店的时候，你是对的。我那老四九人[①]并没写下这个。”

本抬起了视线。“你认为格兰威尔知道西奥博尔德的这出戏？”

---

① 老四九人（Forty-niner），指参加1849年前后的淘金热潮，前往加州淘金的人。

我感觉血液涌到了太阳穴。“不太可能。”西奥博尔德的改编在格兰威尔出生时早已被人遗忘了，而格兰威尔又没有网络这种途径来查找少见的剧本。

“然而，假如他不知道有《双重谬误》，”本慢慢地说，“那么他唯一能看到这行台词的地方就是他的手稿，这也就意味着……”

“意味着这些话不是西奥博尔德说的。”

我们不敢大声说出自己的想法：这些话是莎士比亚说的。

我走出车子，走到了悬崖边。停车就是为了让司机们驻足看景。我们站在一处像是自然凉亭的高高突起的巨石上，那里可以俯瞰宽阔深邃的山谷，远处的四周都是比夜空更幽黑的山峰。在遥远的南面，宰恩山崖在月光下泛出白光，像是微微闪亮的帘幔，遮住了另一个世界。

“也许是弗莱彻的，”本粗声说，“钱伯斯说那个剧本是合作的。”

“有可能，”我承认道，“不过你指出了那首诗是从喜剧来的，而这又是莎士比亚喜欢玩的伎俩，他作品里的某段高调的诗歌总会被塞进喜剧或讽刺剧的某个刻板的框架中。好像他不相信什么美似的。”

“西奥博尔德拿到了这出戏，”本说，他摇着头，“想一想，他拿得了黄金，又把它放进了草堆。”

“于是他失去了留下来的东西，”我嘲讽地说，“他所有的手稿都丢失了，比方说被那场烧毁他剧院的大火给烧光了。”

“难怪莎士比亚总和大火纠结个没完。”本说。

可是，我的思绪一直围绕着格兰威尔，没空去西奥博尔德。如果格兰威尔能读到他引用的词汇，那么他就能读懂文书体[①]复杂的字形。假如他能读文书体，我之前在资料馆里的猜测一定是对的，即在他给恰尔德教授写信时，一定知道了实情。

他是谁，这位赌博成性的探矿者，居然对文艺复兴时期的英国文学中那些晦涩的部分颇有了解？他干吗假装很无知？

---

① 文书体是16世纪始期和17世纪英国草写体的主要形式。

我转身对着本，他正对我们方才过来的方向皱着眉头。几秒钟后，我明白他在看什么了。是半英里外的一道闪烁的光。

“那是什么？”

“是车。”他平静地说，身子绷得紧紧的。

我又看到了，那道钢铁上反射出来的月光。接着，我意识到还有一道我方才没有看到的光，即车前灯的光。

“上车。”本说，转身打开了后座的车门，让我进去。

我听从了他。

22

本没有开车灯，但比我开着车灯在高速公路上行驶的速度更快。过了一会儿，坡度缓和了些，我们驶过一片平坦的高山草地。没等本下令，我就不断扫视着身后的公路，鬼影似的树木和巨石仿佛孤单的哨兵站在那里，除此什么都看不到。

接着，公路又进入下坡道。树木稀疏起来，身影缩小，渐渐地整个消失了。到了山脚下，我们往南开上 89 号高速公路，车流量大了起来，不过车辆增加得不多。每隔二十分钟，有一辆小车或是货车会出现在远处，朝我们径直呼啸而来，最终与我们擦身而过继续往前开。我们在完全是砂岩的悬崖底部行驶，仿佛在广袤幽黑的海底穿行。在往南开的路上，有时会看到大峡谷被劈开的裂缝，延伸到黑漆漆的深处。再也没有车辆在山区里尾随我们。

开到了弗拉格斯塔夫以北某地，我睡着了。

当车子从车道上驶入砂砾路时，我被一阵晃动猛地惊醒了。本已经开上了一条泥路，我们正朝着一片低矮的丘陵地带进发，那里光秃秃的泥路上散布着石炭酸灌木和多刺的梨树。满世界都是淡柠檬色的光。

“差不多到了。”他说。

钟表显示是六点。“我们提前到达了。”

“也没太提前。”

这里既看不到高速公路，也不见州际公路，更看不到其他车辆，或是任何建筑什么的。“有人跟踪吗？”

“我没发现。”

本停下车，走出车去。我伸展着四肢，也爬出车跟着他。我们站在空荡荡的停车区，旁边有老栅栏围着，门口挂着红色字母的标牌：请在此等待下一批参观。本伸手拉开了门插销。

我们前面是一条宽阔的下坡泥路，朝着右面拐。街两旁的建筑都是空的，大多数的房子都有生锈的马口铁屋顶。有一些房子像是由铁路上捡来的废木料搭建的。在丘陵底部，有一群建筑，它们将路切断了。建筑后面耸立着一座尖塔。也许，有人故意要把小镇的教堂藏起来，以避开这条孤零零的街道上的种种罪恶。

越过这条路，再往下坡走一点，有一座最大的单幢建筑，一个红色的标牌上印着花体字，上面写着斯特拉福德宾馆。大楼里面有一盏灯亮着。我们相互看了看，朝它走去。

光线黯淡的大楼里有一张狭长的桌子。头顶上是钉在梁上的细棉布质地的天花板。听到我们的脚步声，头上有什么东西飞快地闪进了木椽。墙上曾经被石灰涂料涂得很亮，可是现在已经大块大块地剥落了，都能看见粗糙的石膏。楼里面散发着灰尘和空洞的气味。

“比利小子[①]曾在后面的厨房里洗过碗，”我们身后传来了沙哑的声音，是新英格兰贵族的口音，“那是他还没学会喜欢杀人之前。”

我回过头，看见一个小个子女人，白发梳理得很整齐，身材匀称，身穿一件淡黄色西装，青铜色的纽扣形状像树叶。只需看一眼，即便是时尚新手都知道，这件西装可不是随便就能买到的成衣，甚至不是在“免标”和萨克斯[②]这样的店里能买到的。衣服是量身定做的，制作于巴黎或纽约的某间安静的服装定制店里，那种有设计师在房间里不停忙碌的店。

“尽管莎士比亚可能教过他，生活是廉价的，死亡更是廉价的，”她继续说着，“当然了，是这座小镇，不是戏剧。”

她伸出手来，那是一只享受着长年富裕的老女人的手，象牙色的皮肤上纵横遍布着粗粗的蓝色血管，指甲修得很精致，闪着柔和的玫瑰红

---

① 比利小子（Billy the Kid），美国著名罪犯，19世纪70年代在美国西部谋杀了21个人。

② Needless Markup 和 Saks，美国两家著名百货商店。

的光泽。“我是阿特奈德·普雷斯顿，请叫我阿特奈德。你就是凯瑟琳·斯坦利博士吧。”

“如果我称呼您阿特奈德，那您就得叫我凯特。”

“那就叫你凯瑟琳吧。”她将目光移到本身上，我觉得那眼光好像是在打量一匹纯种马。“还有这位朋友。”

“本·波尔。”我说。

“欢迎来到莎士比亚。看看我们此行会有什么收获。”她往里面走，一边指着后面的角落，墙上还留着黑色的污迹。“一个名叫宾·贝利·史密斯的人在这后头杀死了这幢房子主人的儿子，他们只是为一个蛋发生了争执。那个男孩子早餐吃了一个蛋，还有饼干和鲜猪肉，宾·贝利没有吃。一番关于房子女主人的评论让那男孩子掏了枪，可是宾·贝利掏枪更快，于是男孩子被射死了，胃里面的鸡蛋都被弹丸打穿了。”她转过来对着我们，一条细细修过的眉毛弓起来，露出了邪恶的笑容，“你们俩饿吗？”

“不，谢谢了。”我说，“如果我们现在就能看到格兰威尔的文件，我们不会耽误您太久的。”

“我了解你们的工作，凯瑟琳。我也是此中的爱好者，而玛克欣的支持帮了我很大的忙。不过，我不认识你们。我不会把宝物箱对陌生人打开的。”

我刚想反驳，她举起了一只手。

“我该和你做个交易的，凯瑟琳·斯坦利，我要问你三个问题，你好好地回答，我就让你看到想看的东西。”

*她以为她是谁？沙漠女神吗？仙女教母吗？她是伟大的耶稣基督，而我是膜拜她的傻子吗？*不过，我却点头答应了。

“那就跟我来吧。”她往后退去，走出屋子，走向街尽头那排摇摇欲坠的房子。

本一只手搭在我的肩膀上。“凯特，我们这样也许会直接进入埋伏。”

“你说没有人跟踪我们。”

“我是说我没看见有人跟踪。”

“如果你想考虑终止合同离开，那随你。正如你所说的，事情就是这样。可我得看到格兰威尔的文件。”我转身赶紧跟上阿特奈德。我听到本在我身后叹了口气，也跟上来了。

走到街尽头，阿特奈德沿着一个很长的建筑转了弯，走上一条穿越灌木丛的小路。沙漠里的植被多了起来，也更多了些层次感，泥路也变成了一条断头的小径。突然，我们转过一个角落，踏上一处常见的平台，那里到处是陶土罐，里面种着绛红色的九重葛，两处意大利式的喷泉喷着水，空气里充满柔和的水汽。

可是，这处风景让我瞠目结舌，平台突然下沉进入很深的沟渠，下面的平原延伸着，能扩展到五十英里开外，一片微微起伏的田野，像是褐色、棕色、粉红色的地毯，到处是一簇簇的淡绿和浅灰绿。蔚蓝的天空下热气在蒸腾闪着光。北方的地平线处，是一列低矮的丘陵，蔓延在大地上，从左至右缓缓升起，仿佛一只巨大的野兽从洞里钻出来要去抓住太阳。

“你知道我们这是在哪里吗？”阿特奈德问，她昂起头，“正确答案不是新墨西哥州。”

我转身看着房子，从这里看，那建筑和我们先前在街上看到的摇摇欲坠的房屋不一样，它是巴洛克宫殿的缩景。

“那么，街面景致是假的？”

阿特奈德笑了。“整个小镇都是假的，难道被你看出来了？最初它是罗尔斯顿小镇，是以加州银行总裁之名建立的，在一次钻石矿的骗局中遭到了破坏，当时企业巨头全从高处的窗户跌落到下面的人行道上。这是当年震惊国内外的丑闻。一八七九年，威廉·波伊尔上校买下了小镇，重新命名，这样他就能向东部的公众和西部的开矿人炮制一些不太耸人听闻，却更持久的骗局。他想为小镇起个有档次和文化的名字……可是，没错，这建筑的街面布景是假的。不过，在斯特拉福德大街的其他建筑都是真的，如果我们把小镇骗局最初的部分称作真实的话。”

“干吗要买下被你嘲弄为骗局的小镇呢？”本问道。

“我父母是好莱坞黄金时期的戏装设计师，他们为大明星打扮，我常常在一旁观看。贝特·戴维斯曾经告诉我，每一个了不得的女人都是假的。”她摊开手掌，“我喜欢假造的东西。”

我不理会他们的闲聊，专心观察建筑。房子的砖石装饰很精美，像是透过每一扇高窗在凝望着风景。三处曲线装饰的山墙有着陡峭的石板屋顶，每个顶端都高耸着塔楼，是青铜褪成的绿色。中间，我最初以为是教堂尖塔的部分，其实是像婚礼蛋糕似的奇幻穹顶、圆柱和浮雕细工，它们的上面就是尖顶。在下面，有一个拱门通往里层的庭院，庭院两侧是古典雕像，海神挥舞着三叉戟，赫耳墨斯把玩着长着翅膀的鞋子。

我闭上眼睛。“我知道这是哪里。”

“我就觉得你会知道的。”阿特奈德说。

“你曾经来过这里？”本问。

“不，”阿特奈德说道，她替我回答了，“不过我敢保证她曾经去过同名的王国。”

我睁开眼睛。“是埃尔西诺。”

她笑了。“更准确地说是科隆博格城堡，在赫尔辛格，就在厄勒海峡。”她像本地人一样，尽量将斯堪的纳维亚的元音发得更圆满、更用力。

“在丹麦。”我对本说。

“是哈姆雷特的住处。”阿特奈德说，她走进了庭院，我跟随着。

“你在新墨西哥州的沙漠上修建了一个仿造的埃尔西诺？”我怀疑地尖声叫道。

她停在一个装饰华丽的门口，大门开着，她吃吃地笑起来。“只不过是小小的敬意，没有大到仿造的程度。”

“为什么呢？”

“丹麦人不愿意售卖原型。”她示意我朝里走，“你先请进。”

本再次拉住我的胳膊，可是我甩开他，走了进去。

我们站在一条长廊里，地板是黑白棋盘格的大理石。长廊一侧完全是白墙，挂着巨大的画作，都是艳丽的早期绘画大师们的作品。在另一侧是大块的钻石形窗格的玻璃，都深深地镶嵌在拱形门上。

"朝前走，再向你右侧的角落拐，"阿特奈德引着路，"停住，"她说道，我转过身，看到她抱着胳膊站在那里，背对着高大的双重门。"一个问题问完，还剩两个。你干吗想看到杰雷米 · 格兰威尔的私人物品，那东西曾属于汤姆斯通，你这么想看到，居然会在夜里违法超速驱车七百英里？"

*我该怎么说呢？因为罗兹感兴趣，而她已经死了？*我清了清嗓子。"我对哈姆雷特感兴趣，而格兰威尔曾经被人押赌注饰演过哈姆雷特。"

"这个回答可以接受，虽然没什么诚意。这也是我肯把他的东西带来的原因。我本人也很迷《哈姆雷特》。当然，此刻，我们对这些东西感兴趣的原因并非如此。不过，作为回答，还算能接受。"她转过身，用力把门推开，"欢迎来到大厅。"

巨大，连用这个词来形容都觉得太轻描淡写了，哪怕是以宫殿的标准来看。整个房间就是一个巨大的广场，一道拱门将它分成两部分，而拱门的石头就像锯齿状的编织物。在接近木制天花板的地方，有几扇更小些的拱门通向一条长廊，长廊绕着四周一整圈。金色的光线像浓厚的蜜糖般倾泻进来。更多的落地长窗穿墙而开，不过窗户很狭窄，而墙壁很厚，两者间就有了幽暗的空间，墙上的挂毯上是苍白的独角兽和带着尖顶帽的女士们。

"这不是埃尔西诺。"我说。

"不是。"

在我们脚下，打磨过的木地板上点缀着薰衣草和迷迭香，每一步踩下去，都能沁出芳香。

阿特奈德站着，盯着我右边墙的上方看。我转头想看看她在望着什么。在容量足够燃烧美洲杉的壁炉上方，挂着一幅画，这幅画在奇怪的照明下透出了绿色和金色的光。一个女人穿着锦缎长袍，仰着身子漂浮在高地沙洲的溪水里，她脸色苍白，溪水里散落着红色和紫色的花朵。是奥菲莉亚，是米莱斯画的奥菲莉亚之死。

那是一幅油画，不是印刷品，非常精致，绘画一直铺展到画框处，画框是金质的，形状怪异，雕纹复杂。画作如此精美，在一瞬间我都怀疑阿特奈德是买了原作。

"我一直很喜欢这幅画。"

我往前走几步，眯起眼睛细看起来。我也一直喜欢这幅画。这幅画是前拉斐尔派艺术的杰作之一，我一直以为画中就是奥菲莉亚本人，可这画应该在伦敦的泰特不列颠美术馆里。对此我是了解的。自从我开始执导《哈姆雷特》，就经常去欣赏这幅画。我会沿着泰晤士河畔的林荫道漫步，而后在黄昏时分转入那个玫瑰色的长形房间，这幅画有小溪流水的画作就挂在两幅身穿令人惊艳的蓝色长袍的女人肖像画中间。奥菲莉亚本人呈现出怪异的苍白，几乎褪为透明色，可是她漂浮在其中的那个世界却闪着一种鲜艳的、耀目的绿光。

在房间一侧，我听到有一扇门打开了。我惊讶地转头看，因为之前除了主通道的门，我并未见到还有其他门。挂毯摇摆着，一位体格粗壮的西班牙女人在后面出现了，她拿着一个餐盘，上面是银色的咖啡具。

"啊，格莱西娅拉，"阿特奈德说，"你把礼物拿来了。"

格莱西娅拉迈着重重的步子，穿过房间，把餐盘放到桌子上。接着，她转过身，举起右手，直直地朝我伸着。在她巨大的手掌里，有个像是孩子玩具的东西，那是一把黑色的短管手枪。

我眨着眼睛，本也掏出了他的枪。可是，他并没有拿枪指着格莱西娅拉，而是径直对着阿特奈德的胸口。

"放下你的枪，波尔先生。"她说。

他没动。

"睾丸激素，"阿特奈德叹了口气，"真是无聊的激素。现在分泌些雌激素吧，听着，你根本不知道会引发什么。恐怕我要用格洛克22式手枪朝凯瑟琳的肾脏射出。"

本露出了厌恶的表情，他慢慢地蹲下，把手枪放在了地板上。

"多谢。"阿特奈德说道。格莱西娅拉捡起枪。接着，阿特奈德问了第三个问题。

"是你杀了玛克欣·汤姆吗？"

23

一阵恶心涌了上我胸口。什么？

这不可能。玛克欣很快就离开了资料馆，往家赶，要去给她年幼的儿子读睡前故事。我离开剧院时，窗子一片漆黑。

我嗓子眼里一阵哽咽。凶手到过那里。我曾经感觉到他的目光，听见他拔出刀，老天啊。难道是我把他引到玛克欣那里，当他抓住她时，在她被捕获并感到惶恐时，我却离开了？

“是你杀了汤姆教授吗，凯瑟琳？”

“不是，”我的声音很浑浊，“不是。”我没有给她任何提醒，连一丁点儿注意危险的警告都没给她。“发生了什么事情？”

“事情发生得很快，”阿特奈德说，“直到她的衣袍，被他们的酒浸透了，将这可怜的人儿从动听的歌谣中拖入了泥沼般的死亡里……昨晚有几个看戏的人发现了她，当时她正漂浮在资料馆前的鱼池里，头发像美人鱼一般起伏着，她的裙子在周身荡漾开来，她是淹死的。”

她变成了奥菲莉亚。

“我建造这个花园是为了向米莱斯致敬，”阿特奈德说，“不是为了邀请凶手。”

那幅画中的高地沙洲溪流里，长着芦苇和苔藓，开满了小小的白色七瓣莲，甚至是角落里的粗壮的柳树，都和资料馆的池塘离奇地相像。玛克欣，闪亮的、坚定的玛克欣。我深深地、颤抖地吸了口气，想要稳住自己的声音。“我明白凶手可能在跟踪我，而我没有提醒她。她是因为我而死的。可是我没有杀她。”

阿特奈德转过身来，对着我，她慢慢地点头，而后举起了手枪。“我也这么认为，可是我得确认一下，你会原谅我这做法有些残忍。”

“我也会让你陷入危机的，至少有一段路我们是被人跟踪的。”

本打断了我。“你是怎么知道她被谋杀的？”

“是雪松城警署告诉我的，玛克欣最后拨的是我的电话号码。”

“你告诉警方我们正往你这里赶吗？”

她的目光轻轻地落在了本身上。“他们的兴趣和我的不一样，虽然我希望他们尽快来我这里。我应该有这样的顾虑。”她转身对着格莱西娅拉，“这样行了，谢谢你。”她略微点了点头。

格莱西娅拉表示异议地噘了噘嘴，把本的枪放到了托盘上，拿起托盘，离开了。

“波尔先生，在你离开时，我们会把枪还给你的。”阿特奈德说着转过来对着我，“格兰威尔的文件与这一切都有关，罗萨琳德·霍华德想要它们，可现在她死了。然后你也来找它们，而玛克欣又死了，怎么回事？”

除了实情，我没有什么可以交代的。我紧紧地抓着钱伯斯的书。“卡德尼奥这个名字你听来有何想法？”

“是那遗失的剧本？”她眯起眼睛。

“拜托，阿特奈德，让我看看格兰威尔的文件。”

“卡德尼奥。”她说着，反复念叨这个词，好像在品味什么似的。突然，她走到靠墙的博物柜，输入一个密码。墙上的一个生物测定扫描仪自动打开，她把手指伸过去。咔嗒一声开锁的声音，一小股气流释放出来，柜子开了。她抽出一个薄薄的蓝色文件夹，将它放到房间中央巨大的方桌上。“我猜想，既然你了解《哈姆雷特》，你一定看过资料馆里关于格兰威尔的资料吧？”

我点点头。

“当他离开汤姆斯通时，他留下了要换洗的衣服和几本书，没留文件。”

“没有？”

“没有留。不过，离开后，他寄来过一封信，他曾住过的房屋的女房东保留了该信。人们都叫她金发玛丽，她是吉梅内斯夫人的曾祖母，尽管后者不太愿意提及家族以前的生意。金发玛丽从未打开过那封信。”阿特奈德取出一个很旧的信封，信封上是褪色的紫色墨迹。邮票是英国的，邮戳显示是寄自伦敦，信封口子开了。

“可这信被打开过。”

“是上周打开的，”她说，“一个熟人打开的。”她取出一副白色棉质的查档案手套。

我抬起头。“是罗兹打开的？”

“如果你这个讨厌的称呼指的是罗萨琳德·霍华德教授，那就是了。”她抽出一张象牙白的纸，小心翼翼地打开它。“她向吉梅内斯夫妇保证说会花大价钱买下它，可之后她离开时，说哈佛大学会来购买的。他们觉得这说法很难让人相信。当我三天后带着支票本再来时，他们觉得已经等得够久了。”

她退后了几步，示意我靠近桌子。“请读出来，大声点儿。”

那字迹精细得就像蜘蛛脚在纸页上划过。“是女人的笔迹。”我说着，抬起了头。本也靠近了。阿特奈德点了点头。

我开始读起来。

1881 年 5 月 20 日

萨伏伊，伦敦

亲爱的杰姆，

我停住了，“杰姆”是旧时英国人对杰雷米的昵称。能让一位维多利亚时期的女性用如此亲昵的名称的男人，关系一定很近，应该是她的兄弟、儿子，或丈夫。

我们再次相见的日期日益临近，颤抖围绕着我，仿佛刚果腹地那繁茂而令人窒息的青藤……

这文字呈现的就是隐晦含蓄、缠绕纠结的维多利亚时期的感觉。看来杰姆不是兄弟或儿子，难道是丈夫？

> 如你所指示的，我来到了伦敦，搜寻有关萨默塞特和霍华德家族关系的材料。我想，你会和我一样，发现结果十分令人着迷，虽然它很肮脏，令人不快。身为女人，我应该鼓起勇气，像个男人一样将它们坦然地写下来，将信息公布于众，希望你能以同样的心情读到这些内容。
>
> 首先，我所言之“萨默塞特”指的是郡名，即荒凉平原，那里和北极冰地一样荒芜。不过，一位图书管员的话恰好提醒了我，于是我急忙赶到了德布雷特那里，查了一下贵族名册。于是，我得知在詹姆斯一世时期，有萨默塞特伯爵爵位，而萨默塞特伯爵家族名号就是卡尔，这名字虽然没给我什么启示，却引起了我的好奇。

“卡尔，”阿特奈德咕哝着，“卡德尼奥，”她面容严肃地看着我。“真的令人好奇。”我强调道。大量的下划线使文字看起来有种晕乎乎的感觉。

> 此外，你作何感想？伯爵夫人来自霍华德家族！！弗朗西丝是这位可怜的女士的本名，她是这个血脉中最后的，也是举足轻重的那位子嗣，即瓦尔登的霍华德勋爵西奥菲勒斯的妹妹，而《堂吉诃德》的第一版英译就是献给西奥菲勒斯的。

“《堂吉诃德》，”本吸了口气，“是吗？”

我点点头，继续浏览，一边思考。众所周知，弗朗西丝·霍华德和萨默塞特伯爵的轶事很是肮脏，总的来说，杰姆信中说得没错。

弗朗西丝·霍华德曾是一位金发美女，来自英国历史上最骄奢贪婪的家族之一，她本人很骄傲刁蛮。当罗伯特·卡尔追求她时，她已经结婚，做了六年的埃塞克斯伯爵夫人。卡尔也是金发俊男，不过在他还未得到国王的赏识前，只是一位贫穷的苏格兰乡绅，后来他从马上跌落，并摔断了一条腿，这才引起国王的关注。国王爱上了他，给他加官晋爵，像女人宠爱哈巴狗似的溺爱他。

“那么,当国王发现他的情郎对伯爵夫人有意时,事情怎样了？”本问。

“他并不嫉妒女人，”我说，“实际上，詹姆斯国王还鼓励自己宠爱的人结婚。因此，当他得知卡尔钟情于弗朗西丝，觉得自己心爱的人一定要得偿所愿，不管代价如何。因此，他解除了弗朗西丝的第一次婚姻，但弗朗西丝和她的家族坚决不从。于是国王临时成立了调查委员会，不过他还是要胁迫他们。婚姻刚被解除，国王就把卡尔的头衔从区区的子爵升到了萨默塞特伯爵，这样弗朗西丝的地位就不至于下降。此后的婚姻就略嫌高贵不足，”我说着，将原来作者省略的部分又添补上，“而且国王据传在次日清晨，爬上了新人的婚床。”

“这一段，还真是值得称道的史料啊，”本说，“试想，原本亨利八世可以不必如此大费周折的，只要他把安妮 · 博林嫁出去，就能尽情地和情妇及情妇老公三人同乐。[①]”

“亨利需要子嗣，”阿特奈德说，“而詹姆斯不需要。”

“国王很幸运，他没有挡了弗朗西丝的好事，”我说，“埃塞克斯也是。卡尔，即当时的萨默塞特伯爵，他还有一位情人[②]，他却阻挡了，或是努力试图阻挡了。靠不光彩的手段，弗朗西丝使她的情敌被关押进了伦敦塔，之后，为了表示同情，她还给他送了一篮子的果酱馅饼。”

---

① 英国国王亨利八世的王后没有子嗣，亨利八世与女侍官安妮 · 博林有了婚外情，为了休妻再娶，与罗马天主教皇反目。后亨利八世与安妮 · 博林秘密结婚，罗马教皇宣布将亨利驱逐出教，英国国会则立法脱离罗马教廷。

② 指托马斯 · 奥弗伯里爵士，萨默塞特伯爵的朋友、秘书，据传二人关系十分密切。奥弗伯里极力反对萨默塞特伯爵与弗朗西丝结婚，被陷害关入伦敦塔，后被毒死。

“红桃王后，她还做了馅饼。[1]”本轻轻地唱道。

“还掺了毒药，”我说，“那个可怜的男人就此痛苦死去。弗朗西丝在上议院面前承认了谋杀罪行；萨默塞特为此申冤，却被判有罪。他们都判了死刑，可是国王将他们减刑为终身监禁。这是詹姆斯一世时期最大的丑闻。”

“这古代英国啊，”本说，“难道这些人就是格兰威尔希望作家进行调查的吗？难道他们和莎士比亚有关？”

“我并不清楚，不过他们和《堂吉诃德》有关，因此也许就和卡德尼奥的故事有关。”

“继续看信。”阿特奈德说。

我们作品的魅力，我希望你也能认同，就在于他们和埃塞克斯之间三角情爱的畸形关系。

阿特奈德碰了碰我的手臂。“难道《卡德尼奥》是三角恋故事？”

我很不情愿地迎着她的目光。“是的。”

“这怎么可能，卡德尼奥就是卡尔，即萨默塞特伯爵，还有他和埃塞克斯伯爵及伯爵夫人的三角关系？”

“不可能。”我脱口而出，几乎没有思考，我试图加以解释，“假如当时国王的男宠名叫卡尔，而人们又固执地要在舞台上尽量隐蔽此人，那他们就不可能用‘卡德尼奥’这个名字。这是显而易见的，这样做很危险的。”

“那你认为莎士比亚是个胆小怕事的人？”

“在文艺复兴时期，但凡有些理性的人，都会担心国王会加以报复，”我反驳道，“你这想法最大的问题是，并非所有三角关系都是相似的。这

① 这是英国18世纪一位不知名的诗人作的一首诗中的句子。这首诗的大意是红桃王后做的馅饼非常美味，红桃侍卫偷走了这些馅饼，被红桃国王发现后重重责罚了一通，只好交出馅饼并保证不再犯。这首诗流传很广，并衍化为童话、民谣等，对后来的很多作品都有影响，比如《爱丽丝漫游奇境》。

个故事的三角中，卡德尼奥成了那个女人首要的、真正的爱人，这样他就和那位奸诈的插足者形成了对立。另一方面，历史又让弗朗西丝的第一任丈夫成了一位无能的假正经，他既不肯爱妻子，又不愿意放她自由。卡尔是新生力量，他把弗朗西丝从牢笼般的婚姻中拯救出来。”

“埃塞克斯是性无能？”本问。

“谁知道呢？不过那位统领霍华德家族的伯爵——弗朗西丝的叔父或叔祖父，这我不是太肯定——称埃塞克斯为‘被阉的大人’。”

阿特奈德眯起眼睛。“你赶到这里，就是为了找到有关《卡德尼奥》的资料，以及关于它的一套理论，那干吗这么快就舍弃了呢？”

“不是关于《卡德尼奥》的。”

她的目光从我身上移到了本那里，又移了回来。“你再说一遍？”

本冷冷地看了我几眼，我能感觉到他对我越发责怪起来，可是我更需要阿特奈德的理解。“我们不是为了查找有关这剧本的资料而来，我们是为了找到剧本本身。格兰威尔声称他已经有了一份手稿复印件。”

一阵短暂的、令人惊讶的沉默。阿特奈德的眉头微蹙。“你觉得自己能找到它？”她的贪婪几乎昭然若揭。

“罗兹认为她可以。”

“怎么找？”

“我不知道，反正不是凭着霍华德家族的关系和线索，我敢肯定那与此没什么关联，否则格兰威尔不会在发现这部戏之后还要去破解它。”

阿特奈德昂起头，思考着。接着，她眯着眼睛，退了回去。“把信看完。”

> 我很开心自己弄到了这些关联中的第一个环节。至少，当我不得不承认在第二环节上自己彻底失败时，挫败感会小一些。我想不明白，在伯爵和诗人之间，怎么会有任何可以想得到的家庭关系。我真的很希望你能告诉我，是什么让你对这事产生怀疑的。

我心想，我也是。

“格兰威尔认为他们有关系？”本问，“莎士比亚和那个恶毒的霍华德家族？”

“不完全如此，”我说着，继续浏览，“他好像提到还和一位神父有关联，是个天主教神父。”

“这是在玩火，不是吗？”本问。

我点头。“因为，结交神父的话，你就会失去一切，包括生计、土地，你所拥有的一切，甚至对孩子的监护权。如果他们认为你和耶稣会的人串通起来反对女王，你就会因叛国罪判绞刑，并被挖出内脏，然后肢解。可是，作家说，与霍华德家族相比，神父一事更有可能。”

本的身子朝我肩膀侧过来。“我们怎么能肯定格兰威尔不是个彻底的疯子？”

“他说服了恰尔德教授。听着，”

> 也许恰尔德教授能给你更多启示。我得承认，他坚持要来拜访你，我觉得很惊讶，尽管也很觉鼓舞。当然，如果他不是认真想过，觉得你的发现可能是真的，他不会如此大费周折的。

那位教授，他并不是一个容易兴奋的轻浮之人，曾经计划着要亲自拜访格兰威尔，去汤姆斯通，他可是从马萨诸塞州出发啊。这趟旅程在一八八一年可不是件小事。

我浏览至结尾，可是余下的部分尽是些无聊的闲话。作家用莎士比亚的话结尾。

> 情人相会，旅途终了，哲人之子，深谙此调。

> 我将你的来信如同最珍贵的宝物般保存。

> 奥菲莉亚·费雷尔·格兰威尔

奥菲莉亚，我突然一阵悸动。

“奥菲莉亚们就像该死的兔子一样繁殖开了。”本说。

“不是这个，”阿特奈德说，“可怜的女人，她的情人再也没有回家。”

“是她的丈夫，”本说，“她称自己为格兰威尔。”

“她保留了他的书信，”我说，“这才是关键，回到杰雷米·格兰威尔的线索得从奥菲莉亚那里得到。”

“所以我们得找到她。”阿特奈德说。

“还有那些信。”我回答。

“你认为它们还在？”本问。

“我觉得罗兹是这么认为的。”

他用手指拨弄着信封。“不光邮票是英国的，”他说，“她的拼写也是，还有她的腔调，她听起来就是英国人。”

“她是从萨伏伊写的信，”我深思着，“因此她不是伦敦人，她很有钱，不过在伦敦的人脉关系不多，或者她住在某人的家里。”我摇摇头，没什么线索。

“背后有附言。”阿特奈德说。

我把信纸翻过来。显然，当奥菲莉亚折起信要去邮寄时，在匆忙中又加了两句话：

> 我刚刚获得康涅狄格的培根家人的同意，可以在我来看你时，顺道去查看培根小姐的书信！！请确切告知你希望我查些什么。

阿特奈德抬头凝望着壁炉上面米莱斯的画，露出了淡淡的笑容。“这么看，我觉得你对提到培根小姐有想法。”

本的目光在我们俩间来回移动。“谁是培根小姐？”

“迪莉娅·培根，”我说着，把头抵在自己的双手上，“她是十九世纪的学者，她为了一个关于莎士比亚的念头着魔，都疯了。”

“她到底为什么念头着魔？”本问。

阿特奈德回答了这个问题，她的目光从绘画上转到了我身上。“那个斯特拉福德的威廉·莎士比亚并没有写那些署了他名字的戏剧。”

长时间的沉默。

“真是荒诞。”本说。我们谁都没说话，他就补充道：“是吧？”

“并不荒诞，”我平静地说，“迪莉娅·培根非常睿智，在她那个年代，某个阶层的未婚女子会以家庭女教师的身份照顾小孩，她却成了知名学者。她在纽约和新英格兰地区巡回演讲，向买票听讲座的公众讲述历史和文学，以此为生。可是，她最热爱的是莎士比亚，于是她放弃了来之不易的事业，专心研究莎剧。”

说起了她的故事，我就坐不住了，于是我站起身，绕着房间踱步，一只手划过挂毯，于是，在我经过时，挂毯像波浪般起伏。“迪莉娅认为她在莎士比亚所有的作品中发现了贯穿其中的深刻哲学。她不断钻研，并坚信那个来自斯特拉福德的男人不可能写出如此亘绝的作品。她坐船前往英国，在狭窄、寒冷的房子里独自待了十年，撰写著作，来证明她的论点是正确的。”

新墨西哥州的清晨从其中一扇拱形窗里渗透而入，我前面的地板上洒满了明媚的阳光。“当她的杰作终于问世后，她希望得到赞许。可是她获得的是沉默，而后是嘲笑。在这样的压力下，她的精神崩溃了。后来，她被送到了一家精神病院。两年后，她病死在疯人院里，期间再也没有读过或听到过她喜爱的剧作中的只言片语；她的哥哥严禁人们当她的面提到莎士比亚的名字。”

“是不荒谬，”本说，“我收回之前的话。真令人悲哀。”

“迪莉娅的疯病并不是关键，”阿特奈德轻快地说，“关键是她写下的东西，如果奥菲莉亚曾写过要求看到它们，那么……”

“那么我们就应该查查奥菲莉亚，查她当时要看的是什么，即那些培根的书信。”我说。

“这是否表明你知道它们在哪里？”本问。

“就在福尔杰莎士比亚图书馆，”我说，“就在华盛顿特区的商业街附近。”福尔杰图书馆是白色大理石建筑，拥有全世界最丰富的莎士比亚资料，是靠美孚石油的黑金利润而建立起来的奇观之一。只要和莎士比亚有关，福尔杰就要弄到，只要福尔杰想要，它就总能得到。这家图书馆在二十世纪六十年代获得了迪莉娅的作品。

阿特奈德水蓝色的眼睛闪着光。“太巧了，我今天下午正好要去福尔杰参加一个会议。”

“这不是巧合，是吧？”我问。

“你是说昨晚你打电话来询问格兰威尔的书信一事？”阿特奈德耸耸肩，“是巧合，所以我在离开前邀请你过来看。不对，我的意思是，如果事情发展顺利，我想请你和我一起去。当时我就想到，要查到奥菲莉亚，就得先查培根的书信。可是，我是个收藏家，凯瑟琳，不是学者，我需要你的帮助。”

“福尔杰有第一对开本吗？”本突然问。

“第一对开本？”阿特奈德哼着说，“不止，波尔先生，福尔杰有七十九本呢，差不多占了所有现存第一对开本的三分之一数量，是全世界最大的收藏量了。日本的明星大学排第二位，不过和第一差得很远，那里有十二本，是大英图书馆的两倍多，大英图书馆那里只有五本。福尔杰是对开本的基点。”

“那辛克莱和联邦调查局首先就会想到那里，会在那里守株待兔的。”

“他们自会有任务要干，”阿特奈德说，“看到今晚有这么重要的会议要举行。在会上，要展出几本对开本，你或许会有兴趣知道，凯瑟琳，大会发言者是霍华德教授，她的发言主题就是迪莉娅·培根。”

我猛地坐了下来。

本走过来，站在我面前。“去福尔杰是疯狂之举，她的提议没准是陷阱。”他平静地补充道。

“如果我要陷害你，”阿特奈德在房间那头插了进来，“警察早就在这里了。我是给你指了条出路，告诉你想去的地方究竟在哪里。而且，我还能带你去那里。”

我们都转向她。“怎么去？”

“今晚，在阅览室有一个香槟酒招待会，是在大厅的晚宴之后。当我报名参加这个会议时，他们雇佣了我的宴会备办人员。我保证自己能说服洛伦佐，让他多雇佣两个员工。”她把玩着自己眼前还放在桌子上的手枪。“我在特区有许多业务，我是个好主顾。”

“我们得去那里，要走得进去，”本说，“机场安检——”

“幸好，那里没有机场安检，在罗兹伯格市机场没有。那也不算是真正的机场，就一条跑道，几个飞机棚而已。”

“你为何要这么做？”我问。

她把信放回文件夹，站起身。“我和你一样有兴趣，想知道格兰威尔先生发现了什么。”

“快走，凯特。”本催促道。

在远处什么地方，我听到有链锯在噼啪作响。声音越来越大，那切分音节奏变得越发清晰。我突然辨认出这个声音，是直升机。

“我希望这就是规律。”阿特奈德走到其中一扇窗边，“恐怕你们要离开的时机已经过了，人间万事皆有趋势，涨潮时把握住，自有幸运；错过了，人生的所有旅程尽是浅滩和痛苦……你作何选择，凯瑟琳？”

这是罗兹喜欢的一句话。

我和本对视了一下。“去福尔杰。”我说。

24

“我们需要你的鞋。”阿特奈德说。

“为什么？”

“玩一个小字谜，”她回答，“直升机表明警察并非想跳下来聊天。我想他们会怀疑有来自犹他州的凶手正在拜访我。如果联邦调查局有了线索，把玛克欣的死和有关莎士比亚的火灾联系起来，他们甚至会有你们的名字。反正很显然，他们一定认为有人在此地。要知道，你们的车在这里，尽管我自作主张把你们的物品都腾空了。”

还有那些书，我心里一惊。

“会还给你们的，”她淡漠地说道，“我们会告知有几个可疑的私入者，”她继续说，“而警察会发现从这里进入沙漠的足迹，一直朝着禁止捕郊狼的地方。运气好的话，搜寻会限制在本地，至少会搜上一会儿。”

“这同时，我们正好能大摇大摆从前门走出去？”本问。

“我的房子有很多门，波尔先生。”阿特奈德的笑容很调皮。

我听到轻轻的摩擦声，格莱西娅拉出现了，笨重得像个巨人，站在巨大的壁炉前。我朝她身后看，原先是壁炉背面的地方，现在成了黑幽幽的洞穴。她指着我们的脚。“鞋子，”她要求道，“给我。”

让我惊讶的是，本脱掉鞋子，又将它们捡起来交给她。我也跟着做，于是她走进黑暗中，不见了。

本往前走了几步。

“等一下，”阿特奈德说，“她很快会回来的。”

在外面，直升机的声音越来越响。

本俯下身子检查沾满了烟灰的后墙上的洞。“简直太巧妙了。”他说。

“最初是用来藏神父的。”阿特奈德说。

“神父洞？”我曾经见过一两个神父洞，藏在楼梯后面或是在椽中央，都是敞开的，那是在古老的英国房子的胶质玻璃后面展出的。可是，我还是第一次见到真正在使用的。

在莎士比亚时代，根据皇家的要求，英国是新教国家。英国人当天主教神父，或者是英国家庭收留他们，那是犯了很严重的叛国罪。在伊丽莎白统治的早期，她恳请双方相互包容理解，可是大臣们担心天主教徒会刺杀女王。当几个刺客被抓捕后，伊丽莎白手下的残暴分子就开始搜捕应对此负责的人，即神父们。于是，英国的天主教徒开始将他们的教士藏在空洞的墙壁中等偏僻的藏身之处，就像法老的女儿曾经把摩西藏在芦苇丛里。

“最佳的藏身处，你是没法靠探听空洞处或裂缝来找到的。你必须得知道他们在哪里，怎么开门。我就是根据其中一个最佳藏身处的原型设计了这个，”阿特奈德说，“最初的那个非常绝缘，哪怕外面生起熊熊大火，神父都不会被烧到。”

“那这个呢？”本问。

“到现在，我们还没试过呢。”

“你以前干过吗？”他问，“不会是即兴之举吧？”

“主题和变奏。”阿特奈德说。

外面轰隆隆的响声突然停止，让人有一种不祥的感觉，正在这时，格莱西娅拉又出现了。“Síganme。”她要求道。即便不懂西班牙语，都知道她说的是“跟着我”。

“再会。”阿特奈德说。

我们钻了进去，门在我们身后紧紧合上。我们在漆黑中站了一会儿，接着，一道黄色的光静静地对着一侧亮起，格莱西娅拉迅速走下隧道。就她这样的体形，她的灵巧令人咋舌。我都得小跑着跟上。

我不知道自己在等着什么，也许不是蝙蝠、蜘蛛、黏液，或是墙上叮当作响的铁链，不过，我所发现的东西出乎我意料，那是一条打扫得很干净的狭窄的石廊，高度足以让本站直了行走。走廊的照明是运动感应的，正好在我们前面亮起，一旦我们走过去，灯就熄灭了。因此，要不是石壁上不时有门出现，我会以为自己在原地奔跑。

我们继续往前走，经过了两侧一模一样的门。通道有点儿往下倾斜，接着又有几级向上的浅台阶。过了一会儿，通道向右拐。到了路尽头，我们肯定走了四分之一英里，那里有一扇门，除了墙上有一个袖珍键盘，这里毫无特别之处。

格莱西娅拉键入密码，门滑开了。

我站在那里，一束强光让我直眨眼。“请进。”格莱西娅拉说着，推着我们往前走。我们迅速经过了那道门和墙间开启的地方。“回见。”她说。没等我们移动身子，门就开始关闭了，一块圆石滑入了原先的位置。

我遮住视线，在强光下眯着眼。我们似乎进入了一片浅浅的干河床，就站在一块礁石上，礁石被几块巨大的圆石抵住。河岸只有几英尺高，沿岸长着牧豆树。在礁石边缘，放着两双鞋，是本和我的。再边上，放着本的手枪。

正在这时，我们听到了汽车引擎的声音。

我们抓起鞋子，爬上岸，借着牧豆树的遮掩，跳到了地面。一辆青铜色的运动越野车出现在眼前，车窗还染了色，是四轮驱动的，轮子正慢慢转动着。当车子倾斜着进入河床，开到礁石旁，我看清楚它是凯迪拉克攀登者。

驾驶窗摇了下来。

“快进来，快进来。”阿特奈德大声喊着。

几分钟后，我们颠簸着开上了公路，驱车穿过尘土飞扬的邻近区域，那里到处是制造工坊，还有塑料搭起的圣母和圣方济各神龛，神龛都已褪了色。

“欢迎来到罗兹伯格市机场。”阿特奈德说着，将车子转进一个有着金属防护网的入口。“查尔斯 · 林白[①]曾降落在这里，这地方比肯尼迪国际机场和奥黑尔机场都老。”

“发展速度慢了点儿。”本说。

“这里主要是服务于当地农场主的飞机，以及私人飞行员在国内的机场转换，”阿特奈德说，“直到去年，至少是这样的。”

我们来到跑道旁的停留点，我看到了阿特奈德的飞机。那是一架标准大小的喷气机。“是湾流 V 型的。”本对着我耳语。飞机的发动机早就在旋转轰鸣了。

“跑道应该再延长一些。”阿特奈德快活地喊着。

在喷气机的主舱内，阿特奈德把装着格兰威尔信件的文件夹放到了会议桌上。在贴着桌子的篮子里，我发现了自己的那几本书都堆在里面。我首先翻了一下钱伯斯的书，接着找到罗兹的卡片，格兰威尔写给恰尔德的信，还有报纸文章的复印件，都在。

即便是大型飞机，从新墨西哥州飞往华盛顿特区也得要四个小时。本在《堂吉诃德》一书中读完了卡德尼奥的故事，接着就睡起觉来。我给阿特奈德演示如何在她的手提电脑上查看《双重谬误》；等本醒了时，她就要求拿它换《堂吉诃德》。

我膝头放着钱伯斯的书，看着窗外，很是坐立不安。迪莉娅 · 培根只不过是我博士论文的一个脚注，可是仅仅这点儿了解，已经激起了我的兴趣。当我告诉罗兹，说我想写迪莉娅的传记，罗兹很严肃地和我谈起了事业规划，打消了我的念头。她说，熟悉和纯粹的狂热是不同的，人们会开始觉得，我本人是否也和我研究的课题一样可疑。

她为何硬是要把我从迪莉娅那里拉开，难道只是为了自己去钻研它吗？那么，她多久前开始研究的？这条路上翻腾着嫉恨的泥浆，我能感觉到它就潜伏在不远处。把注意力集中到奥菲莉亚身上，我告诫自己。

---

① 查尔斯 · 林白（Charles Lindberg，1902—1974），美国飞行员，第一个单独不着陆飞越大西洋者。

可是，又不能朝着地图掷出飞镖，我无计可施，在我们抵达福尔杰前，我没法知道奥菲莉亚在哪里，她把格兰威尔的书信藏哪里了，拜托请保存它们。

还有霍华德家族呢？我告诉过阿特奈德，说霍华德的故事是无关的，在寻找剧本的阶段，确实如此。可是，一旦我们找到了剧本……假如我们找到了它……会怎样？

如果剧本不错，那为何写它，为谁写的，这些就无所谓了。无论是愚蠢、残忍，还是美好，都是它自身的事了。可是如果剧本不好，哪怕像《双重谬误》这种程度的差，那么它和耸人听闻的历史之间的关系，仍然会让一个讲得很糟糕的故事变得很有趣。

我又读了一遍两者的信，格兰威尔写给恰尔德的，还有奥菲莉亚写给格兰威尔的信。放在一起看，意思就很明确了。杰雷米·格兰威尔发现了《卡德尼奥》的手稿，其中有证据让他觉得该剧作与霍华德家族和萨默塞特伯爵有关。他还认为，剧作家和"伯爵夫人"有染，而奥菲莉亚·费雷尔·格兰威尔认为后者就是弗朗西丝·霍华德，即萨默塞特伯爵夫人。

莎士比亚是太阳底下最伟大的造梦的梦想家，可是我们对他本人却几乎一无所知，无论他作为梦想家，还是故事叙述者。四百年来的探寻仅仅揭示出他曾到过人世，他仓促成婚，和一位他很少谋面的妻子生了三个孩子，他曾经投资过房产，逃过税，起诉过别人，也被邻居们起诉过，而后就死了。这期间，他发表了三十多本戏剧，其中一些成了众多语言中和超越历史的最优秀的剧本，他还创作了一些精美的诗作。

可是他的创作，尽管很有影响力，却并不个人化，令人十分惊讶，仿佛作家有意地在公众和个人梦想之间蒙上了一层黑色的、时而嬉戏揶揄的面纱。当然，你能够从中看出大体的关联，如他的兴趣走向，从早期年轻人的爱情故事开始，到中年的背叛和苦涩，直至在他生命终结前的父亲和女儿的故事、救赎和复原主题等。大量的文章和书籍在《哈姆雷特》和莎士比亚的小儿子哈姆内特之死，和他的父亲，以及他出生前就统领英国的女王之间找出了相互的关系。还有更多人认为，他的十四行诗中关于诗人、黑女郎、俊俏的年轻人之间的三角关系，实则依循了他甜蜜而苦涩的情感经历。可是这一切都只是猜测。正如哈姆雷特所表达的，如果艺术是本性的一面镜子，那么莎士比亚的创作就最能隐秘地展现他个人的思索。

可是，如果格兰威尔的手稿不仅仅是一本遗失的剧作呢？如果手稿能让我们窥探某个人的生活呢？

毕竟，我们不知道他曾爱过谁，他是如何追求那些人的，他和朋友们为了什么而欢笑，他又为何愠怒，为何流泪，又是什么让他感到由衷的幸福和甜蜜。在伊丽莎白时期伦敦的辉煌世界里，莎士比亚似乎有了盛名，却又保持着近乎隐形的低调。要找到一部戏剧，能把他和他那个时代最轰动的情事及谋杀丑闻联系起来的，而且他在其中并非只是旁观者，而是参与者，哪怕角色微不足道，不啻于在没有月亮的夜晚突然爆发了焰火。

这是不可能的。

是吗？

我肯定睡着了，因为是阿特奈德轻轻地摇我的肩膀，把我弄醒了。她说，该换衣服了。这时，我发现，从汽车换成飞机期间，她不仅偷拿了我们的书，还有我们的行李，这会儿我不光有了干净衣服，还有一个卧室可以用来换衣服。

我发现，在我行李箱的最上层，整齐地叠放着一件黑色衬衫和崭新的白色上衣。在包的底部放着后帮较低的露跟皮鞋，我觉得这鞋还凑合。我换着衣服，接着头发在脖颈后面绾成结，再把罗兹的胸针别在肩膀处，然后走回到主舱里。

“洛伦佐，”阿特奈德说，“正等着两位增补的工作人员加入今晚的餐饮服务小组。我告诉他，其中一个是朋友的女儿苏珊 · 奎恩，还有一个是她的男朋友裘德 · 豪。”

我偷偷地笑起来。

“笑什么？”本问，他已经换上了黑裤子和白衬衫。

“莎士比亚的女儿们，”我说，“即苏珊娜和朱迪思，成了苏珊和裘德。

苏珊娜嫁给了豪博士，而朱迪思嫁给了奎尼先生。于是就有了豪和奎恩。至少，她保留了姓。”

“不是什么好点子。”本说。

“有点儿幽默感吧，波尔先生，”阿特奈德责怪道，“你完全没看出这其中的关联。”

“凯特看出来了。”

“能检查洛伦佐名单的人只有后门的护卫。”

“很可能会是联邦调查局的。”本突然插嘴道。

“那样的话，你们的脸会比名字更有暴露性，尤其是凯瑟琳的。”

“这可不是玩游戏。”本紧张地说。

“也许不是，”阿特奈德说，“可是面对险情保持微笑就是有勇气。”

“谨慎的话存活率会更高。”本说。

几分钟后，我们抵达杜勒斯机场，那里有一辆黑色轿车在等我们。和新墨西哥相比，特区绿得足以被称为翡翠城。不过，这里的空气很浑浊，令人不快，地平线好像是蒙着潮湿的灰白色棉布，让人有幽闭的紧张感。前方，只能看见一小圈蓝色的天空。

承办宴会的人是个强健的男人，有一头珠光色的头发，胡子很整齐干净，笑容像是在演歌剧。他递给我们白色的衣服，把我们介绍给其他工作人员，于是我们挤进了一辆很大的货车。不久后，我们就到达了福尔杰莎士比亚图书馆广场的鞋箱装饰艺术前，那白色大理石的正面浅浅地雕刻着戏剧中的场景。我们绕过建筑，开入了建筑背面的一条通道。

我们装卸着货车的货物，我推着一台高高的食品车的尾端，倒推着车子进入了服务通道。门卫只看到我的白衣服和后脑勺，他检查了一下我的名字，苏珊·奎恩，眼睛都没眨一下。不久，我听到他在检查裘德·豪。我们都进去了。

25

后门通向地窖。本已经把主阅览室的范围划为绝对禁区，因为联邦调查局会在学习者间安插特工。因此，我们安排在创建人接待室里与阿特奈德见面，那地方在主楼层的背面角落，是个避人耳目的小空间。她很轻快地告知，她会安排好，当天下午把那里用作私人办公室。

要为全世界最著名的莎士比亚学者和资助人安排一场正式的宴会，其准备工作可谓繁复，但要不被人注意地溜出厨房是很容易。我们刚拐过角落，就开始脱去白色的衣服，把它们塞进了洗衣车的最底下。接着，我们迅速通过走廊，上楼进入主门厅。在周五傍晚，这里几乎没有人来。在门厅的另一头，通往创建人接待室的大门开着。

从楼梯井再走下去一点儿，是一间小办公室，那里通向阅览室。就在开启的大门口，另一个门卫坐在桌前。本将我拉回去，直到我们听到有人从阅览室走出来，出示了出门卡，这也算不上真能转移门卫的注意力，却是我们唯一能把握的机会了。本点了点头，于是我走出楼梯井，尽量很随意地走过门卫看守的大门，走进大厅，进入了创建人接待室。

里面没有人，本将大门在我们身后关上，并上了锁。

这里最初是为图书馆的创建人亨利·福尔杰和埃米莉·福尔杰建立的私人休息室，房间很像伊丽莎白时期的起居室或招待厅，是长方形的房间，镶嵌着黑色的橡木，天花板有梁，地板是打磨过的硬木，封闭的镀铅窗户中是不透明的玻璃。房间中央有一张长形的雕刻花纹的桌子，四周摆放着椅子，椅子显得有些过于精细，和房间里其他的摆设格格不入。房间里最引人注目的是一幅伊丽莎白一世的巨型肖像画。

阿特奈德连人影都没有。

本绕着房间走动，我盯着女王看。她穿着红天鹅绒长袍，里面衬着象牙白丝绸，戴着金饰和珍珠，脸色被衬得很白皙，发卷是深红色的，眼睛幽黑。她一只手里拿着筛子，这是她身为童贞女王的象征。画家把她的脸刻画得既显得伟大又有一种残酷感。

本正在检查几扇格板门，这些门将一个石头拱门封住了。正在这时，我们听到左后方的角落里传来了一声重击。我们俩都转过了身。

在一扇通往隐秘处的门口，福尔杰图书馆馆员尼古拉斯·桑德森博士猛冲进来，手里拿着一摞叠得松松的打印文件。“这最好能……”他开口说话了。接着，他突然停在了桌子的另一头，看着本和我。“斯坦利博士。”他呼吸局促地说。

他是一位衣冠楚楚的小个子绅士，略带点儿弗吉尼亚口音，眼睛黝黑温柔，像是小鹿，鼻子尖尖的。他肤色棕栗色，光滑得犹如河里的鹅卵石，卷曲的灰色头发剪成了中世纪的削发样式，很像莎士比亚的发型。他酷爱打蝴蝶结领结，当天下午的领结是红色佩斯利螺旋花纹呢的，他还爱穿铮亮的皮鞋，在硬木地板上踩得咔嗒作响。

“他们，联邦调查局的人，说你们可能会来，你们是怎么躲过他们的？”

“我是走进来的。”

“我想他们听说后可能会不开心。”他干涩地说。

“我倒希望他们不开心。我是来向你求助的，桑德森博士。”

他把双手放到身后，打量着我。“你应该理解我的不情愿。正如我所了解的，斯坦利，这些天里，无论你出现在哪里，对开本显然很有可能会燃烧，连同它们所在的建筑一起被烧毁。”

“环球剧院和哈佛的对开本并没有被烧毁，”我平静地说，“它们是被人偷走了。”

“什么？”

“七十九本，”本说，“这是你这里的对开本数量，没错吧？”

桑德森博士转向他。“这位是？”

“豪，”没等我作介绍，本就回答了他，“裘德·豪。”

我一惊，可是桑德森博士的脸上没有显出意识到什么的表情。看来，他也没有把这个名字和苏珊·奎恩联系起来。“没错，豪先生，”桑德森说着，他的愤怒加重了他拉长的调子，“这个数字表明责任重大。”

“你最近数过没？”我问。

他怒不可遏。“假如你这是在暗示说有书遗失了，而我们却不知情，那么，我必须告诉你，不管环境有多理想，我们在由谁看管这些书方面是很严苛的。”

“哈佛和环球剧院也一样呀。”我说。

“除了常规的保安外，”桑德森博士继续道，“联邦调查局也已经在这里守了两天了。”

“可我们还是进来了。”本说。

“那你们会发现要走出去可就难多了，”桑德森博士反驳着，“不过，我懂你们的意思，如果不介意的话，也许我要去亲自清点一下。”

“等一下。”我说，这时本已经站到了桑德森博士和角落的大门之间。

“干吗拦住我？”桑德森博士问，他看着本，接着又看看我。“如果，照你们所说的，你们是真的在意福尔杰和我们的对开本的安全的。”

“我需要看看培根的文件。”

“这么说，我带来的这些根本不是普雷斯顿夫人要的。”他往前走，把手里拿着的编目放到了桌子上。

迪莉娅·培根，上面写着，*论文*。

“很不巧，阅览室这会儿因为会议关闭了，如果你们想要找到去书库的通道，那我是不会告诉你们的，那里只允许高级员工进入。”

“你就是高级员工。”

“难道你是在要求我帮你研究吗？就现在？”他一阵恼怒，“你刚才说得够清楚了，我需要做的是去清点对开本。”

“这事情更重大。”*罗兹的原话*。我意识到，不过话已出口。

他的眉毛竖了起来。“比保护七十九本第一对开本更重大？”

“那是一本手稿。”

他眯起眼。“什么样的手稿？”

“莎士比亚的手稿。”

一片沉默。“这可是有点儿像奢望啊，斯坦利博士。”他的眼睛掠过我。“你很像她，这你知道的。”他在我身后做着手势，于是我回头看着伊丽莎白女王。“伟大的女王，”他继续说，“可是她不惜撒谎得到她所想要的。”

“为了得到你的帮助，我已经走进包围圈了，桑德森博士。”

“我希望这不是真的，况且你那位深思熟虑的豪先生还带着枪。不管怎样，如果，真如你所说的，你不是罪犯，那包围圈也不是为你设的。不过，我觉得火灾和你的资料查找，或者说与盗取对开本有关。”

“我并非那个纵火和偷窃之人，可是我和歹徒的路线一致，我想抢在他前面到达终点。我这不是在请求你做危险之事或坏事，我只是想让你帮我找到某个女人的线索。”

他拖出一张椅子，坐在了桌子旁，把双手交叉着放在书目上。“那你拿什么来交换？”

我还是站着。“部分荣誉归你，当我找到线索时。”

“那本手稿呢？”他的声音因为急切和好奇变得有些紧张。

“放到一家图书馆里。”

“比如福尔杰？”他身子没动，可是我们之间的空气充满了紧张。

我慢慢地点了点头。

他把书目推过桌子。“你要找什么？”

“我找的这个女人曾在一八八一年写信给培根家人，并得到了准许去查看迪莉娅的文章。我希望能找到有关她的线索。”

桑德森博士摇摇头。“恐怕我们的收藏和他家人的是一样的。”

本已经拿起了书目，翻阅起来。“这里找不到她。”他说着，把书目放回了桌子。

“她叫什么名字？”桑德森博士问。

“奥菲莉亚。”我回答。

“是某个研究疯女人的人。”

“奥菲莉亚·费雷尔·格兰威尔。”

桑德森博士叫了起来：“你是来查找格兰威尔书信的。”

“你知道？”我问。

“我看过本馆资料里奥菲莉亚·格兰威尔的一封信，可是你不会在培根目录下找到的。她是写给埃米莉·福尔杰的，后者是我们的创建人之一，写于三十年代早期。格兰威尔夫人是迪莉娅·培根的医生的女儿，那个医生是第一位诊治迪莉娅的人，他在亚登的亨莱开了一家私人精神病院，就在斯特拉福德附近。”

“埃文河畔？”

“当然是‘埃文河畔’。如果我指的是安大略湖的，我会具体说的。我觉得，你也很想看看那个胸针吧？”

“胸针？”

“她随信寄给埃米莉·福尔杰的那个，你肩上就有一个仿制品，是博物馆级别的高仿，只有这里的礼品店特供的，难道你不知道？”

那个别在我衣服上的胸针突然沉重起来。随信附寄的胸针？而且被仿制了？我尽量让自己的声音听起来不那么惊讶。“罗兹送了一个给我。”

“我并不很吃惊，”桑德森博士说，“就是她弄出仿制胸针的。”他站起身，把椅子端正地放到原来的位置，拿回了书目。“好吧，对不住了，我还有七十九本对开本要清点，还有一封信要找，得花点儿时间，不过我会尽快结束的。同时，你们只要待在这间屋子里，联邦调查局是不会从我这里打探到你们的消息的。”他朝方才进来的门口走去。

“还有一件事。”我说。

他的肩膀显出了不耐烦。“最重要的是，二十分钟后，我这里还有一个重要的会议要开，我只能做这些了。”

“那个窃贼，他不仅偷窃和纵火，他还杀人。”

“霍华德教授。”他轻声说。

我点头。“他昨晚又杀人了，是玛克欣·汤姆，在犹他州的普雷斯顿资料馆，他曾经还想杀我。”

桑德森博士露出痛苦的表情。“谢谢，也许我能给你个警告，我之前被告知，是普雷斯顿夫人想看书目，你们是否和她一起的？”

“我不太明白……”

“小心点儿，斯坦利博士。”

“对阿特奈德？”

他的眉毛蹙成了一条线，显得很不安。“名声，亲爱的，名声，一旦失掉了它，你就失去了很重要的东西，剩下的只有残忍。”他突然朝角落的门边冲出去。之后，门关上了，我听到锁咔嗒地落下。

过了片刻，主入口处有敲门声。“我是阿特奈德，”她说，“开门。”

本示意我站到他身后，他掏出枪，另一只手打开了门锁。

“霍华德家族运气不好，”阿特奈德边说边走进来，手里捧着一堆书，“这会儿阅览室也关了。”

本正要在她身后关门，这时有人在门外说话。“阿特奈德，等一下！”他便闯了进来。

此人是马修·莫里斯。

“我以为已经说清楚自己不想被人打扰了。”阿特奈德冷冷地说。

“你为什么觉得我是个听差的呢？”马修反驳道，“其他人吓得浑身发抖——凯特！”他看到了本拿着枪，就不动了。“你没事吧？”

“我很好，真的。”

本关上了门。

“她当然很好了。”阿特奈德说。

“那么，这位牛仔是谁？”马修问。

“保镖，”阿特奈德说，“那么，你那么急着要告诉我什么？”

马修瞥了一眼本的枪，而后看着阿特奈德。“现在看，我似乎得同意今晚的讨论，你的被保护人还没有出现。”

阿特奈德把书放到桌上，从手提包里取出手机。“请稍等。”她急促地说，一边拨号一边走到了角落里。

“被保护人？”我问马修。

“是韦斯利 · 诺斯。”他咧嘴笑了。

我愣了一下，而后恍然大悟。“是那个韦斯利·诺斯？《比真相更真实》的作者？”该书是第一个指出牛津伯爵就是莎士比亚的重要作品，而且还有理有据的，有名副其实的学术风格，和牢骚满腹的业余写手在风格和语调上完全不同。

“就是同一个人，”马修说，“我马上要和他进行辩论，这可是这该死的会议开幕时的庆典活动之一。桑德森博士指定我支持正统派学说，而我之所以答应他，主要原因是我不想错失见到这位神秘先生的机会。”

“你从没见过他？”

“从没见过，其他人也没有，我敢说，连阿特奈德都没见过。他在一所网上大学教书，而且之前从未参加过任何会议。不幸的是，这个纪录可能不会被打破了。”

“这是一次什么类型的会议？”

“你没听说过？”他从电脑包里取出一本流程表，放到我手里。本靠过来，越过我的肩头看着它。

平滑光泽的手册顶端印着漂亮的红色字母：谁是莎士比亚？

我很快地抬起头。“你在开玩笑吧。”

“再严肃不过了，”马修说，“尽管它看似有些好笑，有关于所有主要人选的文章，如牛津伯爵、弗朗西斯 · 培根爵士、克里斯托弗 · 马洛、伊丽莎白女王——”

“伊丽莎白女王？”本怀疑地问。

“哦，她可比这个冷漠的老家伙要好，”马修说着，一边轻蔑地指着女王的画像，“亨利 · 霍华德，即萨里伯爵，他在莎士比亚的第一部戏登上舞台前四十年就死了。另外，那个丹尼尔 · 笛福，他是该戏出现的四十年之后才诞生的。还有我个人很喜爱的，在其他方面并不出名的法国人雅克 · 皮埃尔。”

我看到了马修的名字，在星期六上午的安排中。“‘莎士比亚与秘密天主教之火’？”

“与大法师韦兰铁匠的‘莎士比亚、玫瑰十字兄弟会与圣殿骑士团’针锋相对，”本说，“激烈竞争啊。”

“那位大法师的一生极富梦幻色彩，”马修顽皮地说，“我有证据。不管怎样，我被重新安排了。”他满怀同情地看着我，“我是新的主题发言人。”

“*找到他*。”我听到阿特奈德说话了。她放下电话，朝我们走过来。“你还脱不了身。”她对马修说，“告诉办公室那些大惊小怪的人，我们会找到他的。”马修没有移动身子，她就又补充道，“拜托了。”

他犹豫着。“你肯定你会没事？”他问我。

“只要警察找不到我。”

他的脸没有了血色。“抱歉，我以为……”

“没事的。”

他抽出一张卡片，匆匆写下手机号码，把卡片塞到我手里。“答应我，如果需要帮忙，你会给我打电话。”

我把卡片放到口袋里。“我不会有事的，马修。”

“好了，”阿特奈德马上说，“我刚才就是在拜托你了。”

本小心翼翼地开门，马修离开了。

“韦斯利·诺斯。”门一关，我就责怪地说。

她没理会我。“你们和尼古拉斯聊得如何？”

尼古拉斯？没人把桑德森博士称为尼古拉斯的。甚至连罗兹都不这么叫。我很快地将奥菲莉亚的情况告知阿特奈德，谈到她和迪莉娅的关系，还有那封信并不在培根的书信中。不过，我没有把胸针的事情告诉她。那是罗兹给我的礼物，而且，我不觉得应该把它透露。“我们正在等桑德森博士把那封信拿来，”我说，“还有，我们应该坚持我的立场。你是牛津派的，阿特奈德。”

“Vero nihil verius.”她说，张开了手。

我懂她的话，是拉丁文，意思是“没有比真相更真实的了”。不过，这话可不是随意的陈词滥调，这是牛津伯爵的格言。它是莎士比亚时期风流社会的暗号，那可是一个充满了各种疯癫的边缘世界。

阿特奈德沮丧地笑了笑。“她可不是在赞美我，波尔先生，说我曾经上过牛津大学，那样的话，我至少得是牛津人，而不是牛津派。她也不是指我的家族和牛津有渊源，无论这牛津是在英国还是在密西西比州。”她拿起会议手册，翻到一张穿着白色高领紧身衣的男人画像，那人的环状领镶着黑色蕾丝花边，他一头黑发，胡子修剪得很短，脸庞是心形的；他的鼻子很长，很傲慢。他的手指拨弄着脖子上悬挂着的一个金色的野猪，那个猪挂件拴在黑带子上。

“牛津派这个词，”阿特奈德继续说，“她是用来表示，我认为莎士比亚的那些剧作实际上全由你眼前画上的这个男人所写，他叫爱德华·德维尔，是第十七代牛津伯爵。”她将目光对着我，炯炯有神又带着挑衅。“她的意思是，我是持异端邪说者。”

26

“我可从没用过这个词。”

“你用了这个语调，”她责怪道，“在信仰问题上，我们会如此迅速地从被赞扬跌落到被诅咒。”

我想开口申辩，可是阿特奈德打断了我。“莎士比亚，波尔先生，并非只是艺术，也是宗教。”

“也是科学，”我反驳，“建立在实证之上。”

“难道你审核了证据？*所有的*证据？”她转向本，“斯特拉福德派拥有大学和学术机构，比如说像这个，而大学拥有真理，他们不教授含糊的漏洞，即对抗性的证据。只有被他们裁定的才是真实的。”

“这不公平。”

“是吧？”

我呻吟道：“我早该知道的，你对哈姆雷特，还有对艾尔西诺的沉迷早该提醒了我的。”

“那么艾尔西诺，”她回应着，兴致颇高，“牛津伯爵——是艾尔西诺，是莎士比亚内心真实的哈姆雷特。”

本的目光不停地在我和阿特奈德之间移动。“*真实的*哈姆雷特？”

“牛津派将《哈姆雷特》解读为牛津伯爵隐秘的自传。”我解释。

“你让我失望，”阿特奈德啧啧地感叹，“那么是谁写过‘《哈姆雷特》确实和牛津伯爵的生活有足够多怪异的相似之处，值得进一步研究’？”

我泄了气。她引用的恰好是我的论文。我以为当她说知道我的作品时，她指的是我的导演作品。没人会了解论文，甚至连溺爱孩子的母亲都不会。“我是说它的情节和牛津伯爵的生活有类似，阿特奈德，这和自传差得远了。”

“那斯特拉福德镇的一个马夫，一个手套制作商的儿子，怎么敢影射宫廷最尊贵的高官？他又怎么会知道这些细节呢？”

“每个人都知道细节，就像谁都知道当今的迈克尔·杰克逊的丑闻一样。富豪和名人总是生活在聚光灯下，有些人还总是要炫耀。我想知道的是为什么？为什么你，或者其他人，会拿牛津来替代那个扉页的名字？”

“因为我觉得戏剧中的内容超越了扉页的名字，”她简短地说，“能写出这些戏剧作品的人，得受过广博而深刻的正统教育，能够接触到优秀的著作。他得有贵族的见解和贵族的习惯，如打猎放鹰等；他要以地主的气度了解英国乡村生活。他不相信女人，热爱音乐，蔑视敛财。他要了解复杂的英国法律，还要懂航海和行船；他懂意大利文，会讲法语和拉丁语。最重要的是，他深谙诗歌，时时诵咏。据证实，不是从戏剧中，而是从他的生平中，斯特拉福德的威廉·莎士比亚毫无上述的各种特征。由此推论，他并没有写过这些戏剧。”

她得意扬扬地坐在了一把靠背椅上，椅子紧贴着遮光窗户的窗沿。“然而，从另一方面看，牛津伯爵符合上述每一项条件。”

“除了一条，”我反驳，“他早死了十年，阿特奈德。我们是在找寻《卡德尼奥》，老天，这部戏写于一六一二年。怎么可能呢，一个死于，什么时候，死于一六〇五年的人怎么做得到？”

“是死于一六〇四年。”

“好吧，一六〇四年。那一个死于一六〇四年的人怎么可能在一六一二年创作了一部戏呢？还不止《卡德尼奥》，还有《麦克白》《奥赛罗》《李尔王》《暴风雨》《冬天的故事》《安东尼和克莉奥帕特拉》等，那么多詹姆斯一世时期的戏剧出版了。伯爵作家可担当不了这么多伟大作品。”

“日期，”阿特奈德不以为然地耸耸肩，“是不可信的，如果必须得拘泥于日期的话。尤其是这些不牢靠的、在象牙塔旦确证的日期。《卡德尼奥》，照你说的，是一六一二年首演，可是这和当年创作并不是一回事。这里存在着另一种可能。一六〇四年，牛津伯爵也许指派别人翻译了《堂吉诃德》，或是自己翻译了此书。接着，他就写了半部戏，而后死了。几年后，译作出版。再以后，他的朋友和儿子让约翰·弗莱彻将剧本完成，然后将戏剧上演，这时正好能让牛津伯爵的老对手，即霍华德家族觉得尴尬。”她的声音带上了很圆滑很熟练的挑衅口吻，“你应该还记得他们是冤家对头吧？”

她转向本。“那个一家之主，即老迈的北安普顿伯爵，是牛津的朋友和表兄，可是涉及挽救霍华德家族脸面时，他指责牛津是声名狼藉之人。”

“阿特奈德，”我爆发了，“这简直疯狂，只是建立在‘也许’和‘应该如此’之上。你就像是跟着一只醉醺醺的六月虫，走得东倒西歪，路线错综，而本来你只需在两点间之间划出直线的。”

她哼了一声：“你倒宁愿相信，一个没受过什么教育，或许是文盲的乡下蠢人，不识字的手套工人的儿子，会写下莎士比亚的这些戏剧作品，会在其中写出占卜术、神学、宫廷礼仪、历史、植物学、猎鹰训练术、狩猎等？”

她站起身，开始在房间里踱步，一边细细端详挂在墙上的朝臣画像。“Ver 是拉丁词根，意为‘真实’，与牛津伯爵的家族名‘维尔’(Vere)很接近，这是文艺复兴时期人们很热衷的、颇有些幼稚的双关意之一。因此，历代牛津伯爵们就以 Vero nihil verius 作为铭言，这恰巧也是我的铭言，我婚前就姓德弗（Dever)，是 de Vere 之意，这对有私生背景的家族支系而言，也算用得恰如其分。

“我父亲对我的名字——阿特奈德——进行了透彻的解释，它指的是热情明眸的雅典娜，她拿着盾牌，挥动着矛。”最后一个词她说得饶有兴味，面朝着本，“牛津伯爵，身为竞技场上的冠军，被人赞美是受到了雅典娜的保护，和女神很像。‘他目光炯炯，眼神如挥动之矛。’”

“这是错译，你也知道的，”我打断了她，“Vultus tela vibrat 的意思是‘你目光炯炯，眼神如飞镖射出。’”

“你确实知道原意，”她钦佩地说，“不过你还是译错了。可能该译为‘飞箭射出’，而不是‘飞镖射出’。你让它听起来更像是在小酒馆里，而不是在伊丽莎白时期的竞技场。”

“好吧，反正不是‘挥动之矛’。”

她耸耸肩。“那么 telum 是‘发射物’的属称，而非特指‘矛’。不过 vibrat 意为‘挥动’，同样该词使我们有了 vibrate（摆动）。我能否指出，箭是不能挥动的？飞镖也不行吧？甚至标枪都不可以吧？矛是可以挥动的。很明确，雅典娜挥动她的矛，自从差不多三千年前，有人第一次吟诵了史诗性的赞美诗，诗中写道，宙斯的脑海里浮现出灰眼睛的女神，她挥动着长矛，整个奥林匹斯山都颤动着，大地在呻吟，深红色的大海上掀起惊涛骇浪。”

“执拗的小孩。”本说道，我强忍着没笑出来。

阿特奈德不理会我们。“总之，”她继续说着，“在文艺复兴时期的拉丁—英文词典里，vultus 还可以表示‘意愿’、‘眼神’或‘表情’。这样，Vultus tela vibrat，你会发现，可以被翻译成‘意愿挥动着长矛’。”她颇为得意地四下看看。

“真的吗？”本问。

“真的，”她促狭地微微一笑，“有点儿拉丁的双关意，也是向这位有着双关家训的男人致敬。”

本对此的强烈兴趣惹恼了我。“一个含混的拉丁词汇或许是，也或许并非双关，它比莎士比亚戏剧出现早了十年，比莎翁的名字出现在扉页早了十五年，这并不能作为证据，只是巧合罢了。”

“我不相信巧合，”阿特奈德说，她走到女王的画像前停住了，“不过，说到巧合，这个你所不屑的双关，女王在场时曾被大声朗诵过，就在奥德莱庄园，那是霍华德家族的官邸，我们对这家人可是很好奇的。”

她的手机响了，她拿起来回答，“哦，天哪，”她抱怨道，“我马上来。”她挂了电话。

“怎么了？”

“诺斯教授没有登机，抱歉，我得去救场。等尼古拉斯返回时，我会来的。”

本站在门口没动。“下次来，别再带人了。”他特别要求道。

她眼睛亮了一下。“我知道自己错了，波尔先生。我不会再犯了，我把这些书放在桌子上，凯瑟琳。我回来时，你会谢我的。”

本移动了一下身子，于是她走了出去。

“你了解这位诺斯吗？”本一边问，一边把门锁上。

“他写了一本书，声称牛津伯爵就是莎士比亚，和你听到的马修所说的没什么差别。”

“可他是莎学教授？”

“没错。”

“那你认为为什么他没来？你认为这只是害羞吗？”

“听起来和他的简历很相符。”

“这和发生在莎学教授身上的事件也相符。”

我重重地坐下。“你觉得他会是下一个受害者？”

“我认为有人应该这么想，”他伸展四肢，“不过不会是我们。凯特，我们得想想，下面该去哪里。你认为要去亚登的亨莱吗？奥菲莉亚的故居？”

“也许吧，假如确切的地方不在亨莱，那就在英国某处。不过，得等到桑德森博士出现后，我才能确定。”

“英国就意味着要有护照，新的身份，机场有风险，不容易做到。”

“不过还是有可能，对吧？”

“我需要时间。”

“不管怎样，我要先看到信。”

“假如我把你留在这里，先去做安排，你觉得如何？”

“我不需要全天候的保护，你出去后会再回来吧？”

“没你拖后腿，那当然了。”

“那好，走吧。”

他站到我面前。“别开门，凯特，别为阿特奈德，也别为马修，或是桑德森博士开门。”

“我不会为任何人开门的。”我照他的话答应着。

“你可以为我开门。”他笑了。

“我怎么知道是你呢？”

“我敲门，两声慢的，三声快的，除非你还有什么莎士比亚敲门暗号。”

“好玩。”

“我去去就来。”他小心翼翼地开门，迅速走了出去。

我伸手去拿阿特奈德带来的书。桌上只有两本，一本是平装版的影印对开本，还有一本是怀德纳版的钱伯斯作品。书信都是我之前留下的，不过多了一封，她把奥菲莉亚写给杰姆的信藏在其中，于是我将它抽了出来。

奥菲莉亚能告诉埃米莉·福尔杰些什么呢？桑德森博士在哪里？要数完七十九本得花多少时间呢？我烦躁不安，又读起信来。

我费力读完霍华德家错综复杂的事，这时有人敲门，吓了我一跳。只是简单的两声敲击，并非本那个复杂的敲法。

“凯特·斯坦利。”一个声音平静地说着，我的心跳到了嗓子眼，是辛克莱探长。

我把信件塞进钱伯斯书中，抱起书，从门那里往回退。

“我知道你在里面。”

我狂乱地朝房间四下张望，角落的门锁上了，唯一能逃出去的地方只有窗户，可是它们都关闭着，我得破窗了。

“听着，斯坦利女士，”辛克莱说，“我知道你不是凶手，可是联邦调查局不这么认为。他们会找到你，然后马上逮捕你，再进行质问。请配合我，另外，我会让你到那个你一直想要寻找线索的地方去。”

“怎么去？”我很警觉，可是意识到这话已经大声说出口。

“现在你跟着我走，我会让你在半小时内就登上前往英国的飞机。”

英国。很有可能，这恰恰是我需要去的地方。我要去斯特拉福德附近的亚登的亨莱。可是，我只有等桑德森博士带着信回来后才能确定。他到底在哪里呢？

“我得确保你能自由，凯特。”

辛克莱在美国没有控制权，他既不能保证自己的诺言，也不能实施威胁。没准这并不全是诡计呢，如果不是，他所要做的肯定是非法的，也是缺乏职业道德的，这是在另一个国家的领土上破坏司法调查。他干吗要这样帮我？他急切地想要什么？“有什么代价？”我问。

“那个该死的杂种，他在我眼皮底下焚烧国家历史文物，”他愤怒地说，“我要逮住他，你帮我，我也会帮你。”

我回头看看角落里的门。桑德森博士去哪里了？本在哪里？“我需要点儿时间。”

“我们时间不多了，联邦调查局这会儿正在新墨西哥州找你。可是一旦他们放弃了，就会得出和我一样的结论，即不管怎样，你一定是靠普雷斯顿夫人的飞机逃出来的。”

“不。”没见到那封信，我哪里都不会去的。

门嘎嘎地响了一会儿，我再次往后退，把书放在窗座上。我拿起桌旁的一把椅子，准备朝窗口扔去。如果有人走进门，我至少试过砸窗了。

“你不能自己逃走，”辛克莱说，“照我看，你和凶手找的是一样的东西，也就是说，他要带给你的危险，比警察的更大。”

“这我知道，谢了。他多少也是这么告诉我的。”

“你和他对话了？”他声音里有些恼怒。

“他确实和我说过话。”

“你认出他了？”

“没有。”

他沉默了一会儿。“你对同行的那个男人了解多少？”

“有足够了解，至少知道他不是凶手，如果你是这个意思的话。”

他更加焦虑了。“还有谁能干下在犹他州那样的事？”

“总之是那个跟踪我们的人。”

“你看到谁了吗？”

我听到角落里桑德森博士方才出去的门咔嗒一声有开锁的声音，并看到门开了，我心里又是害怕，又怀着希望。会是桑德森博士吗？或者是联邦调查局的？我紧紧抓着椅子。

是阿特奈德。她把手指放在嘴唇上，示意我跟着她走。

在另一扇门那里，辛克莱还在继续说话。“是那个能够紧紧尾随你的人，凯特，也许就是你认识的人。”

不会，我想。我才不相信呢。于是，我跟着阿特奈德走出了那扇门。

她把门锁好。我们站在了一间小小的、毫无装饰的办公室里，书桌是空的，电脑是关着的。窗户的玻璃上嵌着镀锌铁丝网。对面的墙上有一扇门微开着。阿特奈德很快穿过那门。

走过去就是桑德森博士的办公室，那里放满了古董。三面墙上挂着穿紧身上衣的男人画像。第四面墙上，窗户几乎像法式门一般高，开启着，正对着一个狭小的温室，里面放满了植物和陶器。中间一扇窗开着。

在外面的大厅里，我听到有人在敲创建人接待室的门。

“该走了。”阿特奈德说。她爬过窗，朝着一扇小门走去，那门就开在温室对面的墙上。我跟随着她。

门开了，我惊愕地站在门厅中，两旁排列着书目卡。在我左手边，人们相互闲聊，觥筹交错，四下走动，我一下子没回过神自己是在哪里。而后，我瞥见了苔藓绿的地毯，认出了此地。

我们这是在阅览室中间的门厅部位，两边分别是新、旧阅览区。我非但没有逃离图书馆，反而是潜入了警卫戒备的中心地带。

人群熙攘令我分心，我之后才意识到发生了什么。会议招待已经开始了。

“走，”阿特奈德低语，“趁着人多。”

“可是，桑德森博士，”我提出异议，“还有那封信。”

“就是他让我来带你走的，”阿特奈德说，“你半小时后会见到他，往西走两个街区，朝西面的景色很好，他说，等你看到了就会明白的。”

“太好了，阿特奈德。我现在只要穿过联邦调查局的夹道戒备走出去。”

“我建议走前门，”她眨眨眼说道，“因为你在后门那里引发了骚动。侍者们都穿着文艺复兴风格的服装，在草地上给客人倒香槟酒。你会在主入口旁看到戏装展示，就在大厅里，你就借一套穿上。”

“可是本——”

“我会告诉他你在哪里，赶紧走了。”

她轻轻地推了我一下，于是我走进了旧阅读区，那里不仅拥挤，简直是塞满了人。

在人群的头上，灯光透过彩色玻璃洒下来。空气中充满了各地口音的英语，还夹杂着些许德语、日语、法语和俄语。房间的某处，有人表演着复调四重唱。我撞到了一个穿着德鲁伊教祭司或是大法师服装的男人，而后继续往前走。

在房间另一头，我听到有人喊我的名字。

阿特奈德迅速超过我，轻快地跑上楼梯，楼梯通往环绕着整个房间的画廊。她倚靠在露台上，摇起了铃铛，铃铛发出尖锐的银铃声。

人群安静下来，仰头看。

“欢迎各位。”她开始说话。

我灵活地穿过人群，朝一个高高的、雕刻花纹的壁炉走去。走过壁炉，我来到了通往大厅的法式门，并迅速走出门。大厅构造和创建人接待室类似，面积是后者的五六倍大，有一个高高的穹顶。一般说来，它是展示厅，是图书馆向公众开放的区域。不过，那一晚，大厅里摆满了餐桌，要进行豪华宴会。我穿过这些摆设，走向礼品店和通往大街的门。

在远处角落里，正如阿特奈德所说的，有一个展示，人体模特们正穿着莎士比亚戏剧的服装。它们并非真正的文艺复兴时期的服装，而是某个好莱坞莎士比亚戏服制造商的产品。牌子上印着“阿特奈德·德维尔·普雷斯顿藏品”。

在正前方，有一个奥利弗[①]的人体模特，穿着哈姆雷特的戏服。我一把将这位丹麦人的黑色斗篷从模特儿的肩上拉下，很快就披在了自己身上。我一头猛冲向大门口。在我左边，沿着长长的主厅下去，是创建人

① 劳伦斯·奥利弗（Laurence Olivier，1907—1989），英国演员和导演，以其对莎士比亚戏剧人物的精彩表演而著称。由于他对于戏剧杰出的贡献，在1947年被授予爵士头衔，并且从1962年至1973年还执掌大不列颠国家剧院。

接待室，那里人声鼎沸。

我紧紧抱着书，向右拐，推开玻璃门，走出去，来到草地上。在那里，穿着十六世纪服装的侍者正托着银托盘，为二十一世纪的客人提供香槟酒。我把奥利弗的斗篷紧紧裹在身上，穿过人群。一群人在人行道上走着，我走过去加入其中，尽快地朝国会大街走去。

27

天气炎热潮湿，黄昏时依然热气逼人，可至少有了一丝微风，然而我外衣下的衣服依然湿湿地粘在皮肤上。

我低着头，耳朵注意听着跟在身后的脚步声。我走过左手边的国会图书馆，又走过右手边的最高法院，没听见后面有什么人跟着。我脱下外衣，抬头看看。眼前一片宽阔的大理石地面，翠绿的草地，几道栅栏，后面就耸立着穹顶的国会大厦。

朝西两个街区，桑德森博士就是这么告诉阿特奈德的。西面有一道亮丽的风景。我绕过国会山南边，沿着铺满水泥卵石的路径，在榆树和枫树下匆匆走着，心里对博士涌起一阵亲切感。我听着微风在树叶间吹拂，发出簌簌的纸张声，感觉这里多少凉快了些。

正如所言，国会山正面向西，是整个华盛顿特区最壮丽的景色之一。白色的华盛顿方尖纪念碑矗立在天际线上，雾霭中落日低悬。一处演奏台上回响着索萨[①]的旋律，欢快地飘过水面。时间长了，我还是喜欢纽约和伦敦的喧闹，在那里，当下的纷乱可以与往昔愉悦地相撞，而不是在后者面前噤若寒蝉。不过我得承认，在夏日宁静的日落时分，“林荫大道”[②]相当美丽。

我迅速打量了一下国会山前的大理石地面。对七月四日[③]周末而言，似乎人少了些，只有一对情人在闲逛，一两个穿着西装的人低着头匆匆

---

① 索萨（John Philip Sousa，1854—1932），美国著名乐队指挥和作曲家，《星条旗永不落》即其名作之一。

② 林荫大道（The Mall），华盛顿特区国会山和华盛顿方尖碑之间的宽阔林荫大道，两旁有众多的历史、科技和美术博物馆等，为华盛顿特区主要景观之一。

③ 美国独立日。

走过。不过时间已晚，不会有旅游团来了，办公室人员也大多回了家；但对大部分的夜间活动而言，时间又还早，而且还太热了。仅有的一些人，都聚在水池对面的乐队边。

然而我到得略早了一些，四下不见桑德森博士的踪影。我转身在两排盆栽棕榈树间走上台阶，抬头看看国会山顶的那幢白色穹顶建筑。走到高处，我立刻转身，再次扫视着眼前这座绿白相间的城市。

在我左下方，在栏杆之外，一阵暗色从覆盖在斜坡上的木兰花丛下升起，花丛上依然悬着一些迟开的花，在浓密幽暗的叶片间宛如明亮的小月亮。下面半坡上，欧洲蕨丛里的一丝动静引起了我的注意。

我朝前一步，再一步。下面远处，暗黑的地面就像深深的洞底，有人四肢伸展着躺在蕨丛下。

“谁？”

没有回答。我赶紧走下台阶，绕过大理石的栏杆，小心翼翼地走上斜坡，来到树丛下的阴影里。这里早已是暗夜一片，我停下脚步，让眼睛适应一下这里的黑暗。地上睡着一个人。我走近几步。那是一个头发花白，系着红色蝴蝶领结的男人。

我一把扔掉外衣冲他跑过去。只见桑德森博士四肢伸开，仰卧在那里，浑身上下被刺了数不清的伤口。他的喉咙被割了一刀，看上去就像是领结上方又有一个嘴巴歪斜地张开着。我听到一阵嗡嗡声，一股微带金属味的血腥气直冲我而来。他身旁已经有苍蝇聚集起来。就在我弯下身子呕吐时，我发现他手里还紧捏着一张皱皱的纸片。我弯下腰去想看个究竟。

一只斗篷罩住了我的脑袋，我被人甩到地上。

书从我手里飞了出去，呼吸也不畅了，我无法发声。紧接着，袭击者就骑在我身上，往我嘴巴里塞东西，把我的胳膊往背后别过去，很快就捆住了我的手腕。一只手往我身体下面摸去，滑向我的两腿间。

我拼上所有的力气，一个翻身把他从我身上摔了下去。我摸索着跪起身，可是他抓住了我，再次把我甩倒在地。我的头撞在地上，眼前一片白光。

我停止了反抗，暗想，我不能昏过去。不能。亮光消失了，我意识还在。我躺在那里一动不动,倾听着。他好像就跨站在我身上。想干什么?我被斗篷罩着，什么也看不见，更糟糕的是，除了他轻微的呼吸声外我什么都听不见。我想，刀出鞘后，就不会有声音了。

他弯下身来想骑到我身上，我拼尽全力弯起膝盖向上一顶。

我听到一声尖厉的痛喊，他从我身上重重地摔了下去。但愿我撞到了他的裤裆，我赶紧往一边翻滚过去，感觉到树叶的摩擦，好像是滚到了树丛下面。

我听见袭击者猛地站起身来，踉跄几步。随后，就是一片沉寂。

我一动不动地躺着，连呼吸都觉着困难。

接着，我听见了脚步声，越来越近。

“凯特！”有人喊我，是本的声音。

我听见一阵凌乱的脚步声，有走过来的，也有往远处去的。

“凯特！”本再次喊道。

我嘴里塞着东西，但还是拼命应答着。一阵沙沙声，有人向我伸出了手。斗篷被掀走了，嘴塞也拿了出来，本走到我跟前，替我解开手上的捆绑，我大口呼吸着，一个踉跄，他赶紧扶住了我。

“下面情况如何？”从上面传来一个深沉的声音，口气很权威。一个黑色的身影高高站在国会山的台阶上，正像我刚才那样朝栏杆这里张望着。

本把我拉回到暗影里。

地面上射过一道手电筒的亮光，扫过桑德森博士的尸体，迅速扫了回来。就在这一刹那，我看见了那一条象牙色的东西。信还在桑德森博士的手里。

“天哪。”那声音说道，接着有沉重的脚步声从台阶上往下传过来。

我一把抓住本，让他和我一起冲到桑德森博士的尸体边。我尽量不去看他脖子上的那条刀口。博士的手已经冰冷，开始僵硬了。我把信从他紧握的手里弄了出来。信裹在了什么硬硬的东西外面。

我转身去捡我的书。本也跪下来帮我捡。我夹藏在钱伯斯那本书里的信件还在，有罗兹的笔记，格兰威尔给恰尔德的信，以及奥菲莉亚给格兰威尔的信等。

本开始说话了，声音很轻，口气很平静。“这是你向警方撇清自己的机会，”他镇定地说，“如果你现在不走的话。”

“我得先读了那封信。”

“那再要回来也许没那么容易了。”

“那封信。”

本一点头，抓住我的胳膊肘，赶在警察走到台阶最下方之前，把我领进了一处更暗的阴影中。我们穿过斜坡，走出木兰花丛，走上围绕国会大厦南边的道路。我们匆匆穿过街道，借着高大的榆树、楞树和橡树的暗影，急速朝独立大道走去。我听见身后警用无线话机咔嚓作响，他们正在请求增援。

不远处，响起了警车的鸣笛声。

本箭步冲过街道，来到雷本办公大楼的联邦雇人入口处，扬手招了一辆出租车，我们迅速开进了国会山周边地区。东拐北转地开出几条街，出了这个地区。下了车，本挽着我的胳膊，开始沿街快步走起来。我试图集中注意力，搞清楚我们到底在朝哪里走，但桑德森博士的脸不断地从我前面的暗影中飘出来，他脖颈上的那条刀口就像在无声地嘶喊着。我一转身，往不知什么人家门前的矮树丛里一阵呕吐，很是难堪。

等我吐完了，本用自己的大衣裹住我，双臂把我搂定。

“死得太惨了。”他说。

“是暗杀，”我啐了一口说道，“他被弄成了到在国会台阶上的恺撒大帝。”

“没错。”

本没有试图解释或故作轻松，更没有对此轻描淡写，为此我很感激他。同样，我也感激他搂着我的肩膀。在渐渐浓重的夜色中，他的在场似乎给了我一道安全防线。我眨着眼，强忍住泪水。我们默默地走了一会儿。“我觉得，”我拼命压抑自己，“我觉得他也是巴西亚努斯。”

“谁？”

“莱维尼娅的情人。他也是让人割了脖子，尸体被扔进树丛下的一个洞穴，然后……然后莱维尼娅就被强暴，被毁容。”[①]

本搂着我的胳膊一紧。“难道他……”

“没有！”可是我两腿间刚才被他的手摸过的地方还在发烫。“我们去哪里？”

“凯特，我在实行一个计划，如果你不愿意去警察局，那你最好按我的计划行事。”

我点点头。我们又走过一个街区，然后向右拐去。往上走了十英尺，本伸出手去，打开了街角一幢房子的铁门。那是一幢安妮女王时期风格的建筑，顶部有尖角阁和塔楼，石柱上缠绕着藤蔓玫瑰，前门廊上还悬着一架秋千。本依然抓着我的胳膊，搀着我走过花园的小径，来到前门边。门虚掩着。我们走了进去，本把门往身后一推，咔嗒一声，门锁上了。

屋子里十分昏暗，大厅里只点着一盏中国花瓶底座的台灯，但是本依然分毫不差地拉着我走过东方风格的地毯，经过一道陡梯，穿过餐厅，来到屋子背面的厨房。

“我想你一定认识这房子的主人？”

“眼下不在家。”本说着把两本书放到厨房桌子上，拧亮了一盏灯。“坐下。”他说，我坐了下来。“我去一下水槽那边。”自从他把我从矮树丛里救出来到现在，这是他第一次对我放手。我盯着他，生怕他就此消失。

本拉开几个抽屉，找了一条干净的毛巾，放进水槽把它弄湿了。

我拼命压住惊恐。“你需要地方，人家就这样走了让出来？门也不锁？”

他转身一笑。“就看你和人家熟到什么程度啦。不过，没那么容易。这可是我在刚才那段时间里绞尽脑汁想出来的。”

我趴在厨房桌边，松开紧握的拳头。一直攥在手心里的那个纸卷滑

---

① 莎士比亚悲剧《泰特斯·安德洛尼克斯》的剧情之一。

落出来，纸卷里的东西啪嗒一声掉在桌面上。那是一枚装饰着精美花朵图案的胸针，就是我衬衣上别着的那枚的原型。我那枚还在吗？我在衣肩上下摸索着。

还在。

桌上那张纸片上的血迹已经变成棕色，它引起了我的注意。那是一封信，日期是一九三二年，可是字迹却是蛛网铜版印刷体，属于更早的时期。签名的是奥菲莉亚。

纸片中央画着着重线的一个句子，顿时跃入我眼帘。

培根小姐说得对，奥菲莉亚这么写道，对之又对。

我脚下的地板似乎在塌陷。如果迪莉娅·培根的话没错，那斯特拉福德的莎士比亚就没有写那些戏。

“哦，天哪。”有人说了一句，我意识到，那是我的声音。

幕　间

一六〇六年五月三日

圣保罗大教堂西侧，一堆坍塌的先知石雕像下，一个女人抬头凝视着两个男人，他们正坐在绞刑架边的看台上。远处，是残破的大教堂尖顶，那是半个世纪前一场雷暴雨的结果。碎裂的尖顶直插清晨的天空。

她在睡衣外罩上一件暗褐色的粗布外套，一条方头巾将浓密的黑发裹得严严实实。她悄悄地跟着那两个人，从莎士比亚家一路走到矗立在山坡上的教堂。街上人群熙熙攘攘，她跟得还算轻松，没出现她担心的情况，尽管她跟踪的人骑在马上，而她却是徒步。

如果她愿意，她本可以找一处看台站上去。看台是匆忙搭造起来的，让有钱或有地位的看客能站在闹嚷嚷的人群之上来观景。不过，她还是选择混迹于那群日工、学徒、逃学的孩童、溜出家门的狗和女仆，还有获准乞讨的人之间，这些人在场地空隙处挤来挤去，踮脚跳着，想尽量把眼前的场景看个清楚。教堂庭院里人满为患，唯一可以站的几处地方都无法看见绞架，不过她并不在乎。她不是来看处决的。她来看那几个看客。准确地说，是两个看客。

她听见背后一阵骚动，接着是一阵阴沉的鼓声。人群中响起一阵嘘声和嘲讽。她左边稍远处的人群向两边分开，三匹马齐头并肩走进场地中央，后面拉着一座柳条架，上面绑着一个男子。

亨利·加尼特神父是英格兰耶稣会的修道院长，正是政府挑出来为火药阴谋顶罪的替罪羊。那个凶险的阴谋，就是企图在去年十一月国王召集新一届议会时，把新登基的国王、王室成员、上下院的议员，以及其他的无辜旁观者统统炸死。要是那计划真成功了，西敏寺恐怕得毁掉大半，可能整个英格兰都得下跪屈服。

女人扫视着看台上的两张脸：一老一少，身披鹅绒锦缎，面露好奇、热切和焦虑。如果那些阴谋家成功点燃偷藏进议会地窖里的火药，这两人一定会在烈焰血光中死得很惨。她还看见了几位法官、枢密院顾问官、朝臣，以及一两个主教。这些人的身边，站满了那些地位不算太高，却有足够的财富来为自己弄到一方尊贵之处的人，律师、商人、地主、牧师之类的，甚至还有作诗的。她注意到，霍华德家族有好多成员都在场，领头的北安普顿伯爵、萨福克伯爵和他的儿子，年轻的瓦尔登的霍华德勋爵站在一起，身边围着一群黄制服的仆人。

神父被人从柳条架上拖了下来，他请求要一处安静的地方来做祷告。但是，一位黑衣官员过来对他严辞斥责，告诉他做个忏悔就够了。神父平静地加以拒绝，说自己没有什么可忏悔的。

她没有专心去听人们的喋喋不休。在她对面，威尔被神父温和的声音镇住了。她只顾注意威尔脸上闪过的忧虑和畏惧神色，根本没注意到人群的叫骂嘲弄声渐渐平息，然后便彻底消失。

这时，她意识到必须看看了。神父站在绞刑架下，配合着刽子手把身上的长袍脱下，只剩下衬衫，衬衫长长的燕尾下摆被缝在了一起，以显示谦恭。他像个言听计从的孩子那样，任人将索套套在自己的脖颈上。可是，当另一位牧师上前来为他念新教祷告辞时，这位耶稣会士坚决地加以拒绝。鼓声和着他的脚步，他一步一步爬上梯子。

爬到顶端，他用拉丁文做了简单的祈祷。鼓声渐紧。此时，那些刚才还嘶喊着要血债血还的人，已然泪流满面。神父双臂交叉抱在胸前。国王来使一点头，鼓声骤停，刽子手一把推开梯子，神父的身体往下坠去。

场地上的人群向前拥去，那女人也被裹挟其中。有的把行刑人往后推，嘴里直喊着："住手！住手！"其他人则悲悯地抓着神父的腿。神父本该被砍断绳索活着放下来的，可是等国王的卫兵甩着鞭子晃着刀剑，挤过人群来到囚犯的身边时，他已经死了。

见屠夫前来开始工作，人群立刻陷入了可怕的安静。女人只觉得鼻腔里袭来了温热浑浊的屠宰场气味，她脑袋一晕，赶紧闭上眼睛，随后又睁开了疲倦的眼皮，强迫自己去完成这一趟使命。

看台上，北安普顿伯爵饶有兴致地观看着剖尸剜心的过程。把加尼特神父送上不归路的指控就是他做的，等眼前这血腥的一幕结束，他还得再做一次，以供公开发表。

此前，加尼特神父承认听说过火药阴谋，但并未采取措施加以阻止。神父坚持说自己无法那么做。伯爵立即对此辩护进行反驳，他坚持认为，整个灾难都是加尼特神父策划的。

伯爵自己很清楚，这一指控是虚构的，但他必须这么说，而且还得说得让人信服，得当着那些在他背后不断窃窃私语、说他既信奉天主教又同情西班牙人的家伙的面，显示自己对国王的忠诚。国人急需满足自己的复仇欲望，为防止民众把怀疑的目光投向霍华德家族或其天主教家族同党，他就另找了个人供他们发泄怒火。

牺牲加尼特神父以拯救其他人。在所有人中，他最明白这一点。

伯爵吸了吸鼻子。他干得漂亮，只可惜眼前这场戏的组织者却没把自己的事干得漂亮。他事先警告过他们，别让神父开口说话。

砧台边的刽子手行动起来了。只见他举起手，把神父的心脏高举过头顶，一道鲜血划着弧线洒向人群。在对面的看台上，一个金发年轻人抬起胳膊挡住脸，一滴闪亮的血溅落在他的衣袖花边上。年轻人脸色煞白。

“各位看看这颗心啊！”刽子手高声喊道，这是让人群发出满足的呼喊的信号。可是无人呼喊。人们看着那年轻人充满恐惧地呆望着衣袖上的血滴，四下里一阵窃窃私语。

伯爵仔细看了看。年轻人身边的那张脸他当然认识，不过他觉得自己也认识那年轻人。肯定是谢尔顿家的人，尽管他不记得那家伙的名字。

不过这么说来，谢尔顿家的人自然就是霍华德家族的一员了。伯爵弯下身子和他的侄孙西奥说了句什么，谢尔顿家族的另一位成员立即从看台下挤过人群，朝他的族兄走去。

与此同时，北安普顿伯爵在一片沉寂中站起身来，他喊道："看看这颗心啊！"他的喊声像一面旗帜，在春天的劲风中噼啪作响。他一脸凝重严峻，目光直射向那位年轻人。

为了补偿自己将加尼特神父推上牺牲台的行为，他私下发誓，一定要为他找个替任。如果他的计谋中要死一位神父，他一定要负责让另一位来继承教职。神父换神父，还有比溅上了烈士之血的这位年轻人更合适的人选吗?

在场地上，深色头发的女人也看见了那滴血溅落在威尔的衣袖上，看见了他脸上掠过的那阵恐惧。看台间又一个金发脑袋在穿行，是威尔的一个族兄弟，一身霍华德家族的黄色衣装。

她开始推开人群朝前移步。但那族兄率先挤到威尔身边，凑在他耳边讲了几句。威尔的脸上闪出一点儿亮色，然后渐渐展开，最后，一阵极度惊喜的神色吞没了刚才的恐惧。他站起身，面对着北安普顿伯爵，冲着他将衣袖展开，迎着北安普顿伯爵凝视的目光，用嘶哑的嗓子呼应道："看看这颗心啊！"

在这一刻，女人明白自己已经失去了他。她停下了脚步。

威尔身边的莎士比亚与她四目相对。

两人都明白，自己失去了他。

女人转向一边，干呕起来。她只觉得突然起了一阵推搡，自己被推得失去了平衡，脚一滑，单膝跪了下去。她背上被人踹了一脚，接着又是一脚，这一脚差一点儿踢到她头上。

两条粗壮的胳膊一把将她拉了起来。"你要是受不了正义的场面，在家里待着好啦。"带苏格兰口音的话语十分温和。

正义的场面！她眼见的一切，只有当前和未来的痛苦和死亡。不过，使她作呕的不是死亡，而是新生命。

她怀孕了。是谁的孩子，她并不清楚。我有两位恋人，让人舒心又让人绝望……

她把头巾拉过来遮住脸，踉跄着走上了街道。

第 三 幕

28

在国会山上的那间厨房里，我仔细端详着桌上展现在我眼前的那一页纸片，再次读着那句话：培根小姐说得对——对之又对。

一时间，我似乎在天花板上麻木地漂浮着。奥菲莉亚认为迪莉娅是对的，这并不能证明后者的确是对的，我这么想着，心头一阵惊恐，一阵激动。

“看看信吧。”本说。

信读起来不太轻松。纸页刚才被捏得皱巴巴的，上面沾着的血迹已经干成了棕色斑点，而且这之前很久，不知道是雨点还是酒滴还是眼泪，滴在一些单词上，把它们消融成了一片空白。

亚登的亨莱

亨利·克莱·福尔杰夫人

福尔杰图书馆

华盛顿特区

美国

1932年5月5日

亲爱的福尔杰夫人，

请原谅一位陌生人的来信，并接受我对您丈夫去世所表示的慰问，同时也接受我的祝贺，祝贺您继承了您丈夫要开办图书馆的意愿。要不是我自己也×（死）[1]期将近，可以省却您回信的烦劳，我是不会贸然给您写信的。

我×××我多年来一直不愿意公开的消息，现在×××我只能将其称为胆怯。尽管公平而论，那是胆怯和关切的混合。保持沉默，是我为自己的平安所选择的道路，不过更重要的是为我女儿的平安。

很久以前，我和一位朋友一起寻找过一件珍品杰作，就像传说中坍塌的特洛伊城墙或米诺斯王宫那样，我们把它称为英国的埃斯库罗斯，我们遗失的索福克勒斯，我们美妙的萨福。最后，经过许久和艰辛的努力，他找到了，但同时，他还找到了其他一些文件，为我们的胜利投下了绚丽的光彩。是一些信件。我本人从未见过这些信，但我知道它们最重要的内容：

培根小姐说得对——对之又对。

可是，我们在寻找这一珍宝的同时，对上帝和人类都犯下了罪行。我的朋友在远离家乡的地方孤独死去，死因不（明），反正应该是被打入地狱最深处的那种。好（几）年以来，我一直对他的死讯半知半解，而他获得的真相则在撕咬着钻进我的心底。

您知道，我并无证据。它在我朋友手里，在他那座未经标示的坟墓中，即使不是证据本身，也是能指明证据下落的线索。

我可能既无培根小姐的勇气也无她的信念。由于没有证据，我只好保持沉默，而不去冒险步她的后尘，不愿意被关进疯人院去，那可是人间地狱，我很清楚，那里的折磨是人们在大白天里不敢想象的。就这样，说句为我自己辩护的话，我另有一种生活要考虑，而她没有。

我还有一位朋友，是哈佛大学的教授，尽管他对我上述说

① “×”代表原文书信上墨渍掩盖之处，下文括号也是此意。

法不以为然，但劝我不要到死都保持沉默。他说，人们的恶行将在（其身后）传扬，而善行则经常随尸骨葬入坟墓。他的话让我震（惊），那些话使我内心充满怜悯和恐惧。于是我当场向他允诺，我要设法扭转那一场厄运，我一定实现自己的诺言。

于（是），我把所找到的一切都送到该送的地方，尽管有些门已经被砖墙堵死，我无法进入。但条条道路通真相。我们c× ×1623 年的詹姆斯一世时期巨著指向其一。莎士比亚指向另一。

我丝毫不幻想您也会愿意走上那条使其他人付出了幸（福）和鲜血代价的路。我给您写信，是因为您有办法维护这一信息，即的确存在着这样一条路，使我们的善行能在我们身后传扬，而恶行则随尸骨葬入坟墓。

您忠实的
奥菲莉亚·费雷尔·格兰威尔

“奥菲莉亚认为迪莉娅是对的，并不能证明后者的确是对的。”这一次我是说出声音来的。

在水槽边，本拧干了毛巾。“她觉得自己掌握了证据，”他说，“或至少她觉得杰姆·格兰威尔掌握着证据。”他走回到我身边，跪下来，用毛巾轻轻地擦拭我的脸。“一两道伤痕，破了几处皮，不太有碍观瞻。凯特·斯坦利，你真是一个硬女人。”

我抓住他的手腕。“我们得找到它。无论格兰威尔找到的是什么，我们得找到它。”

他的脸离我很近。他认真地点点头，猛地站起身，坐到我身边的椅子上。“没错。那我们到底知道点儿什么？”他迅速地通读了一下信件。“奥菲莉亚和杰姆·格兰威尔去寻找《卡德尼奥》，杰姆找到了。也许他还找到了证据，证明此莎士比亚并非彼莎士比亚。杰姆死了，证据消失了，奥菲莉亚开始扮哑巴。后来，她把所有东西都归还原处，但是我们并不知道她开始到底拿到了些什么，也不知道是从哪里拿的。她能归还的，都被埋在她花园里了。也许就在亚登的亨莱。”

“她一定是在那里听到了迪莉娅的诳语，不过，如果她在一九三二年还活着，当时她一定年纪很小，应该还是个孩子。十九世纪五十年代末，一定是那样。大约七十五年以前的事。”

“她在培根的文件中寻找格兰威尔，那是在，嗯，一八八一年？她是否可能拿走了一些文件，打算到时候再还回去，结果却发现那些文件现在都牢牢掌握在图书馆手里？向她紧闭的门是否有可能就是福尔杰图书馆的门？”

我摇摇头。“往文件收藏里添加物品，不会那么困难，就悄悄塞进去好了。危险的是从中取出什么来，至少大多数人会觉得这很难。”本一咧嘴角，做出懊恼的表情，但眼神依然沉思。“无论如何，”我继续说，“福尔杰直到二十世纪六十年代才拿到迪莉娅的文件，或其大部分的文件。不过很可能，奥菲莉亚请求再次看看那些家庭文件，试图把东西放回去，但遭到了拒绝。”

“于是她就拿出了种花的铲子。”

我嗓子里发出一声似笑非笑的嗝音：“让我们在亨莱花园里东挖西挖寻找大丽花[①]。”

“除非我们另找一条通往真相的道路。”

我们 cXX1623 年的詹姆斯一世时期巨著，奥菲莉亚是这么写的。我拿出罗兹塞在金盒子里的书目卡，还有那枚胸针。和我记忆中的一样：罗兹在借用那句话时把 c 后面空白处的字母写全了，那是 circa[②]，然后又把它缩写成 c。我举起纸页凑到灯光前。第一个 c 后面的 i 隐约可见，后面的那个看上去像 r。因此，她的解读从文字编辑的角度看完全有道理，但是，罗兹从来不会让一时兴起的主意来模糊自己的学术观点。现在，我

① 大丽花的英语 blue dahlia，有“无法找到的东西”的意思。
② 拉丁语“大约”的意思。

们至少知道她是从哪里得到那句让人气恼的语句的。但是，为什么是“我们的”？难道奥菲莉亚自己有一部对开本？似乎不太可能。难道她和拥有对开本的某个机构有关系？

莎士比亚通往真相那句话看来更不靠谱。莎士比亚让人弄得可以通往任何地方，看看那些反斯特拉福德派[1]和先锋派导演的所作所为就明白了。

“喝茶。”本说，好像喝茶能解决世界上一切烦恼似的。他站起身，走到炉台边，点上了水壶下的火。他在碗橱里乒乒乓乓翻了一会儿，找出两只大杯子，还有整整一架子的茶包，上面塞着二十来个品种的茶。“美国人，”他板着脸，边说边拉出一只淡橙色的盒子，鼻子一皱，“在喝茶方面简直是个地道的野蛮人。拜托，你可千万别告诉我你想喝什么‘低咖姜桃茶’之类的让人讨厌的东西。”

“‘伯爵’怎么样？”我问。

“绝对好选择。我放心啦，不必把你扔进野蛮部落去了。”他靠在厨台边。“我们来做个逻辑分析吧。奥菲莉亚声称条条道路通真相，接着就提到了詹姆斯一世时期的巨著。一号路，换句话说就是：第一对开本。莎士比亚全集。”

水壶尖叫起来，他沏上了茶。“紧接着，她就告诉我们，或者说告诉福尔杰夫人，莎士比亚‘是另一’。另一什么？可能是另一条路。但是，如果第一对开本指出了一条路，为什么紧接着的一句又提到莎士比亚，即他的戏剧作品集？”他把茶杯递给我，同时又自问自答道，“这两者差不多就是同一样东西。除非，这第二个莎士比亚并不是那部全集。”

“除非这第二个莎士比亚并不是那部全集，而是莎士比亚这个人？”

他点点头，啜了口茶。“就按字面的意思来看吧。莎士比亚指向哪里？”

杯子里茶水的热气升上来，像一层薄纱蒙在我脸上。我奋力透过脑子里可能出现的各种形象，思索着。不是第一对开本中的雕印肖像，那

[1] 指热衷于怀疑甚至否认莎士比亚真实性的人们。

幅肖像没有手；不是康多斯[①]肖像，就是标记为NPG1号的那幅油画，那是英国国家肖像馆的镇馆之宝。那幅油画肖像中最突出的，就是那对机警睿智的眼睛。其他我所能记得的特点，无非是那圈平常的细麻布衣领，还有一只普通的金耳环上的闪光，但肖像中也没有手。其他还有一些似是而非的肖像，人物的发际线退得很后，只能用更为华丽的衣着来加以平衡，如深红色的斜纹缎面外衣，配上银质纽扣或金银丝线的织锦缎。但是，所有这些都是从肩部往上的头像，最多也就是画到肘部。没有任何的指向。

“那雕像呢？”本问道。

我摇摇头。唯一的近代雕像就是斯特拉福德墓地纪念碑上的那座。那天下午我刚看见过那雕像的复制件，放在福尔杰阅览室对面。那张脸圆得像查理·布朗[②]，脸上的表情可以说是开心，也可以说是自鸣得意，就看你怎么想了。他手里拿着笔和空白纸，胳膊肘支在一个肘垫上。准备做什么？看上去他更像是准备做听写记录的书记员，而不是正在等待灵感的天才。

“可至少他是有手的。”本说。

“可那手什么方向也没指啊。”

“非得是当代的雕像吗？”

我往后一靠。刚才我是假设……不过，年代只要正好能让奥菲莉亚看见就行，也许还有杰姆。那时候还有其他什么莎士比亚的雕像吗？我脑子里闪动起一个模糊的、灰白的形象。白色大理石，灰色背景……

“西敏寺。”

一时间，我俩隔着桌子四目相对。“诗人角，”本说，“他指向哪里？”

“一本书，也许吧。或是一个书卷。我也不肯定。”

本放下茶杯。“如果你想去，我可以把你带去伦敦。反正我们去亨莱也得到希斯罗机场去。不过，警察可能也考虑到诗人角了，因此那里会

---

① 康多斯（Chandos，1710—1762），爱尔兰画家。

② 查理·布朗（Charlie Brown），美国1950年到2000年连载漫画《花生》（*Peanuts*）的主人公，他那条著名的小狗就是史努比。

有警戒。”

他神情严肃地朝我倾过身子。“不过，我还是得告诉你，如果你现在就去警察那里，他们也许会很清楚你是个受害者。你可以把自己知道的一切都告诉他们，让他们去追寻那个杀手。可是，如果你一直逃下去，他们没有别的选择，只能怀疑你至少和那个杀手是同伙，也许还是个女杀手。”

我猛地站起身，在房间里来回走动。“而且这杀手已经提前一小时开始行动，还有可能提前了数天。”

“倒也不一定，”本说，“他留下了那封信。”

我停下了思路。“你什么意思？”

“也许那杀手根本不希望让人发现格兰威尔的发现。也许他希望整个搜寻彻底终止。”

我又开始来回走动，脑子里不住地思考着他的话。“很多人都不愿意看见莎士比亚被人从神坛上推下去。”

“先别管剧作者的真伪问题。我们直到看见这封信后才有了这样的疑问。到现在为止，我们一直在追查的是那部戏。”他的声音严肃起来，“谁不希望找到《卡德尼奥》？”

“为什么有人不……”话到一半，我停下了。“那些牛津伯爵家族的人，”我的声音有些刺耳，“阿特奈德。”

日期是不可信的或其他类似的话。这是她早先说的话，她边说边看着绚丽的新詹姆斯王朝风格的阅览室。不过实际上，日期并非不可信。如果我们真的找到了《卡德尼奥》，她的人，那颗秘密隐藏在她城堡深处的珍珠，那位牛津伯爵，就出局了。

迪莉娅可能是对的。但是，在寻找过程中出现的这一转折，对她来说一点儿都不重要。迪莉娅认定培根就是藏在莎士比亚面具背后的那个人。如果杀人是为了保护族人，以证明斯特拉福德的莎士比亚并未做印刷商说是他做的事，那么，有人为保护你的人不受弗朗西斯的影响，因此而杀人，为什么要指责他呢？

不，阿特奈德是有道理的，如果这样的凶残并非不无道理的话。除了我们三个，谁都不知道查寻《卡德尼奥》的事情。我甚至还没有告诉亨利爵士。罗兹知道的，而她死了。玛克欣知道了指向阿特奈德住处的线索，她也死了。

阿特奈德曾告诉我，桑德森博士希望在国会山与我见面，可是这也可能是她设计好的会面，对博士说了同样的话。当辛克莱阻止我的时候，阿特奈德要确保我一定会去国会山。

"桑德森博士警告你别接近她，他说对了。不是因为她是牛津伯爵家族的人，而是因为，不管她是什么，凯特，她都不是个光明正大的人。谁都不会为了一些对史实的突发奇想而在自家墙里挖掘那么多的秘密空间。特别是在那个地方，在离墨西哥边境五十英里的地方。她是在走私毒品还是走私人口？或两者都干？"

我坐了下去。我怎么这么傻？

阿特奈德有道理，但还有一个细节。那只朝我下身摸去的手。"袭击我的是个男人，"我一阵颤抖，"就在这里，还有在怀德纳图书馆。"

"罗兹雇的我。"本说道。

换句话说，是女人雇了男人。不知道为什么，我似乎听见马修的声音。"你的被保护人尚未露面。"韦斯利·诺斯，阿特奈德的人。

"可是他留下了信，"我继续与本的说法针锋相对，"如果他的目标是让我以及所有的人住手，为什么不把信拿走？"

"也许你把他吓走了。"

"也许是你。"

本一耸肩膀。"或者就希望你去发现这封信。"

我略微朝后一仰。"可是你刚才的意思是他想阻止我。他试图杀我。"

"可是他没杀你。"

"你是说他故意没杀成的？"

"如果你想阻止什么人，有其他更容易更能确保成功的办法。比如用无声手枪朝对方脑袋来一枪……抱住对方脖子用力一拧。如果他真的要杀你，我还没跑到你跟前你早就该死了。可是你没死。于是我问自己，为什么没死？这些谋杀行为为何都像在演戏？还有，为什么你逃过了谋杀，而且不止一次，是两次？”他耸耸肩。“很有可能就是 这些谋杀像演戏，因为它们就是一出戏，目的是支配观众……特定的观众。”

“我？”

“阿特奈德也许正希望你做你在做的事情：要你满怀复仇的怒火继续追踪下去。很可能她在跟踪你，而不是跑在你前头。凯特，她也许在你周围为你清扫道路，把你推着向前。”

我皱起眉头。“为什么？她不希望人们发现格兰威尔的发现，这话是你说的。”

“也许更准确的说法是，她不希望此事公之于众。永远不要。可是，要做到这一点的唯一方法就是将证据销毁。要销毁证据，你先得找到证据。你没死，因为她还需要你。”

“找到《卡德尼奥》？如果我找到了呢？”

“那她也许就把你和手稿一起毁掉，还有格兰威尔发现的一切东西。”

我又在厨房里来回走了起来。“我不信，绝不相信。”

本将手伸进外套口袋里，把一样东西放在了桌上，是一帧小小的银质相框。我凑过身去，但还是保持着一点儿距离，好像那东西会咬人似的。

相框中的照片是黑白的，画面线条刻板优雅，典型的埃维登[①]照相风格。一位蜂腰女子站在那里，姿态奇特，是一九五五年前后的模特姿势，就是《罗马假日》和《后窗》的年代。那女子是阿特奈德。年轻、漂亮、雅致。不远处有一个小姑娘抬着头，敬畏地仰视着她。小姑娘的脸上，童年的圆润还在，但一眼就可以看出，她就是年轻的罗莎琳德·霍华德。

尽管如此，最引人注目的还是阿特奈德头上的帽子。那是一顶白色宽边帽，印着大如牡丹的玫瑰花，那浓重的黑色，在黑白胶片上只有一种颜色可以产生这样的效果，那就是红色。深深的猩红色。

---

① 埃维登（Richard Avedon，1923—2004），英国摄影师。

我此前见过那帽子，不过是全彩色的。就在罗兹的尸体边。

我抬起头，呼吸浅而短促。“这照片你哪里找到的？”

“在她的飞机上。”本说。

“你干吗不告诉我？”

“我不能肯定它到底意味着什么。”

很大，罗兹的声音说道。比哈姆雷特还大？是我自己的声音。更大……

你必须紧跟线索，她是这么说的。

这条线索迄今又害死了两个人。“是我的错。”我茫然地说道。一阵罪孽感很快就让我觉得必须忏悔。“是我把阿特奈德引向桑德森博士，又引向玛克欣·汤姆。”

本双手按在我肩头，把我轻轻一摇。“听我说，谁跟踪谁并不重要。那不是你的错。”

听了他的话，我的负罪感变成了气愤。本说得对，我是在追别人还是在被别人追，那并不重要；我的决定不会因此改变。我必须赶在杀手之前追查到路的尽头。“西敏寺。”我用嘶哑的嗓音说道。

“谨记，”本说，“你不能离开我的视线。不能去祈祷，不能去小便。绝不能。”

“好的。”

“你保证。”

“我保证。只管把我带去伦敦。”

他从口袋里又掏出了另一样东西。那是一个小小的本子，深蓝色的，封面上烫金印着一头鹰。是护照。我打开，一眼瞧见我正直愣愣地盯着自己。至少，那张脸是我的。不过头发短了一点儿，颜色深了一点儿，护照持有人是一个男孩的名字：威廉·约翰逊；出生日期：1982年4月23日。

“你得把头发染一下，让我把它剪短一点儿。除非你想自己来剪。”

“为什么是男孩？”

“凯特，发生了可怕的谋杀案。有足够的线索，奇怪的线索，完全可以让人认为那是系列谋杀之一。机场周围的网一定拉得很紧，而且越拉越紧。再说了，莎士比亚的女主角不都个个至少有一次女扮男装吗？”

“你觉得这管用？”

“那你还有更好的主意吗？”

“把染发剂给我吧。”

本在厨房桌上的一只购物袋里翻了一阵，递给我一只瓶子，指给我去浴室的路。我看看镜子里的那头赤褐色头发。染发剂说是可以洗掉的。我走到冲淋头下，暗暗希望那真的是可以洗掉的。

我一头湿漉漉的刚染黑的头发，本很快把它剪短了。等他忙完，我发现镜子里的那张脸，可以说是男孩，也可以说是女孩，很难确定。不过要是我穿着此时唯一的衣着——黑裙子加高跟鞋，要给个确切答案就不那么难了。

本听我一说，笑了。走廊里放着两个长方体带滑轮的包。他递了一个给我。“去欧洲不带行李，那不让人生疑吗，”他说，“再说了，反正你也需要一些其他的物品，虽说不一定是你眼下立刻就需要的。所以，尽量别马虎。”我看拉杆包里有宽松裤、长袖衬衫、宽松夹克、袜子，还有几双鞋。这一套行头与亨利爵士所设想的相比还有些不足，但也差不了多少了。在最后的一刻，我在裙子口袋里找到了马修的名片，把它放进我夹克的口袋里。

我从浴室里走出来。本说：“你现在的样子像变了一个人。常人可谁都看不出端倪了。”他递给我一根长长的项链。“配胸针的。”他说。于是我再次把胸针别到我脖子上的项链上去。不过这一次，我把它藏在衬衫里面。

十分钟后，我们坐上了去杜勒斯机场的出租车。

我们又一次发现早已有我们名字的机票在那里恭候着，又一次印着错误的目的地。不过这一次，我们将错就错。

午夜时分，我们起飞前往法兰克福。

29

这一次我们坐的是经济舱。本说，当你只想成为芸芸众生中的一员，能享受的服务就得差一些了。当飞机在高空稳定后，我伸出手，摸摸放在前排座椅背后袋子里的那部钱伯斯著作。

“十分钟里你已经摸了三次了，”本说，“放心吧，不会丢的。”

“也许它长出腿来，突然就跑了呢，”我反驳说，“什么情况都可能发生。”

没过一会儿，装着餐食饮料的推车过来了，我们只得安坐在位子上，专注于解决塑料餐盘上的晚餐。

“你给我解释一下，”本倾着上身，边吃着烤得不够透的面条边问我，“为什么有人会认为莎士比亚并没有写那些戏？靠的又不是妄想。”他补充了一句。

培根小姐说得对——对之又对。

我啜了一口酒。“尽管我不愿意承认，但阿特奈德是有点儿道理的。写那些戏的人，和史实所说的那个人对不上。斯特拉福德派认为，对不上一说，类似某种光学幻觉，是光阴荏苒磨损了证据，于是他们就编故事，将这位斯特拉福德人与那些剧本联系起来；而反斯特拉福德派则认为，对不上才是事实，那是两个用了相同名字而事实上却完全不同的人：一个是来自斯特拉福德的戏子，他把自己的名字借给了另一个不愿意公开身份的剧作家当面具。这派人不停地编故事，要把戏子和剧作家分个清楚。

“两方都说自己掌握着真相。他们把自己一方的故事称为历史和传记，并把笨蛋、疯子和骗子的头衔往对方头上加，你也听见阿特奈德是怎么说的。他们甚至动用了宗教语言，什么正统异端之类的。”

“他们？”本问道，“难道你像神一样置身其外，看着小孩子们争吵不休？”

“我要真是神，早就有答案了。可事实上，我们谁都不知道是谁写了这些戏。不像我们知道水是一氧化二氢，或人一定会死。”桑德森博士的脸在我记忆中飘过，我觉得嗓子眼里一堵。我用力把堵着嗓子的东西咽下去。“大多数证据指向来自斯特拉福德的戏子，但这一说法的漏洞太大，疑窦重重。在刑法审判中，我很怀疑是否能仅凭‘超越合理怀疑’的标准将这些剧本判定为那个戏子所写。”

我伸手在小桌板下面座椅袋周围来回摸索。“实际上，戏子和剧本的关联全得靠本·琼森，他认识那戏子，还有，那部第一对开本可能就是琼森编辑的。”我抽出那本复印的简装本，翻到印有光头头像的那一页。

“第一对开本指向来自斯特拉福德的人。换句话说，琼森关于作者及其画像的说法，听上去有点儿扭捏，也可能是正话反说。那么，是琼森在扮演‘诚实的本’，还是在做一个说反话的、睿智的本·琼森？你看看那首题献诗，就是那幅怪怪的雕像画前面的那首：

> 读者，请
>
> 不要看他的画像，只看他的书作。”

“就凭那幅可怕的画像，他这么建议很有道理。”

“是的，但整首诗不用做太多的曲解，就可以读成一句狡猾的证言，说那幅像并不真是莎士比亚。再说，作为出版业的大事，第一对开本的出版不说是大肆宣扬，也算是小有动静。琼森一六一六年出版自己的对开本戏剧集时，差不多有三十位著名的诗人和文人写了溢美赞颂的十四行诗。可在莎士比亚一事上，琼森是唯一能写或愿写的。其他的——而且其他也就是三个人——都是三流人物，如果还能把他们算入流的话。”

“那，如果那不是莎士比亚，又是谁呢？”

我无助地举起双手。“问题就在这里。首先，谁最想保密？一位贵族，也许吧，写戏会玷污家族名声。如果是女人，则当然哪一阶层都有可能。还有读者，他们觉得自己在剧本中读出了潜藏的秘密信息，觉得很可能是共济会员，或玫瑰十字兄弟会员，或耶稣会哲人，还有人声称作者就是女王的儿子，没准就是培根。在他们眼里，那面具就是必要的保护措施。

“可问题是，这样一个秘密怎么能守得住？就算那是真的，就算真是其他什么人写了这些戏。本·琼森即使不知道是谁写的，也一定知道不是那戏子写的，国王剧团的大多数人也应该知道。要让这么多人保持沉默可不是一件容易的事，特别是在那个流言满天的时代。”

“这样就能解释琼森为什么会对莎士比亚画像说那句模棱两可的话了。”本说。

“没错，可还是解释不了这样的事实，为什么剧作者在世及去世后很长一段时间里，竟然无人对莎士比亚就是作者一事有争议。反斯派认为那个来自斯特拉福德的家伙不太可能写那些戏，理由充分，很多学院派人士不愿承认。但是，从来没有人能以合理的方式、动机和机会，再指出另一个人选来。”

我一只手抚摸着后脖颈，刚剪短了头发的脑袋还是让我觉得轻了许多，很古怪的感觉。“迪莉娅挑的就是培根。”

“培根挑培根，”本乐了，“举贤不避亲，不是吗？像是反向找裙带关系。”

我一咧嘴。“根本没关系。迪莉娅发了疯似的想证明弗朗西斯爵士写了莎士比亚的戏，但我可以把我的灵魂押在魔鬼面前发誓，不是他。弗朗西斯爵士是一位禀赋优良的人，是詹姆斯一世时期的宫中大律师。他当然具备了很高的教育程度，也有相当的写作才华，是伟大的英语散文作家之一。可他的作品和莎士比亚的一点儿都不像。就好比，唉，我也说不上，就好比非要说一个人竟能同时创作出小威廉·F. 巴克利和斯蒂芬·斯皮尔伯格的作品。他俩一个博闻强识，政治、哲学、百科等，无所不晓，另一个则像史诗中的冒险家，写遍了叙事戏剧的每一种主要样式。”

乘务员来收走了我们的餐盘，我伸展四肢，扭扭身体。“不过迪莉娅真的把马克·吐温说服了。”

“写《哈克贝利·芬历险记》和《汤姆·索亚历险记》的马克·吐温？”本问。

我很享受这样的问题。“他在密西西比河上行船时读了她的书，晚年时写了一本关于这位斯特拉福德人的诙谐反传记，叫《莎士比亚死了吗？》。你什么时间有空到网上去看看。”

“那牛津伯爵呢？是阿特奈德的人？”

“目前他是最受欢迎的候选人。不巧的是，他的第一个主要支持者是一个叫卢尼[①]的人。”

本哼着鼻子笑了一声。

“发音是罗尼，不过那对牛津伯爵派几乎没帮什么忙，虽说他的书还真让弗洛伊德信了。牛津伯爵的有些东西的确很合他的胃口。正如阿特奈德所指出的，《哈姆雷特》与他的生活就有一些很奇怪的合拍之处。”

“准确地说，她指出是你指出了这一点。”本一声坏笑。

“我还指出，合拍并不能证明那些剧本就是自传。从另一方面看，伯爵的确受过优良教育，也有相关的经历，据说他也的确写过戏，尽管都已经失传。不过，他的一些诗留了下来，挺好的诗，其中一些用的是不常见的莎士比亚韵律。最让人感兴趣的，是能在这些作品中发现涉及‘Vere’的地方，或者是‘Ver’，因为伯爵经常用这个拼写。”

“就像Vero nihil verius？”

“没错，但用的是英语。在ever、never、truth三个词上有双关。我最喜欢的是《特洛伊罗斯和克瑞西达》前言的标题：‘A Never Writer to a Never Reader’。让几个字母换一下位置，就成了‘An Ever Writer to an Ever Reader’，再换就成了‘An E. Ver Writer to an E. Ver

① Looney，英语“疯子”的意思。

Reader'。"[1]

"妙。"

"上下文，"我酸酸地说，"看看上下文。你知道莎士比亚用了多少次'ever'吗？差不多有六百次，我查过。另有五百次的'every'。算上'never'，就再加一千上去。再加上翻译成英语的'true'和'truth'，你在莎士比亚戏剧中就有了大约三千个词可供把玩。这么高的词频，拿几个例子出来往其他意思上拧一下，完全不是什么令人惊讶的事。可如果有人真想传达那个意思，而且也喜欢搞些字谜，难道你不认为那意思怎么着也得在三千次中出现个一两次吧？"

"还是很奇妙。"

"如果你喜欢这个说法，那你一定喜欢《十四行诗》里的这句话：'Every word doth almost tell my name[2]。'把'ver'从'every'里拿走，移到句子的最后，'Every word'就成了'Eyword Ver'。再把'y'改成'd'，就成了'Edword Ver'。"

"那不是在玩字母游戏吗？"

"你可能会这么想，但那句诗说了，那意思并非准确。它'almost'（几乎）说出了他的名字。所以，'Eyword Ver'几乎就成了'Edward Vere'……"

"太聪明了。"

"当然，除非你故意忽视同一首十四行诗的辉煌终曲，就是它最后的四个单词。"

"它们是？"

"吾名威尔。"

"你开玩笑吧。"

我摇摇头。

---

① 这三句英语的意思分别是："非作者致非读者""永久作者致永久读者""E. 威尔作者致 E. 威尔读者"。

② 意为"每一个词几乎都说出了我的名字"。

“那牛津伯爵派怎么解释？”

“说‘威尔’是牛津伯爵家族的昵称之一。”

“根据呢？”

“那首十四行诗，主要是它。”

“但那是循环论证。”

“还不如说是旋转着进入迷幻黑洞的论证。倒不是说那些怀疑牛津伯爵的人自己没有旋涡，感伤情绪的旋涡。我得说，我不能接受他的原因之一是，他不是个好人，他既不诚实，又不可信赖，也不善良。当然啦，却是天才，而且脾气坏，甚至残酷，的确是可能的。毕加索、贝多芬等都算不上温柔可爱的。但我还是觉得，能想象出朱丽叶、哈姆雷特、李尔王这些人物的人，总得是心灵高尚的。

“可是牛津伯爵一说的真正缺点是他的死亡时间。阿特奈德可以到死都坚持说时间推定有可能并不准确，但她错了。对单个剧本来说，时间上可能有一两年的出入，但要说莎士比亚的全部作品的时间推定都差了十几年甚至更多？绝无可能。”

“为什么？”

机舱内灯光暗了下来，我拉起毯子盖在身上。我把藏在衬衣下的胸针拿出来，让它在链条上来回晃荡。“再过四百年，如果有人听完摇滚乐的每一首曲子，你觉得会有人把披头士作品的年代错定十年吗？你觉得他们会说，日期推定不准确，便把《爱我吧》中的乐段放到《一起来》的尖酸口吻中，再一挥手放回到五十年代的‘斗佬’[①]去？特别是当他们同时还知道埃尔维斯、巴迪·霍利[②]、费兹·多明诺[③]、滚石、奶油[④]、大门[⑤]以及谁人[⑥]等的时代背景，甚至还知道一点儿五十年代和六十年代人们

① 斗佬(Doo—wop)，是一种流行于20世纪40年代至60年代的重唱形式。
② 巴迪·霍利（Buddy Holly，1936—1959），美国著名摇滚歌星。
③ 费兹·多明诺（Fats Domino，1928— ），美国著名黑人歌手。
④ 奶油（Cream），英国20世纪60年代开始活跃的摇滚乐队。
⑤ 大门（The Doors），1965年在美国洛杉矶成立的摇滚乐队。
⑥ 谁人（The Who），1964年在英国伦敦成立的摇滚乐队。

的心理差异后，还会那么做吗？你觉得他们还会认为披头士是五十年代的乐队？”

“你意思是无知即有福？”

我笑出了声。“我的意思是，大部分反斯人士在文艺复兴文化中找特定的答案，为了一株想象中的树，他们错失了整座森林。”

“那你相信的是什么？”本问道。

我微微一笑。“狄更斯有一次在给朋友的信中这样写道：‘关于莎士比亚我们知之甚少，这真是一件令人宽慰的事情。他是一个美妙的秘密；每一天我都心惊胆战，生怕有什么东西被发现了……’我想我和狄更斯的想法一样。”

“要真有什么东西被发现了呢？你觉得我们会得到真相吗？”

胸针荡来荡去，让人昏昏欲睡。“也许会有一大堆的事实出现。如果真有那样的事实，它们就该出现；我不同意隐藏事实，或逃避事实。但事实与真相不一样，特别当它与想象和内心相关时。我觉得狄更斯不该在坟墓里惴惴不安，担心一两个事实，甚至一两千个事实，担心它们会抹杀那个写出《罗密欧与朱丽叶》《哈姆雷特》和《李尔王》的神秘大脑。”

挂着胸针的链条断开了，胸针落到地上。我俩同时弯下身子去捡，本的脸颊贴到了我的脸上。我不知道为什么，转过脸去吻了他一下。他惊讶得两眼放光，也回吻了我一下。我意识到自己在干什么，赶紧坐直了。

他依然弯着身子，一脸惊讶不解。他的手指慢慢地勾住胸针，也坐直了。

我感觉到一阵热辣爬上胸脯，爬到脸上。“对不起。”

“我可不这么觉得，”说着他把胸针放回我手心里，一脸困惑，“有男孩子来吻我，挺有趣的。对于我，这还是第一次呢。”

我惊恐得睁大眼睛，我全忘了这一茬了。

“可别忘了哦。”他说着微微一笑。

我点点头，暗暗叹息。*挺有趣的*？更糟糕的是，我还答应他不离开他的视线。即使我没把自己绑到他身上，系安全带的灯还亮着呢。我甚至连洗手间都去不了，尽管我能想象自己最想去的地方是行李舱，在那里我可以找个箱子蜷起身子睡进去。

本往后一靠，黑暗中我只能看见他闪光的眼睛。“晚安，教授。”他说完，很快就睡着了。

我小心翼翼地把胸针别到夹克里面，把座椅尽可能放倒下去。没过多久，本伸伸腿，动动身子，他的大腿正好靠在我腿上。很长一段时间里，我在黑暗的机舱里坐着，醒着，听着有节奏的鼾声，感觉到他大腿的温暖。当我开始有些迷糊时，听见罗兹的声音在说：*条条道路通真相*。我很不开心地想，那是奥菲莉亚的话，不是罗兹的。

30

我们在法兰克福经过护照查验，拿到了行李。“把护照给我。”我们走出海关检查口时，本对我说。

我把护照递了过去。“现在怎么办？我们步行吗？”

“先吃饭。”他说着在机场大厅里左右穿行，来到一间明亮的小咖啡店，店里的桌面都是大理石的。他用听起来相当流利的德语要了咖啡和面饼。

“你会说几种语言啊？”我说话的语气里多少带着一点儿嫉妒。

他一耸肩。“最初是英语和西班牙语，过了相当一长段时间我才弄明白它们是两种不同的语言。从那时候起，其他语言似乎自然而然就学会了。就像有些人，一首曲子听一两遍就能弹奏一样。”

“有些人可以敲出《玛丽有只小绵羊》，”我反驳道，“可谁都无法只听一遍就熟悉贝多芬或马勒的交响乐。”

“‘请来两杯咖啡，再要一份苹果馅饼’可能更接近《玛丽有只小绵羊》而不是马勒。不过我想，就语言和地理环境而言，我多少有点儿像有人说的那样，样样熟悉样样不精。”

“怎么会这样？”

“语言还是地理？”

“都是。”

他往后一靠，笑了。我心头一热，想起刚才吻他的事情，赶紧把头转向一边。“首先，是因为父母就说好几种语言，”他说，“母亲说四种语言，她不希望自己的孩子在学习方面落差太大，那是她的话。其次，生活无法固定一处。我们是银行之家，而跳出银行业、法律、医学的唯一办法就是从军。”他耸耸肩膀。“那是看世界的一种方式。”

“那怎么才能跳出从军呢？”

“如果真有办法，我还没有找到呢，”他说着喝完剩余的咖啡，从胸袋里拿出我的护照递还给我，“腐败证据一号。”

我正把护照放回原处，他说：“我要是你，就先看一眼再说。”

护照换过了，我的照片没变，可名字从威廉·约翰逊变成了威廉·特纳，入境戳印也变了。多了几处戳印。显然，特纳整个夏天几乎都在欧洲游荡，而德国入境戳印显示为我在德国已待了一星期了。

“以防华盛顿到伦敦的线路上有人盯着。”他解释说。

“你到底有几本这样的东西？”

“希望这本护照能让你去想去的地方。”

即使华盛顿到伦敦一线有人盯着，但法兰克福到伦敦一线上没有，至少没有人盯着威廉·特纳。大约下午三点，我们到达希斯罗机场。本消失在“英国及欧洲经济区护照持有者”的队列里，我在“其他护照持有者”队伍里不耐烦地磨蹭了一会儿，一位裹着锡克头巾、心情不错的男子一挥手，我进入了英国。本已经拿好了我们的行李。推着车走过海关时，谁都没朝我们看一眼。机场外，亨利爵士的宾利已经在等着我们了。

“我的天哪，”亨利爵士仔细一看后恍然大悟，“凯特，你做男孩还真漂亮！”我钻进车，坐到他身边。

“威廉，”我颇有点儿骄傲地说，“威廉·特纳。”

“那，特纳先生，我们去哪里？”

“西敏寺。”本边说边跟着钻进车来在我后面坐下。驾驶座上的巴恩斯点点头。

“你一定是那位有用先生了，”亨利爵士对本说，“我肯定，凯特一定是在奋力弄明白，到底有些什么用处。”

车离开街沿，我皱着眉头把本介绍给亨利爵士。亨利按了一个按钮，把驾驶座与后排座位隔开的那层玻璃升了起来，然后便转向我。“我已经查明杀害罗兹的是哪种毒药。”

我浑身一冷。

“是钾。就是那神秘的小瓶中凶恶的草汁。注射进她的颈部。很容易到手，很容易使用，很快就致命，而其踪迹则基本上无可查寻。”

“那你是怎么查到的？”本问。

“不是我查到的，”亨利爵士说，“是‘刻板探长’干的。原来他的机灵和刻板不相上下，我都怀疑他是部机器，好在他的手下还有常人之情。我所知道的情况是这样的：人死后，身体里的细胞都会释放出钾，因此，尸体中有适量的钾存在是很自然的现象。可事实上，钾不仅是死亡的症状之一，它也是死因。健康的心脏其实是在走钢丝：钾太少会导致心脏骤停，太多也导致同样的问题。因此，把钾溶液注射进颈动脉，就可能产生类似哈姆雷特的毒药的作用。”他的声音变得低沉了，“那可恶的液汁对人的血液怀有如此敌意，像水银一样……穿行于全身，并突然发力……使稀薄的健康血液凝固起来。”

很有道理。玛克欣和桑德森博士死得也很快，而且也没有挣扎的迹象，女的不像是淹死的，男的也不像是被人在光天化日下刺死的。这么一想就能说明问题了：当时他们已经死了，或已濒临死亡，因为他们的角色是……该怎么说来着？选定的？套了戏装的？安排好的？我心头一阵愤怒。“杀手并未在罗兹之后罢手。”

“我这里的情况就这么多，”亨利爵士说，“对不起。如果你能撑得住，我很想听听你所知道的情况。”

四下里，伦敦的景色越来越浓，我把最近的进展都告诉了亨利爵士，一封接一封的信，一件接一件的死亡事件，一直到桑德森博士之死。

“恺撒之死。”他低声说。

“这是他手里拿着的东西。”我把奥菲莉亚写给福尔杰夫人的信递给他，看着他读着，他脸上刻满了深深的不悦。

“培根小姐是对的？”他抬起眼睛，一脸冷淡的怀疑，“对之又对？”

“奥菲莉亚是这么认为的。”

“浑之又浑，”他反驳道，“你不是在告诉我说你把她的话当真了吧？”

“三个人死了，而我也两次遭遇袭击。我真的当真了。”

亨利爵士立刻面露懊悔。“当然啦，没错，请原谅我。”

“她把这个和那封信一起给了福尔杰夫人。”我把桑德森博士临死时捏在手里的那枚胸针递给他。

他眉头一皱。“就像罗兹给你的那枚，不是吗？”

我点点头。“这是原件。她一定是在福尔杰的礼品店里买了一件仿制品，也许是想用它引出那封信来。我们知道她看见了那封信，她那句‘詹姆斯一世时期的巨著’似乎就是从那信里来的。”

他仔细看看胸针，又把它翻过来，把眼镜往额头上一推，把胸针凑得更近了一些。“这是你在桑德森博士手里发现的？”

我点点头。

“我可以看看罗兹给你的那枚吗？”

那枚珠宝因一直贴着我心口而十分温暖。我有几分不情愿地解开夹克，取下了胸针。亨利爵士把原件还给我，同样仔细地打量起仿制品来。

“没错，我想我记得这些。”过了一会儿，他这么说道。他放下胸针看着我。“要么是你弄混了，要么是我们的罗兹拿走了本不属于她的东西。看。”他指着背后露出黄金的地方刻印着的几个细小的印记。“纯度印记。在英国，这种分量的黄金饰品一定要打上纯度印记。其中之一是三束谷物，很可爱，是切斯特化验室的小小记号。可是那个化验室很久以前就关门了，我认为是在你出生之前。就像你第一次打开小包时我对你说的那样，这件首饰很可能是维多利亚时期的东西。”他把胸针递还给我。“不是伪维多利亚，也不是新维多利亚，你听着，它就是维多利亚时期的东西。”他一嗤鼻子。“另一个是现代玩意。根本没有纯度印记，所以它要么不是英国货，要么就不是金的。很可能两者都不是。”

我怔怔地看着两枚胸针，罗兹那枚拿在左手里，桑德森博士的那枚拿在右手。

“可她干吗要拿它？”

“她一向声称自己生活在规则之外，偷东西的事情好像不太像教授做的，是吗？我们再看看那封信吧。”

我们三个在后排座上一起弯腰看起了信。信的语气从本质上说和奥菲莉亚很早前写给杰姆的一样，尽管少了些急促，好像那种轻率多少已从她的性格中消退了一些。对上帝和人类都犯下了罪行。发生了什么事情?

> 我把所找到的一切都送到该送的地方，尽管有些门已经被砖墙堵死，我无法进入。但条条道路通真相。我们 c××1623 年的詹姆斯一世时期巨著，指向其一。莎士比亚指向另一。

“哦，”亨利爵士说，“所以来西敏寺？”

我点点头。

“你自己倒也机灵得很嘛。”

“我真要那么机灵，我们就直接带着铁锨去奥菲莉亚的花园了。我有没有告诉你她就住在亚登的亨莱，就在斯特拉福德附近？她父亲经营一家疯人院，收容了迪莉娅 · 培根。”

“奥菲莉亚。”他说，脸上闪现出惊讶的神色。

“我知道。治疗疯病的医生给自己的女儿取名奥菲莉亚，你一定会觉得像是神奇的命运。可我们在想，这是否在暗指亨莱的花园，是否那花园还存在。”

“可你正抓着那花园呢。”亨利爵士说。

“抓着什么？”

“她的花园啊。”他说着指指我的左手。

我低头端详着罗兹那枚胸针上的花，在椭圆的深暗如半夜的背景上，有几朵精致的白、黄、紫色的花。这是迷迭香，用来记忆。那是三色紫罗兰，用来做思考。茴香草和楼斗菜。芸香，雏菊，还有干枯了的紫罗兰。奥菲莉亚的花。

突然间，胸针在我手里变得滚烫起来。

亨利爵士轻轻地从我手中拿起胸针。他把胸针翻了个面，另一只手从口袋里摸出一把小刀，打开。接着，他用刀刃轻柔地在首饰背面的几处接缝上探索着。“咔嗒”一声，胸针像纪念盒一样，整个后盖都打开了。

我在其中看见一道火的光亮。在胸针里面，藏着一幅精美的微型肖像，一位年轻男子。

“希利亚德。”亨利爵士带着几分敬畏轻声说。

英国文艺复兴时期绘画界的尼古拉·希利亚德，地位可与英国文艺复兴时期戏剧界的莎士比亚比肩。画家笔下的年轻人呈坐姿，身穿便衣，宽松的细布衬衫敞开着前襟，衣领上镶着花边。年轻人一头黑发短而浓密，下巴上三缕胡须梳得十分干净，耳垂上闪烁着一枚红宝石十字架。他的眼神里透着智慧和敏感，眉毛高高挑起，好像他刚说完一个大笑话，不知道对方是否有足够智慧听懂其中的奥妙。背景上，团团火焰似乎正烧得噼噼作响。

“是谁？”我吸了口气。

亨利爵士指着火焰左边围着的一圈暗色的字迹：但你永久的夏日将不会消退。“你知道这行文字吗？”他声音有些沙哑。

我点点头。那是莎士比亚最著名的十四行诗：

> 是否要我将你比作夏日？你可是更娇艳也更温柔。

车里回荡起亨利爵士动听的声音：

> 但你永久的夏日将不会消退，
> 也不会将你拥有的美貌失去。
> 死神亦无法将你收进它阴影，
> 只要你在永恒的诗行里生存。

然后他轻轻一顿，用几乎是音乐的语音念出了最后两行：

只要人还能呼吸，眼还看得见，
这首诗就活着，将生命赋予你。

“这么说，你认为这人是莎士比亚？”本问道。

亨利爵士摇摇头。“不，是威廉，但不是莎士比亚。”他扬起头来，似乎在倾听着远处传来的什么美妙乐曲，然后又念起了另一首十四行诗中的句子：

无论谁得到她的意愿，就有了威尔，
而且还有威尔，太多的威尔。

“那是莎士比亚对情人说的，说她老是玩劈腿……你看，他推进她怀里的那个年轻人，似乎是另一个威尔，”他说着叹了口气，“因此，不是莎士比亚，是莎士比亚的情人。”

“两情人之一。”本说。

亨利爵士对他投去责备的一瞥。“要猜的话，那我们眼前看见的就是莎士比亚十四行诗中的美貌青年，身陷于爱的金色火焰之中。”

“但是哪一种爱？”我指着右边那道弧形的字迹问道。

Ad Maioren Dei Gloriam，意思是：为上帝更伟大的荣耀。

我仔细看去。那年轻人手里拿着的小饰物，上面的漆彩与画面其他地方的漆彩并不吻合，好像是后来修改过的。不管他原来拿着的是什么，现在他手里的是一个受难十字架，在伊丽莎白或詹姆斯一世时期，那可是禁物。英国国教允许用的是无装饰的十字架，而受难十字架上有受难耶稣的形象，那是罗马的象征，是天主教的象征。

希利亚德是一位坚定的新教教徒，靠取悦朝廷谋生，当然会画这幅宣示冰火肉欲的画，可是，后人随便用画笔寥寥几下，就使画中激情完全变了样：殉难者的激情。但是，这殉难激情是真实有的，还是希望中的？

“恐怕您不能在这里停车。”有个声音说。我一挺身子，把盒盖盖上。

车缓慢地动了起来，有人摇下了车窗。出现在车窗框里的是一个中年男子的脸，头发灰白，架着一副厚厚的眼镜，身穿教堂执事的红色外套。他身后那大教堂的白色石头花纹进入我的眼帘。“你们不能在这里停车，”他再次说着，但立刻住了口，“啊，亨利爵士。我不知道是您。阁下，再次见到您真太好了。”

接着，亨利爵士编了个理由，说是要为圣公会晚祷仪式增色，介绍两位年轻朋友，便不顾有明确规定不能在那里停车，就把宾利停在了大教堂正门前。我把胸针往夹克口袋里一塞，我们钻出了车。

执事把一小群游客推到一边。“恐怕晚祷已经开始了。”他说。

“我们会像教堂老鼠一样安静的。”亨利爵士向他保证。

“进去就出来，”本指引着路，我们匆忙地朝西端外墙走去，“会尽可能抓紧时间的。”

教堂里，一道灰绿色的光线透过西墙彩绘玻璃上的先知像，淡淡地射进室内。前方，一个孤单的男孩将天籁般的高音直送穹顶：*我的灵魂为上帝增添荣耀*……接着，深沉的男声伴唱加入进来，在童音周围缭绕，形成了典型的伊丽莎白复调，也许是威廉·伯德的，或托马斯·塔利斯的。

亨利爵士快步穿过空空的中庭，朝沐浴在温暖金色中的合唱台走去。我赶紧加快脚步跟了上去。通过一道高耸的镶着花饰的石拱时，我瞥了一眼合唱队和全体教徒，但亨利爵士却掉头朝右边走去，走到一根粗大的柱子后，走上了一条灯光黯淡的边廊。本和我跟随其后。空间又开阔起来，亨利爵士停下脚步，用手一指。我们来到了教堂十字翼的南端——诗人角。

径直看去，莎士比亚雕像就安放在新古典主义风格的人字墙下的一处高台上，白色大理石的等身雕像，显得并无拘束。雕像周围的墙上安放着其他诗人的雕像，就像一群神情严肃的小天使，可是这位剧作家要么是没注意到他们，要么就是不屑一顾。他永远一脸冷漠，身体朝一叠书微微前倾，左胳膊横搁在胸前，食指指着一个书卷。

我踮起脚尖去看上面刻着的字。是普罗斯佩罗的台词，就是《暴风雨》

中那位魔法师在与自己的法术告别时说的话：

云遮雾绕的塔楼，
多彩绚烂的宫阙，
庄严耸立的圣殿，
那伟大的环球本身——
是啊，它所继承的一切
都将消散，
像了无根据的幻境
身后不留下一丝痕迹。

“他手指着‘圣殿’一词，”本说，“你觉得那另有含义吗？”

我眼珠一翻，亨利爵士哼了一声。“天哪，别再来什么圣殿了，也别再来什么圣殿骑士了。”

“可怜的家伙，他没在这里。”身后响起一个悲伤的声音，把我们三人吓得一跳。“葬在别处了，你们知道的。斯特拉福德留下了他，斯特拉福德会保留他。尽管按规定，他应该在这里，凡是国之珍宝一类的都该葬在这里。”

我转身看见又一位身穿红色外套的教堂执事。他头顶上有几根头发倔强地立在那里，额头上深深的皱纹在眉毛上方形成了个大大的 M；两只突出的耳朵活像茶壶的手柄。他双手背在身后，正充满敬意地看着莎士比亚雕像。“可是你们在这里，”他说着把目光移下来，盯着我们，“尽管按规定，你们不应该在这里。晚祷，”他多此一举地补充道，“在合唱台那里。请多多原谅。”

亨利爵士没理会那人指着教众聚集处的手势。“莎士比亚为什么指着圣殿？”

“现在他指着吗？”执事的眉毛皱到了一起，“他并不总是这样的。”

“你是说这东西会动？”亨利爵士问道。

“先生，他哪里会动啊，”执事说，“他死了。尽管正如我所说，他并非死在这里。如琼森说的，‘一座没有坟墓的纪念碑’。正巧我本人就写诗，要不要听我念上一两句？”

“好吧。”本拉着长长的脸回应道。

“肯定不好。”亨利爵士说，可那人已经开始了：

> 莎士比亚死了，世界哭了：
> 啊，威尔，你为何要离开我们？

“那纪念碑。”亨利不依不饶地从牙缝里挤出问题。

“我正要说到那东西呢，”执事说，“啊，大理石的坟墓！啊，泥做的子宫！”

“那东西会动吗？”亨利爵士问。

执事惊惶地停了下来。“先生，什么会动啊？”

“雕像。”

“先生，我说过了，那是大理石的。它为什么会动？”

“你说它会动的。”

他一皱眉头。“我干吗要这么说？”

“别管干吗了，”亨利爵士打断了他，“就告诉我，咱们的朋友莎士比亚真要动的话，他指着的除圣殿外还有什么？”

“可先生，他不动啊。也许另一尊雕像会动。不是还有圣殿教堂吗？还有内殿、中殿，”他掰着指头一个个数着，“当然啦，还有圣殿酒吧，不过那地方已经搬到帕特诺斯特广场去了。还有共济会圣殿……”

我打断了他的话：“什么另一尊雕像？”

他皱皱眉头。“就是那唯一的另一尊啊，放在无能者之厅里的那尊。”

“什么地方？”亨利爵士简直要晕过去了。

执事清了清嗓子，语气庄重地念道：“献给最著名的无能两兄弟：彭布罗克伯爵威廉与蒙哥马利伯爵菲利普。”他冲我们眨眨眼睛，神情中带着仁慈的喜悦，“就是那对亵渎了莎士比亚先生第一对开本最初几页的兄弟啊。彭布罗克伯爵——当然是那个伯爵的后代啦——让人仿照着塑了一座雕像放在自己家里。”

在我们身后，合唱队唱起了《离别颂》：“主啊，请您指引您的仆人平安离开。”

亨利爵士捧住执事的脸，给了他一个吻，执事吓得不知所措。

“‘无与伦比者’，你这个了不起的大傻瓜[①]，”亨利爵士叫出声来，“是‘无与伦比者两兄弟’，而不是无能的。”那边教众中不少人都朝这个方向转过头来。亨利爵士没顾上理会这个，他差不多要围着执事跳舞了。“而且，他们是装点，亲爱的，他们肯定不是在亵渎[②]。”

亨利爵士终于放开了执事，拉上本和我回到走廊。“彭布罗克伯爵雕像指着哪里？”他边走边回头大声问。

执事在雕像的阴影下，脸色绯红起来。“先生，我不知道。我从没见过那雕像。”他从口袋里掏出一张折着的纸片。“我真的写了一首自己的诗……”

但亨利爵士并没有停下来听他念诗。我们返身跑过中庭时，音乐声再次响起，在我们周边萦绕。我们走出教堂建筑，沿着外面的一条步道迅速朝汽车走去。

“巴恩斯，去威尔顿庄园，”亨利爵士下达了指令，“历代彭布罗克伯爵的住所。”

“这也太容易了。”车启动的时候本说道。

“那你希望有什么？”亨利爵士埋怨道，“唐宁街或白金汉宫周围的警卫？”

“诗人角明显就是个目标，怎么说也该有警察出现的。”

“可并没有，”亨利爵士说，“算你走运吧。也许刻板探长认为杀手只

① “无能的”是 incompetent，“无与伦比者”是 incomparable，教堂执事弄错了。

② “装点”是 decorate，“亵渎”是 descrate，教堂执事又弄错了。

对书感兴趣。也许他认为既然莎士比亚不在自家地方，如我们的朋友刚才所说的那样，那这教堂就没什么价值了。也许牧师刚才就这么说的。”

“也许他们就在那里，这样我们就有伴了。”本说。

我转身向后看去。大教堂的两个尖塔依然看得见，刚好还能见着。“你看见什么啦？”

“还没呢。”他回答道。

31

我们穿过伦敦拥挤的交通，向西南方向小小的教堂之城索兹伯里进发，而本依然没看见什么值得怀疑的东西。我打开了自己的那本第一对开本。刚翻过莎士比亚像那一页，就是题献了：

献给最著名

及

无与伦比者两位

兄弟

“无与伦比者。”亨利爵士意味深长地念着。

“你这样念，好像他俩都是超级英雄似的。”我说。

彭布罗克伯爵威廉·赫伯特和他的弟弟蒙哥马利伯爵菲利普，本总是将两人简称为“威尔和菲尔”，他们是詹姆斯一世时期英格兰的两位朝廷权贵。他们的父亲来自都铎朝新贵中最成功的家族。当时该家族的发达还不过是两代之前的事，亨利三世国王喜欢上了他们的祖父，威廉·赫伯特。威廉是一个脾气火爆、头脑发热的威尔士人，娶了亨利国王第六任也是最后一任王后凯瑟琳·帕尔的妹妹。他从血腥谋杀、流放法国到国王赦免，再接着先后获封骑士、男爵，最后到伯爵。一路大步走来，第一任伯爵迅速爬升到这样的高位，耗时之短，不免让人觉得这升迁易如反掌。

在母系这一边，他们继承的是可称之为“语言权贵”的东西。彭布罗克伯爵夫人玛丽·西德尼是一位文学与知识的大资助人，她本人也是一位不错的诗人。她的哥哥，也就是那两位“无与伦比”者的舅舅，就是诗人战士菲利普·西德尼，他那英勇智慧和理想主义，以及在战场上过早夭折，如闪亮的流星陨落，飞过伊丽莎白女王朝廷的天穹。他死后，伯爵夫人就自称是其兄长那簇诗情火焰的守护人。

她的两个儿子熏陶于家族传统，又坐拥常人无可想象的财富，自然长成教养极好、品位极高之人。国王视其为内行专家，两人先后任宫务大臣达二十六年，总管詹姆斯王和查理一世王的内室。

他们谙熟的艺术之一就是戏剧。第一对开本上就是这么写的：

> 大人不弃此区区之物，对两人恩惠有加，而其作者尚且在世……吾等已将两人收送孤儿院，以抚慰死者；吾等无意谋求私利功名，唯望借此铭记此贵友同道，即莎士比亚，遂奉上其戏本，望大人荫蔽。

信由莎士比亚在国王剧团里的戏伴约翰·赫明斯和亨利·康德尔签署。

“看见了吧，”亨利爵士说，“那些剧本是莎士比亚写的。赫明斯和康德尔知道这一点，彭布罗克和蒙哥马利两位伯爵也知道。”

我不怀好意地咧嘴一笑。“除非你相信这一整部对开本里永久保存着一桩长久以来被遮盖着的阴谋。”

“你并不相信，你明白自己的想法。另外，我也明白。”

我叹了一口气。这一假说的主要问题是，真那样的话，那阴谋也未免太大了点儿。赫明斯和康德尔是在信上签了名，可信的行文在随意中透着学识，更有花哨的修辞手法，与本·琼森的风格十分相似，而许多学者也认为信实际上是琼森写的，谁在上面签名并不重要。那么，如果这真牵涉什么阴谋，不仅赫明斯和康德尔，连国王剧团里所有的人都知道真相，琼森也知道，至少还有牵涉其中的两位贵族，可居然没有一个人透露点滴风声。

“是的，”我说，“你说得对。我不相信。”我已不知道该信什么了。我从口袋里掏出胸针，在车里想着暗盒里的那位金发男子。车在英国夏日悠长的黄昏里行驶着，湛蓝的天色令人难以察觉地渐渐变深，田野和树丛的翠色也变成了珠宝的浓绿。我们驶过一片草场的上方，驶过矗立在右手边的巨石阵。不多一会儿，我们向南一转离开大路，开上一条夹在两排灌木篱墙间的田间狭路。

威尔顿庄园依然是彭布罗克伯爵家族的私家住所，它是进入威尔顿村的必经之地，该村位于索兹伯里以西数英里处。首先映入我眼帘的是一堵高高的、青苔覆盖的石墙。凯旋拱顶上，骑在战马背上的罗马皇帝以仁慈的目光俯瞰着我们，可是挡在我们面前的那道铸铁大门依然紧闭着。一处指示牌上写着：音乐会参加者的车可去宅院对面的停车场停放。指示牌的下方还有地图标示。

音乐会？我们看见前院远端有灯光，但不见人影。

亨利爵士不理睬那指示牌，也不管庭院空空，径直让巴恩斯把车开到大门边的按键前，拉下车窗，按下“通报”键。“亨利 · 李爵士来访，”他语气凌然地通报着，“来贵宅参观。”

他在打什么主意？都快晚上八点了。

对讲机没有声响。

亨利爵士正要伸手再次按下按键，大门“砰”地动了起来，嘎吱嘎吱，颇不情愿地打开了。宾利车慢慢向前开去，车轮碾压在铺着花岗石的路面上，我们穿过中心花园，花园四周的小树枝叶缠绕，密不透风，能看见的只有喷泉水柱。花园的另一端，一扇巨大的门开着，一位小个子女士带着一脸焦虑的神情走了出来。

“欢迎前来威尔顿庄园，彭布罗克伯爵之家。亨利爵士，很荣幸见到您，”她说着伸出手来，“奎格利太太，主管导游玛乔丽 · 奎格利。我不知道您也在今晚参观者的名单上。不过您来的确很合理，不是吗？莎士比亚音乐，还有其他的一切。不过您恐怕来早了，”她说，我们一个个从车里钻出身来，“您瞧，室内参观按计划是在音乐会结束之后才开始，而音乐会就在我们说话这会儿才刚开始。”

“啊，我两者都特别想参加，”亨利爵士叹了口气，“可是，我的这几位年轻朋友，音乐会一结束就得离开。”

“太可惜了！”奎格利太太说着朝我们转过身来。“烛光下的宅院可美了。”

“也许……”亨利爵士谨慎地咳了一声。“如果我们就简单在屋子里四处看看，会不会太麻烦你们了？”

“那你们就错过音乐会了，”她口气里十分失望，“那可是伯恩茅斯交响乐队的‘莎士比亚音乐之夜’啊。”

“我宁愿错过音乐会也不愿错过室内参观。”亨利爵士说。

“那是当然啦，”奎格利太太说，“当然啦，各位请来吧。”趁她还没改变主意，我们赶紧挤进门去。

在有回声的进门厅里，莎士比亚雕像站在那里，就像站在了哥特式拱形窗的画框内，傍晚初起时天空的蓝灰色就是它的背光。和西敏寺的那座雕像一样，他随意地靠在支起的胳膊肘上，注视着眼前的一堆书本。不过在这里，他并不是缩在拱廊之下，而是自由地站在屋子中央，所以看上去更大了些，神情也更悠闲。搭在肩膀上的斗篷似乎被一阵看不见的风吹起了皱褶，而披着斗篷的人则目光前视，似乎在沉思中构思着什么新的小作品。不会是一部完整的戏剧那种精妙而费事的东西，可能只是一首十四行诗，或一首歌，有韵的那种。

“挺漂亮的，不是吗？”奎格利太太带着几分自豪，“是西敏寺那座的复制品，一七四三年的。”

可是这并不是完全一样的复制品。正如西敏寺的那位执事所说，书卷上的字不一样：

> 生命不过是一具行走的影子，
> 一个可怜的戏子，
> 他迈着焦躁的脚步走过时间，
> 就在这戏台之上，
> 然后，便了无踪迹！

“我侄女告诉我，演员都认为《麦克白》是一出倒霉的戏，”奎格利太太说，“可是我肯定，彭布罗克家族的人从没觉得倒霉过。这句台词自莎士比亚时代起，就是这座宅院的一部分。你知道，他是来过的。”

我脖子后的毛发一竖。

“可是这雕像是他死后一百多年的东西啊。”亨利爵士立刻质疑。

“没错，是这样。但在这座雕像之前，同样的那句台词是装饰在房子的老入口处的。”

亨利爵士猛地转身去看我们刚进来的那座门。

“不是那座门，”奎格利太太说话时显然乐了，“进入大宅的整个通道在十九世纪时经过了改造。”她说着从雕像边走过，穿过门，走上环绕于建筑内部的回廊，然后指指下面的一处庭院。威尔顿庄园像怀德纳图书馆一样，是一座中空的方形建筑，围绕着一个庭院。刚才我们看上去是从一楼进入的，但现在看得很清楚，在建筑的其他任何一边，我们都是在二楼上，好像大宅是依坡而建的。

左下方是一处有拱顶的门廊。奎格利太太告诉我们，在莎士比亚时代，那是一处敞开的拱门，通向庭院。马车穿过拱门直达正式入口处，放下货物或女士，和偶尔来演出的戏班，正式入口当时就在庭院内。如她所言，那是座漂亮的柱廊，装饰着兽首滴水，差不多就在我们现在站着的正下方。

莎士比亚曾走过这拱门，我暗想。他曾站在下面庭院的石块上，仰天凝望：下雨还是晴天？他在这里的某个角落酒足饭饱，和某个有着棕色眼睛的姑娘交换了暧昧的眼神，匆匆几笔，写张字条，采朵花，往水潭里撒尿，甩几把骰子，就地睡下，或许还做个梦。观众在看着他的戏，而他也用导演那无情的锐利眼光观察着观众，享受着他们的焦躁不安，他们充满爱意的悄然一瞥，他们的眼泪和喘息，最重要的，是他们的笑声。这种只有亲临现场才能体会的惊颤，无论是阿特奈德，还是福尔杰，还是环球剧院信托基金，无论他们用尽技巧耗尽钱财，永远都无法创造出来。他到过这里。

“人们通常把那小门廊称作莎士比亚庄园，”奎格利太太沉思着说道，“家族传说中提到国王剧团曾把它作为戏台。不过现在大多数人都把它叫作荷尔拜因门廊。”

“它还存在着？”亨利爵士说话的声音中透着一种热切。

“噢，是的。我想，是因为幸运，也因为有人一往情深。这幢房子十九世纪初重新装修时，门廊给拆了，造门廊的石块也差不多可以说被人全抛散掉了。不过有一个固执的泥瓦匠，一生都在大宅上干活，他不愿意看到门廊就此消失，就一车一车地把散落的石块搬到花园里，把门廊重新造了起来。从此它就一直在那里，就在伯爵私人花园的最顶端。不过，恐怕上面的文字已经完全消失了。”

奎格利太太不愿意让我们失望，回身走进门厅，在一幅骑士的全身画像前停住。“既然几位感兴趣的是莎士比亚，那一定也会对这第四代伯爵感兴趣，他就是第一对开本上两位无与伦比者兄弟之一。”这位伯爵一头淡色及肩长发，脸上露着讥讽的笑容，一身茶色锦缎服装，是典型的低调奢华风格，不过还是透露些许对花边的喜好。“是弟弟，”奎格利太太补充道，“叫菲利普·赫伯特。画这幅画时，他是第一代蒙哥马利伯爵。他娶了牛津伯爵的一个女儿。”

Vero nihil verius，我暗想。唯有真相最真。

“后来，他哥哥死后无子，他便继承了老彭布罗克的伯爵身份，这样，他就同时有了第四代彭布罗克伯爵和第一代蒙哥马利伯爵的头衔。从此，两个伯爵身份就合二为一了。”

她继续说下去，可我却转身只关注那座雕像。什么伯爵，什么莎士比亚庄园，都无关紧要。莎士比亚指向真相，奥菲莉亚是这么写的。那真相可能就在我眼前。

书卷上有四个单词全是用大写字母写的：“生命是”“影子”“戏子”“戏

台”[①]。这有什么意思吗？莎士比亚的手指就轻点在“影子”一词上……为什么这个词比“圣殿”更重要？

生命是、影子、戏子、戏台。

我皱起眉头看着这四个刻在书卷上的词，又向前凑近了些。

“生命是”一词的第一个字母L上有一丝淡淡的金色。“这雕像曾经被上过色？”我突然问道。

奎格利太太转过身来。“不，亲爱的，不是这雕像，”她说，“至少不是整座雕像，否则就糟蹋了这块卡雷拉白色大理石啦。不过那几个字曾经上过色的。没几年前，一位修复师曾经来这里仔细看过。我有一幅他认为雕像修复后的电脑效果图，就在这里的什么地方。”她说着走到对面角落的一张书桌前，在一个抽屉里翻了一会儿。“啊哈，看！”

我们一起拥到她身旁。那是一幅图像软件的作品，大多数的字都呈蓝色。不过，那几个全是大写字母的单词都是红色的：生命是、影子、戏子、戏台，但是，每一个单词中都有一个字母烫成金色。

“L—A—R—E。”我逐一念出烫金的字母。

“这就成了E—A—R—L，”奎格利太太露出微笑，“当然啦，就是伯爵。伯爵家族一向喜爱顺序字谜。伯爵特地把这座雕像作为这屋子的中心装饰。不幸的是，这并不是他的全部喜好。”她摇摇头，像冲着一个五岁顽童那样。“他有了个不光彩的私生子，伯爵夫人不让他用任何与家族有关的名字给孩子洗礼，他便打乱了‘彭布罗克’的字母，在可怜的孩子的脖子上挂了一块‘里布康普’的姓氏牌。[②]更糟糕的是，还给他取了个中间名叫‘雷特纳’，因为孩子母亲的家姓是‘亨特’，他把它反过来写了[③]。至少那孩子的名是真的，不过你要是问我，我得说，取奥古斯特这个名字，还是希望孩子长大并非等闲之辈。”

她的表情严肃起来。“有些导游认为，这四个字还可以拼成R—E—A—

① 英文顺序为：Life’s, Shadow, Player, Stage。

② Pembroke 写成了 Reebkomp。

③ Hunter 写成了 Retnuh。

L，法语中‘皇家’的意思。但是伯爵家族从来没有觊觎过王位。他们甚至连王室的做派都没有，至少，按他们的标准来看……”

“是李尔，”我脱口而出，“还可以拼写成‘李尔’。”

“噢，”奎格利太太说着沉默了一下，整个屋子里也静了一下，“原来如此。L—E—A—R，就像《李尔王》那样。我倒从没想过。”

亨利爵士过来给可怜的太太解围：“伯爵有一部第一对开本吗？”

奎格利太太的脸上掠过一丝痛苦的表情。“这恐怕我不能说。无论是最近的事件还是什么。不过，如果你们在工作日打电话来，档案工作人员会乐意给你们帮助的。”

“是不是……”亨利爵士说道。

“他指着影子。”本对着我耳边悄悄说。

我朝莎士比亚雕像看过去，明白了本的意思。这与书没什么关系，但和艺术有关，和雕塑有关。

“屋子里有李尔的画吗？”我问，“或者是雕像？有没有以莎士比亚的戏为内容的画？”

奎格利太太摇摇头。“我觉得没有……当然，除了这一幅。我想想……没有了。有很多神话故事的，像代达罗斯和伊卡洛斯，列达和天鹅什么的。我能想到的唯一一幅文学题材的画，是以菲利普·西德尼爵士的作品为题材，不是莎士比亚的。”

我张大眼睛。“是西德尼的哪一部作品？”

“《阿卡迪亚》，是他在这里逗留时为他妹妹写的，全名叫《彭布罗克伯爵夫人的阿卡迪亚》，这你知道的。”

“《阿卡迪亚》是《李尔王》的来源之一，”我说着朝亨利爵士转过身去，“故事说的就是一位瞎了眼的老人，被他那庶出的儿子害惨了，后来又被他那好儿子，即合法的儿子拯救了。”

“葛罗斯特那条情节线。”亨利爵士悄声说。

奎格利太太惊恐地来回看看。

“那些画在哪里？”本问道。

“一整套画都放在‘单立方室’里，就是琼斯[①]设计的帕拉迪奥风格房间之一。这些画的内容并非莎士比亚时代的，但也差不了多少。想想啊，它们是奉命之作，就是四代伯爵菲利普的委任。”

两个“无与伦比者”之一。

“带我们去，亲爱的奎格利，”亨利爵士用权威的口吻说，“带路吧。”

我们跟随她走进内廊，绕过庭院的内侧，走过好几座古典风格的皇帝、神祇、伯爵的大理石塑像，来到屋子的另一端。奎格利太太领我们走进一个小间，里面放满了小幅的珍贵油画，此时，远处一阵铜管乐器的声音穿过闪着微光的窗户飘进屋来，其间穿插着乐队的弦乐部分的颤音，是门德尔松的《仲夏夜之梦》。

我们紧走几步，穿过几间越来越大的房间，最后来到一处大房间，其宽敞堂皇连皇宫都无法相比。在一重重灯光下，内壁似乎在摇晃：房间四壁悬满了花饰、花束、勋章，还有诱人的四足林神，浑身镀满金子，足以用光俄菲[②]的全部金矿。我们周围挂满了彭布罗克家族及其贵族朋友的肖像。范戴克用银色和猩红的丝绸、茶色天鹅绒和华贵的骑士流苏装饰远处的整面内壁，洋溢着荣耀与高傲。“第四代伯爵和他的后代。”奎格利太太说。

下面草坪上传来一阵鼓掌声。我朝窗外瞥了一眼，看见一座半贝壳形的演出台从我们这边向外伸展着。舞台那一端，暮光下的听众都抬头朝大宅这边盯看着。掌声停了下来，一片寂静。

奎格利太太穿过房间，把我们带进一个稍小一些的房间。室内中央放着一张餐桌，上面摆放着乔治王时代的银质餐具。这间屋子里的金子似乎都在飞：固定风格的羽毛插在四面白色墙壁上，门框上啸鹰飞过，小天使从天使孩童的翅膀后面窥探着。奎格利太太朝天花一指，我抬头看，是伊卡洛斯从天空往下永久的跌落，而他父亲代达罗斯则在一旁目瞪口呆。就在此时，窗外传来了普罗科菲耶夫《罗密欧与朱丽叶》中铜管乐

---

① 琼斯（Inigo Jones，1573—1652），英国建筑家。

② 俄菲（Ophir），《圣经》中盛产黄金钻石之地。

队奏出的哀伤曲调。

音乐又回到了温柔旋律。“瞧，”奎格利太太说着指指窗沿下方，“我从来没很仔细地看过这些阿卡迪亚画，不过要看的话就从这里开始。”头顶上一派痛苦，眼前一片奢华，我甚至都没注意到那些画：那是一系列小小的呈长方形的画，镶嵌在屋内木板贴面的墙上，高度及膝。“对不起，我恐怕得让你们用手电看了，”她拿出手电略带歉意地说，“而且还不能把光照到窗外去。这幢建筑是音乐会的背景，亮起的灯光就是为此目的。”

本拿过手电打开，我蹲下，身子朝前凑去。前景中，两位牧羊人正把一个年轻人从海里拉上来；背景中，一条起火的大船正在沉没。我仔细看，船上的桅杆已经倾斜。另一位年轻男子骑在马上，手中高举刀剑，好像他正要骑马去冲锋陷阵。这是《阿卡迪亚》的开场。

过去一点儿，更多的画顺墙绕着整个房间排开去。画师出于装饰热情，竟然连转角处都画上了。

亨利爵士突发奇想，又巧妙地掺杂着几分恭维，一把将奎格利太太拉回前一个房间，并在身后把门关上。夜色越发浓重，我半跪着在地板上移来移去，仔细观看那些女子陶醉于艳丽的金色丝绸华服中，而身披银色铠甲的男士砍着刺着，有的一脸狰狞，有的一脸惊恐，有的则两者兼而有之。在这期间，普罗科菲耶夫的音乐流泻过窗棂，萦绕在我周围。时不时的，我还听见亨利爵士和奎格利太太在隔壁叽叽咕咕地谈话。

我看完了第一面墙上的画，接着看完了第二面上的，可没看见一幅画的内容与《李尔王》的情节相像。也许那一段故事并未入画，说到底，那不过是一条副线。我转过墙角，来到第三面墙前。

就在大理石壁炉台前，我从下面爬过一张桌子，停下了。在暗黑的画布上，一位老人站立在风雨肆虐的荒野上，身边有一个天使般的年轻人。在画的一边，另有一个年轻人，嘴角挂着残忍，露出野蛮的目光，正站在一棵树的阴影中看着那一幕景象。

“我想我找到了。”我说。

但找到了又怎样呢？

莎士比亚指向真相。在前厅里，莎士比亚指向影子。

我小心翼翼地伸出一根手指碰了碰那阴影，还在它的轮廓上摸了摸，可没感觉到下面有任何异样。

“壁炉的另一边还有一幅类似的画。”本说。

画中人物完全一样，不过他们脸上的表情有些夸张，几乎让人觉得像是漫画中人。一道可怕的闪电劈开夜空，树影更深了。

我再次用手指碰碰那阴影，还是感觉不到任何东西。我稍用力按了一下。没有动静。我更用力按了一下。

只听轻微的“咔嗒”一声，油画上方弹出一根手柄似的金色开关。我抓住它一拉，整幅画朝前倾斜下来，在石墙和木质镶板之间露出一道黑色的空隙。

里面有一个小小的架子，几百年尘封。架子上放着一个小小的包裹，扎着一条已经开裂的褪色丝带。

32

我取出包裹，打开包装。包装材料似乎是皮质的。打开后，我们发现两份折叠着的纸。我小心地打开第一件，纸张依然有一定韧度，这让我颇感惊奇。那是一封信，日期是一六〇三年十一月，收信人是“致吾儿，与国王陛下同在索兹伯里的菲利普 · 赫伯特爵士阁下”

吾儿如晤，

望汝恳请国王陛下驾临威尔顿，此事宜速。莎士比亚君今在吾处，随带小戏一出，名《皆大欢喜》。陛下既甚爱喜剧，或可借此为拉莱爵士说情。此乃吾心所愿。惟祈愿上帝赐汝平安，赐吾等欣喜重逢。

爱母 彭布罗克夫人

事出急迫，书信简短，见谅。

莎士比亚君今在吾处。“这就是那封遗失的威尔顿信件。”我压低声音说。彭布罗克伯爵夫人写给儿子菲利普，时间是詹姆斯一世时期早期，当时因瘟疫流行，朝廷和剧团都被迫离开伦敦。坊间长期以来就有传言，说有这样一封信，但学者们却从未一见。当然，信中所说之事也确有结果。可怜的拉莱爵士依然留在监狱里，但国王是去了威尔顿，剧团演员上演了《皆大欢喜》，后来还演了《第十二夜》。

窗外，普罗科菲耶夫的乐曲转折地进入一段痛苦与愤怒的哭喊。我用颤抖的双手缓缓掀开眼前的另一折纸片。没有日期，字迹是另一个人的。我读出了声：

致埃文河上最甜美的天鹅。

是本·琼森在第一对开本中首次使用“埃文河上甜美的天鹅”这一说法的。我手里拿着的是写给莎士比亚的信。

音乐声消失了。

“读下去。”本说。

吾长久挣扎于怀疑不安之中，此刻终被冲上岸，发现自己……

隔壁房间里传来家具破裂的一声咔嚓，打破了寂静。我们呆立不动。只听脚步声走过地板，消失在远处。

“跟我来。”本说着迅速走向我们刚才进来的那扇门。他拔出手枪，对我做了个手势，让我站到他身旁的墙边。他倾听片刻，趁下面掌声响起之际，冲过去打开一扇门，用枪对着幽暗的房间做掩护。

“亨利爵士？”

无人回应。本用手电对着房间四下晃动。

亨利爵士倒在房间中央，脸上涌流着暗红色的鲜血。光束扫过他身体的时候，他发出一声呻吟。还活着。

我们一秒钟都没有耽搁，立即冲了过去。他自己已经在用力想撑起身子来。我扶他在一张椅子上坐下，从他口袋里掏出一方漂亮的手帕，捂住他脸颊上那道长长的刀口。

本悄悄走到对面门边，但什么都没发现。他走回来，严肃地问亨利爵士：“你看见朝你扑过来的是谁了吗？”

亨利爵士摇摇头。

“奎格利太太哪去了？”

亨利爵士一阵咳嗽。“我把她送到前厅，”他喘着气说，“刚转身回来就……”

“回阿卡迪亚厅去。”本说着把头朝那个方向一点。我边走边把那两封信折回去，本跟在后面，扶着亨利爵士。从窗外传来布拉纳的《亨利五世》影片开头时风笛奏出的那段凄凉沉重的音乐。

“你们找到什么了吗？”亨利爵士边问，边从我手里拿过手帕擦着脸上的血。

“两封信……”

“把信给我，”本说，“再把暗门关上。”

我猛然醒悟。“我们不能……”

“你觉得留在这里会安全？”

“我不想偷……”

他一把把信件从我手里抓过去。“那好，”他严厉地说，“我来偷。好了，把暗门关了，咱们赶紧走。”

我看看亨利爵士。“他做得对。”亨利爵士粗声粗气地说。我把锁栓推回原位，画着油画的墙板“咔嗒”一声复位了，没留下一丝可能有暗口的痕迹。

右边是一扇高高的门，通往回廊方向。本轻手轻脚地把门推开，从音乐会现场照到屋子来的灯光透过墙上镶着的一排窗户，在地面上映着冰块般的闪亮光斑，但整个回廊还是笼罩在一片深沉的黑暗之中。整幢大宅内部一片漆黑，即使是开阔的庭院对面的前厅，也处在黑暗中。奎格利太太在哪里？

“靠边，别让人看见。”本说，声音很低，我勉强才能听见。我们贴着暗中的内墙，不出声地沿走廊快步走着，本扶着亨利爵士。

走近前厅时，高大的前门上传来一阵敲门声，把我们吓得动弹不得。我们刚到的时候前门并没有关上，我还能记得奎格利太太关门的情景。

大门前，从窗户里透进来的淡淡亮光照在莎士比亚雕像上，莎士比亚呈现出因痛苦而弯腰曲背的样子。

好像没人来应敲门声。本拧亮手电，光束扫过大厅，这下我明白为什么莎士比亚看上去有点儿驼背。奎格利太太正跪在雕像前面。紧接着，我看见一条披巾缠在莎士比亚的手臂上，紧绷着一直连到她的脖子。她的头古怪地朝一边倾斜着，舌头发青，眼珠暴突。

本把手电往我手里一塞，冲过去解开奎格利太太。我让光束一直照在他们身上，一步一步慢慢走上前去。

敲门声又响了一次，比前次更响，更坚定。

本一只手托着奎格利太太，用另一只手试图把披巾弄下来，可就是无法松开它。我把手电交给亨利爵士，上去解那个结，奎格利太太就滑进了本的怀抱。她身边飘动着一些细小的白色羽毛，脖子上被人用链子挂了一面小小的镜子。

“*我可怜的傻子被吊死了。*”亨利爵士轻声说。手电筒的光束在我眼前这怪异的宛如圣母怜子像的人身上颤动着。我们刚才在端详《李尔王》，就是那位老王看见了科迪莉亚，在绝望中试图让她往镜子上呵出水汽或吹动那一团鹅毛，以证明她还活着。可是，什么都没有。*没有了，没有了，生命没有了。*

敲门声再次响起，但这一次，它突然停止，接着就听见锁眼里钥匙转动的声音。

本小心地将奎格利太太放到地上，猛地站起身来。“快走。”他急促地说道。他架起亨利爵士的胳膊，催促我们沿走廊一路往回，这时，背后的大门开了。

我依稀记得刚才跟着奎格利太太穿堂过室的时候看见过一道楼梯，不过本的观察更仔细。就在身后亮起灯光，并响起一个女人的尖叫时，他把我们推进了楼梯间。

听着头顶上走廊里响起了沉重的脚步声，我们赶紧走下一层楼梯，转个弯，再下一层。楼上的尖叫变成了凄惨的号啕，然后立刻被人制止了。

我们匆匆来到底层，走进那间曾经是通往庭院的主入口的穹顶大厅。一扇玻璃门通向庭院，另一扇则通向笼罩在黑暗中的草坪。一条宛如淡色丝带的砂石小径向东而去，就是当年曾经把莎士比亚和他的剧团带到此地的那条路的魅影。

本做了个手势，让我们站着不要往前，自己则悄无声息地朝外侧的门走去。只见他猛一转身贴在墙上，我也立刻一动不动。身穿制服的人接二连三地走过，向宅院前面跑去。有两个人在门边停下脚步，本举起手枪，我几乎停止了呼吸。

门是锁着的。其中一个警察抽出警棍砸起了门上的玻璃，本举起了手枪。

“好啦，伙计，”另一个警察说，“这是他妈的伯爵的宅子。没发现有人破门而入。还没发现呢。”两人赶紧走了，我慢慢地呼出一口气。

等到这群人的脚步声平息后，本伸手打开了门，示意我们出去。“别跑。”他说。我们悄悄从他胳膊下钻出去，走进夜色。

他并不是让我们去闲逛。我们沿着建筑外墙向南，朝警察来的方向疾步走去。我们所走的这条小径直接穿过一片大草坪，通向一条小河。我们走到大宅的拐角时，看见右手远处的戏台，弧形的戏台朝我们离开的方向突出着，再过去就是观众席，有的观众坐在圆桌旁，另外的就坐在毯子上，大家都仰头注视着大宅。“到观众席去。”本说。

我们刚走过一半空无一人的草坪，就听见屋子有一扇窗打开了，有人喊了声“站住”，但本说快走。我们立刻跑了起来，绕到戏台的远端。

我们刚一挤进观众群，灯光齐暗，只剩下舞台上的追光灯。我听见本说的最后一句话是“散开走”。紧接着，夜空里响起了一个孤独的男高音。“不要给我们，主啊，不要给我们，请将荣耀归于您的名字。”

本在圆桌间绕来绕去走着，我跟着学样，总的方向一样，但走的路径不同。开始时几乎没人注意到我们，因为观众都被音乐深深吸引：第一声部后响起了烘托的合唱声，先由乐队的弦乐部分伴奏，随后是管乐部分。可慢慢的，观众一定以为我们也是整个节目的一部分，有几个人甚至冲着我们叫起好来。

我们来到河岸边。最后这一阵狂奔使亨利爵士筋疲力尽，他脸色发青，又开始流血了。本再次把老人的胳膊架在自己肩膀上，扶着他蹚过河水到达对岸。我跟在后面。水很冷，不过不深。

我们爬上对岸后，我回头看去。好几个黑色人影正穿过草坪朝舞台方向冲去。其中一个穿过灯光，我认出了他。辛克莱追上来了。

铜管乐队将乐曲旋转着送向夜空，观众都站起身来，脑袋前后摆动。“快跑。”本一说，我立刻转身朝小坡顶上那片安全的幽暗树林跑去。我们刚跑到林边，乐曲达到曲终高潮。野地里一声炮响，接着，大宅外一声粗重的爆炸声。我一个趔趄跌倒在地。本把我拉起站好，这时，头顶上绽开了金绿蓝三色礼花。

是焰火，不是炮火，是焰火！是星空下夏日音乐会的传统结尾方式。又一簇焰火蹿上天际，下面的彭布罗克伯爵宫殿显得魅影重重。

越来越多的人穿过草坪，朝河边拥来，有的像我们刚才那样，穿过人群，蹚着浅水处走，另一些人则绕到大宅远端，从那里的一座小桥上蜂拥而过。远处，我听见警车上警笛在鸣响。

“凯特。”本在我身后轻轻喊了一声。

我转身跑进树林。

33

林中很暗，我们奋力随着本往坡上爬，尽量跟上他的步伐，树枝在我们身上戳着捣着。我的脚在潮湿的鞋里嘎吱作响，远处，焰火的呼啸爆炸声依然不绝于耳。近处的什么地方，有人正在穿过蕨丛，不时还能听到一两声呼喊。

地面变得平坦起来，随后开始往下倾斜。来到坡底，我们发现眼前有一堵青苔蒙面的矮墙。本迅速沿墙走到砖石墙边的一条石凳前，离石凳不高的墙上，有一个圆形浮雕装饰，是很久以前用来纪念一条备受宠爱的狗的，浮雕正好用来做抓手或踩脚。我和本先托着亨利爵士让他翻过墙去，然后自己也翻了过去，蹲伏在一条树荫浓密的巷道的矮树丛下。

两辆警车响着警笛呼啸而过，我正要站起身，就听到远处传来重重的砰的一声。“趴下。”本哑着嗓子喊。我们立刻趴倒在地，跟在本后面，爬回墙边，拉直身体，贴墙藏在矮树丛下。透过树丛，我们看见一架警用直升机飞过来，雪亮的探照灯在路面上扫视着。

我们像被车头灯照着的兔子那样纹丝不动，等着。灯光刚移开，接着就来了另一个，不过不是直升机，是警车，速度慢得多。我觉得我看见了车里辛克莱探长的脸，不过也不很确定。

很快，都过去了。本慢慢扭起身，从树丛下爬到路边，这才站起来。他一挥手，示意我们跟上去。

路对面是一处新建住宅工地。穿过大路，我们走上一条在房屋之间七拐八弯的街道。本走得很快，好像他对要去的地方胸有成竹，这里一转，那里一拐。前方一辆车上，金黄色的停车指示灯一闪即灭。

那是亨利爵士的宾利。本打开车后厢门，我们钻了进去。

巴恩斯一言不发地启动引擎，开车上路。本朝他倾过身子悄悄说了句什么。又转了几个弯，我们开上了一条狭路，两边矮树夹道，再往外，是宽阔平整的田野，月光满溢。远处警车的警笛声消失了，亨利爵士开始把湿透的鞋袜往脚下剥，我也效仿着。

“那封信。”亨利爵士沙哑着说，一只手依然把手帕按在脸上。

道路起起伏伏，然后又起到高处，来到这富有英国特色的高地顶端，人会有一种兴奋的幻觉，以为自己正站在世界之巅。本从口袋里掏出那几页纸，塞到我手里。

致埃文河上最甜美的天鹅。

我听见身边的亨利爵士吸了口气，不过他没说话。我继续读下去：

吾长久挣扎于怀疑不安之中，此刻终被冲上岸，发现自己与您见解一致。怪兽编造出的那些空中楼台，或如您所言之雕虫小技，确不应就此完全消失于吞噬一切的黑夜之中。

吾所不愿，唯此西班牙剧耳。

“《卡德尼奥》。”本说。我睁大了眼睛，点点头。

它已惹起足够麻烦，此外，伯爵夫人仍身陷高塔，甚不愿新忧上身。吾女亦日日提醒，夫人即将返家，切不该忤逆其愿。致信圣阿尔班以解释吾之沉默，实为吾之职责。

既无野猪可追，惟余公猪可肥。若论举蚁虫之功，于糠皮间寻集谷粒，本·琼森先生虽本人成就不逮，却可当此任而远胜于芸芸众生。他至少经验丰富，此前亦屡为作者效劳，对作者之景仰远超他人。然此君如穴鸟，常于工作之时穷聊，妙语连珠而罔顾得当与否。若阁下能允此单人合唱，幸甚。

如何决定，吾将此留与阁下多能可爱之手

“是第一对开本！”亨利爵士喘着气说，“他谈的是请琼森来编第一对开本！”

“还要把《卡德尼奥》排除在外。”我说。

您永远的最可靠的朋友

我指指署名——威尔。署名字体很大，笔迹清晰。署名写在纸页中部，大约距顶部四分之三的地方。

车内激荡着一片惊讶。

致埃文河上最甜美的天鹅……威尔？如果信中所谈之事与第一对开本有关，那其中之一一定是莎士比亚。……但是哪一个呢？

“埃文河上只有一只天鹅，”亨利爵士片刻之后说，“而威尔则多如牛毛。彭布罗克伯爵威廉·赫伯特就是一个，就是两位无与伦比者中年长的那位。还有一位就是十四行诗中的那位金发青年。”

“还有威廉·特纳，”本说着看看我，接着他反驳道，“但如果莎士比亚就是那天鹅，这封信就该归在威廉·莎士比亚所有的其他文献当中。为什么会出现在威尔顿？”

我脑子里的齿轮似乎转得太慢。那位死去女士的脸不停地浮现出来捣乱。我们身后，警车的声音在维尔特郡四下回荡，而这一带，还藏着那个绞死了奎格利太太还撒了她一身羽毛的家伙。“还有一位可爱天鹅的候选人，”我用低沉的声音说道，“如果是那个人，就能解释为什么信在这里。……玛丽·西德尼，彭布罗克伯爵夫人，就是两位无与伦比者的母亲。”

亨利爵士鼻子里哼了一声，我打消了他的念头，把那张纸紧紧压在腿上，好像一眨眼它就会消失似的。为这封信死了一位女士，因此它一定得有意义，非有不可。“哥哥死后，伯爵夫人依然保留着西德尼的姓和纹章，就是那枚箭矢，有时候被称为枪矢。但是她另外还保留着西德尼的私人徽章，就是天鹅，是受到围攻的新教徒在法国给他的……他们对他十分崇敬……”我抬头发现亨利爵士的目光直直向我射来。“在法语中，西德尼的发音类似 cygne。”

“法语的‘天鹅’。”本说，眼睛一亮。

“法语的‘荒唐’。”亨利爵士愤愤地说。

车慢了下来。我们绕了一个大圈，回到了去伦敦的主干道上。车上了大路，我们径直向东。“也许吧，”我说，“不过从前有一尊彭布罗克伯爵夫人的雕像，是纪念她的文学成就的。她套着宽大的花边环领，而花边中一再出现的就是天鹅的图案。”

“你滴在我皮车座上的水来自纳德尔河，”亨利爵士驳斥道，“不是埃文河的。埃文河流过的是斯特拉福德，在沃里克郡。”

“在威尔士语里，埃文就是‘河’的意思，”我说，“英格兰有许多埃文，其中一条就流经索兹伯里。在十七世纪，威尔顿庄园要比现在大，那条河就从彭布罗克田产上流过。”我说着摇摇头，“如果你还想听更诡异的，离那里不远甚至还有一个村子叫城堡下的斯特拉福德，而它就紧挨着埃文河。”我用手捂住脸。

“我看这还不算完吧。”本说。

我摇摇头。“伯爵夫人自己也写东西。她以将赞美诗翻译成英语诗篇而出名，不过她也写剧本。”

一阵沉默。

“她写*戏剧*？”本有点儿难以置信。

“一出戏，一出室内剧，是朋友聚会时朗读用的，而不是为演出写的。”我抬起头，“她写的是《安东尼的悲剧》，是安东尼和克利奥帕特拉的故事的第一个英语戏剧版本。”

“安东……”本叫了出来，但亨利爵士立刻制止了他，“你是说玛丽·西德尼就是莎士比亚？”

“不，”我有点儿不高兴地断然加以否认，“我并没有突然变成了迪莉娅·培根。但是我觉得我们应该考虑有这样的可能。即玛丽·西德尼，彭布罗克伯爵夫人，也许就是信里的那只‘最甜美的天鹅’。”我说着叹了口气，“我觉得我们应该顺着这一可能性找到它的逻辑结论。这封信关于第一对开本讲得很清楚，把它的日期定在一六二三年或更早一些。可是，如果伯爵夫人就是那位推动出版的甜美的天鹅，这封信就该是一六二一年九月底之前写的，之后她就染上天花故世了。”

“结果就让她的两个儿子来负责对开本的事。”本说。

“这样就把我们带回到了两位无与伦比者。”就是威尔和菲尔，我暗想：彭布罗克伯爵威廉和他的弟弟蒙哥马利伯爵菲利普，后者娶了牛津伯爵的女儿，后来继承了彭布罗克的伯爵头衔和威尔顿庄园。同一个菲利普建造了我们发现这封信的那间屋子，同一个菲利普站在威尔顿庄园的进门大厅里保护着莎士比亚。

他没有保护奎格利太太。她那张浮肿的脸再次浮现在我脑海中。

亨利爵士俯身仔细地看着信，眉毛不住抖动。他用一根手指戳戳纸片：“写信人也知道本·琼森编辑了自己的剧作全集。那部全集是一六一六年出版的，就是莎士比亚去世的那一年。因此有可能这里的威尔就是斯特拉福德的莎士比亚，”亨利爵士说，“如果他是在生命最后一年写的这封信的话。”

我直摇头。“如果信里的‘最甜美的天鹅’是玛丽·西德尼的话，那就不可能了。”

“为什么？”

“因为一位写戏的普通人，无论多么出名，不可能用如此亲密的口吻给伯爵夫人写信，那年代，阶级和阶级差别是一件很严肃的事情。戏子和写戏的人，只比小贩和拉皮条的高一等，可这封信的各种细节都说明，无论威尔是谁，他都是最甜美的天鹅的同类。平民，特别是要对一位夫人感恩的平民，他写信的开头一定会用很多奉承话的，如‘致我尊敬的好夫人、彭布罗克伯爵夫人、最甜美的天鹅……’。”我咬咬嘴唇。

“甚至连把签名放在中间的做法也错了。平民给伯爵夫人写信，应该谦卑，应该尽量把名字塞在右下方。亨利爵士，我和你一样不喜欢这个事实，但如果甜美的天鹅的确是彭布罗克伯爵夫人，那威尔就不可能是斯特拉福德的剧作家莎士比亚。”

“那他是谁？”他问道。

“怪兽？”本边问边抬眼扫视着车的顶棚。

我再看看信。怪兽，是这么写的：*怪兽编造出的那些空中楼台，或如您所言之雕虫小技。*

亨利爵士把手帕从脸上拿下，阴沉着口气说：“你是想说莎士比亚只是四百年来人们过分活跃的丰富想象的虚构？”

我皱起眉头。从抽象的意义上，“荒诞不经”可以指完全虚构或空想出来的东西。但是在希腊神话中，“荒诞”是一只特别的野兽，一只神秘的吐火怪兽，它由不同部分拼凑起来：狮首、羊身、龙尾。信中提到天鹅，而且似乎像指人一样提到野猪和公猪。也许“荒诞”指的是合在一起的一群人，一头聚合各种部分的野兽。

“胡说！”亨利爵士喊了出来。

“那并不意味着就是莎士比亚，或者说莎士比亚就是那家伙。”

“这封混账信说的就是莎士比亚，”亨利爵士愤怒了，“是你自己说的。”

我摇摇头，试图解释。“荒诞”完全可以指一群恩主，在委托创作的时候从他身上编造出各种琐碎事情，认为它们值得保留下来不被遗忘。至少，把“荒诞”想象成一群人，就能解释天鹅、野猪和公猪，更别提勤奋的蚂蚁了。

“那么，如果玛丽·西德尼是天鹅，谁是野猪和公猪呢？”

我谨慎地看看亨利爵士。“牛津伯爵的纹章是一头蓝色的野猪。”

“哦，天哪！”亨利爵士说着往车座后背一靠。

本没有理他。“而一六一六年时他已经死了，所以不能再来发火。这我喜欢。”

“那还有公猪呢，”亨利爵士怒吼着，“那头好恶作剧的、发育不全的、老是用鼻子拱地的公猪。伊丽莎白朝廷上那几个屁股上插了孔雀毛的高傲朝臣，你认为到底是哪一个愿意把自己套在那个阴谋之祖驼背理查三世毫无魅力的马车上？”

“答应我你听后不会炸了。”我说。

“我才不答应你呢。”

我叹了口气：“是培根。”

“弗朗西斯·培根爵士。”亨利爵士低声吼着。

本发出短促的一笑，赶紧用咳嗽声加以掩盖。

“那的确是另一头野猪，”我解释说，“不过培根家族自己抢先用了公猪的叫法，让别人无法再用它来开恶意玩笑了。弗朗西斯爵士讲过一个他父亲——一个胖子法官——的故事，一天在法庭上与一个囚犯对话，那囚犯和法官攀亲戚，说自己的姓是‘霍格’（公猪）。‘你我不可能是亲戚，除非把你吊上去，’老法官说，‘因为只有把公猪好好吊起来才能做培根（咸肉）’。”我不敢朝本看，但能感觉到他正强压着笑声浑身乐得直颤。“因为太好玩了，莎士比亚又把这笑话讲了一遍。”

“在《温莎的风流娘儿们》里，”亨利爵士叹了口气，“你听着，拉丁语里的吊公猪就是咸肉。”

本实在忍不住笑了。

亨利爵士没理睬他。“那这个‘荒诞’把我们引向哪里？威尔，无论他是谁，他的信是写给圣阿尔班的。”

“还是培根。”我说，“一六二一年初，詹姆斯王封他为圣阿尔班子爵。”

本不笑了。

亨利爵士再次向前靠去。“这么说，培根就是那天鹅要奉承的唯一一个人，而威尔则答应亲自给培根写信。”

我点点头。

“培根住在哪里？”

“一处叫高兰伯里的庄园，就在圣阿尔班城外。”

“巴恩斯，”亨利爵士轻声说，“前往圣阿尔班。”

“没那么容易，”我不耐烦地说道，“培根造起田庄，把它当作愉悦心灵的宫殿，可他死后五十年里，那田庄一直处在荒败之中。”

“一定会有一点儿东西留下来的。”亨利爵士说。

我的手指不停地敲击着膝盖。“在教区教堂里有一尊雕像，有点儿像西敏寺的那尊莎士比亚像，可在过去的一百五十年间，早就被培根学者研究透了。”

“所以不太可能。”

本拿过信。“如果威尔是给圣阿尔班写信，”他说，“他为什么要让天鹅去诱惑公猪？”他抬起目光，“我觉得圣阿尔班和公猪是不同的人。”

我们一起朝信凑过去。他说得有道理。

“还有另一只可怕的公猪吗？”亨利爵士问。

“据我所知没有。”

“那我们这是去哪里？”本问。

“我可以想象到的一个地方。”

五分钟后，我们开下大路，开进一个十分普通的天天旅馆的停车场。本和亨利爵士去办入住手续，我和巴恩斯一起留在车上。

我拿出胸针，打开后盖。旅馆的橙色灯光照射在暗盒内的画像上。“下一步是哪里？”

我不出声地问画中的年轻人。

年轻人举着十字架，一脸得意，几乎有点儿嘲弄的味道，眼神里似乎同时闪现着恶作剧和蔑视的光。

34

本挥手让我从旅馆的后门入口进去，进入一间双床房。亨利爵士进了自己的房间，擦洗了一下。几分钟后，他出现在我们的房门口，看上去恢复了不少，只是脸色还有点儿苍白。我正站在床边，捧着那枚像纪念品盒一样打开着的胸针。

“你已经放弃那封信了？”亨利爵士说着在房间里最舒服的一张沙发上坐下。

“两者有关联的，”我说，“肯定有关联，只是我想不出是怎么关联上的。”

但你永久的夏日将不会消退，那金色的字迹是这么刻着的，*为上帝更崇高的荣誉*。

这与我们刚才发现的信有什么关系？也许它们并没有直接关系，但奥菲莉亚暗示说，画和信是指向同一真相的不同道路，因此，它们一定属于同一个小小的世界。

罗兹曾坚持认为，意义来自语境。这幅微缩肖像画给那封信造成了什么样的语境呢？或者倒过来：那封信给这幅肖像造成了什么样的语境？

肖像画上的受难十字架，显然表明其天主教主题。那封信似乎是关于第一对开本的。这两者之间会有什么关系呢？

“有关系，”我说话的语气略有点儿尴尬，“但我对宗教史研究不多，所以看不清楚。”

“也许该找个研究宗教史的人来。”亨利爵士说。

“我一个都不认识。”我说。

“我觉得你可以找个既搞宗教史又研究莎士比亚的人。”本说。他饶有趣味地看着我，我知道自己明白他话中有话。我俩都在福尔杰介绍册上看到过马修论文的标题：*莎士比亚与秘密天主教之火*。

“我不想找他帮忙。”我愤愤地说。

亨利爵士头一抬：“找谁？”

“马修，”我说，“马修·莫里斯教授。”

“他一定会乐意帮忙的。”本说。

“啊，”亨利爵士说，“我有点儿明白了。那可怜的家伙是不是很过分地对你表示有兴趣啊？”

“他太让我讨厌了，”我有些强词夺理，“他也让罗兹讨厌。”

“有时候，亲爱的，”亨利爵士说，“你真是过分正经了。”说着他把自己的手机递给我，“要是他能解决我们的问题，就给他拨一个吧。”

“用我的，”本说，“我的手机很难被人跟踪到。”

“罗兹肯定要气死了。”我还想抱怨。

“要让杀手弄到了她的东西，那她就更生气了。”本说着把他的黑莓手机调成免提对讲模式，我从口袋里掏出马修的名片，按下了号码。

铃响第二遍时，马修接了电话。“是凯特？”他有点儿语无伦次，然后我听见他坐了起来。“凯特？你在哪里？你没事吧？”

“我很好。对 Ad Maiorem Dei Gloriam 这句拉丁语你有何见解？”

他的声音都变了。“你在逃亡，还要向我请教拉丁文？”

“拉丁文我懂，‘为上帝更崇高的荣誉’。但我还是不明白它的意思。”

“你是不是该告诉我这是为了什么？”

“你说过要是我需要人帮忙，就给你电话。现在我给你打了。”

一阵沉默。“那是耶稣会士的格言。”

我一阵惊讶，自己说不出话来了。*罗马天主教会的基督战士。这些虔诚而且经常狂热的神父，企图把英格兰带回天主教会。*

马修继续说着：“塞西尔的对头，也是伊丽莎白和詹姆斯王几乎所有朝臣的对头，他们给这些人贴上了叛徒的标签，而这些人则以圣徒的忍耐力顶着这样难受的标签生活着。千真万确。我觉得他们中有十个人的确是圣徒，他们因自己的信仰而上绞架，被分尸。”

“天哪。”我倒抽着气。

“的确如此，”马修说，“他们是耶稣会的。”

桌上，肖像画中的火焰正拍打着年轻人。

“从那句话的语境来看，”我希望自己说话的语气显得很平静，“你会怎么理解这个句子？”我读完了信纸上已褪成棕色的那行圆体字句：致信圣阿尔班以解释吾之沉默，实为吾之职责。

“在通常情况下我会想到培根，”他说，“但与耶稣会格言连在一起看，我得考虑是巴利亚多利德。”

“西班牙？”

“是的，西班牙。”马修打了个呵欠，说话口气又回到了讲座模式。“巴利亚多利德是卡斯蒂利亚旧时的首都，是皇家英格兰学院所在地，该学院于十六世纪八十年代由西班牙国王腓力二世创立，目的是培养英国的天主教神父。大多数教士都进了耶稣会，被秘密派回英国，从事地下传道活动。根据英国政府的说法，这些人还受命诱使忠心耿耿的英国臣民密谋针对其新教君主的暴力活动，用武力夺得他们无法用甜言蜜语所获得的东西。英国政府把这地方看作宗教恐怖分子的训练基地。”

“为什么是圣阿尔班？”

“它的全名是圣阿尔班皇家英格兰学院。”

一时间，我们谁都没有动弹。我伸出手去关掉了免提模式。“我欠你的，马修。”

他停顿了一下说：“你知道我想要什么。”

“我知道。”我说。给我一次机会，他曾经这么说过。“上帝知道是你该得的。”说着我挂掉了电话。

我把手机丢还给本，此时他正四仰八叉地躺在床上，呆看着天花板，一脸什么都明白的笑容，让我觉得很是讨厌。

“你觉得这就是答案了？”亨利爵士问，“巴利亚多利德？我觉得不太可靠啊。”

我在桌边坐下，突然感觉筋疲力尽了。“皇家英格兰学院与莎士比亚另有关系。有两个人。你想先听哪一个，可能性大的还是小的？”

“我支持先从荒诞的开始，慢慢回到有点儿合理的那一个。”本说，他两手托着后脑勺。

“那就是马洛，”我边说边用手指划过自己那一头过短的头发，“就是伊丽莎白时代英格兰的那位不信上帝、搞同性恋的坏小子摇滚明星，也是莎士比亚之前的剧院宠儿。”

“在一次酒馆斗殴中被人刺了眼睛。”本说。

我点点头。“那是一五九三年，莎士比亚刚开始出头。没错，就是他，只不过挨那一刀并不是因为一场简单的斗殴，因为马洛本身还是个密探。他曾被派往荷兰，打入流亡在那里的英国天主教组织，那些人被怀疑正在谋反……有充分证据说当时和他一起在酒馆的同伴也是密探，而那酒馆是个安全藏身处。”

“对马洛而言就不安全了。”本说。

我把腿往桌上一搁。“有一些不太可靠的证据，说他当天下午并没有死，说他逃走了，或者说是被送走了，去了西班牙。”

“呸！”坐在扶手椅上的亨利爵士一脸不屑。

本的声音低很多：“去了巴利亚多利德？”

我点点头。“一五九九年，学院的报到册上显示有一个名为约翰·马修斯或克里斯托弗·莫莱的人进入学院……莫莱是马洛的异体拼法，偶尔被使用过，而约翰·马修斯则是教士常用的化名，尽管用得不太聪明，它来自福音书，”我说着一摇头，“不管他是谁，这位教士于一六〇三年入教并回了英格兰，后来在那里被捕入狱。奇怪的是，在那个时代，囚犯得交钱养活自己，不然就得躺在满是蛆虫的地板上挨饿，可莫莱的款项却是罗伯特·塞西尔亲自支付的，他可是詹姆斯国王的国务大臣。这一来，莫莱就很像是政府的暗探。

“解释巴利亚多利德的莫莱，最简单方法的就是，那人的两个名字都是化名，其一取自福音书，另一取自一位已死之人，因此那人很可能是英格兰奸细。”

“两点间的直线，”本说，“再说说，阿特奈德一事你是怎么说的？那个纠缠不清的游荡——”

“那只醉醺醺的六月虫，”我插话道，“有些人认为，之所以无法证明莎士比亚在一五九三年之前写过任何戏剧，是因为此前他写戏用的都是真名：克里斯托弗·马洛。”

亨利爵士发出嘲讽的嘘声，从椅子上一跃而起，在房间里转来转去。

“我说了这很荒诞，”我说，“按这个说法，他消失的原因之一是塞西尔希望确保他的戏剧能依然在伦敦上演。”

“所以，‘莎士比亚’去了巴利亚多利德。”本说。我们在谈话的时候，他一直在玩手机上网。

“正是如此。”

“另一个关系是什么？”亨利问。他还在不停走动。

“塞万提斯。”

亨利爵士停下了脚步。

“也许是他写了莎士比亚的戏。”本一本正经地说。

我朝他一瞪眼睛。“是有人这么想。还有人相信是莎士比亚写了《堂吉诃德》呢。”

“毫无疑问，还有人认为他托名爱因斯坦回来写了相对论，”亨利爵士驳斥道，“干吗不把《战争与和平》《伊利亚特》和《圣经》都归到他名下去。我们这是想干什么？”

“让我们先假定莎士比亚就是莎士比亚。”我说。

“多新鲜啊。”亨利爵士说。

“我们多少把那出戏忘记了，不过《卡德尼奥》依然是事件的一部分，”我继续说下去，“可以这么说，卡德尼奥就出生在巴利亚多利德。腓力三世把整个西班牙宫廷从马德里迁往巴利亚多利德的时候，塞万提斯也随之而去。他一六〇四年在巴利亚多利德，将《堂吉诃德》的第一部分交付印刷，还写完了第二部分。”

无人动弹。我一只手轻轻划过信件。圣阿尔班。

“同一个春天，新即位的詹姆斯王向西班牙派遣一位使臣，前去签署和平协定。那人就是霍华德家族的诺丁汉伯爵，他带着一队四百人的随从，其中有一些年轻人，对所有有关天主教的事情深感兴趣，因此也对所有关于西班牙的事情怀有同样深厚的兴趣，包括戏剧和文学，还有宗教。有些人担心，耶稣会的人会说动他们，使这些年轻人日后以英国人不太喜欢的方式回到英国去。”

那幅肖像画中的年轻人举着受难十字架，眼神坚毅。*为上帝更崇高的荣誉*。

“如果这位金发青年去巴利亚多利德为的是入耶稣会，无论是当场还是以后加入，他就可能有机会把塞万提斯关于卡德尼奥的故事带回去，从而引起莎士比亚的注意，或引起他的一位恩主的注意。也许是霍华德家族的某一位。这样就能解释，为什么‘威尔’要写信说明不把那出西班牙戏放在第一对开本里了。”

躺在床上的本坐起身来。“这也能解释为什么一部英国戏剧的手稿会在亚利桑那和新墨西哥州的边界地区出现。”

我转过身去看看他。

“在十七世纪时，美国的地域还在新西班牙的北边，后者当时是在西班牙探险者和征服者统治之下。”

“他们身边还伴随着西班牙神父。”我说。

“或至少是来自西班牙的神父。”

“也许其中有一个是英国人。”亨利爵士说。

在金发青年的背后，画中的火焰在飞旋。我思考着信件页边那行褪色的字迹：*致信圣阿尔班以解释吾之沉默，实为吾之职责*。

本的目光离开了他的黑莓手机，说道：“莱安航空每天有两个直飞航班，伦敦到巴利亚多利德。”

我们预订了早班飞机上的三个座位。

35

“我已经同西敏寺大主教阁下说过了，”第二天一早，亨利爵士再次出现在我们房门口的时候告知我们，“圣阿尔班的院长会在十一点见我。”

“就您一个人？”我问。

“我觉得我也许忘了说一下我还带着同伴的，”亨利说，“不过那位院长是个好说话的人。”

在伦敦东北的斯坦斯特德机场，谁都没有朝我的护照多看一眼，尽管它早已皱巴巴的，还有被水浸泡过的痕迹。警卫看了亨利爵士一眼，露出恍然大悟的神情，但对方一眨眼，他便谨慎地住口了。此外就再没有别人认出他来。他走在机场里，像个疲乏的老人，人们几乎不朝他看一眼。我们三人挤在其他旅客中，登上了让人瞠目的蓝黄两色的莱安航空的喷气客机。很快，我们就在空中了。

我一直看着窗外：我们飞越比利牛斯山脉，在棕色的卡斯蒂利亚平原上空降低了高度，平原上相隔一大段距离，就流淌着一条蜿蜒的大河。降落之后，我们钻进一辆出租车，迅速朝山下的巴利亚多利德驶去。路两边是绵延的平顶山峦，状如台地，山体覆盖着褐色的草，不时点缀着一两棵树木。前往美洲的征服者们，面对着荒凉贫瘠的墨西哥北部和美国西南部，怀乡之心必定油然而生。那些地方一定很像他们的家乡。

城市突然就在我们眼前展现，稀稀拉拉的一些仓库和新房子，一条平缓的河流上架着桥。接着，我们就置身于旧时欧洲了。镶着高窗、搭着优雅阳台的建筑为大街两边投下阴凉儿。人们在人行道旁的咖啡店里喝着饮料，在树荫下、市场商铺间或有喷泉的广场上漫步。我们在一面很长的砖墙前停下。从车窗上沿望出去，我看见一座白色的拱顶。

“皇家英格兰学院。”驾驶员用西班牙语说道。

我踏上街道，西班牙的阳光又细又尖，像一柄打孔锥，我直眨眼睛。教堂的两扇大门牢牢锁着，沿墙走几步，背街有一处小小的入口。我们按了门铃，等候着。

几分钟后，入口门开了，是院长亲自来开的。圣阿尔班的皇家英格兰学院院长米歇尔·阿姆斯特朗先生胸脯厚实，头发灰白，鼻梁长而窄，像拜占庭时期的圣徒。他身穿黑色教士服，围系着红色的肩带。他用花岗岩般生硬但不失礼貌的语气做了自我介绍。

他把我们引进带回声的入口大厅后，领着我们迅速走过铺着陶瓦的走廊。我以为他要带我们去办公室，可我们走进的地方却是安静昏暗的教堂。“学生都放暑假走了，职员也没剩几个，”院长说，“我们就趁这个空缺，赶紧粉刷办公室，换掉旧窗户。眼下，这里是说话的最好地方了。”

这是一座西班牙巴洛克风格的长方形小教堂。内部漆成红绿两色，墙壁上间或嵌着镀金的圣徒像，祭坛让我想起环球剧院的戏台。教堂内部中央矗立着圣母像，这座雕像在一五九六年遭到参与袭击加迪兹的英国海员的损毁，自此一直受到其天主教同胞的敬仰。玛丽，天国之女王，她的鼻子不见了，还有两条胳膊也没了。*莱维尼娅*，我突然这么想着，目光从她备受创伤的脸上移开了。

“亨利爵士，据说您是在查询莎士比亚。”院长的英语是北部口音，也许是约克郡。“恐怕您不是第一个，我们也多次查找过。”说着他两手一摊，表示失望，不过嘴角依然紧绷。“您在这里找不到他，也找不到马洛。如果您愿意，我可以让您看看马洛或莫莱在学院的注册登记。那名字很清楚地标着是化名。”他冷冷一笑，“在宗教迫害时代，死者的姓名常用来保护活着的人。”

“幸好我们来这里不是要找马洛，”亨利爵士说，“我们的确是在找莎士比亚，但并不指望在这里找到他。”

阿姆斯特朗眼神中闪过淡淡的惊讶。“那你们想找谁？”

“可能认识他的某个人。”亨利爵士说。

“在这里？你们认为莎士比亚也许和本学院有什么关系？”

我拿出胸针，打开背面的盒盖，举到院长面前，让他看看画中那位举着受难十字架的年轻人。“我们找的是他。”

阿姆斯特朗的声音从严肃变为柔和。“太精美了，”他叹道，“是希利亚德的作品？”

“希望是这样。”亨利爵士说。

“这肯定是一幅殉道画像，”院长说，“这样的东西我听说过，但从未亲眼看见……他叫什么名字？”

“威廉，”亨利爵士狡猾地一笑，“不过不是莎士比亚。”

阿姆斯特朗哼哼一笑。“我的怀疑就那么容易穿帮？你们想象不到我们一直会接到一些什么样的古怪问题，而且还问个不停……知道他姓什么吗？”

“不知道。”我说。

“日期呢？”

“也不太准确。不过，一六二一年时他应该已经在这里了。我们怀疑他没有回英国去。”

“上帝的工作在许多地方都可以做的。”

“他也许去了新世界，去了新西班牙。”本说。

“对英国人来说，那就非同寻常了，”院长说着又看了看微缩肖像画，“特别是对耶稣会士而言，这句铭言说明了他的身份……不过，也许旧的学院登记册有点儿用处。跟我来。”

他领着我们走出教堂，回到了曲折迂回的走廊，穿过一处庭院，那里的橄榄树正曝晒在阳光之下。不久，我们在一扇上了锁的门前停下。他打开锁，我发现那是一间暗绿色的藏书室，放满了皮面烫金的书籍，书架一直排到门的另一边。

院长从其中的一个架子上抽下一本沉重的蓝皮书，是印刷本，不是原件。文字看上去是拉丁语。他一页页地翻看着，最后翻到一六二一年，然后在姓名登记栏上慢慢移动着他那肥胖的手指。他稍停一下，又继续看下去，最后回过头来说："正如我所想的，这里只有一个人符合你们的描述。他叫威廉 · 谢尔顿。"

那名字我知道。"就是那个首次将《堂吉诃德》翻译成英语的谢尔顿。"我说。

"你功课做得不错，"院长颇为赞许地说，"但那其实是威廉的兄弟托马斯。尽管传统上一直认为翻译是威廉做的，做完后顶着兄弟的名字以便出版。因为威廉是耶稣会士，在英格兰是不受欢迎之人。不过，威廉接触《堂吉诃德》更为方便，而且他懂西班牙语。"

"他和霍华德家族有什么关联吗？"本问。

"北安普顿伯爵帮助他逃到这里，还为他提供担保。那时候这么做是必须的，密探到处都是。"

"霍华德家族的人帮他逃到这里？"

"那很重要吗？"

"也许吧。他留下过任何文件或书信吗？"

阿姆斯特朗摇摇头。"他们的书信恐怕都是自己保管的。我们这里没有那样的东西。"他看看我，目光锐利。"相信我们吧。如果我们有一丝莎士比亚的线索，我想我们不会不知道的。"

"如果那封信的确是他写的，"我针锋相对地说，"你的通信人都用了化名，和你的那些神父一样。谢尔顿后来去了哪里？"

"他获准放弃耶稣会转投圣方济会。一六二六年，他被派往新西班牙，去了圣菲，同去的还有阿隆索 · 德贝纳维德。随后他就失踪了，据推测是在去圣菲西南的荒野路上殉道死在了印第安人手里。"

我心里微微一颤。

"不过，我们有一本书，曾经属于谢尔顿神父的，"院长说，"没多少人知道这件事，不过我想也许应该让你们看看。"说着，他走到远处的角落，抽出一本红色牛皮装帧的大书，打开，递给了我。

"威廉 · 莎士比亚先生的喜剧、历史剧和悲剧，"我读着，"依真实原本印制。"在这几行字下面，是衬在环领上的莎士比亚的光头。我手里拿着的是第一对开本。

“詹姆斯一世时期的巨著。”本打了轻轻一声呼哨 说道。

院长伸过手来合上了书。我有些焦虑地抬眼看看他。他就只让我看这一眼?

“我觉得你会对封面感兴趣。”他说。

亨利爵士和本一起挤到我身边。牛皮封面上有一个烫金的印记，一只飞鹰，鹰爪上抓着个孩子。突然间，这本书似乎在我手里颤动了起来，那感觉好像是把手搭在了钢琴的共鸣板上。

“这纹章你认识？”院长问我。

“德比家族的。”我悄声说。

“德比，”他重复道，“这本书是德比伯爵送给谢于顿神父的。”

“第六代伯爵，”我说，“他也叫威廉。”

在随之而来的一阵沉默中，藏书室似乎在延伸，书架上的书似乎都弯下腰来，倾听着。

“我的名字叫威廉。”本低语着。

“威廉·斯坦利。”我说出了全名。

“斯坦利？”亨利爵士有点儿难以置信，“就是……”

“就是那个 W.S.。”本说。

敲门声响起，我惊跳起来。“进来。”院长说。一位年轻的神父从门缝中探进脑袋说：“院长，有您的电话。”

“让对方留言吧。”

“是西敏寺大主教打来的。”

院长不太开心地咕哝了一声，告辞了。

门关上时，本说：“我看没太大意思。把该干的干了，赶紧走吧。”

角落里有一台老式的复印机。我按下按钮，机器嗡嗡地启动了。预热完成后，我翻开那部第一对开本。

“斯坦利？”亨利爵士朝我瞪着眼睛又问了一遍。

“没什么关系。”我答得很干脆，边说边翻着书，看看有没有标记，如边注、涂鸦、下划线、签名之类的，但凡是手写的东西。

“对你还是对莎士比亚？”亨利爵士不依不饶，“要说两者都不相关也没关系。”

我翻完全书，什么都没发现。唯一能让人感兴趣的就是封面上德比的纹章。“对我没关系，”我满心懊恼地回答，“如果德比真是莎士比亚候选人中的黑马，我也无能为力……是您要问的。”眼看亨利爵士要发火了，我赶紧补充了一句。

我再次一页一页翻起书来，这一次速度慢了一些，边翻边解释着德比可能是候选的理由。威廉·斯坦利，第六代德比伯爵，他受过良好教育，体格健壮，颇有贵族风范，完全有可能写出莎士比亚的那些戏剧。他父亲和哥哥都与演剧团保持着相当密切的关系，因此他的确可以说是在家庭剧院氛围里长大的。尽管他名义上是新教徒，其家族在兰开夏的根基却是老式的天主教阵营。他本人是一位出色的音乐家，热衷于打猎和放鹰。他出手阔绰，略通法律，曾在欧洲旅行。他娶了牛津伯爵的长女，后来受一位恶心肠的副官的影响，这段婚姻差一点儿就要破裂。他是约翰·迪伊的恩主和门徒，后者是历史上有名的魔法师，是莎士比亚戏剧中最有名的魔法师普罗斯佩罗的原型。

“更重要的是，”我要把话说完，“他也写戏。至少有一个耶稣会密探这么说的。”

“耶稣会密探？”亨利爵士感到不可思议。

“那密探被派去弄清楚德比是否可以领导一场天主教叛乱。结果他回去时报告说，那伯爵可能派不上什么用场，因为他发现对方‘正忙于为平民戏子写喜剧’。”

“天哪，”本说，“你读过那些剧本吗？”

我摇摇头。“剧本不见了。这很讽刺，因为密探的信被截获，小心翼翼地保留在政府文档里。”

“因此说德比是候选人，就有点儿像说牛津伯爵是候选人一样了。”本说。

“从某些角度说，可能性更大些。”

“因为他的名字？”亨利爵士的话中带着嘲弄，“在英格兰，每五个男孩中就有一个叫威廉的。”

“还有地理因素，”我说，“德比生活的地区，正好能解释那些戏剧台词中的方言，而牛津伯爵则不能。而且，德比相比牛津伯爵更可能还有一个原因：他似乎从来没有指认朋友犯了叛国罪。最重要的是，他的生卒年月正好吻合。不像牛津伯爵，德比伯爵的生卒年代，正好是那些剧本被创作出来的年代。”

“既然德比作为候选的条件如此完美，为什么要将他归入黑马？”本问。

我又一次翻到了对开本的末尾，还是什么都没发现。我懊恼地合上书。“他什么条件都满足，就是缺了一样关键的东西：他没有与莎士比亚清晰的关联。”

“迄今为止。”本说。

我看看对开本封面上德比家族的鹰与孩子纹章。好吧，这是一个关联，是一条证据。可这又怎么解释呢？

复印机滴的一声表示可以继续复印了。我叹了口气，把对开本封面朝玻璃上一放，按下了按钮。

复印机的那道亮光正扫过书本，房门砰的被推开了，院长大步流星走了进来。他一把推上门，双手合十放在胸前，好像是中世纪的勇士教徒，十字架和刀剑，样样精通。用眼角看去，我注意到本正悄悄朝门边移去。

“你们并没有对我完全说实话，”院长边说边伸出一只手要把书拿回去，“大主教说有人在大洋两边烧第一对开本，”他接着说，“为了得到那些书，还在杀人。”

我很不情愿地把对开本还到他手里，平静地说“是有人在杀人烧书，但不是我们。”

院长的目光朝复印机一瞥。“不是你们。你们在复印，而且未经允许。这样的行为就等于盗窃。你们到底在找什么？”

“莎士比亚。”我回答说。我说的多少是实话。

“在这本书里？”

“通过这本书。”亨利爵士说。

“这么说你解出了铭文的含义，是吗？”

我抬头看看。在门边的本停下了脚步。“什么铭文？”我问。难道我漏看了什么？

阿姆斯特朗把我们三个挨个看了一遍，带着不屑的口气说：“如果我指给你们看了，你们得把关于谢尔顿神父可能了解的一切都告诉我。”我听出来，他不是在请求，而是在要价。

“如果我能正确理解的话。”我也不让步。

一时间，他的目光停在我身上，我能感觉出，他是在怀疑和好奇之间摇摆不定。只见他略一点头，走回到桌前，把书放下，打开，接着一点点儿揭开了里封，我立刻明白，在原书封皮上，还贴着一层保护薄膜。

保护膜下的页面上，有一处墨水画的图像，墨迹已褪成棕色。一只长颈怪兽，头像天鹅，伸展着鹰的翅膀，翅膀呈野猪头状，脚爪和尾部则与鹰一致。一只爪子上钩着一个吊篮，篮子里有个小孩，另一只爪子则抓着一柄长矛。

我重重坐下。

“就是那怪兽。”亨利爵士惊呆了。

“老鹰，天鹅，野猪，公猪，”本说，“德比伯爵，就是威尔。彭布罗克夫人，是甜美的天鹅。牛津伯爵，是野猪，而弗朗西斯 · 培根，就是那公猪。”

“还有一个，”我说着指指那两只鹰爪，“右边那只，抓着小孩的，你说得不错，这是德比之鹰。但另一只，抓着长矛的，我觉得它应该是猎鹰。”

“莎士比亚的纹章，”亨利爵士说，“抓着长矛的猎鹰。”

培根小姐说得对，对之又对……好像有人在转动着一支万花筒，我以为自己知道的图案在不停变化，所出现的图景并不是我曾肯定想看的那一幅。“这里什么都有了。”我慢慢说。

“什么是这里？”院长问道。

“这本书的制作。”亨利爵士说。

我摇摇头。威尔写的是什么？怪兽编造出的那些空中楼台……雕虫小技，却不应就此完全消失于吞噬一切的黑夜之中。他们是一起委托编辑出版这部书，还是在编辑出版之外又干了点儿什么？

在怪兽下面，有人摘录了一首十四行诗中的几句，字迹精致。亨利爵士出声地读着：

吾名与吾身葬于一地，
不再使其致吾汝蒙羞。
吾甚为成此物而惭愧，
汝应为乐此道而愧疚。

字迹与给“最甜美的天鹅”写信并署名“威尔”出自同一手笔。

在页面底部，还有一行稍微潦草一些的字迹，是另一句话：人们的恶行将在其身后传扬，而善行则经常随尸骨葬入坟墓。

“裘力斯·恺撒。”本说。

“不，”我立刻纠正，“是奥菲莉亚，杰姆的奥菲莉亚，”我向身边面露不解神色的几位解释道，“不是哈姆雷特的。她在给福尔杰夫人的信中引用了同样的台词。”她说过，恰尔德教授曾警告过她不要保持沉默，而她也没有食言，把那两句台词倒过来写了。她是怎么写的？我写信是要告诉你——我们的善行能在我们身后传扬，而恶行则随尸骨葬入坟墓。

在莎士比亚指向什么一事上，奥菲莉亚·格兰威尔实话实说，就像《麦克白》里的三女巫说话的方式。如果她在入葬的事上也是实话实说，那会怎么样？她把什么东西和她的尸骨葬在了一起？

刹那间，我明白了。不是和她的尸骨葬在一起。

培根小姐说得对，对之又对。这里有两个“对”，而不是一个。首先，迪莉娅·培根相信莎士比亚的作品是弗朗西斯·培根爵士写的，是一项秘密阴谋的结果；但她同时也认定，有关作者身份的真相掩埋在莎士比亚的墓里。

我指着印在德比书上的那句十四行诗：吾名与吾身葬于一地。“迪莉娅·培根相信这一点，”我说，“她试图证明它。”

“试图？”亨利爵士正在向院长说明情况，听我一说他怒了，“你说‘试图’是什么意思？”

“她获准打开在斯特拉福德圣三一教堂墓地里的坟墓。一天夜里，她独自守夜，想悄悄去打开墓穴，但到最后，她实在无法下决心去做。至少，她在写给朋友纳撒尼尔·霍桑的信里是这么说的。”

可是那时候，迪莉娅的脑子正急速地变得不正常起来。可如果她真的打开过坟墓，那会怎样？而且还发现了什么？她的发现会导致什么事情？

一定会随着她，随着她的胡言乱语，进入亚登森林的疯人院，那里有一位叫奥菲莉亚的年轻姑娘，迪莉娅的医生的女儿。

奥菲莉亚还说了什么？我在脑子里迅速把她的信过了一遍。她说她和杰姆一起对上帝和人类犯下罪行，不过她已经把所找到的一切都送到该送的地方。

我躲开本和亨利爵士的目光。此时我们三人在脑子里想的就是莎士比亚之墓。斯特拉福德。但谁都不敢说出来。

“我们得去。”亨利爵士说。

“我看目前我想知道的就是这些了。”院长突然一本正经地说道。他用手一扫书封，我半站起身来，生怕他这一扫，我们就再也见不到这本书了。可让我惊讶的是，他走到复印机前，把怪兽的图像复印了下来，然后把这页热气未散的复印件和刚才我复印的那页封面叠在一起，放到我手里。

“谢谢。”我太惊讶了。

“如果你有任何关于神父的消息，一定告诉我。”

我点点头。我们立下的契约，我一定遵守。

“好了，”他的语气很干脆，“我同意亨利爵士的建议。你们该走了。”他急忙把我们带回到前门，身上披着的红边黑色大袍在铺着陶土砖的地面上拖着。“上帝赐予你们旅途安全，日日安宁。”他对我们说。

我们就此回到明亮的西班牙阳光中，招呼了一辆出租车。我最后看了一眼他的背影，只见他把那本书像盾牌似的抱在胸前，紧接着，我们的车就开足马力上坡，向机场方向驶去。

我呆呆地看着摊放在膝盖上的复印件：吾名与吾身葬于一地。

谁都没有说话。我们都知道在往哪里去，为什么要去那里。看起来，这一趟既不会安全，也不会安宁。

36

“在斯特拉福德有第一对开本吗？”本问道。此时，飞机正从跑道上腾空而起，飞向英国。

“没有原本。斯特拉福德出名的是房子，而不是书。不过，的确有一本很不错的复制本。”

“在哪里？”

“新居，就是莎士比亚出名后给自己买的那栋。若不在那里，就在紧邻的纳什之屋。莎士比亚买下新居时，那房子是镇上第二漂亮的建筑，可是很久前就拆掉了。现在，那里是一处花园。隔壁的纳什之屋是他孙女的住宅。那里陈列着完整的莎士比亚戏剧印刷版本，包括一个很大的第一对开本专门陈列。”

本啐了一声。“那纳什之屋一定有警察重兵把守，也许莎士比亚出生地也一样。辛克莱不会放过任何一个机会。”

“至关重要的是教堂，”亨利爵士说，“西敏寺就没有警察把守。”

“在斯特拉福德我可就不敢这么指望了，”本说，“特别是发生了威尔顿庄园的事情之后。”

辛克莱说过：*那个该死的杂种，他在我眼皮底下焚烧国家历史文物，我要逮住他*。就我所知的辛克莱探长，不抓到目标他绝不会罢手，这当然不错，只要他没把杀手和我弄混淆。

不是因为他和我相距甚远，我想起死在本臂弯里的奎格利太太，心头就一阵痛苦。要不是我把杀手引向那里，他会找到她吗？会找到玛克欣和桑德森博士吗？本曾安慰我说，这不是你的错。我看着飞机在地面上投下的阴影，尽量使自己相信了他的安慰。

比利牛斯山脉北边的天空中，乌云像随微风飘浮的羊毛般聚集起来，在飞机航线上方形成一条巨大的厚毯，我们一头撞了进去，条条雨线拍打着飞机舷窗。等我们在伦敦降落时，外面大雨倾盆。巴恩斯在台阶边等着我们，我们旋即冲进雨帘，向斯特拉福德疾驰而去。

那地方我有一阵没去了。记忆中只有带尖角阁楼、半是用原木搭建起来的房子，一幢挤着一幢，朝拥挤的街道方向倾斜出去。只有这样的图景，还有罗兹的声音。

斯特拉福德镇在中世纪和文艺复兴时期十分繁荣，可后来就衰败成一处贫穷和无精打采的地方。当那个说话飞快、满嘴谎言的马戏团总管巴努姆表示有兴趣买下莎士比亚出生地并把它拆卸后装船运去纽约时，英国人大为惊慌，赶紧设法保护自己的传统。我暗想，这倒是巴努姆留下的遗产呢。

罗兹并不同意。她讨厌这地方，甚于讨厌环球剧院。她愤愤地指出，环球剧院至少没有宣称莎士比亚在重建的戏台上真演过戏。她认为，莎士比亚出生地同样是虚构的，但宣传口吻却虚伪得多。它几乎和巴努姆的跳蚤马戏团或木乃伊般的美人鱼一样一钱不值。这栋被成千上万人当作他的出生地来朝拜的房子，是十九世纪的重建品，没有一点儿证据可以证明莎士比亚真走进过这幢房子。可是导游们依然乐此不疲地时刻向游客宣传，说那就是莎士比亚出生的地方。他真正有案可据地住进过的房子是新居，那曾经是斯特拉福德第二漂亮的建筑，可现在就是地面上的一个洞。

我听不下去了，反驳道："是一个花园，不是一个洞。"

"那花园从前是他的地窖底部所在，"她毫不让步，"柴藤从粪坑里绕着出来，玫瑰植根于屎尿之中。"

我辩解道，莎士比亚出生于斯特拉福德的某个地方，而且很可能就在亨莱街上，有记录说他父亲在那条街上拥有几幢房子。尽管我得承认，我们并不确切知道到底是哪几幢。但是，把人们的景仰固定于一处房子上，总比站在街头，不知道该将崇敬投放到无边无沿的空间中的哪个地方要好吧。

“宗教，”罗兹对我的话不屑一顾，“是大众的鸦片。”

我争辩说：“你的工资可就是从那鸦片来的。”

“如果你真要崇拜什么，”她这么说过，“就崇拜他的语言。如果你真要选一座教堂，就去剧院。”

至少在这一点上，我相信她的话。

“想想吧，”她最后轻描淡写地说，“如果你一定要眼见为实，那教堂就是镇上唯一一处真正与莎士比亚有关的建筑。上帝作证，那人还在那里啊。”

人们的恶行将在其身后传扬，而善行则经常随尸骨葬入坟墓。奥菲莉亚奋力将这个意思改倒了过去。不是吗？

我们一定要发现真相。

车悄然无声地行驶着，除了轮胎摩擦雨中湿滑的路面的嗞嗞声和雨刷轻微的来回滑动声。突然间，小镇就从翠绿的田野和山坡间突显出来。我们顺着蜿蜒的道路走着，开过埃文河上的桥，开上了高街。

我们在亨利爵士最喜欢住的莎士比亚旅馆前停下，那地方离教堂不远。那是一排都铎风格的建筑，深色的木梁，白色的泥墙，尖角阁楼，因年代久远而略显倾斜，但依然古风不减。走进旅馆，气派奢华。亨利爵士要了个套间，并让人把晚餐送到房间来。然后我们开车绕到建筑背后，我不事声张地悄悄进了旅馆。

一见我安全进了房间，本就出门去侦察教堂附近的安保情况。亨利爵士坐在高背椅上打盹，我则坐在一张床上，呆呆地看着从巴利亚多利德带来的那几页对开本复印件。

封面上德比纹章表明，威廉·斯坦利曾经拥有过第一对开本，而不是写过。即使是其中引自莎士比亚的台词也无法证明戏是他写的。任何一首十四行诗中的“我”，都只是一个可以随便套用的标记，什么人都可以借用。那句引文能表明的是，德比知道莎士比亚十四行诗中的一首，以及《裘力斯·恺撒》的一个片段。

那根本不能使他成为莎士比亚。

但那是一个关联。可以说它像蜘蛛网上的丝那样脆弱，但也可以说有足够的强韧。

那怪兽是另一回事。

老鹰、天鹅、野猪、公猪，还有那只挥舞长矛的猎鹰：放在威尔那封写给“最甜美天鹅”的信边上，第一对开本里的画表明，它们同时出现在莎士比亚作品上。但那是怎么回事？

有一长串可以拼接调整的合作者名单。也许德比、彭布罗克夫人、培根和牛津伯爵曾共同对这位戏剧家给予了支持。也许他们确保了莎士比亚不会因麻烦而陷入困境，使他像弗吉尼亚·伍尔芙所说的那样有五百镑的年收入和一间自己的房间，外加国王剧团及其环球剧院的股份。在当时那可是了不得的后盾了。

但事情也许更进一步，也许他们中有人不时地给他一条故事线索，或者故意借给他一本书：*看看这个故事，我想你会喜欢的*。也许他们同时有机会对尚在创作早期的剧本提出修改意见，建议在这里那里插上一句话，或用个什么名字等。也许，他们每人都有过一两件修改任务，培根改《风流娘儿们》，彭布罗克夫人改《安东尼》，牛津伯爵改《哈姆雷特》，德比改《暴风雨》。在可能性的另一端，是不是有可能这“怪兽”的成员写下了所有的戏，无论是合作还是单独完成，然后只是把莎士比亚拉来当传声筒或做掩护？

门开了，本走了进来。他浑身被雨淋得透湿，手里拎着一个运动包，里面的东西看上去好像比跑鞋要重一些。“镇上满是警察。肯定是辛克莱安排的。不过他们大多数都集中在莎士比亚出生地和有书展的纳什之屋附近。隔壁的新居要么是给园丁发了武器，要么是雇佣了几个伪装不太彻底的侦探。好消息是，教堂那里只有一个巡警在周围巡逻。”

亨利爵士身体向前一倾，眼睛突然亮了起来。“我们怎么进去？”

“而且还要在里面待上足够长的时间去弄开坟墓？”我问。

“等教堂执事在十一点时巡夜，检查灯火门锁时，我们和他好好说说，”

本说着不耐烦地打消了我眼神中的怀疑，“我会把你们带进去。进了那里，你们就操心自己的事情好啦。”

一位侍者推着一车饭菜进来了，亨利爵士和本全神贯注地享受起烤牛排、鲜青豆和约克夏布丁。我摇摇头，吃不下。我走到窗边，推开窗子，看着人们从灯火通明的门廊里出来，匆匆地一头扎进雨中。每晚从餐馆到剧院的大迁徙开始了。

就在一五九三年前后，莎士比亚不仅突然成果丰富，而且语气优雅，兴趣广博，睿智成熟。在短短六七年时间里，每年都有两部甚至三部杰作从他的笔尖淌出，而此后，很快一年就只有一部了。很可能，《理查二世》《罗密欧与朱丽叶》《仲夏夜之梦》和《约翰王》都是一年半之内的产品。对大部分作家而言，要他们在六十年时间里写出这样数量和质量的作品，都将是苦不堪言的事情，更别说是在六年时间里了。

这好戏连出的唯一解释，就是一位天才突然不知为什么才情大发。但是，如果不是一个人单兵独斗，而是五个脑袋合到了一起呢？有没有可能这一突然的丰产是一个“怪兽”的小小五人帮的作为呢？

相对其他人而言，德比是最可能“发现”来自斯特拉福德的威廉·莎士比亚先生的人。有没有可能北方伯爵的儿子和沃瑞克郡手套商的儿子在看戏时认识了，在斯特拉福德，在考文垂或切斯特，甚至在诺斯利厅或兰索姆公园，在德比伯爵家族的北方庄园里？剧院是各社会阶层人士混迹一堂的地方。这两位 W.S. 是否碰巧见了面，相互了解了一下，发现对方竟然十分有趣，至少有点儿用处？莎士比亚有没有驾车离开斯特拉福德前往伦敦，成为德比伯爵剧团的一员？

这想法太疯狂了。*我这是在变成迪莉娅*。培根小姐在想象中认定莎士比亚就是培根，斯坦利女士则有点儿觉得斯坦利是莎士比亚。迪莉娅想撬开莎士比亚的坟墓，而我则想在今夜再次打开它。

迪莉娅是对的。对之又对。

迪莉娅疯了。

我抓起那本钱伯斯的书，把夹在中间的所有纸片都甩了出来。那几封信像死飞蛾的翅翼那样飘落下来，掉在地毯上，二草般堆成一堆。我跪在一旁，在中间拨弄着，根本没注意到坐在桌边的本和亨利爵士正瞠目结舌地看着我。

看什么看，我有证据。有罗兹的书目卡，有杰雷米·格兰威尔给恰尔德教授的信，有奥菲莉亚给杰姆的信，有她很久以后给埃米莉·福尔杰的信，有彭布罗克伯爵夫人给她儿子的信——*莎士比亚君今在吾处*，有威尔给最甜美的天鹅的信，有德比的第一对开本上的纹章。最后，而且是最最重要的，是藏在奥菲莉亚的胸针暗盒里的那幅年轻人微缩肖像画，背后一片火焰。

我们到底知道些什么？真正知道些什么？

莎士比亚写过一出根据塞万提斯小说《堂吉诃德》中的卡德尼奥的故事改编的戏，而那出戏似乎有点儿影射霍华德家族史。环球剧院烧了，那本戏不见了。

几年之后，威尔（也许是德比）给“最甜美的天鹅”（也许是彭布罗克伯爵夫人）写信，说只要不把《卡德尼奥》包括在内，自己就不在乎出不出全集对开本，还说自己会把此事向巴利亚多利德皇家圣阿尔班学院的某个人作出解释。无论德比可能把什么东西送往了西班牙，他肯定往那里送了一本精美的莎士比亚第一对开本复本，还印上了自己的纹章，送给了某一位威廉·谢尔顿神父，后者如果不是塞万提斯作品的英译者本人，就是其兄弟。

谢尔顿神父把那部书留给学院的图书馆，自己前往新西班牙并死在了那里的印第安人中间，是在圣菲西南的某处，具体地点谁都不知道。

除非杰姆·格兰威尔找到了他。

杰姆是怎么知道到哪里去找的？

他和奥菲莉亚·费雷尔有关联，后者与迪莉娅·培根有关联，而培根又坚信莎士比亚坟墓里藏着关于这位诗人的某些秘密信息。

人们的恶行将在其身后传扬，而善行则经常随尸骨葬入坟墓。

奥菲莉亚认为自己和杰姆对人类和上帝犯下罪过，她已拼尽全力让事情恢复原样，以求赎罪。

吾名与吾身葬于一地，德比是这么写的。

对斯特拉福德那座教堂后的莎士比亚墓，迪莉娅就是这么认为的：那里埋藏着关于她所如此崇敬的天才的真实身份。

跟着一位疯女人的思路走，是不是也疯了？

37

夜幕慢慢降临，慢得让人心焦。雨势渐弱，变成了薄薄的纱幔；十点钟时，深蓝色的天空已是一片墨黑。到十点半，我把对开本封面的复印件和夹着那几封信件而变得厚厚的怀德纳图书馆的《伊丽莎白时期的舞台》一起交给巴恩斯保管，然后，本、亨利爵士和我一起步行出门。亨利爵士自己挑了条小径走。本拎着运动包，在我身后十步远的距离跟着。

潮湿的夜空里车头灯不住闪烁，人们从门厅跑向等待着的车子。走过两幢建筑，我们闻到一阵浓郁的柴藤夜香，那个栽满柴藤的花园，曾经矗立着莎士比亚的宅子，是当时镇上第二漂亮的建筑。在蒙蒙细雨中，我缩着头，向左一拐，朝教堂巷走去。这个时候，巷子里空无一人。即使花园里还站着持枪的园丁，反正我没看见，而他们也不会注意一个独自行走的黑头发男孩。

走到巷子尽头，就来到了天鹅剧院，维多利亚时期皇家莎士比亚剧团的演出地，有几个观众散场之后依然在那里流连，也许是希望能看一眼演员。本向右一转身，赶上了我，我们一起沿着低矮的路顺河走着。在人迹稀少的夜晚，我们的脚步声很响。我们走过右边的“脏鸭子酒吧”，如此潮湿的夜晚，室外庭院肮脏不堪，凄惨寥落，客人都挤在小小的内室中。我们走过左边的缆索渡口和租船处，走过把道路和河渐渐分隔开来的公园。

头顶上的云团遮蔽了月亮。走过一段弯曲的道路，教堂就在前方，本停下脚步。夜色中，亨利爵士从我们右边的公园里现身。本做了个手势让我们先别动，他自己率先向前走去，在一处告示牌前停下，做出在看仪式时间安排的样子。过了一会儿，他手一挥，让我们跟过去。

进得大门，是一条砾石铺就的林荫道，两边的椴树被人胡乱修剪得惨不忍睹。道路直通向缩立在暗影中的教堂。灯火好像悬浮在雾气中，鬼火似的照着这条小路。道路两边一派黑暗混沌。我只能依稀看出那些在蓬草中间影影绰绰的墓碑。

我们无声无息地离开有灯光的地方，弯腰躲在一对高大的墓碑后面。我听见砾石路面上有脚步声，然后一声呼哨，接着又传来一阵脚步声，更为轻柔，是踩在草地上的。

"晚上好，乔治。"听声音是一个男的。

"楼梯挂雨烂得快，不是吗？"乔治似乎心情不错，边说边沿着砾石路朝教堂走去。显然，这位是执事。

另一头的巡警在坟墓间绕来绕去地朝我们的方向走来，在黑暗中，只见他的脸像鬼火般一跳一跳。他刚走过我们身边，本突然悄无声息地跳起来扑到他背后，胳膊肘一弯，卡住他的喉咙，把他摁倒在一座墓碑后面。

巡警喘着粗气，眼神透露着愤怒和恐惧，用力挣扎着。本侧身紧了紧胳膊肘，那家伙便软软地瘫了下去。

本把他放倒在地，仔细观察着教堂的情况。执事走到门口，转过身来，手里拎着的一大把钥匙嚓嚓作响。他在那里站了一会儿，探着脑袋，倾听着。过了一会儿，他摇摇头，回身朝门凑了过去。

"把他绑起来。"本说完，没多看一眼就迅速向教堂走去。

前方，执事开门走了进去。本悄无声息地跟着进去。什么都看不见了。亨利爵士面如土色，从运动包里掏出一根绳子，递给我。我俯身看看那警察。简直跟死了一样。我惹下什么样的麻烦了？

本进去四分钟后出来了。我们半抬半拖地把巡警弄进教堂，本在我们身后关上大门，关门时的一声砰响，听上去好像远处的一声雷鸣。本打开一支细小的手电，只见那执事人事不省地躺在石板地上，那一身极为专业的五花大绑让我甚感惊讶。那串钥匙就在他身边不远处。墙头上有一点小小的绿色在闪动：执事在被本制服之前已经解除了报警装置。

我找出了锁门的那把钥匙，本趁着这个时候把巡警手腕上的绳索又紧了一下，把他拉到执事另一边放下。“轮到你上场了。”他说着把手电递给我。我猛地转身离开了躺在门两边的那两个人，径直朝中殿走去。本和亨利爵士在后面跟着。

手电光照不到的地方一片漆黑。教堂深处的圣堂根本看不见，头顶上的拱顶也看不见。整个地方弥漫着冰冷的石头和死亡的气味。这座建筑与大多数教堂一样，都建成十字形状，中殿就占据着那长长的一竖。我们走过十字交叉点，教堂的钟楼和尖塔就在我们头顶上方，走过左右两端的小教堂，最后进入圣坛。两边幽暗处是合唱队的站台。

我举起手电，光束迅速扫过东窗上的彩绘玻璃。窗下方的祭坛闪烁着金光，犹如依稀记忆中的所罗门圣殿。不过这祭坛不是我们要找的地方。我把光束照向左边。

在高高的北墙上，莎士比亚的雕像仿佛降神会上翩然降落的精灵，石雕的手紧捏着羽毛笔，看上去不像诗人，更像是一位职员，光滑的脑门看上去更像岁月的痕迹而非虔诚的印记。在差不多四个世纪的时间里，他凝视的目光牢牢守卫着自己的秘密。坟墓就在下方，一块长方形的石板，一道镶着珠宝的围栏把芸芸众生挡在圣坛之外。

我们翻过栏杆，站在石板周围，石板上刻着一段文字。亨利爵士读出了声，那声音在穹顶上方回荡：

朋友，以耶稣之名请记，
万勿将此地的灰土掘起。
放过这石板者将有福佑，
移动我尸骨者定受诅咒。

诗的水平远不如《罗密欧与朱丽叶》和《哈姆雷特》。但无论如何，诗句气势强大，韵脚用的是儿歌或符咒风格，却有点儿让人难以解释。一道暗含诅咒的永久赐福。

其中有诅咒吗？奥菲莉亚后来是这么想的。她是怎么说的？对上帝和人类都犯下了罪行。在黑暗的教堂里，我不禁一阵颤抖。

我们脱下雨衣，把雨衣摊放在墓碑周围。本从运动包里拿出凿子和撬棍，我们便小心翼翼地开始干起来。我们得把石板弄松动，抬起它，但不能把它打碎了。

好一阵子，我只听见金属击打石板的轻微啪嗒声，还有我们凝神屏气的呼吸。我蹲坐下去，让手稍微休息一下。身后的什么地方传来一个很轻的声音打破了寂静，我呆住了。就像周围的那一圈圣徒魔鬼的眼睛突然活了起来，我们肯定被人盯上了。

慢慢地，我站起来转过身去。周围依然是厚重的黑暗。

一道炫目的亮光照在我脸上。辛克莱，想到此我突然一阵惊恐。

"凯瑟琳。"一个声音说道。不是辛克莱，根本不是警察，是阿特奈德。"离开那坟墓。"她说。

我犹豫着。

"听她的。"本悄悄说。

我朝前走了几步，稍微往边上偏一点儿，走出光圈，看清了情况。阿特奈德站在合唱队站台前，她手里拿着一把手枪，朝我指着，弹仓长得出奇，是装着消音器的手枪。

"再远一点儿。"

我又挪了几步。

"你要的东西她没有。"亨利爵士说。

"我就要凯瑟琳。"阿特奈德说。

"休想。"本说着朝前一步走去。

"再动我就朝你开枪了，波尔先生。"

本停下不动了。

"你要我做什么？"我尽量使自己的声音平稳些。

"让你摆脱一对杀手。"

什么？

"你想想，凯特。"说话的是另一个声音，是从北墙站台那里发出来的。

是马修。“每次有人死的时候，都是谁在那里？普雷斯顿档案馆里是谁和你在一起？”

“是我。”本说。

“没错，”马修平静的声音里充满厌恶，“就是你。”

辛克莱也说过同样的意思，当时我想都没想就把它抛在脑后了，现在我再次把它抛开。“不对。”

马修不依不饶：“凯特，桑德森博士死的时候他在哪里？他把你独自留在图书馆里，很方便，不是吗？”

“那天晚上我也受到袭击了，”我寸步不让，“本救了我的命。”

“是吗？还是他袭击了你，然后又假装过来救了你？”

我回想着国会山上的情形。模糊中有人袭击我，模糊中听到离开的脚步声和赶来的脚步声。

“想想吧，凯特，”马修又说道，“好好把每一次袭击、每一桩杀人案都想想清楚。”

在怀德纳图书馆，跟踪我的人消失后没多久本就出现了。他是否可能就是那个跟踪者呢？他完全可能绕过书架，脱掉黑衣，把它塞在书堆里。这是可能的。

这太荒唐了。

在雪松城，他在我前面离开了档案馆，出去买三明治。我前脚刚走，他是否后脚再回去杀了玛克欣？有可能，不过可能性很小。在国会山，他在木兰花丛中发现了我，正好把袭击我的人赶走了。他自己也说过那次袭击是设计好的。*如果他真的要杀你，我还没跑到你跟前你早就该死了。*他是这么说的。那么，他来救我是不是也是设计好的呢？好让我信任他？

不。他救了我。

还有什么？威尔顿庄园。在威尔顿，他从头到尾都陪着我。“他不可能杀了奎格利太太。”我尽量保持头脑清醒。

“那我以灵魂做赌注，”阿特奈德说，“亨利爵士有可能。”

我皱起了眉头。亨利爵士和奎格利太太一起离开了多久？十分钟？

十五分钟？二十分钟？反正时间足够长，可以杀了她再回到隔壁房间，划伤自己的脸，在地上倒着。

一对杀手，阿特奈德是这么说的。在这件事情上，本和亨利爵士是一伙的吗？这可能吗？我再次把思绪拉回到开头，把事件一个挨一个地过了一遍。在每一个节骨眼上，他俩总有一个把我救出困境：拿来衣服，提供交通，给我钱，甚至还弄来了护照。本不仅是在保护我，他是违反了两国的法律在保护我。

而这两个人，他们可能杀了任何一个已死的人。

"为什么？"我追问道，"为什么要杀别的人？为什么要让我活下来？"

"他们需要你。"阿特奈德说。

这和本关于她所说的一样：她需要我去找到那部戏。那么我就可以推论……他是不是有意将自己的动机塞到她的头上了呢？

"可有人一直在试图阻止人们找到那部戏，阿特奈德。亨利爵士干吗要那么做？"

"他并不想阻止，"她说，"他是想控制。我猜想，亨利爵士极其贪婪地想要得到那部戏。我猜，他从罗兹那里第一次听说了这件事，从那时候起，他就梦想着把堂吉诃德的角色变成自己的东西。对一个人的演剧生涯来说，扮演同为莎士比亚和塞万提斯笔下的角色，还有比这更美好的天鹅绝唱吗？他想独占这出戏，可罗兹不答应和他分享，他便杀了她。"

"满嘴胡话的婊子。"亨利爵士愤愤地说。

阿特奈德没理睬他，只顾对我说下去："可他需要你的帮助。所以他就雇了人。正如本对你说过的，有人给了他钱。只不过，给钱的是亨利爵士，不是罗兹。"

"本是她的外甥，阿特奈德。"

一阵沉默。

"太有意思了，"马修说，"罗兹是独女。"

我朝本看看，希望他能否认这一点。

他脸上肌肉一颤。"我需要你信任我。"

“凯瑟琳，本杰明·波尔的真实面目，”阿特奈德说，“是一个训练有素的杀手。也许我可以说他是个勇士，如果他还配得上那个词顺带的含义的话。至少，他从表面上看是名声显赫。他获得过维多利亚十字勋章，那可不是女王随便颁发的东西。那是奖励他在塞拉利昂的那次突击行动中的表现。那次突击解救了八十位平民，不过英国特种空勤团也牺牲了十二条生命。可是，一直有这样的疑问：他到底应该为死者还是为被救下的人负责？那件事还涉及一点点儿有关钻石的问题。是不是这样，波尔先生？”

亨利爵士一脸怒容，不过本却毫无表情，面容刻板。我对这两人所了解的一切像旋风一样升腾起来，风平息之后，落下来堆成了另外的形状。这两个人之间，有人杀死了罗兹、玛克欣、桑德森博士，还有威尔顿庄园的一位好心的女人，她的唯一“罪过”就是把他们引进大门。他们就像猎人利用猎狗一样利用我来发现他们的目标。

我刚意识到将要发生什么，那情况即刻发生了：亨利爵士一声怒吼朝阿特奈德扑了上去，在同一时刻，本把手里的凿子冲马修甩过去，打掉了他手里的枪。紧接着，他朝我扑来，眼神里露出冷酷的光。

在圣坛中央，阿特奈德的手电啪的一声掉在地上，灭了。我们立刻笼罩在一片黑暗之中，我一弯腰，躲过了本。

“凯特，快跑。”马修吼道。我一甩手，在小腿的高度把凿子朝本的方向扔过去。只听他叫了一声，跌倒在地上。我悄悄从他身边溜过，朝教堂中心跑去。

我听见身后响起搏斗的声音，接着是两声尖厉的枪声，很快就消失了。

一切都恢复了平静。

谁中了枪？

“凯特！”是本的声音，在教堂内萦绕着。

我紧贴着合唱台。

“找到她。”本一个字一个字地说。

阿特奈德和马修两人都被杀了？我觉得自己要失声大喊出来，赶紧用手捂住嘴巴。

“唯一可用的门就是我们进来的那扇，在中心的后面。”亨利爵士微带喘息地说。

如果让他们赶在我前面到达大门，那我就被关在里面了。

我踮起脚走过十字建筑的中心，突然感觉一边有动静。这时，本和亨利爵士还跟在我后面，所以不可能是他们。那么是马修还是阿特奈德？我朝一边爬去。

一道雕花木围板拦在十字形建筑南边的小教堂前部，阿特奈德就站在围板里。我悄悄翻进去站在她身边，她紧攥着我的手，我们两人蹲伏在围板下面。如果被本和亨利爵士发现了，我们就无路可逃了。如果没发现，我们就有一丝希望，可以一直躲到上午，那时就有人进教堂来了。

我们躲在那里，在黑暗中拼命努力地倾听着。*马修在哪里？死了？还是倒在地上因流血而奄奄一息？*我们听到脚步声悄悄走进十字中心，接着走过小教堂，走向中心。

阿特奈德站起身，把我也拉了起来。她紧紧抓住我的胳膊肘，把我拉回到十字中，接着回到圣坛处。她似乎知道要往哪里去。也许矗立在上面某个地方的讲坛后面有一处空间。后面或下面。我想起来，教堂的那种地方有时候会有这样的空间，或是进入密室的暗门。

在十字中心的后部，有人拧亮了手电。听得见有脚步声急促地沿着座位间的走道朝圣坛走去。我们加快速度，不过阿特奈德拉住我，没有朝圣坛方向，而是朝教堂的南墙走去。刚走过合唱台，有一扇拱门，曾经是通往灰瓮间的，那是一间小小的密室，储藏着死者的骨灰。不过灰瓮间早就被拆掉了，门也给封了起来。我们准会让人按在沉重的橡木门上逮个正着。我往后一退，但阿特奈德的手却攥得更紧了。

脚步声到达了十字区，手电光束在圣坛上来回扫动，离我们还有十到十五英尺的距离，此刻，要爬到布道坛后是根本不可能了。我们紧紧地靠到南墙上，那门居然朝外开了，铰链上足了油，门扇悄无声息。

我们来到了夜空下的外面。

马修。我转回身去。

可阿特奈德把身后的门关上，拉着我走进了墓碑的迷宫。我们在纷乱的坟墓和缭绕的雾气中迂回，跑过教堂尽头。突然，地面消失不见了，我赶紧停下脚步。我们到河岸边了。但是阿特奈德却没有停止，径直往下走进芦苇丛中。

在我们身后，门开了，手电光束射进夜空。

“凯特！”本大声吼着。

我跟在阿特奈德身后爬着，下面，有一条小船藏在芦苇丛中，船在水面上下晃动。我们悄悄上了船，平躺下来。

马修。我尽量不让自己去想象他躺在教堂地上鲜血横流的样子。他到那里去的唯一原因是为了帮助我，可他现在却奄奄一息，甚至可能已经死了。我再次感觉一声呐喊要从嗓子里冲出来，但还是把它压了下去。

我们听着本在我们头顶上方，骂骂咧咧地在坟墓间寻找着我们。渐渐地，他走到教堂另一边去了。阿特奈德依然没有任何要把船划出去的意思。

只听得上方有悄悄的脚步声朝河岸走来，走到芦苇丛边停下了。我俩立刻紧张起来，阿特奈德抬起一只胳膊，举枪瞄准河岸。

“Vero。”一个声音发出低语。

“Nihil verius。”阿特奈德应答着。

只听芦苇哗啦啦一阵作响，马修顺着河岸滑上了小船。他的手在我肩膀上拍过，轻轻地捏了我一把。阿特奈德终于拉起锚链，而马修则抓起桨，开始溯流而上。

他始终把船控制在离岸较近的地方，在倒垂的树枝和岸边的芦苇遮盖下，船几乎看不见。啪啪的雨点声，也盖过了船桨和水沫的声音。我们划过公园，来到绳索渡口。马修迅速把船绑好，我们悄悄走进树丛。

前方，一辆车从街上开来，刚开到我们身边，门打开了。阿特奈德没等车停稳就一头钻进后座，我也跟了进去。马修在我后面也进去了。

“考文垂。”阿特奈德说，那司机点点头。

我扭过头去。没有奔跑的脚步声。没有车。寂静的街道上没有移动的东西。“是坟墓，”我悄声说，“才让他们没能跟上我们。”

“也许吧，”阿特奈德说着从车门的凹袋里拿出一个保温咖啡壶，“不过他们一定会掘地三尺。”我不安地扭了扭身子，在阿特奈德前面横着伸手去抓车门把手。

阿特奈德一只手放在我膝盖上，说：“让他们去吧。”

“你不明白，”我哀叹道，“他们会发现奥菲莉亚留下的东西。如果那不是他们所希望看到的，他们就会把它毁掉的。”

“不，他们办不到，”她边说边在自己脚边摸索着，然后拉出一个镶着嵌饰的红木盒子，笑着把它放到我腿上，“我们抢先了一步。”

幕 间

一六一二年八月

她整整苦等了六年时间，现在，她一直盼着的时刻就要来到了。

傍晚，威尔士亲王亨利刚款待完父王母后和所有宫廷大臣。晚宴设在伍德斯托克一处山顶花园内一幢绿树环抱的夏日行宫中。当星光透过枝叶洒落下来时，大厅里的餐桌已经撤走。国王与王后早已离开，年轻一些的朝臣开始在草坪上翩然起舞。

一列女士摇摆着身子将亲王围在中央，脖颈上的环状领如纱翼般上下颤动。人群中，一只手套落在了地上。那是一件极为美丽的东西，淡象牙色的小羊皮面，镶着花边，手指细长。宽阔的手腕部分用金丝绣满珍珠与红宝石。

在藤架凉亭的阴影里，一个身穿绿色服装的女子神情紧张地在那里观望着。她亲手挑选的那个人，一个急切想出人头地的新来者，按所给的指示迅速弯下腰去想把猎物拾起来。她看见他认出了手套上的大写字母，那个用宝石绣成的精美“H”，拿手套的手停在半当中。一时间，她担心那男子会失去勇气。毕竟，这是埃塞克斯伯爵夫人弗朗西丝·霍华德的物品，与霍华德家族的人打交道，谁都不敢掉以轻心。

不过，为抓住这样的机会，那女子事先已打听清楚，尽管此人刚入朝廷，但对亲王和这位亚麻色头发、爱开玩笑的伯爵夫人的各种传言早已有耳闻。他已亲眼看到亲王贪婪的眼神如何紧随她左右而不肯松动半分。

那人勇气依然。他拾起手套，但没有将它还给夫人。只见他一手托着自己的羽帽，低头直视着地面，将手套向亲王奉上。

周围的音乐一阵颤抖。四下里传来悄声的议论，紧接着又静了下去。年轻的朝臣尽管接受过长时间的礼仪训练，此时还是抬眼瞥了瞥。亲王正朝他怒目而视，好像他手里托着的是猪圈里刨来的一团污秽。接着，亲王的目光转过去落在伯爵夫人身上。夫人微微一屈身,行了个小小的礼，脸颊上飞起两朵红晕。“我决不会碰这个东西，”亲王鄙夷地说，“早给人拿过了。”说着他脚跟一转，大步离开凉亭，随从们赶紧跟了上去。

“你都干了些什么呀？”年轻的朝臣呻吟着。

“给你的钱够多了。”那女人说完便悄悄跟在亲王后面也走了。

这似乎是一次完美的复仇。她女儿被伯爵夫人的叔公和父亲剥夺了名号，现在，她要把他们的女儿的名声，还有他们自己的名声，都拖进烂泥地。

结果,复仇比她预想的更为简单。她所需要做的就是把真相抖露出来，其余的，埃塞克斯伯爵夫人弗朗西丝·霍华德自己就都做完了。她嫁给了一个令她极为讨厌的伯爵，一直试图使这段婚姻失效，于是，她的家人便出主意让她去追亲王。这一招实在荒唐，因为弗朗西丝所痛恨的丈夫恰好是亲王的密友之一。她的成功，验证了她的美貌和魅力。埃塞克斯和亲王逐渐分道扬镳。亲王的热切日益加深，当别人怀着日益深重的不安观察着这一切时，这位深色头发的女子却在观察弗朗西丝，而她看到的情形十分受用。

从表面上看，那姑娘做得中规中矩。她十分慎重周全，总是另与别人挑弄风情，就是那刻板的亲王最最鄙视的男人，他父王的美少男罗伯特·卡尔。

渐渐地，那无情的女人铺下了一条证据线索，引起亲王的疑心。就在那天早晨，她一收线，把刚结束晨间骑行的亲王引到一个地方，从那里他亲眼看见卡尔从伯爵夫人的房间里溜了出来。

他一整天脾气暴躁。眼下，在夏宫外，女人听见亲王的朋友们正在劝说他，让他别做傻事。埃塞克斯伯爵，这位被弗朗西丝拒斥的丈夫及亲王的儿时密友，此时牵着马走进火炬光圈中来，马缰绳像小银铃般叮当作响。“你爱怎么生气就怎么生气，但不要只怪罪弗朗西丝一个人。她是那毒蛇之家的产物，她不得不按命令行事。”

亲王跃上马背。他神色凶狠地说：“等我当了国王，我绝不会让那家族留下一个人活着冲墙撒尿。”说完他一磕马刺，迅速离开了。其他人急忙赶着跟上去。

那女人一直等到夜色里别无他人，才走出暗影。可是，她刚走进空地，就听见身后有人，她猛地转过身去。又一位偷听者走进火炬光圈，是一位老者，头发雪白，胡须修剪整齐，眼神冷峻，熠熠闪亮，是北安普顿伯爵，霍华德家族的族长。

她动弹不得。他是和国王王后一起走的，这一点她明明看得很清楚。他怎么又到这里来了呢？

“夫人，”他边说边扶着不停颤抖的女人重新跳起舞来，“也许您迷路了。”

她做了什么了？

在公开场合攻击亲王无异于自杀，但霍华德家族依然不允许自家女儿的名誉遭到污损而不作出任何回应。他们设计了一场精妙的报复。他们要在伦敦全城散播绯闻，传唱歌曲，说一位对丈夫忠心耿耿的女子被丈夫的一位王子朋友所陷害，毁在了他的手里。绯闻和歌曲里对姓名只字不提，但指的是谁则一目了然。这其中最重要的杰作就是由伦敦最优秀的剧作家亲笔写的一出戏，那人就是威廉·莎士比亚先生。

可是他表示歉意，说自己不接受个人委托。

霍华德家族表示理解，但在当时的情况下，他们希望他能破一回例。

他了解了详情后，同意了。他们敲定了此事，萨福克伯爵是宫务大臣，执掌着剧院的生杀大权。不过，让莎士比亚答应下来的不是大棒，而是胡萝卜。

“《堂吉诃德》？”瓦尔登的霍华德勋爵西奥菲勒斯对此有点儿将信将疑。“塞万提斯怎么能引诱他？”那本书刚翻译出来，被呈献给了西奥。这本书伦敦但凡粗通文字的人都在口口相传，他是该书的所有者，自然会表现出兴趣。

“鱼饵不是塞万提斯。”叔公回答时，对西奥的迟钝满是不屑。

“那是谁？”西奥问。

“那个译者。”他的父亲萨福克伯爵不耐烦地说。

当天晚上，西奥彻底唬住了托马斯·谢尔顿，让他说了实话。托马斯本人并没有翻译那本书，尽管那篇致西奥的充满阿谀逢迎的题献是他写的。做翻译的是他的弟弟威廉，但若用他的名字，译作便永远不可能出版，因为他是一个不受欢迎之人，是一个耶稣会士，生活在西班牙，这一点，西奥的叔公知道得十分清楚。

“怎么知道的？”西奥追问下去。

“北安普顿大人把他派去了那里。”谢尔顿嗫嗫地答道。

像往常一样，西奥的叔公再次正确。在伦敦黑修道士区的一幢房子里，莎士比亚先生正埋头于塞万提斯的杰作之中。

过不多久，北安普顿伯爵终于得悉侄孙女与罗伯特·卡尔在调情的丑事。与国王的宠臣联盟，绝不意味着能获得什么特权，也不意味着能与国王的儿子联盟。可从另一方面看，这样的联盟是权力和财富的来源，所以也不能对此嗤之以鼻。国王很愿意让他的宠臣结婚，他根本不会去嫉妒他们的妻子，相反，他还十分宽宏。可是，这样的好处只能延续到国王生命的尽头。只要亲王一登基，与卡尔的任何联盟都将毁了自己。

弗朗西丝看看叔公，看看父亲，然后大步走出房间。

到了十月，苹果熟了，树叶落了，亨利亲王突然发热病倒了。两星期后，十一月刚开了头，他死了。秋日的空气中弥漫着亲王被人下毒而死的窃窃私语，北安普顿伯爵神色阴郁地盯着他的侄孙女。对方一言不发，冷冷地回视他。

家族的路清晰可见。亲王死了，他们便决定追随卡尔，并重新鼓起热情，推动弗朗西丝废除第一段婚姻的事情。

接着，在十二月，莎士比亚先生的一部新剧《卡德尼奥》放在了萨福克的桌上，这一下，他们意识到惹麻烦了。

标题本身就是个奇怪的巧合，影射得太过于大胆。此戏曾计划用来羞辱亲王，为弗朗西丝开脱，卡德尼奥这个名字和卡尔太过接近。更糟糕的是，在剧中，风流浪漫的主人公卡德尼奥因为从腐化堕落的亲王手里拯救了女主人公而受到指控。他原本是被用来喻示弗朗西丝的第一任丈夫埃塞克斯的，可现在谁都不会这么看了。流言早已漫天飞扬，说弗朗西丝与卡尔私通，让亲王戴了绿帽子。这出戏只会给流言进一步煽风点火。而且，这还不是改改名字的事。全天下的人都在读《堂吉诃德》。卡德尼奥的故事人们一眼就能看出，无论你把什么样的名字贴到上面去。

让莎士比亚先生把剧本撤了。

还没等他作出反应，有人已经在陛下耳边吹了风，说有一部根据那本新书《堂吉诃德》改编的戏。国王即刻点名要在女儿结婚庆典时上演这出戏。

即使是萨福克这样的人，也无法抗拒国王的直接旨意。一月，《卡德尼奥》在宫内上演。萨福克在背后怒火冲天，决计要使这出倒霉的戏尽快淡出人们的记忆。可是，它并未消失多久。六月里，国王剧团就宣布要在环球剧院重演此剧。莎士比亚先生再次接到要撤下此剧的命令。

莎士比亚先生拒绝了这一要求，但并未说明原因。

在六月的一个晴朗的下午，那位深色头发的女人拽着皮肤暗黑如小吉卜赛人的五岁女儿的手，拉着她坐上环球剧院的中看台座位。

“谁的？”威尔曾经问，“是谁的？”

“她名叫罗萨琳，”那女人回答道，“昵称罗丝。”

“无涯的精神虚掷于耻辱之中。”他压低嗓音说，那些词语使她一直因愤怒而毛发竖立。

那小姑娘很是激动，边啃着橙子，边朝剧院内四下张望，眼见得看台渐渐坐满了观众。她此前从未进过剧院。“我们能看见他吗？”她无数次地这么问道，“能看见莎士比亚先生吗？”

“结束之后。”她母亲说。

她自己也很长时间没去环球剧院了。她已经忘记了那里浓烈混杂的体味和发油味，忘记了那里比她女儿大不了多少的小孩子们狼吞虎咽的甜食和馅饼的气味，还有那五彩斑斓的颜色：灰蓝布的学徒工装和贵族优雅闪亮的丝绸服装混在一起，还夹着四下游走找机会下手的妓女身上的艳俗衣饰。

莎士比亚会出现在他最喜欢去的地方，就是戏台后面的演员休息间。看观众，看她。

一阵号乐，演出开始了，把人群带到了西班牙。

第一幕结尾时，有人往她手心里塞了张纸条。她左右看看，似乎谁都没对她投来半点儿关注的目光。她低头看去。纸条上写着：*我此刻变成了自己荣誉的坟墓，那只有死神居住的黑暗大宅*。她认不出是谁的笔迹。

过了一会儿，剧团中一个擅长演女角的男孩子走上戏台，一身年轻女子装扮。那女子惨遭强暴，头发凌乱，用悲伤的口吻高声念出了上面那句话。就在此刻，那女人感觉到有目光正向她投射过来。她朝莎士比亚喜欢在后台窥视她的那地方看去，但被看的感觉似乎不是从那里来的。慢慢地，她把目光移到了右边的贵族包厢。但那里的每个人的表情似乎都全神贯注于台上的剧情。

接着，有人动了一下，她看见了，那是北安普顿大人的白发和瘦削的脸。他和她四目相对，他脸上闪现出充满恶意的微笑，点点头，随后便垂下目光，盯在那小姑娘身上。

以眼还眼是他一生的准则。牧师还牧师，女儿还女儿。

她一把抓起女孩的手。“我们走。”

“可是，妈妈……”小姑娘尖声嚷着。

“我们走。”

第 四 幕

38

阿特奈德放在我膝盖上的那个盒子是维多利亚风格的，节疤木质，镶嵌着祖母绿和黑木。“我不明白。”我脑子里一片混沌。

“大千世界，什么东西都自有价位，”阿特奈德说话的声音里带着的不是自豪，而是惋惜，“警报密码，教堂钥匙，甚至是警察。昨晚我们的钱花得很值。”

盒子里有一本黑皮面小书，是一本日记。我伸手去拿，但阿特奈德把她的手按在了我的手上。“我已经尽力向马修作了解释，但你先得让我俩了解迄今为止你都发现了些什么。”

我有些不耐烦地把西敏寺、威尔顿庄园，还有巴利亚多利德等的事情告诉了他们，但我还是有些不愿意把别在我外衣内里的那枚胸针的事说出来。我也不明白是为什么,反正就跳过去没说。阿特奈德紧紧盯着我，我感觉她知道我并没有把事情全说出来。即便如此，我一说完，她还是把手抽了回去，点点头。

我拿起小书，打开了它。一八八一年五月，这日期的笔迹相当精美，我一眼认了出来，是奥菲莉亚 · 格兰威尔的。

“她的回忆录。”我低头去读的时候阿特奈德说了一句。

坐在我一边的马修不耐烦地动了动身子说：“五分钟我就能给你说清楚头十年里的事情。她很小的时候死了母亲；他父亲是一个医生，在亚登的亨莱小城里开了家私人女子精神病院。他们的‘客人’——费雷尔医生就是这么称呼其病人的——就住在那幢旧式大宅的一边，他和女儿就住在另一边。”

“对孩子来说那地方不太理想，”阿特奈德插话说，“所以她父亲就尽可能经常地把她带到附近的斯特拉福德去，和那里教区牧师的孩子一起玩耍。”

“就是格兰威尔·J. 格兰威尔牧师的孩子。”马修说。

“格兰威尔？”我问。

“她对格兰威尔的女儿们没太大兴趣，”马修说，“有个年纪稍长一些的儿子在牛津，但她最中意的就是杰雷米。”

“杰姆·格兰威尔是斯特拉福德那位牧师的儿子？”

“看起来是这样，”阿特奈德接着说，“奥菲莉亚十岁时的一个星期天，牧师和另一位客人去费雷尔家用午餐。客人是一位个子高挑的蓝眼睛美国女子，头发间或有几丝灰白。奥菲莉亚是这样描绘她的：‘她就像爱尔兰人，像海豹女，或者是在山间骑马驰骋的俏佳人。’她一到就吸引了客厅里所有人的注意，她大谈莎士比亚戏剧中暗藏着了不起的实用哲学体系，大伙听得都入了迷。她说，伊丽莎白时代最伟大的思想家们锤炼出这样的体系，把它隐藏在娱乐之中，要塑造人，使他们接受崇高的学识，憎恶暴政，为自由奋斗。”

“是迪莉娅·培根，”我说，“非她莫属。”

“杰姆和奥菲莉亚把她尊称为‘莎士比亚女士’。”马修说。

原来奥菲莉亚见过迪莉娅。外面的雨点敲打着车窗玻璃。我们已经把斯特拉福德抛在身后，正急速驶过暗黑的田野。阿特奈德接着往下说：“培根小姐声称，从斯特拉福德来的那个人是个骗子，是让真正的作者们套上狂欢面具的人，以免自身招来独裁君主的恼怒。但是她说，揭开真相的时间到了。她好像要揭示一个巨大的秘密似的，将客人都聚拢起来。她悄声说：人们的恶行将在其身后传扬，而善行则经常随尸骨葬入坟墓。”

“可这就是我在巴利亚多利德的第一对开本里看到的同一句引文，”我说，“也是奥菲莉亚在写给福尔杰夫人的信中引用的那句。”

阿特奈德把日记本往前翻了几页，指着下面这段话：

真相隐藏了起来，培根小姐悄声说，隐藏在墓碑下空隙中的文件里，碑主就是被他们选中之人，斯特拉福德的莎士比亚。她从弗朗西斯·培根爵士的书信中找到了一些证据，是他的诗体书信，她说着还一眨眼睛。“吾名与吾身葬于一地。”

我皱起了眉头。这一句引文同样出现在巴利亚多利德的对开本中，但那并非引自弗朗西斯·培根。这是个错句，“姓名”用了复数而不是单数，而且是引自莎士比亚，引自他的一首十四行诗。可是，迪莉娅曾经认定弗朗西斯爵士就是莎士比亚。

“牧师允许迪莉娅打开坟墓。”马修说。一周之后，在九月的一个干冷的夜晚，她去教堂实施任务，可是她并非单身一人。杰姆和奥菲莉亚感觉到有事情要发生，便从床上爬起来，悄悄进了教堂，赶在她之前躲在靠背长椅后。他们盯着她。

迪莉娅随着一阵旋风和落叶出现了。在暗黑的圣坛前，她举着灯，出声地读着墓碑上的咒语。接着，她打开地毯包，抽出一条毯子铺在坟墓前的地面上，跪了下去。她从包里掏出一柄凿子，像匕首一样举过头顶。躲在长椅背后的奥菲莉亚一阵哆嗦。

但是什么都没发生。迪莉娅凝住不动了，奥菲莉亚是这么写的：她的一只手按在心口，另一只手挥舞着凿子，就像六翼天使挥舞着火焰之剑守卫在天堂的门口。她就这么挥着舞着，一直到教堂钟声敲响十点。她就像被去了符咒一样，放下胳膊，站起身来。她发出一阵狂笑，随之渐渐消失。她大声喊着：“‘真相为何？’彼拉多[①]用嘲弄的口吻说着，并不想等待回答。”她把包留在原地，迅速往回走出教堂，走进黑夜。

“可要是迪莉娅没有打开坟墓，那是谁打开的？”我问。

“那两个孩子。”阿特奈德说。

奥菲莉亚和杰姆。

① 彼拉多（Pilate），《圣经》中钉死耶稣的古罗马犹太总督。

“用的是迪莉娅的工具。”马修说着又翻了一页，读出声来：

> 一股浊气喷涌而出。没有骨骸，没有小雕像，没有放着文件或金银的保险盒，没有真相之火，连干瘪的蛆虫皮或雨蝇的尸体都没有。什么都没有，只有一层空间，下面是又一块光滑的石板。不，有一条线，石板上若隐若现地刻着一个图形。杰姆扶起墓中石板，我用培根小姐留在那里的铅笔和白纸把图形拓了下来。

在对面那一页上，奥菲莉亚贴附了一张涂着铅墨的纸。中间隐约的白线勾勒出一个我曾经看见过的图案：一只天鹅的长脖颈和脑袋，变成野猪头的鹰翅，一只鹰爪抓着个小孩，另一只则握着一杆长矛。“怪兽。”我说。

“它还在那里。”阿特奈德眼睛一亮。

“你们看见啦？”

马修点点头。“他们无法读出其中的含义，”他说，“杰姆的老师认为那至少是狮首羊身蛇尾怪，但他从没见过那样组合起来的图案。孩子们告诉他是在教堂里看见的，他说那图案可能是撒旦。”

一个月后，迪莉娅被送进亨莱的精神病院，奥菲莉亚把拓下的图案给她看了。迪莉娅立刻神情激动，身体前后摇摆，嘴里反复唠叨着：“移动我尸骨者定受诅咒，移动我尸骨者……”几周之后，她外甥来把她带去了美国。

奥菲莉亚再次造访斯特拉福德时对杰姆说，她越来越害怕那句咒语，想把那幅拓页放回去，但杰姆不愿意帮忙，冷冷地对她说：“你到头来会像培根小姐一样发疯的。”

“小伪君子，”阿特奈德说，“没准他自己和她一样怕得要命。”

这是奥菲莉亚在此后十年时间里最后一次见他。杰姆去了牛津，后来经朋友引荐，做了年轻的彭布罗克伯爵的导师。

“在威尔顿庄园。”我说。

马修继续说下去。那少年伯爵刚从一位叔叔那里承袭了头衔和房产，叔叔生活在国外，去世时并未留下多少关于家族历史的事。他曾经暗示过庄园里有莎士比亚的活动痕迹，但仅此而已。

“杰姆找到了这些书信吗？”我的手紧紧捏住了那日记本。

马修笑了笑。“让他匆匆回到奥菲莉亚那里去的是怪兽。”

奥菲莉亚和杰姆将“最甜美的天鹅”的那封信上的纹章图案与奥菲莉亚的拓页中的做过比对，杰姆还随之将图案与具体人物关联起来：彭布罗克夫人是天鹅，培根是野猪，莎士比亚是猎鹰与矛，德比伯爵是鹰与小孩。他漏掉的唯一一个是牛津伯爵，那另一头野猪。

培根小姐坚信莎士比亚是一个阴谋的产物，杰姆是这么对奥菲莉亚说的，他认为培根小姐是对的。他的推理与迪莉娅的一致：吾名与吾身同处一地。他认为，证据就在坟墓中。他注意到，莎士比亚的坟墓上刻有怪兽，因此他认定，这几个人的坟墓上也一定有。

但是，彭布罗克夫人的墓早就在索兹伯里大教堂地穴中封了起来。至于培根的墓，他的纪念碑竖在圣阿尔班的一个教区教堂里，但真正的墓早已不知踪迹。我想，即使杰姆知道关于牛津伯爵的一些事情，也于事无补。葬着牛津伯爵的那间教堂在十八世纪就被夷为平地，伯爵的最终安息之所也就无从查寻了。

还剩下德比的坟墓，在兰开夏。

一周之后，奥菲莉亚和杰姆就私奔了。

德比伯爵的地穴在奥姆斯柯克，那是平川上的一个集市小镇，背靠群峦，西面向海。杰姆解释说：“那地名的意思是‘虫的教堂’。在古维京语里就是‘龙的教堂’。”在古老的圣彼得圣保罗教区教堂里，他把奥菲莉亚引到角落里的一个小教堂，里面空空如也，只放着两尊被风雨侵蚀的大理石雕像，一位骑士和他的妻子。小教堂中央有一扇暗门，门后一条陡梯直通地下。

我让马修别说了，自己读下去：

……一股尸骨、泥土和冰冷石块的气味，夹杂着曾令人羡慕的死者的腐烂气味。沿地穴墙壁的架子上放着大约三十具棺材。地穴中央堆满了顶着石雕像的纪念碑。少数几座上是披着长衫的女士，但大多数是男性，有些戴着假发，有些披着甲胄，有三个上穿紧身衣下穿长袜，其中一个手中托着一个小小的石盒。石盒上雕刻着怪兽。

杰姆一挥手中的撬棒，砸碎了石盒。

“别往下看了。”阿特奈德说，我抬起脸，眨着眼睛。

我们已不在暗黑的田野中了。远处，我看见巨大的工业建筑，明晃晃的亮光，还有一条又长又宽的沥青大道。我听到一阵轰鸣，车转了个弯，径直在阿特奈德的喷气飞机前停下。

“我们这是去哪里？”我问。

“去寻找杰姆的宝贝。”阿特奈德答道。

上了飞机，我赶紧扣上安全带，没等起飞就打开了日记本。

在被砸成碎片的石盒里，杰姆和奥菲莉亚发现了一幅画，一幅微型肖像画，画着一位金发蓄胡的年轻男子，站在一片火焰之前。

希利亚德作品。我刚想伸出手去就停下了，我感觉到了阿特奈德的目光。那幅肖像画放在德比坟墓上的石盒里是什么意思？

“还有书信。”马修说话的声音里略有些焦躁。

我回头看看日记本。准确地说，有两封信，用拉丁文写的，发自巴利亚多利德。杰姆已迅速为奥菲莉亚做了翻译。第一封信为一部手稿和一本书表示感谢。写信人说，那本书是一部巨作，太了不起了。他很高兴能亲眼看到，但是他可能无法带走，不过，他会把那部手稿始终带在身边。那出戏的效果比他预想的要好得多，让他得以放声大笑，他在要去的地方可能会需要它。

“《卡德尼奥》。”阿特奈德说。

“还有巴利亚多利德的第一对开本。”马修说。

我不得不承认，一切都严丝合缝，但依然不是铁证。写信人并没有提及那本书的名字。

第二封信也发自巴利亚多利德，但日期稍迟一些，而且写信的也不是同一个人。信中过分热切的愧悔语气有些奇怪，说威廉·谢尔顿和一支探险队一起从新西班牙的圣菲出发，期盼着能引导凡人走向荣耀，但是他一去无回。在与野蛮人的交锋中他不知所终，据信已经殉道。

奥菲莉亚说，信中提到了关于地理情况的细节信息，但她已经忘记了。因为就在那时刻，他们的父亲来了。

爸爸冲下楼梯，眼睛里闪着愤怒，但当他看见我时，愤怒融化了，像一位垂垂老者站在我面前。尽管我千百次地下决心要坚定不移，最终我还是丢下杰姆走到他那边去了。牧师从我们身边大步走过，在杰姆面前停下来，一拳朝他脸颊上打去，力量之大，竟让他原地转了个圈，倒在破碎的坟墓上。

原来，他们的秘密婚姻并不合法，因为那一天奥菲莉亚尚未超过需要家长认可才能结婚的年龄。“结果，他俩在第二天重新结了婚，”阿特奈德平静地说，“这一次，两位父亲都在场做证婚人。但是，奥菲莉亚不被允许以妻子的身份和杰姆在一起生活，直到后者挣到足以供养她的财产。”

“对牧师的小儿子来说可不那么容易。”马修说。

“他可以有一个选择，”阿特奈德说，“去印度或美洲。”

“他选择了美国。”我说。

阿特奈德点点头。“他去寻找神父答应保管的那部手稿。”飞机进入平飞状态。我们松开安全带，聚在一张会议桌边，日记本就摊在我们眼前，继续把故事情节往前推进。

这一分就分了十五年。可奥菲莉亚并没有伊人憔悴，反倒请了一位教师教她学西班牙语和拉丁语；二十一岁时她自己继承了财产，便去巴利亚多利德旅行。学院把所藏物品向她做了展示，包括那部第一对开本，然后便让她去塞维利亚的印度群岛档案馆。她在那里苦苦搜寻，终于找到一份幸存者的目击证词，同时还有一份原始地图。她把两样东西都复制了下来，回到伦敦，在那里买到了一部第一对开本。

“詹姆斯一世时期的巨著。”马修说话时带着花腔。

“她有第一对开本？”我脱口而出。

“不是原版，”阿特奈德说，“是复印本，不过质量很高。”奥菲莉亚把自己的名字都刻印在有莎士比亚肖像的扉页对面的空白页上，还在名字下方写上了她在巴利亚多利德对开本上看到的那句话。她把自己在西班牙的研究成果夹在书里，一起寄给了杰姆，作为迟到太久的结婚礼物。

我听得目瞪口呆，直揉自己的太阳穴，马修则再次往前翻页，嘴里说着：“快进十一年。”那时候，奥菲莉亚的父亲已经去世，但她依然住在老亚登森林中亨莱的旧宅，不过已经没有了那个疯女人。除此之外，似乎并没有发生什么了不起的大事，我暗想，这就好像她的手指在某个纺锤上戳了一下，中了药毒，昏睡过去了。接着，就是杰姆写信说他找到了要找的东西。

他说，他无法把那东西带给她。不能马上带给她。相反，他希望她能到他那里去，在亚利桑那领地的汤姆斯通。起初她并不相信他，后来她发现他另外还邀请了一位哈佛大学的教授，而那位教授同意前往。

“恰尔德教授上场了。”马修说。

奥菲莉亚立即打点行装，乘船前往美国。日记写到她的船驶进纽约港时结束了。

再往后一页，奥菲莉亚又开始写了。“致杰姆。”她写在页端的字迹有些潦草，墨色也不一样了，信似乎是匆忙中写的。内容也不同了，是她在迪莉娅·培根的文件里发现的某个故事的大致介绍，是关于霍华德家族的事。

奥菲莉亚写道，弗朗西丝·霍华德的故事并非一场三角恋爱。更像一件十二面体！她的语气十分激烈。特别是在弗朗西丝遇见罗伯特·卡尔之前，但那时她早已与埃塞克斯伯爵结婚，她的家族为她设立了另一个目标：她丈夫的密友，即威尔士亲王。

一段时间里，亲王痴迷于她，宫廷上关于将有三室婚礼的谣言不胫而走，而那时婚姻无效的程序才刚开始。接着，弗朗西丝遇见了卡尔，她没有将此事告诉家人，便听从了自己内心的召唤。一段时间后，亲王警觉地发现，这位女士的情感远非专注，便在公开场合羞辱了她。

"就是手套事件，"我倒吸了口气，"我没想到那位女士就是弗朗西丝·霍华德。"

奥菲莉亚已研究判定这段历史轶事是如何在《卡德尼奥》中得到影射的。该剧讲的是一位忠贞妻子的故事，她丈夫最亲密的朋友是该地最高统治者的儿子，后者试图将她诱入歧途。如果把这段情节理解为对弗朗西丝、埃塞克斯和亲王的影射，那这出戏就是在为弗朗西丝辩护，对亲王加以谴责。

可接着，霍华德家就发现亲王所了解的事实：弗朗西丝一直在和卡尔调情。"卡尔—卡德尼奥。"阿特奈德再次这么说。

这个剧名彻底搅翻了霍华德家族利用这部戏的目的。照当时的情况看，连瞎子都能在那部名叫《卡德尼奥》的戏里看到卡尔，还有那个满心嫉妒的亲王，而这时候，埃塞克斯在名义上和法律上都与弗朗西丝有着婚姻关系。结果，这出戏不但不能把她塑造为受到侮辱的忠贞妻子，反会让人觉得她是个同时游走在三个男人之间的女人，被公开嘲弄了。

绝不能让此戏公演。

可事与愿违。该戏于一六一三年一月在宫内演出，接着在六月初再次上演。那一次，国王剧团把戏带过了泰晤士河，带上了公共舞台，带进了环球剧院。

"两周之后，"我说，"环球剧院就被一场大火烧成平地。"

"天哪，"马修顿了一下才开口，"我从来没把这两个日期放在一起想过。"

“可是原因呢？”阿特奈德的语气有些焦躁，“为什么莎士比亚非要在环球剧院上演《卡德尼奥》？为什么要触犯霍华德家族？”

“首要问题是，他为什么要写这出戏？”我试图击中要害，问道，“这没道理啊。我前面说过的依然没错：寓言不是他的料。再说，就我所知，他也没有理由要为霍华德家族效劳。”

“也许他的目的不是要恭维他们，”阿特奈德慢慢地说着，“也许目的正好相反。你说过，是霍华德家的人把威廉·谢尔顿派去巴利亚多利德做神父的。如果此话当真，那么莎士比亚的目的也许就是复仇。”

但你那永久的夏日将不会消退。我感觉到外衣里的那枚胸针在胸口摩擦，突然想起亨利爵士念出的那行诗句。“我们得找到那部戏。”我严肃地说。

马修翻过一页。墨色又变了，日期也变了。页顶写着：一八八一年八月。

> 我亲爱的弗朗西斯，
>
> 你要求我讲完我的故事，至少这一承诺我会实现。

“弗朗西斯？”我很惊讶，“弗朗西斯是谁？”

马修继续翻下去。奥菲莉亚已看到了关于那年夏天在汤姆斯通的记录，却发现足有一个月里不见杰姆的踪影。他所留给她的只是一张简短的便条：

> 如果可能，我定会移动大山前来见你。你一定得相信我。如果你看到了这张字条，那就是说，山太大，我实在无法移动。
>
> 又及：为使你不至于怀疑我，我在我的那部詹姆斯一世时期巨著中用密码写了地点，1623，签名页。

“这就是为什么第一对开本如此重要，”马修说，“杰姆用密码写下了他的藏宝地。”

我身体向前倾着问："阿特奈德，你从他们手里买下奥菲莉亚书信的那家农场……他们家有藏书吗？任何的书？"

阿特奈德的目光转到我身上："的确有。"

"有第一对开本吗？"

"不是原版，是早期的复印本。"

就是奥菲莉亚寄给他的那部第一对开本，绝对没错，肯定是了。"你见到书了？"

"我买下了。"

我跳了起来。"在你手里？在你手里？你干吗不告诉我？"

"我不是说了他们家有书吗？"阿特奈德立刻回应说，"你要看他的书信，我就把我掌握的唯一一份书信给你看了。"她双手交叉着按在胸前，语气中带着挑剔，"凯瑟琳，我是做收藏的。在这样的事情上，如果我做错事，也是出于谨慎。不过我还是会好好弥补的。现在我们就正在尽快飞到那里去。"

"凯特，先把故事讲完吧。"马修说。

我拿起本子，边看边在机舱里来回走动。奥菲莉亚几乎要歇斯底里了，到处找人把她带去杰姆的住所，但谁都不愿意带她去，甚至不愿意把地点告诉她。最后，经营那家公寓的女主人派人把杰姆的东西取回来。

他取回了一些书。奥菲莉亚把自己关在客厅里，正当她举着对开本的签名页凑到一支烛火上去时，一个女人猛地冲了进来。她一头金发，法国口音，身穿只有在冬季正式舞会上才穿的袒胸礼服。她让奥菲莉亚归还她的财产，说着就把桌子上的书一把抱在怀里。但奥菲莉亚拒绝把第一对开本递过去，还把她在衬页上的签名给她看：奥菲莉亚·费雷尔·格兰威尔。

"他也许是把他的姓给了你，"那金发女子说，"但他的爱，他给了我。"

一时间，奥菲莉亚的世界崩坍了。她恍恍惚惚地走出屋子，进入后花园，在一处覆满蔷薇花的凉亭下停住脚步。蔷薇早已过了盛开期，但树叶间依然挂满了干瘪的小白花。

“请允许我为您带一位女伴来。”一个声音说道。

起先我以为你是什么精灵，藏在蔷薇花丛中。接着我就平生第一次看见了你一蓬白须下的慈祥面孔。“让她走开。”我说，你一鞠躬，走开了。

“她走了。”你回来时这么说。我不记得那天晚上你在花园里还说了些什么，只记得你说，班克斯夫人蔷薇能忍受其他蔷薇无法忍受的高温、严寒和干旱，然而它依然年复一年，忠心耿耿地盛开。

“是弗朗西斯，”我突然说，“蔷薇花下的精灵就是弗朗西斯·恰尔德。”

“弗朗西斯·莱布洛雷·恰尔德？”马修问。

“他一生的两大爱好就是蔷薇和莎士比亚。”我说。我亲爱的弗朗西斯，奥菲莉亚是这么称呼他的。

在接下来的几天里，两人全神贯注于杰姆的对开本，可什么也没发现。最后，不知道还有什么别的事可做，两人雇来了马匹和一支有四名全副武装人员的护卫队，跑进深山去打探杰姆说的开矿一事。

“这也挺合理，不是吗？”马修急切地问，“无论他发现了什么，他一定会做出某种宣布。”

的确合理。我有了新发现，杰姆是这么给恰尔德教授写的。不是所有的金子始终都会闪光，他还加了这么一句。

可是阿特奈德直摇头。“那些地方我全都去过，”她说，“每一处都找了，什么都没找到。没有巷道，没有坟墓，没有建筑，没有一样东西显示能存放一个十七世纪神父的秘密宝藏。”

我不耐烦了，继续读下去：

你会记得那些日子的，甜美而炽热，还有我们在草丛幽谷里度过的那最后一个下午，一只鹰在头顶盘旋，河湾旁人们在戏水欢笑。

听听我记得些什么。在苦等十五年之后，在一个下午的时光里，我体会到什么是爱和被爱。我知道那不可能，但我感觉周围的白色蔷薇像雪片一样纷纷飘落。

他们在回城的路上遇见一队救援人员，他们的武装更齐全，把他们一路送回城里。他们得知，就在前一晚，阿帕奇族首领杰罗尼莫逃走了，趁夜带着部族里所有的男人女人和儿童离开了保留地。另一位在索诺拉以北征战的勇士使新墨西哥的大片地带沦为废墟。

奥菲莉亚和恰尔德还剩一项需要探寻，即克利奥帕特拉。可是世界在一夜之间就变了样。现在，谁都不愿把他们带出离城一英里外的地方，更别说进山去了。他们甚至无法雇到马匹自己上山去。“那是在浪费好马。”有人啐着对他们这么说。他们的探寻就此告终。

在一次安静的晚餐之后，奥菲莉亚整夜没有入眠。天亮之前，她起床穿戴整齐。她把第一对开本放在女房主能看见的地方，还附了一张字条。“交那位金发女子。”在教授房门外，她放了一朵干白蔷薇，然后就离开了。

故事就这样戛然而止。“翻一页。”阿特奈德说。

在空白的页面上游荡着一行字：

将有一个孩子。

字迹在我眼前跳荡晃动。“她从未对他提起过，”阿特奈德轻声说，“她回到英国，改了个名字，开始在学校里任教，就像迪莉娅那样，她后来也小有成就。不过她再也没有回到杰姆说的那些地方去，也从没有再次与教授联系。她无法承受那天被金发女人盯着的眼神，也不敢想象教授的妻子看着自己丈夫时的情感，那会和自己当时对杰姆的感受有多么的相像。”

我抬起头。

“她还写了最后一部分，”马修解释说，“在一九二九年。”他唰唰翻到日记本的最后，再次是满页的文字。我读着最后一页：

……早已长成一位可爱的女子。当她问起父亲是谁，我始终告诉她，她是莎士比亚的女儿。

我本可以猜想到她可能走上舞台。她在伦敦和纽约演出，取得瞩目成功，尽管现在这一点也已属于过去。我有时想，如果你终于见到她，你胸腔里的心脏会不会有一阵莫名的颤抖。

我给她取的名字是为了纪念莎士比亚，而且也为她父亲所钟爱的蔷薇：罗莎琳德。

罗莎琳德·凯瑟琳·霍华德。

“可那就是罗兹的姓名啊。”我突然觉得心里一空。

“是这样，亲爱的。”阿特奈德说。

在这一页的底部，还有最后一句话：

情人相会，旅途终了，哲人之子，深谙此调。

我靠在马修的肩膀上哭了起来。

39

我醒来时发现自己依然在沙发上坐着，蜷缩着身体靠在马修肩膀上。他也还睡着。在机舱另一边，阿特奈德在折叠桌板前昏暗的灯光下看书。我小心翼翼地坐直身子，尽量不吵醒马修。“你认识她，”我轻声说，“罗兹。”

阿特奈德脸上出现一丝哀伤的笑容。一时间，她看上去像一个丑陋的老太婆，脸上的皮松弛地垂了下来。不过她的眼神依然明亮。“我是认识她。”

我从沙发上悄悄起身朝桌边移去。“书里的那个罗莎琳德，就是奥菲莉亚的女儿，她不可能是我的罗兹。”

“不是。”她微笑着合上书。她一直在看奥菲莉亚的日记。“她没有了年轻人的血气。她是你的罗兹的祖母，我们的祖母。”她喝了口水，小心地把眼镜放在桌子上，没弄出任何声响。“罗兹是我的表妹，而奥菲莉亚，就是那个名叫奥菲莉亚 · 霍华德的，是我们的曾祖母。”

我一下跌坐在她身旁的椅子里。“我见过你的一张照片，戴着帽子。”

这一刹那，她脸上的微笑漾开了。“那是快乐的一天，当时她依旧十分看重我。”她双手交叉着盖在书上。“我们在许多方面都很相像。可是，要获得幸福生活该走哪条路，我俩意见不一。她要我上舞台，那是我们少女时代的梦想。毕竟，我们的祖母是一位了不起的舞台演员，在一九一〇年代可是个响当当的名字，现在的人们早已淡忘了。我长得有点儿像她。”她说着叹了口气。“罗兹不一样，她拒绝认识到的恰好是她所拥有而我却没有的东西：天分。我既没有精神毅力也没有情感能力，无法凭信念游荡在别的生活中。我不是一个流浪者，不是一个快乐的游荡者。你知道，所有伟大的演员都是那样的。可我需要一个家，需要把根深深扎下去。”

她略带挖苦神情看看我。“而且我喜欢钱。不管怎么说，我是一个女生意人。

“扒钱手，罗兹就这么说的。还有别的呢，听起来更可怕。也许，我俩联手就可以成就一个伟大的艺术家，可分开了，我们只能成就一个教授，一个女生意人。两人都成功，但不是我们少女时代梦想的那种成功。

“她死的前几天我在福尔杰见到她。我把那顶帽子给了她，就当往日的纪念吧。我希望那是通往昔日的桥梁。我以为她会把它放在书架上观赏。天哪，那可是一九五三年前后的时尚行为啊。可是我本该知道她也许会戴上它。按罗兹处事的方式来看，那也说得通，戴上它去参加自己的戏剧首演，即使那只是一次彩排。”

我暗想，她的首演竟成了她最后的退场。

“我就是这么找到你的。”阿特奈德说。

“因为那顶帽子？”

她笑了。“不，是福尔杰的会议。我知道她要宣读关于迪莉娅·培根的论文，所以我也读了关于迪莉娅的文献。你知道，我俩多年来一直在相互较劲，针锋相对。尼古拉·桑德森在动身去国会山找你前给我看了迪莉娅给埃米莉·福尔杰的信。那坟墓一景在我脑海里记忆犹新，就这样，那是我唯一能解释的线索。紧接着，他死了，而你和信都不见了。我找来马修，他正为你担心得要命，我们就飞到斯特拉福德等待着。你打了电话，让我们有了点儿线索，似乎你去了别的地方。

“这时候我就决定进坟墓去看看了，去确定一下……你们所看见的结果。”

一时间，我俩都坐在桌边，盯着日记本。

“她十分敬佩你，你知道的，”阿特奈德说，“对你又敬佩又嫉妒，我不知道她怎么处理好这一堆复杂的情感，不是许多人都能这样的。你这样的人会去她根本不敢去的地方。也许正因为如此，她才让你从象牙塔里出来。”

“你认为她想让我最终走上舞台？”我从喉咙里发出一声苦笑，“她还不如给我点儿职业建议呢。”

阿特奈德一缩头。“那你会听吗？”

我一张嘴，然后又闭上了。我肯定会认为她是想毁了我的职业前程。

内线电话响了起来，阿特奈德拿起听筒。飞机一小时后就将降落。她让我随便找个卧室去略微补妆。我朝镜子里一看，立刻一声哀叹，明白了原委。“略微补妆”绝对是最最客气委婉的措辞了。我所需要的，差不多可以说是一次彻底的化妆。我的眼睛又红又肿，脸颊上有一处擦伤，还有一道抓痕。雨水使染发剂顺着发梢流过颈部，流到外套上，在脖子上画出了一道道斑马线似的色条，还使那外套看上去好像在洗衣房的网罩里塞了足有三星期的时间。

亨利爵士给过我一只箱子。这件事现在感觉好像是几年前发生的，那箱子跟着我从伦敦到波士顿再到犹他，从新墨西哥到特区的福尔杰然后再来到斯特拉福德城外的飞机上。箱子现在就在床的另一头，浴室里有一间标准的冲淋房。我恨恨地朝那箱子看了一眼。我打算从亨利爵士那里抽出一点儿补偿，这念头让我感觉稍微好了一点儿。

在冲淋头下，我看着深色的染发剂打着旋流进下水孔。罗兹真如阿特奈德所说想让我离开学院生涯吗？如果是这样，那她的目的达到了。都说宁可在前面为人搭桥，也不要在人身后烧了退路。

尽管我逃开了罗兹以及她所接触过的一切，我眼前的那座桥依然呈现出来了。六个月前，亨利爵士神奇地应时而至，恰好在我需要的时候先给我送来一份西区的工作，然后是在环球剧院的工作。另外，还有一些与此类似的情况，那些年轻人的职场转折点，我向来都把它们归于无从预测的幸运，认为是自己在正确的时间站在了正确的地方。

我一向为自己仅凭一己之力开拓了人生之路而感到骄傲，即使在发现幸运就像玫瑰花瓣一样撒落在我眼前的道路上，使我充满惊讶的时候，我也这么认为。难道是罗兹一直默默无闻地在帮助我？但是，我永远也无法得到答案了。

我穿上牛仔裤和黑色的T恤，套上运动鞋，再朝镜子里看去。好多了。头发依然短，但至少又恢复到了暗红色。脸上依然有擦痕，但至少很干净。

在手提箱底，我找到了在内华达—亚利桑那州界处买的项链。我把胸针穿在项链上，往脖子上一套，走了出去。

在飞机的主舱里，马修醒了，正呷着咖啡。我们三人围在桌边，回顾着我们已知的那些信息。

“他们都与此事有关，”马修说，“德比和牛津伯爵，彭布罗克伯爵夫人，弗朗西斯·培根爵士，还有斯特拉福德的莎士比亚。”

“没错。”我说着往后一仰，揉揉眼睛。“但怎么个有关法？”我暗想，杰姆·格兰威尔是知道的。如果走运，我们在上午就能找到他放在自己宝藏中的地图，地图上还用叉标出具体地点。我朝窗外一瞥，看见远处有几条灯光带，是跑道灯。

我们降落在新墨西哥州的罗兹伯格，时间是凌晨三点左右。远处忽闪着电光，季风雨很早就开始生成了。格莱西娅拉等候在那里。几分钟后，我们穿过了简陋的莎士比亚建筑，停在阿特奈德的车库里，那是在山坡上挖出来的一个储藏火药的洞穴。不一会儿，我们就跟在阿特奈德身后，快步穿行在艾尔西诺的迷宫中。

我们走进大厅，立刻浸润在一片金黄色的温暖灯光之中。“上一次，你立刻就看出这屋子并非艾尔西诺，”阿特奈德对我说，“现在你认得出吗？”

我摇摇头。

“这是复制品，仔细复制下来的诺曼人要塞赫丁厄姆城堡的宴会大厅，也是牛津伯爵在埃塞克斯的老家，就在伦敦东北，是诺曼风格建筑现存的最漂亮的典范之一。”

一时间，我站在了一道门槛上，这一次，门里就是牛津伯爵的家。牛津伯爵的赫丁厄姆，藏在哈姆雷特的艾尔西诺城堡中，藏在鬼影重重的莎士比亚小镇上。这小小的一群建筑，正好供一位牛津亿万富翁来把玩。

倒不是说建筑本身有多宏伟。与过度巴洛克风格的威尔顿庄园相比，这幢文艺复兴风格的建筑显得尤为简朴。室内没有什么家具，只在中央放着一张桌子，有几把带靠垫的椅子，远端靠墙放着一排陈列柜架。

格莱西娅拉端上了冷盘晚餐，熏三文鱼沙拉，现烤面包卷，一瓶略加冰镇的辣味葡萄酒。她端上来的酒杯是蓝白相间的吹制玻璃杯，看上去像是十七世纪威尼斯的真品制作。

阿特奈德把奥菲莉亚的日记本递给我，径直走到上了锁的柜子前，把手举在扫描器前。咔嗒一声，柜子开了，她从里面取出一本书。硬纸封面在沙漠地带的炎热下已经有点儿起皱，蒙在封面上面的红布也已有磨损和褪色。

格莱西娅拉倒完酒，大步走了出去。

阿特奈德把书放在桌子上。“Vero nihil verius.”她说，“没有比真相更为真实之物。无论那真相是什么。”说完，她隔着桌子把书推到我面前。“打开吧。”

40

一翻开杰姆的对开本就到了扉页，页面上莎士比亚的目光中透着不以为然的神情，对面一页是两个花体签名，“奥菲莉亚·费雷尔·格兰威尔”写在上方，字体娟秀精致，下面的是字体大而蓬松的“杰姆 · 格兰威尔”。再下面，是那首和奥菲莉亚手里的巴利亚多利德对开本上一样的十四行诗。

“肯定就在这本书里，而且只在这本书里，”马修说，“杰姆说了，‘我的詹姆斯一世时期巨著’。”

除了那首诗和两个签名，这一页上什么都没有。不过，纸页浸过水，有烘烤和缩皱的痕迹。一定有人用水或其他液体加上烘烤，试图显示隐藏的密码。会是奥菲莉亚吗？有些隐形墨水经烘烤会有显示，冷却后再次消失。于是，阿特奈德点上一支蜡烛，我们尝试着再次烘烤纸页。

什么都没有。

我翻动着书页，看看别处是否有标记。我找到的唯一有标记的地方是《哈姆雷特》，而那些标记看上去像是杰姆的演出旁注。无论我怎么想，都想不出它们还能有其他的意思。我拿着酒杯在桌边走来走去，拼命思索着。加密的信息一定在这本书里。一定在。

我打开日记本，再次看看奥菲莉亚从杰姆的信里摘下的那句话，一字不差的原文：*又及：为使你不至于怀疑我，我在我的那部詹姆斯一世时期巨著中用密码写了地点，1623，签名页*。我咬咬嘴唇。我们错过了什么。

是什么？

我愿不惜一切代价再看看奥菲莉亚给埃米莉 · 福尔杰的信。可是我在斯特拉福德时把信和其他的一切都留在巴恩斯手里了。可恶的亨利爵士。我闭上眼睛，努力想象着那封信上的原话。奥菲莉亚写的是“詹姆斯一世时期巨著，c× ×1623 年”，c 后面的几个字母被污渍遮住了。这么说没错，但如果没有那个字母，我就无法肯定了。

我猛地把酒杯放到桌上，俯身再次细看起那本日记来。罗兹给我的便条写在钱伯斯书目的图书馆索引卡背面，她写的是“詹姆斯一世时期巨著，c1623 年”，那意思是指第一对开本，而我却从未重新思考一下。考虑到事关莎士比亚，詹姆斯一世时期巨著，以及一六二三这个年份，那样推测并不错。

但是，她把奥菲莉亚信中的 c 推断为“大约”的缩写却是个错误推断。如果把杰姆信中的“用密码”[1]放进去，那句话的意思就不再那么确定了。

按罗兹的推论，一六二三年与巨著有关，但按杰姆的意思，那可能只是指向密码的标志。如果说与密码相关的书只是标着一六二三这一年份，那么，书就不是那本书，至少不一定就是那本书。牵涉其中的那本书并非第一对开本不可。

“有没有与一六二三年相关的东西？”马修转身问。

“那是培根出版拉丁文版《论学术之进展》的年份。”

马修瞪大了眼睛。“培根的密码。”他说。

“弗朗西斯·培根爵士？”阿特奈德立刻问了一句。

我点点头，就是迪莉娅和其他人认为藏在莎士比亚面具背后的那位弗朗西斯·培根爵士，也就是我辨认为怪兽中野猪之一的那个人。他的《论学术之进展》设定了一整套掌握人类知识的分类、研究和精通的体系。一六二三年的拉丁文版比英文版更长，增加了整整一章的文字，向世人介绍密码和编码，包括培根为自己设计的密码。

我的声音有些嘶哑。“格兰威尔有《论学术之进展》吗？”

“没有。”阿特奈德的回答十分坚定。

“或培根的其他著作？”

---

① “大约”是 circa，“用密码（写）”是 ciphered。

“只有《随笔集》。”她说着走到柜子前抽出了稍薄一些的另一本书。我迅速翻动着书页。如果杰姆要在一本已经出版的书中用培根的密码进行编码，他一定得使某些字母突显出来，他一定得在书里做标注。

可是，《随笔集》里没有任何标注。

我转身回到桌边。“还有任何文艺复兴时期的东西吗？”

“来看看吧。”我们从柜子里抱出一大堆的书，全放在桌子上，按部就班地梳理起来。杰姆·格兰威尔真是个一流的扫货狂人，而且在当时也是个博览群书之辈。他的藏书里有丁尼生和勃朗宁的诗集，还有狄更斯、特罗洛普、达尔文、密尔和麦考利的作品，但就是没有文艺复兴时期的东西。而且，他除了在扉页页上的签名，也没有做过任何明显的标记。他与罗兹不同，他没有在书上写东西的习惯。

翻到佩特的《文艺复兴》时，我希望陡增，可那本书里依然什么都没有。“一定得另有什么东西，”我沮丧地边说边翻到了最后一页，转身问阿特奈德，“你买下他所有的书了吗？”

“凡是吉梅内斯太太知道属于格兰威尔的。”

如果他并未在答案所在的那本书上签名呢？如果那本书放错了地方呢？或送人了？或翻破了？或捐给了教堂义卖会？书可能落在任何地方。我身体向前倚靠在桌边。“问一下。”

“凯瑟琳，现在才凌晨四点……亚利桑那的三点。”

“他们是干农场活的，一定起床了，快起床了。”

阿特奈德拿出自己的手机。她长长地啜了一口酒，拨了号码。有人接听。“是……不。”阿特奈德眼里闪出了光亮。“稍等……”她捂住手机说：“有一本书，是家庭圣经。”

我热血偾张。“哪个版本的？”

“她也不知道，是个老版本。”

“请她看一下。”

远在亚利桑那的农场大宅里，吉梅内斯太太去查看了。我靠在桌边，大气不敢出，斜眼看着火炉台上方，米莱斯画中眼神茫然的奥菲莉亚。

“首页上印着，”阿特奈德说，“一六一一年出版，通常被称为詹姆斯国王钦定版。”

我一把抓住桌边，生怕自己跌下去。

“就是詹姆斯一世时期的巨著。”马修的眼睛里闪着顿悟的光彩。

是它，一定是它。按文字意思看，詹姆斯一世时期在拉丁语里就是“詹姆斯的”的意思。按一句老话说，詹姆斯国王版圣经是迄今为止唯一一部合作完成的巨著。詹姆斯国王登基后做的第一批事之一，就是命令一群主教来解决他认为十分糟糕的英语圣经现状。他认为，版本太多，可没有一个版本将当时希伯来和希腊学者的研究成果考虑在内。国王自认为是博学之士和诗人，他需要一部意义准确、读来朗朗上口、适合在圣坛上大声宣读的圣经，一部各派臣民都可以使用的圣经。

主教们的成功超乎任何人的想象。三百年来，教堂里所有的英语布道都采用詹姆斯国王钦定本圣经。它也使莎士比亚的语言在英国本土或其殖民地一直未显陌生，直到二十世纪，因为从这时候起，各种译本开始流行，去教堂的人群也开始减少。但二十世纪之前，上教堂的人们每个星期日都能听见有人高声宣读着用詹姆斯一世时期英语写成的文本，那种仪式化的朗读风格，其中的词汇和音韵节奏都深深植根于听众内心，塑就了他们的语言和思维习惯。例如，下面这样的句子：*是的，我虽然走过死荫的幽谷……孝敬父母……不可杀人……你是蒙大恩的女人……不要惧怕，我报给你们大喜的信息*，等等，听起来尽管不是日常语言，但既不陌生也不困难。对几百万讲英语的人来说，莎士比亚的语言与他们在每个星期日听到的最美丽的语言毫无二致。

“到吉梅内斯的农场要多久？”我问。

“两小时，”阿特奈德说，“从亚利桑那走，能省一小时。”

“那告诉她我们五点到。”

“那本书是不卖的。”阿特奈德叹着气说。

“阿特奈德，我们不必买下那本书，但我们必须看见它。”

她挂上电话，拿起酒杯，举起来祝酒：“唯真相最真。”

我们一阵叮当地碰了杯，喝完酒。我把桌上的书抱了一堆起来，放回柜子去。马修也抱了一堆。

我听到背后有咳嗽和哽咽的声音，一回头，阿特奈德脸色通红。她动了一下嘴，但没有声音发出来。她手中的杯子掉到地上，碎了，她也随之滑倒在地上。

我们立刻朝她冲过去。她脉搏微弱，但还摸得到。我不清楚她是否还在呼吸。

“打 911。”我喊着跪下身去。

“我知道辛……”马修提议说。

但我已经开始行动了。“走！”我高喊道，“去找格莱西娅拉。”

他略一迟疑，拿起了阿特奈德的手机。就在此时，灯灭了。

“你是说……”马修说道。

“格莱西娅拉。”

他冲了出去。

我盲目地在阿特奈德的胸口按压，随后又俯身做对口呼吸。我的眼睛渐渐适应了黑暗。我再次按压，做对口呼吸。呼气啊，上帝啊，你呼气啊。

我停下来听听有没有心跳声，同时也试图发现是否还有脉搏跳动。没有脉搏，没有呼吸。*没有了，没有了，没有了生命*。亨利爵士看着奎格利太太时也这么说的。

这一次不一样。阿特奈德躺在那里，好像顽固地睡着不肯醒来，身旁那只打碎的蓝白色玻璃杯碎片撒满一地，地板上一摊葡萄酒汁液，酒杯碎片反射着淡淡的夜光。

马修哪去了？格莱西娅拉哪去了？来人啊，来谁都可以。

我记忆中又浮响起另一个声音。*那酒*，我听见是一个女人的声音在喊。*那酒！啊我亲爱的哈姆雷特，我被人下毒了*。是格特鲁德，哈姆雷特的母亲，在一个温暖的夏日，在环球剧院舞台上这么呼喊着。

我往后一靠，全身笼罩在恐惧之中。在艾尔西诺城堡中，王后躺在灯芯草编织而成的地板上，一杯酒打翻在她脚边。

不。我绝不相信。不该是阿特奈德，不该是现在。

我朝她俯下身去。呼吸啊。

我蹲在阿特奈德身边，隐隐听到一声摩擦，接着是一声“咔嗒”。是门，马修回来了。我刚要开口把情况告诉他，一个预感陡然而起，让我住口没说。马修走的时候并未关门。因此，现在打开的不是客厅的门。紧接着我想起了这个声音：是壁炉那边的门。

我站起身来，在黑暗中慢慢朝房间一边爬去，暗暗祈祷着千万别碰到地上的玻璃碎片。那边还有一扇门，我看见格莱西娅拉使用过的。

突然间，一道手电筒的亮光射在了屋子中央，我赶紧全身紧贴着墙壁。阿特奈德像展翅的鹰一般仰面躺在地上，身上的衣服起了皱，沾上了酒渍。我的手触到什么柔软的东西，我一阵惊惧，朝右边看去，是一挂帐幔。没其他地方可去，我就悄悄藏在帐幔后面。在黑暗中，我只能希望那里足够安全。

有脚步声朝屋子中央走去。

亮光扫过我眼前的帐幔，消失了。无论我如何凝神细听，还是听不见任何声音。

一条刀刃突然擦着我的左肩刺进帐幔，我一转身躲开，但是那把刀紧接着又刺了进来，擦到了我的胳膊。我往后一退，抬腿踢去，帐幔架哗地掉落下来，把我和袭击者裹在一起。

他隔着布幔抓住我，我踢蹬着，但那两只手卡住了我的脖子，布幔越裹越紧，他开始挤压起来。我一阵乱踢乱打，感觉自己在一片黑暗的大潮中渐渐下沉，眼前似乎有滚烫的斑点像火山岩浆般炸开。我拼命不让自己失去意识。我不能让他把我变成莱维尼娅，绝不。我的手碰到了地板上的什么硬东西。那把刀。

我摸到刀把，抓起刀，用尽全身力气一捅，就感觉刀刃扎了下去，直扎到刀柄。但是，他依然没放手。我又是一刀，只听他咽喉里一声咕哝，倒在了我身上。

我把他翻倒在地上，抖掉了身上裹着的帐幔。地板上，月光如冰。我手里的刀在滴着血。更多的血从那男子的衬衣上涌出，在我脚边聚集起来。

身后传来更多的脚步声。我一转身，挥动着手里的刀。

是马修，手里还拿着手机。“我找不到……天哪。”

我朝后退去，依然挥舞着刀。

“凯特，是我。没事了。”

我开始颤抖起来。

他走上前来，拿过了我手里的刀，把我抱在怀里。“发生什么事了？”

“他要杀了我。”我说着指指地板上的尸体。

马修弯下身去一拉帐幔，我看见一缕灰白色的头发。

是亨利爵士。

我向后一步蹒跚。

马修跪下去摸脉搏，然后仰起脸来摇摇头。“你刚才躲在帐幔后面的？”

我点点头。

“波洛尼斯。”他说。那是国王的近臣，被哈姆雷特捅死在挂帘后面。

我几乎没听见他在讲什么。我杀了人。我杀了亨利爵士。

“阿特奈德？”马修问。

我睁大了眼睛看着他，悄声道：“格特鲁德。”

他站起身，迅速朝阿特奈德那里走去，但是她也不见了。

“凯特！”墙壁背后传来一声咆哮。

我们惊呆了，那是本。

“他到底在哪里？”马修压低声音说。

本又喊了起来，声音之大，整个屋子似乎都在摇晃。他在墙内暗道里，这意味着他可以出现在任何地方。他可以从任何一扇门或一面墙后出来，最大的可能是，他随时都会从壁炉里走出来。

“带上手机。”我说着抓起桌上奥菲莉亚的日记本，朝房门冲去，马修跟在后面。我们沿走廊一路小跑着穿过宅子，每经过一处开着的门，每看见一处晃动的阴影，都让我们一阵紧张。最后，我们来到一处微微晃动的门帘前，那里从艾尔西诺可通往看上去像是西沙龙的地方。马修朝前一步，撩开门帘。吧厅里没有动静。

我大步穿门而出。门外停着一辆车，引擎在轰响着，但似乎车上没人。我绕到驾驶座一边，再次停下了脚步。格莱西娅拉就躺在驾驶座车门外的地上，被人割了喉。

马修立刻来到我身边。他拉开格莱西娅拉的尸体，钻进车，坐在驾驶座上。我跟着他钻进去，坚决让他换到乘客座去。我一坐到驾驶座上，就立刻加速，车轮在砂石路面嘎嘎作响，一声轰鸣，车飞驶进茫茫夜色。坡顶的大门开着，我们迅速冲了出去。

随之我听见了警车的警笛声。我开下大路，绕过山坡，开过一排灌木，熄了火，关了车灯。这算不上什么掩蔽，但在这片旷野里也就差强人意了。天已开始破晓，随便什么人，只要停下来好好一看，就能看见我们。

“你叫了警察？”马修悄声问。

“电话在你手里。”

他一皱眉头。“也许是格莱西娅拉叫的，就在……”他的声音消失了。

没一会儿，一辆救护车飞驰而过，后面跟着警车。谁都没有停下。

我等了三分钟，然后，我没开车灯，就把车悄悄开回到大路上。再过五分钟，我们就上了州际公路，朝亚利桑那开去。

41

“我们去哪里？”马修问。

“吉梅内斯家。”

“知道在哪里吗？”

“我们有阿特奈德的电话。”

马修找到重拨键，我和吉梅内斯太太说话，用十分平和的语气告诉对方，说阿特奈德有事无法动身，但我们还是先去了……我说的并非全是谎言，但也不全是真话。

对吉梅内斯太太来说，这些话足够了，于是她把路线告诉了我们。

“你不继续谈谈那个话题？”我关掉电话后，马修这么问道。

“没见那本圣经我不知道该说什么。”

“我是说亨利爵士的事情。”

我掌心在冒汗，我能感觉到太阳穴砰砰直跳，但是我摇摇头。我杀了一个人，我杀了亨利爵士。是他，或本，或两人合谋，不知不觉中毒死了阿特奈德，还刺死了格莱西娅拉，而亨利爵士还试图来杀我。我们找到了詹姆斯一世时期的巨著，或者说我们已经非常接近那本书了。

我杀了亨利爵士。

我看着路面在车轮下飞速向后退去。在南亚利桑那和新墨西哥交界处，地面上隆起了小小的山脉，将一片广袤的盆地包围其中，那片盆地曾经是一处浅海或一个大湖群。我们沿奇利卡华山北沿向西行驶，然后穿过多斯卡贝扎山脉的北侧。开到这些山脉倾斜着滑入平原的地方，高速公路向南弯去。在东边德拉古恩山顶端，一条银色的线条在闪亮着，再往上，黑夜已慢慢褪变成一抹暗痕。高速公路要东转向图森了，我们折上 80 号高速路，一路向南。在经过圣戴维平展的农田时，我们超过了一辆拖拉机，继续在路上飞驰。

在驶向汤姆斯通的路上，大地再次向上抬升，在到达该镇前，我们转向东北，开上一条搓衣板似的土路，一路颠簸着朝德拉古恩山南沿开去。东边的天际已是一片暗血红。云端下的山峦显得比平时更黑暗了许多。这些庞大的峰峦，凝重而阴沉，像是远古时代的遗物。

我们颠簸着经过一处护牛站，翻过一条卡车路，经过一座年代久远的马棚，经过排排灌木条编成的畜栏，经过散落停放着的锈迹斑斑的农机、旧卡车和骑具。在一溜白杨树下，我们来到了一排粉红色的长长的土坯房前，房子覆着铁皮尖顶。土坯房的前部加了一个门廊，粉刷雪白。我事后想起，觉得那更像是艾奥瓦州的农舍风格。几条狗蹿出来又叫又吼，围着我们的车轮嗅着，鸡群咯咯直叫。门廊上走出一位体态丰硕、头发暗黑的女人，皮肤是淡棕色的，她边走边把惯于劳作的双手在厨房毛巾上擦着。她身后一个瘦长曲腿的男人，头戴牛仔帽，手里捧着一杯还在冒热气的咖啡，也走下门廊来。他背上挎着一支老式的六发枪。他拿下帽子朝几条狗挥了挥，让它们别多管闲事，然后向我们自我介绍，也介绍了他的妻子，梅莫 · 吉梅内斯和诺拉 · 吉梅内斯。

吉梅内斯太太看我们的眼神里有一丝焦虑。“那本圣经是不卖的。”她说话的口音，很像那些更习惯于讲西班牙语而非英语的人。

吉梅内斯先生点点头。“那是诺拉曾祖母的东西。”

我凑近了些，说：“我只想看看那本书。”

农场主人看着远处的暗色山峦沉思起来。他头顶部的白发因差不多一生都戴着帽子而被压得平倒下去。“几百年了，没人对这位格兰威尔先生感过兴趣。可现在，两星期里就来了你们三个。似乎可以问一句，你们到底想干什么。”

“他找到了某样东西。”

“金矿，”吉梅内斯太太悄声说，“曾祖母一直相信他找到了一处金矿。”

“根本没有金矿，”吉梅内斯先生很干脆地反驳道，说着，他转过来看着我，“那边没有。金子是有的，但没多到值得开矿。有两三拨人听信了那个说法来试运气，可后来他们赚钱靠的是不太闪亮的金属。”

开金矿是一件有很大毁坏性的事情。要炸山，要挖洞，要在大地上掏出大洞来。*千万，千万不要已经毁了它*，我心里祈祷着，虽然并不知道在向谁祈祷。“不是矿，尽管他也许让人有这样的感觉。”我大声地说。

说着，我拿出套着项链的胸针，打开小盒呈现出那幅微缩肖像画，尽我所能迅速把威廉·谢尔顿神父的事情讲述一遍，告诉他们，神父于一六二六年被派往新西班牙的蛮荒之地，在带着一队西班牙士兵出圣菲向西南进发时下落不明。

吉梅内斯先生揉揉腮帮。“骑马走的话，圣菲可远着呢。如果要算上当时的情况就更远了，那时候那地方白人还根本不了解，而且满是印第安人，他们可有充分理由不喜欢西班牙人的。”

“杰姆·格兰威尔找到了谢尔顿的遗留物，”我说，“他对那里的东西持拥有权。”

吉梅内斯太太瞥了丈夫一眼，然后转向我。“我们农场上有四件他的东西。我曾祖母开了一家——”她边说边拧着手里的毛巾，“寄宿旅店，在汤姆斯通。格兰威尔先生曾是那里的住客。他是个投机家，但和其他做投机的人不一样。我妈妈说，他是从英国来的，好像从那边来的人就多了点儿面子似的。”她笑了，“我通常都把他想象成脑袋后缀着光环的人。后来我得知，曾祖母有法国血统，所以她觉得其他来自欧洲的人都是身陷粗俗美国人之中的文明人。”

她整整毛巾。“她老说她的英国男人发现了金矿。一天他进了山，就那些山，从此再也没有回来。那已经是很久以前的事了，当时正和阿帕奇人打仗。所以，一去不回也是常事。他失踪后，我的曾祖母就继承了他的东西。大多数是书，还有几件他说是他的东西。后来，印第安人走了，她另嫁了人，最后来到这份农庄田产上。我们这本圣经就是这么来的。”

“求你了，我就想看一看。”在一片黑暗中，整个世界似乎在往一块儿凑。我压低了嗓音。“我认为他在书里用密码隐藏着找到谢尔顿等人的地点信息。”

“为什么？”吉梅内斯先生问。

“因为谢尔顿和他所拥有的某样东西，”马修说，“文学金矿。”

吉梅内斯夫妇一脸茫然地盯着他看。

“一本书，”我解释说，“一部失传的莎士比亚剧本。”

一时间，谁都没有说话。接着马修开口说：“如果我们的推断没错，如果书就在你们的农场上，那你们就发大财了。我不知道到底会值多少钱，不过肯定是以百万计的。”

吉梅内斯先生哼了一声。“就一本书？”

“一部手稿……”我刚要往下说，立刻就停下了，“没错，是一部书。可它价值太高，反让它成了危险的东西。有人为了得到它甚至不惜杀人。昨晚他杀了阿特奈德。”

吉梅内斯太太连画十字，站在她身边的吉梅内斯先生的手滑到了腰间皮带上，我意识到枪在那里，一阵忐忑，只听他说：“今天早晨你们可不是这么说的。”

“是啊，很抱歉。”

“你知道谁杀了她？”

“他叫本·波尔。我觉得他不知道我们现在在这里，不过也没有绝对把握。”

“诺拉，这我可不喜欢，”吉梅内斯先生说，“就我们所知，这两人就杀了普雷斯顿夫人。这一切都为了一本书。”他摇摇头，“不过那是你家族的事，圣经是你的。”

吉梅内斯太太一转身进屋去了。我脊梁上一阵阵直冒汗。她是走了，把我们留在吉梅内斯先生手里听任处置？但过了一会儿，她回来了。“我相信你们不是杀手，”她说，“那一百万美元我们也有地方可用。比如，把这个农场好好经营下去。”说着她把那部封面已经起皱褪色的圣经放在我手上。

我深深吸了口气，打开书。

起初神创造天地。地是空虚混沌，渊面黑暗。

马修伸过手来，回翻到内封页。

页顶，有人用优雅的笔迹写了杰雷米 · 亚瑟 · 格兰威尔的名字，在它下面，是另一个名字，玛丽 · 杜蒙 · 埃斯皮诺萨，字迹粗大。再往下的字，墨色和笔迹都各不相同，记录着一个世纪来的出生、婚嫁和死亡。

马修皱起眉头。“这里真要藏着什么密码，也给这些字盖掉了。”

我摇摇头，飞快地把书从头一页一页往后翻。

“但奥菲莉亚说的是签名页。”马修提醒我。

“她是在引用格兰威尔的话。又及：我在我的那部詹姆斯一世时期巨著中用密码写了地点，1623，签名页。我们都把英文 Ps 理解为‘又及’，但 Ps 又是圣经中‘诗篇’的标准缩写。”翻到书中间的“诗篇”，我停下了。

“你觉得他在这其中的一页上签了自己的名字？”

“不是格兰威尔。”我又往后翻了几页，把书完全摊开。

“根本没有签名啊。”马修说。吉梅内斯夫妇一起凑过来看。

我指指左边一页下部的赞美诗。“读一读吧。”

马修一皱眉头，低头看着念了起来。“诗篇第 46。神是我们的避难所，是我们的力量，是我们在患难中随时的帮助。所以地虽改变，山虽摇动到海心……我看不出有什么奥妙。”

他身后，天色渐明，显现出满天粉红金黄。我模仿他的声音说：“诗篇第 46，从头往下数到第 46 个词。”

他又一皱眉头。

“数啊。”

他用手指点着页面上的词数了起来。“一，神。二，是。三，我们的……”声音渐渐消失，他默数起来。“四十四，山。四十五，虽。四十六，摇动。”

他抬起头来。

“再从底部往上数四十六个词。”

"别开玩笑了。"

"数啊。"

"一，细拉[①]。"

"这个不算。那是希伯来语里面的音乐标识或欢呼语，不是诗篇的内容。反正，你别数它就是了。"

"好吧。"他再次开始数着。"……四十四，分开。四十五，在。四十六，矛。"他再次抬起头，悄声说："莎士比亚。[②]签名页。"

我点点头。

"你是说写圣经的是莎士比亚？"吉梅内斯太太满心疑虑，连说话的声音都变了。

"不，"马修说，"她意思是莎士比亚翻译了圣经，或协助翻译。"

我直视着他。"情况看上去就是这样，不是吗？据说詹姆斯王的钦定本完成于一六一〇年，是圣经付印的前一年。莎士比亚出生于一五六四年。这么一算，那时候他四十六岁。"

"所以是诗篇第46，"马修说，"这你是怎么知道的？包括所有关于那个神秘莎士比亚的事情。"

我苦笑一声。"都得归因于罗兹认为毫无用处的那些研究。"

他刚要表示反对，吉梅内斯先生插话道："有人在这一页上乱画了些什么。"

的确，有人把一些经挑选的字母用黑色墨水加粗了，看上去好像是什么人心不在焉所为，但杰姆·格兰威尔从来不在自己的书里做记号。"不是乱画，"我说，"是编码。吉梅内斯太太，你这里有网络可供我们一用吗？"

她起身招呼我们进了里屋，来到一张堆得乱七八糟的书桌前，她打开互联网，走到一边，让我在椅子上坐下。

我在谷歌里键入"培根"和"编码"，立刻显示出维基百科的"培根编码"词条，编码内容清晰地呈现在眼前。

---

① Selah。

② 摇动（shake）和矛（spear）连起来是莎士比亚（Shakespear）。

培根编码不需要隐形墨水或编造信息，用这个编码系统，你可以在自选的任何文件里加进秘密信息，所需要的只是两套不同的字体或字母类型，一为 a 套，一为 b 套。编码时从两套字体中挑选若干，混合编排成五字母组合，公开文本中每五个字母对应于秘密文本中的一个字母。比如：aaaaa 对应的是 a，而 aaaab 就是 b。所以，关键是印着或写下的字母的形式，而不是那句子的意思。这样就可以避免让人把注意力放在一些胡说八道的句子上，如“玛贝尔姨妈星期二在牛津海滩野餐时要吃一只鸡”这样的句子，总会让所有寻找密码的人警觉起来。

我随便拿过一张纸片，把那章诗篇的第一个句子写了下来，把字母按五个一组分好。神是我们的避难所，是我们的力量：

G**od**i**s**/**o**u**rre**/**f**u**g**ea/**n**ds**t**r/**e**ng**th**

在每个字母下面，我把未加粗的字母标记为 a，加粗了的是 b。但这样做的结果毫无意义。于是我倒了一下，让加粗的字母为 a，未加粗的为 b。这样一来，借助互联网上查到的编码系统，十分容易就能解码了：

G**od**i**s**=b**aa**b**a**=T

ou**rre**=**a**b**aaa**=I

fu**g**ea=**a**b**a**bb=M

nds**t**r=**a**bb**a**b=O

马修和我都明白最后一个字母一定是什么，但我们还是在编码表上查对后才把它写下来：

eng**th**=**a**bb**aa**=N

“《雅典的泰门》，”马修说，“在诗篇的签名页上，在培根一六二三年的编码里。”

《雅典的泰门》是莎士比亚剧作中很少有人读的剧本之一，充满着愤怒和怨恨，讲的是一个人起初乐善好施，希望他人快乐，最后因众人的贪婪而对全人类产生怨怒。泰门也是格兰威尔名下的财产之一。

“我们名下的财产之一。”吉梅内斯太太悄声说。

马修笑着解释说，剧情接近结尾时，遭放逐的泰门饥饿难当，挖土寻找可以充饥的根茎，结果却挖到了金子。

不是所有的金子始终都会闪光，杰姆是这样写的。“能带我们去吗？”我问吉梅内斯夫妇。

吉梅内斯先生看看妻子，两人之间进行着无言的交流，然后他抓抓腮帮，朝日出的方向看去。“远是不远，就在乌鸦飞去处，不过没有翅膀可飞不了。你们能骑行吗？”

我身边的马修点点头。他从小就在小种马背上长大。

“够好的。”我说。

“梅莫曾经带普雷斯顿夫人去过一次，”吉梅内斯太太说，“她有没有告诉过你们？”

我摇摇头。

“她可是个强悍的老鸟，”吉梅内斯先生说，“比你们看见她时能想象的强悍得多。她坚持要看看格兰威尔名下的所有东西。她说，要找一个矿井巷道，只是她从来没说过是为了什么。”他说着一耸肩，“我说过了，没有巷道，没有任何迹象能表明存在着那些所谓的名下之物。你们还是想去？”

我点点头。

吉梅内斯先生把帽子往头上一拍。“好，走吧。”

42

我们走进畜栏，帮吉梅内斯先生给三头骡子配上了鞍。他说，在高地上，骡子比马更有感觉，也更耐渴。我们在骡子背上架了一大堆东西，开始朝山里进发。

天刚亮。在一片丰美的草坡上，我们卸下行李，紧了紧骡子的肚带。骑进幽暗的山谷,我们重新被破晓前的那片阴冷包围。晨曦在身后追赶着，我们骑着骡子嗒嗒地穿过灰白色的草坡和灌木丛，在稀疏的仙人掌丛中蜿蜒前行。两边是灰白的石墙，走不久，就进入了一处狭窄的峡谷，谷底干燥，布满砂石，到处滚落着大石块。走了不到一英里，石墙就成了陡壁，壁上丛丛点点生长着一些矮小的植物。

终于，吉梅内斯先生在一处满是草丛的开阔凹地边停下了，凹地上缘靠西的入口十分狭窄，堆满了巨大的滚石块。“这就是泰门之物。”他说着跳下骡背。如他所言，看不到任何开矿的迹象。斜坡上长着一丛一丛模样古怪的树，细如马鞭的多刺枝桠直插进土里，形成一个个锥状。树丛周围散落着小小的暗绿色的龙舌兰，叶尖如剑。还有蔓仙人掌。“无人之地，”吉梅内斯先生说，“他们把阿帕奇人赶走后，这里除了老鹰和山狮外就没有其他的人了。”

头顶的石墙外传来一阵凄厉的叫声。在更高的天空上，一只大鸟在无形的气流中盘旋振翅，是金鹰。头顶的天色一片湛蓝，但我们身边的峡谷依然沉浸在破晓的昏暗中。就在我们仰天看去时，晨曦像一阵黄金之雨，从崖头洒落下来。

在前方，我听见一阵扑嗒声，看见黑压压一群鸟儿顺着峡谷朝我们飞来，飞行的姿势十分奇怪。接着，我听见了刺耳的尖叫。鸟群在我们眼前往左一转，打着旋往地下沉去。

不是鸟，我立刻意识到了。是蝙蝠，直接飞进洞去的蝙蝠。只见它们越旋越快，一眨眼就全部消失了。

我转身对吉梅内斯先生说："那里有洞穴。"

"是矿道，"吉梅内斯先生轻声说："不过洞穴是有的。有时候能听得见，骑马的时候，走到洞穴上面时，马蹄落在地面有空洞的声音。"

"阿特奈德知道吗？"

他耸耸肩。"她打听的是矿道。"

我向前走到蝙蝠消失的地方。地面有一处凹陷，边缘是新长的各种小灌木。我把枝桠往后一拉，看见一个比我脑袋大不了多少的洞。里面有空气向外流动，潮湿，带着泥土的气味，有些刺鼻。

马修在我背后凑上来，皱着鼻子。他身边的吉梅内斯先生把帽子往脑后勺推推，抓着脑袋说："啊呀，我……就像我说的。我知道那边有洞穴，但从前没见过入口。"

我也没见过，但我所掌握的知识足够使我意识到眼前的是什么。"这不就是一个入口吗？"

"算不上真正的入口，"马修说，"如果你的体形正巧比蝙蝠大得多的话。"

"别急着判断。"

吉梅内斯先生点点头，回到骡子那里，从鞍子上解下一柄铁锹和几根撬棒。铁锹刚往泥土里插进去，就听见一声愤怒的嗡嗡声，吉梅内斯先生赶紧把我往后一拽，眼见得一条老响尾蛇扑向我刚才站着的地方。没大一会儿，蛇全身爬出了洞，钻进灌木丛里去了。

我看着眼前的一切，又惊奇又恶心。克利奥佩特拉，我暗想。昨晚，亨利爵士试图让我成为波洛尼斯，但我把他杀了。让我像莎士比亚剧中的埃及女王那样在一场意外中死掉，这样的惩罚不是再合适不过了吗？

"还有什么地方会有这种东西出来？"马修担心地问。

吉梅内斯先生啐了一口。"不像，这不是冬眠的时间啊。再说了，我们招惹了它，它出来了。如果它身边还有别的蛇，那我们也招惹了它们啊。”

我想，我早该想到这一点的。如果我真想进洞去，我可得比现在这样谨慎得多，才能保证进去后能活着出来。

洞口周边的土相当松，但即便如此，要刨掉石块和泥土，也不是件轻而易举的事。挖了两个小时，洞口才挖得足够大，可以让马修爬进去。远处的岩石上有一道裂隙。马修弓着腰爬了进去，随即又扭了回来。“里面稍宽敞一点儿，足够挤着爬进去。不过，我们得有照明。”

我凑近看看。光线很快就消失了，再往里就是一片漆黑。不过声音还是有的。在前方，我听见有蝙蝠的叫声。

“你俩有人探过洞穴？”吉梅内斯先生问。

“我探过。”

他死死盯着我好大一会儿。“你肯定要进去？”

*地是空虚混沌，渊面黑暗。*我在海伦姑婆那里过的最初几个夏天，跟着邻里农场上的男孩子去过几个洞穴。不是我真想去，而是因为他们用了激将法。我去了好几次，足以证明自己的胆量丝毫不比他们的差，便不再去了。我学到了一些探洞的基本技巧，但即使那时候，我也从来没第一个进过洞。那些洞，尽管从技术上说还是无人开发的野洞，五十年来却一直是地处三县交界胆大包天的少年们的游戏场。我可不干带头进尚未勘探过的洞穴这样的事情。

可从另一方面说，我真的等不及了，因为本肯定也等不及了。

我慢慢地点点头。

“她要去，我也去。”马修说。

“你就不必啦。”

“你要是觉得可以单枪匹马进去，那你是疯了。”

也许我本该继续表示反对的，但洞穴探险的第一规则就是不得单进。

吉梅内斯先生又去了趟骡子那里，这次回来时，他拿来了两顶布满凹坑和刮痕的旧头盔，是带灯的那种。“是孩子们的东西，”他说，“诺拉觉得也许派得上用场。东西虽然有点儿旧了，但电池是新的。”

“只有两顶。”我说。

吉梅内斯先生动手把铁锹绑回骡子背上去。“我可不跟你们去，把自己埋在烂泥里，这种玩笑我可不开。不过，我给你们留一个无线对讲机。你们出来后就叫我，我来找你们。”

他给我们演示了如何使用对讲机，我们找了个合适的地方把它安放在那里，插在两块岩石之间。然后，他翻上骡背，骑着走了，把那三头骡子一起带走了。

我的每一寸皮肤和衣服都尽情地享受着阳光和微风，要再次享受它们，恐怕得隔相当长的一段时间了。我朝天际线扫视了一眼，远处只有风拂动着灰草，天顶上只有那只盘旋的鹰。“他一定在那里，你知道的，”我悄声说，“本。他要来了。”

罗兹改了她的名字，在图书馆时他这么对我耳语。*也许我们也该改了你的名字*。改成莱维尼娅。尽管依然沐浴在阳光下，我还是打了一个冷颤。

“别担心，”马修说着抱住我的肩膀，把我拉了过去，“他要害你，先得过我这一关。”

马修背后那阴森森的洞穴，就像在清晨的帐幔上撕开的一个大口。莱维尼娅的情人就是当着她的面被杀害后抛在荒野洞穴里的。*那黑暗的吸血深坑*，莎士比亚是这么写的。然后她就……我赶紧打消了这样的念头，朝马修淡淡一笑。“谢谢。”

“为莎士比亚。”他说着凑过来吻我。

为真相，我暗想，无论真相是什么。

我们套上头盔，拧开头灯。我小心翼翼地把挂在项链上的胸针塞进衬衣内。我们爬进了黑暗。

43

渊面黑暗。

通道里一片暗黑，向地坑倾斜而下。我们的身体紧贴着四边土壁，只能腹部贴地爬行。有些地方实在太紧，我只能屏住呼吸从岩石间硬挤过去。空气潮湿，散发着泥腥味。我能听见前方蝙蝠的叫声。头盔上的灯只能照亮几英尺的距离，灯光之外，是实实在在的黑暗，凶险狰狞，好像慢慢地塞着大山自古积淀起来的、尚未苏醒的愤怒。我们向前爬了一小时，也许两小时，尽管我们也许爬了还不到半英里。在这种地方，时间失去了意义。

突然，我的手滑进了粪堆般的土中，一股氨水的恶臭直冲进肺里。通道消失了，至少，感觉不到头顶和两边有土石夹着。我抬头一看。

接着我又赶紧往下一看。洞穴顶上挂满了蝙蝠，像蜂房里的蜜蜂般紧紧挤挨在一起，眼睛闪着星星点点的光，朝下注视着。光束照到它们身上，它们立刻尖叫着旋动起来，像一团黑云在我们头上飞舞。我跪在粪土里，闭上眼睛，两手捂住耳朵，直到蝙蝠渐渐停止飞旋，挂回原来的地方。

此时，我意识到，粪土在移动。

不是粪土，是鸟粪堆。它是有生命的，爬满了浑身透明的盲眼蟋蟀、蜈蚣和蜘蛛。

我们手脚着地，跌跌撞撞地快速穿过洞穴，尽量不去感觉下面群虫的脚，也不关注头顶上蝙蝠激荡起来的旋转空气。那地方空间不大，只有十到十五码的距离。很快，我们来到下一条隧道前，隧道更陡一些，直钻进山体里去。我们得爬过几块大石头才能达到隧道口。我钻了过去，靠着石墙坐下来，艰难地喘着气。

“你想停止了？”马修问。

黑暗中，我看见桑德森博士和奎格利太太，还有阿特奈德。跟着线索走，那是罗兹悄悄的声音。可是我怎么也无法让罗兹的脸浮现出来。我摇摇头，站起身来。“继续。”

现在，通道的高度可以让人弯着腰走过去，我一手扶着通道顶部，扭过头，让头灯的光束照在通道地面上。粪堆渐渐稀少起来，不久就完全看不到了。蝙蝠不到洞穴里这么深的地方去。

通道七拐八弯。手突然什么也摸不到了，我停下脚步，还没来得及拦住马修，只见他在我身边一滑，立刻从石壁上摇摇晃晃地往下溜去。我赶紧伸手抓住他的胳膊，两人一起往后摔倒在通道里。一时间，我们就这么躺着，大口喘气。

马修首先坐了起来。

“别再这么干了，”我咬着牙关说，“我停，你就停。”

“好。”

“我是认真的。在洞穴里蛮干，你会顷刻送命。如果你倒霉，那就得慢慢地送命。”

“好的，对不起。可是，你看见这个了吗？”

我坐起身，抬头看去。

眼前并不是什么通往万丈深渊的裂缝，而是一处三英尺左右的垂悬石，下面是一段向上倾斜的土坡，泥土软滑，有如打磨过的大理石。我们似乎来到了一个巨大的房间尽头。我不知道空间有多大，只觉得这里的黑暗空虚缥缈，没有一丝压力。地是空虚混沌。

但并非如此。我所能看见的石壁上蒙着一层像融化了的玻璃幕帘，在我头灯光束的照射下，闪动着红、橙、粉、黄和金盏花颜色，是这间石窟从未见到过的太阳的光色。

“喂！”马修叫了一声，声音在千百条石缝里回荡着，返回洞穴中央的空间时，音量增强了很多。

我们所听到的回音，只是一阵水花溅起的声音，那声音也回荡着，被放大，好像大锤落下的砰然一声，那是人类从树上下来、在非洲草原上散布开去之前很久很久的时候，这地方天工开物时的所为。

马修指了指。前方稍远处，有一条从左边开出来的小径直通石洞。此前有人来过这里。

我谨慎地从石壁上溜下去，脚下的泥土平滑稳定，让人放了心。我向前移动了几步，尽量靠石壁而动，发现我们好像是从一处类似小壁凹的后部进入这片空间的，就是在大教堂正殿两边的墙壁上凿出的那种小小的神龛。壁凹前后，矗立着潮湿发亮的巨大石柱，直插黑暗之中，头灯的光根本无法照个完全。

我们的小径对面出现了另一行脚印痕迹。我们在跟踪的是闯入者，而不是圣殿，于是我走出壁凹，进入了空间中央。此前洞顶不知有多高，现在反正已是高不可测了。我俯身下去细看那行足迹。

是靴子印，是两双。我把身子俯得更低些。进来的是两人，可出去的只有一人。不！痕迹相同的靴子进来了两次，走的是同一条路线。同一个人进来过两次，但只回去了一次。一时间，我们站在小径前沉默着。然后，我向前探进洞穴去。

我们谨慎地循着早前的那条小径走着。小径一路上都紧挨着石壁，遇上大石柱便绕过去。在一根粗似古代红松的石柱后，一条细细的路径伸向黑暗中。我朝马修看了一眼，跟了上去。

我们没走多远。

我先看见了那具尸骨。他保持着死时的姿势，倚靠在石柱的后面，身上的衣服慢慢地在骷髅骨架上一片片碎落下来。一支柯尔特手枪躺在附近。但让我们确定死者身份的是那个皮带扣，上面刻着 JG。

杰姆 · 格兰威尔。

看不出明显的死因。头骨上没有子弹孔，身体上也没有箭矢穿透的痕迹。没有书。我掏了掏他的衣服口袋，什么纸片都没有。

“该死的，”马修说，“现在怎么办？”

洞穴中又传来一声水滴声。“往前走。”我板着脸说。

我们壮起胆，尽快地顺着他留下的足印线索穿过石洞中庭，来到远端一条碎石斜坡，向上通往洞顶。泥土足印向上而去，我跟着足印踏上碎石堆。突然，脚下一块不大不小的岩石松动了，我们赶紧平躺下来，随着瀑布般的碎石流一下滑到洞底的泥层上。我们躺着一动不动，直到周围的声音完全消失。刚才那一步有点儿愚蠢。实在太过愚蠢了。之前我还教训过马修呢。石块一动，不是砸了脚踝就是压了膝盖，我们俩或至少有一人得躺在地下深渊里动弹不得。

这场意外过后，我们几乎是手足着地爬着，行动十分缓慢，每遇上一块石头都先试一下。最后，爬了大约有六十英尺高，我们到达了洞顶。刚才我们以为是阴影的地方，原来是一处开口。两块石板出现了断裂，形成一个楔形通道，底部布满碎石。

泥土足迹向前延伸，消失在黑暗中。我们随着足迹一转一折地走着，周围的空气变得干燥起来，脚印也变淡了，呈粉状。我们发现自己来到了地面和一个小石洞之间的地方，就像是身后“大教堂”里的“圣器室”。在我们脚边，一条石瀑滚滚向下，倾倒在左边一条宽大的石台上，石壁离洞底有五六英尺高，沿石洞一边伸展开去。小石洞里石柱林立，洞壁上覆盖着与主洞石壁上同样的波纹石，不过小洞里的石幔干燥而无生命，像脱了水的木乃伊或死蛾虫的翅膀。向右，石瀑滚得更远，穿过了下方大厅底部。不过，小洞中央有人在碎石间做过一点儿安排：一圈熏黑的石块围成圆形，那是篝火的遗迹。再远处，在一堆白骨的顶部，两匹马的骷髅头正不怀好意地盯着我们。马怎么进来的？再过去，石窟就被一堆巨大的石块堵住了。这石窟是死胡同，似乎没有别的出路。

我朝左边的石台走去，马修跟在后面。头灯在石柱后投射下长长的跳跃的阴影。走过石柱，在石台后部附近，有几座堆起的碎石。走近了一数，共五堆。石堆都呈长方形，这样的精心摆放，显然不是大自然的作品。每一个石堆上都放着弯曲的、边缘磨得十分锐利的头盔。是西班牙征服者的头盔。

“这是坟墓。”我悄声说，石墙攫过我的话语，让“坟墓”两字的回音在我们身边回荡。

每个石堆边都放着一堆器具，一柄刀，一套铠甲，一个开始朽烂的皮包。马修立刻在第一个墓前跪下，开始仔细地翻看那堆东西。我从他身边走过去，轮流看过每个坟墓，心里直纳闷，不知道里面埋着的是什么样的士兵。

我来到了藏在远处石柱后的第六个坟墓。

最后一个，并没有人在他尸体上堆起碎石坟墓，也没有头盔作为坟墓的标记，他仰面朝上躺着，双臂抱在胸前。他身穿一件带帽灰色长袍，帽檐拉得很低，我只能看见那骷髅头从帽檐下方探出些许注视的目光。要不是他手里拿着的不是时间镰刀而是一柄殉道十字架，他看上去和死神没什么两样。

这会不会就是十四行诗中所写的那位金发青年？

他的脚边放着一只双囊袋，是一副驮袋。

我跪下身去，颤抖着手指拨开一边的袋口。里面有本书，我慢慢抽出书，翻开。

奇情异想的绅士

堂吉诃德·德·拉曼恰

由米格尔·德·塞万提斯·萨维德拉编撰[①]

书后还塞着一叠纸，我展开纸页，上面的字挤得很紧，是文书体。第一页顶端有一个词：

卡德尼奥

词的下方有一行英语：乡绅桑丘与堂吉诃德上。

① 原文为西班牙语。

我摸索着找了个地方坐下，心在狂跳，嗓子干哑。就是那部遗失的剧本，一定是。

与塞万提斯的小说一样，剧情开始时，这位老先生和他的乡绅在一处荒山野地发现了一只破旧的行囊。行囊里有一块手帕满满地包着一包金子，还有一本装帧华丽的本子。

桑丘朋友，金子你拿去，老先生说，书我留着。

这与杰姆·格兰威尔说的情况完全吻合：詹姆斯一世时期的《卡德尼奥》手稿……遗失了的莎士比亚剧本。

“马修，”我轻声招呼着，“看看这个。”

马修没有应答。

我转身看去，发现他不在刚才我离开他时的那个石堆边。我意识到，我头上的灯成了洞穴里唯一的光源。我站起身，向后退了几步，喊道：“马修？”

但洞穴里空无人影。接着，我感觉到有眼神在盯着我，听见有刀拔出鞘时的嗞嗞声，那声音在我周围的石墙、石柱和滚石上缭绕回响。

44

我跑了起来。跑到石台尽头，我俯下身去，手脚并用地沿石坡朝出口爬去，可是一条腿被人拉住，我被拽了回去。头盔碰掉了，我滚下石坡，停止滚动后，头灯的光束朝石壁照着，毫无用处。

我扭着转着，驮袋砰地砸中了袭击者。我听见那人倒吸一口气，骂了一声，我挣脱了。他从我身后扑上来，我一绊，单膝跪了下去，便用另一条腿朝身后踢去，好像踢到了什么。可是他再次扑上来，这一次，他抱住了我的腰，一下把我甩倒在地上，力量之大，竟使我手里的驮袋飞了出去，不知道落在了黑暗中的哪里。没等我闪身，他一下坐到我身上，双手卡住我的喉咙。

是马修。

“莱维尼娅上场，”他念道，“舌头被割，双手被剁，身体遭过凌辱。”

我简直不敢相信，伸手去抓他的脸，却被他一把抓住手腕，按倒在地上。在昏暗中，我看见一道金属的亮光，接着就感觉到刀顶住了脸颊，刀尖直刺在右眼下方的皮肤上。

我动弹不得。

“这还像话。”他说着放开我的手腕，俯身抓住我的牛仔裤。“我想该是凌辱在先。”他的手朝我下体摸去。“这里不是我计划中的舞台，不过也不错。”

只听一声沉闷的响动，尖刀掉在地上，与此同时，马修被人拎起来甩到一旁。他立刻跳起来朝袭击者扑去，但还是被打倒在地。我往边上一滚，用力站起来，大口喘气。

滚在远处的头盔躺在地上，头灯向洞穴中射出的光束显得十分怪异。

马修四仰八叉地倒在一个石墓边。他依然套着头盔，不过头灯关了。本站在他身边，用手枪抵着他的胸口。

“你要干吗？”我嘶哑着声音吼道。

本的目光一刻不离马修，回答说：“来助你一臂之力。”

“可你是怎么……”

他打断我的话头：“跟踪啊，你没事吧？”

我伸手摸摸脸颊，在流血，不过伤口好像不深。“没事，我以为你就是那人，我的意思是那个杀手。”

“我猜到了。”本说。

“可你不是。”

“对，我不是。”

“拜托你们俩别老做这种简单对话了。”马修开口说。

我冲他怒目而视，全身涌起了愤恨。这段时间以来他对我做的所有亲善表示，所有的亲热，所有的安全许诺，都是谎言。“这一切，都是你们，你和阿特奈德？”

“Vero nihil verius，”他语气中带着一丝嘲讽，“比真相还真。”

我一皱眉头。“可亨利爵士……”

他笑了。“出乎意料，是吗？也许他以为是你杀了那老家伙，也许他以为你是我。谁知道呢？不过你干了那件事，我得谢谢你，少了一个要操心的。其他的全是我干的，在河边，在你公寓里……”

“是你？在阴影里的那个人是你？在图书馆，在国会山……”

“啊哈，亲爱的，你终于渐渐明白过来了，尽管是靠别人的点拨和提醒。”

“她至少有两次赢了你，”本说，“所以你吹牛就得当心点儿，除非你真的想让人觉得你可怜。”

马修怒吼起来。

“韦斯利·诺斯也是你，是吗？”我问。

他笑了。“不是你的就别拿走，凯特。国会山的恺撒是我的作品，没错。

可我并不是那位矫揉造作的诺斯教授，那是罗兹。”

罗兹！

“诺斯，韦斯·特[①]”，他说，“就像那句‘疯了，西北偏北’。”

我脑子里一片混乱。“罗兹是牛津伯爵派的？”

“呸，她不是。她是要钱，而阿特奈德答应给她一大笔钱。”

不可能，我暗想。他说的也许有一部分是实话，可罗兹也许会更喜欢争辩和假面舞会的双重挑战。

“揭开她骗子的真面目，我本来会很开心，”马修说，“可她真去了，而且还发现了什么东西。我又给了她好几次机会，分享结果，可是她拒绝了。天哪，我扮演忠实粉丝扮了好几年，成了你走之后她可以依靠的肩膀，可是，当她需要同行时，却把我排除在外，跑过去找你了。”

“她不是把我赶走了吗？”

马修眼里闪着凶光。“质疑你的学术成果？凯特，那是我。罗兹一直觉得你才华出众。‘并非合乎规范的学术成果’……那句评语是我发明的，然后就悄悄传出去，说那是她说的。在谣言充斥的学术圈里，这么做太容易了。”

我捏紧拳头朝前一步。“为什么这么做？”

“她始终把我压在下面一两级，我已经无法忍受了。我最不愿意发生的，是让她把我踢得更远，为你腾出地方来。她这个莎士比亚权威做的时间太久了，该让她离开，而继任者本该是我。天地良心，我已经获得哈佛的终身教职了。可是她一直在设法绕开我，把你推到前面去。”

“马修，你说的是名声。名声不能转让，品德不能转让，荣誉也不能转让。她无法把它转让给你，给我，或给任何人。”

“也许不能。但是我在舞台中央开出了一片天地，不是吗？没有比我更适合站在那里的人了。”

“此说值得商榷，”本说，“为什么要杀阿特奈德？杀你的同伙？”

---

① 英文是 North Wes T。

马修眯起眼睛。“罗兹不愿与人分享自己的宝藏，我发现我也不愿意。”说着，他的目光朝我投来，从我脸上往下一直扫到没被脱去的牛仔裤，然后又朝本看去。“你也不愿意吧。”

本捏紧了手枪。他盯住马修，对我说：“凯特，拿好你到这里来想要的东西，要是能找到可以把这家伙绑起来的东西，那也不错。”

我离开石台，走进洞穴底部的黑暗之中。驮袋就落在篝火圈附近，一边的盖子几乎全掉了，那本《堂吉诃德》掉在稍远一点儿的地方，书页四散撒落。我尽可能迅速地将它们一一拾起，还朝洞穴底部扫了一眼，看是否还有遗漏的。

我把所有东西全塞进驮袋，转身看看，不知道还有什么东西可以充做绳子用的。头顶上方的石台上，本依然死盯着马修。

突然，在他们身后，一个影子在移动。我停下脚步，只见亨利爵士悄无声息地从黑暗中现身出来。

这绝不可能，我已把他杀了。

可是他就站在眼前，而且手里还拿着在闪光的东西。一支针，插在注射管一端的针。

罗兹就是被针管杀死的……满满一管的钾溶液。

他抬起胳膊，我尖叫起来。

本猛地一转身，握枪的手朝亨利爵士胳膊上砸去，针管从亨利爵士手里飞了出去，跌落到地面。与此同时，马修跳将起来朝本扑去，我听见本挨了一记重拳，手枪掉到地上。

亨利爵士弯腰试图捡枪，但本一脚把枪踢出了光束圈外。他再次因亨利爵士而分神，结果就在这一刹那又挨了马修一拳。

马修再次挥拳，可这一次，本一猫腰躲开了，等他再次站直身子，手上已经攥着一把匕首。亨利爵士和马修都往后退了一两步，但随即又朝前压过来。

两人一步一步追近，本无计可施，只得往后退去。他轮流冲两人挥舞着匕首以保护自己。刀光闪闪，马修往后退到安全距离，而亨利爵士却一下被刀尖擦到，一下被本的腿踢到。本就这样渐渐回到了原来站着的地方。

我正犹豫着是否要把枪找回来。本的意思我明白：他是在引诱马修和亨利爵士从洞穴开口处离开，他也在稳步朝自己的手枪移过去，那枪不知道躺在他背后的石台的什么地方。在我看来，要不了几步，他就能够着枪了。

我要是去拿枪，那他为我俩谋划好的计划可能就全毁了。

我开始朝通往洞穴出口的岩石斜坡移动脚步，尽量让身体藏在石台的阴影之中。挪到滚石底部，我开始向上爬。忽听嗖嗖的一阵乱响，我赶紧回头看去，只见石台上的马修在一个坟墓边摸到一根木棍或铁棍，正舞得唰唰直响。本的优势荡然无存。

不过他还在朝马修戳着划着，后者一声大喊，棍子啪的一声砸在本肩膀上。本一个踉跄，但还是站稳了。

我回身上了斜坡，刚爬到一半，还在石台下面，不小心蹬下一块松动的石头，就听一阵碎石啪嗒啪嗒往下掉去。亨利爵士转过身喊了起来，马修一跳跃过石台，飞跑过来要拦住我往出口的去路。

我拼命往上爬，马修又是一阵猛跑，爬上了离我头顶几英尺的碎石坡。

我听见一阵风声，赶紧一猫腰。一声沉闷的声响，马修踉跄了几步，本的匕首全插进了他的肩膀。马修一阵狂怒，朝一块巨石猛扑过去。

“别去！”本喊道。

可是马修反而更用力地抵着巨石。一时间，我们一起看着巨石在颤簸摇晃，接着，巨石朝坡下滚去，它周围的石块全都跟着松动了。突然，整座石墙移动起来。本一个打滚翻到我身边，把我拉到洞穴另一边。不知道什么地方，有人在尖叫。大地在晃动，在轰鸣，紧接着，整个洞穴寂静无声。

在一盏头灯光束的照射下，我们周围弥漫着黑色帐幔般的亿万尘埃。我抬头一看，斜坡上面一点儿，本半个身子埋在碎石堆里，一根巨大的花岗石条正巧压在他腿上。再往上，马修跪在那里呻吟着。再远一点儿，原先的那条裂缝处，已看不见开口，只剩下一条陡峭坚实的石块斜坡。

出路消失了。

我站起来，跌跌撞撞地朝本走去，但亨利爵士先到一步。“一切设计精巧的计划……”他嘟哝着，凝视着本，一脸伤心。

原来他把我的头盔戴在了头上，刚才那束灯光就是从这里来的。接着我发现，他还拿到了本的手枪。我赶紧跑，可亨利爵士抬起胳膊，开枪了。

在本身后几英尺的地方，马修蜷缩着躺倒在地，一声不响。亨利爵士朝他胸口开了枪。他从本身边走过，凑近马修的尸体，弯下腰，又一枪穿透了他头盔上的灯。

我强压下一声惊叫，亨利爵士转过身来。

“别伤害她。”本嘶哑着说，他的呼吸十分急促。

“退后。”亨利爵士说着朝我挥挥手枪。

“我杀了你，”我说，“在阿特奈德的家里。”

“退后。”他再次说道。

我向后踉跄几步。“我杀了你。”

他脸上闪过一丝惋惜。“你忘了，亲爱的，我可是演戏的。”

“但你一身是血。”我说。

“是格莱西娅拉的，大部分是她的，”他说着一声奸笑，“虽然你的确划伤了我一两下。你所杀的，恐怕只是阿特奈德的一只沙发靠垫。”他说着，单手持枪指着我，一边开始朝石坡这边走来。

“我不明白。”

“凯特，他就是那个杀手，”本打破了沉默，“那另一个杀手。”

我脑筋似乎转得很慢。*不是马修和阿特奈德，是马修和亨利爵士。*“一直就是你？你就是马修的同伙？”

“他是我的同伙，”亨利爵士说，“想问题很固执，就是不太活络。照书本办事他干得不错，可一旦让他离开书本，就像你在国会山时那样，他就不知所措了；而伟大的演员，最重要的就是见机行事。比如，罗兹让我注意到了环球剧院大火的纪念日，我就利用了它，尽管就像人们一直说的，并不是我放火烧的剧院，”他加重了语气，“我放火烧了展览厅和办公室。你让我有了主意，把罗兹变成哈姆雷特的父亲，就是在环球剧院的那天下午，就是和杰森在一起的不错的一幕。你演哈姆雷特，演得太糟啦。”

“你杀了罗兹？”

他脸上的惋惜更深了。“非得阻止她，至少那场死亡做得很漂亮，莎士比亚风格的。”

“马修的死就不是莎士比亚风格的。”

“他试图出卖我，不配用莎士比亚风格。”

“那其他人呢？你还有哪些作品？”

“别人干的咱也不往自己头上套，奥菲莉亚和恺撒是马修干的。”

“你怎么把他拉过去做帮凶的？”本问。

亨利爵士走到岩石斜坡的远端，站住了。“金钱和名声啊，现成的钓饵嘛。不过真正的驱动力是他的嫉妒，他十分嫉妒罗兹，”他说着瞟了我一眼，“也嫉妒你。最难的是让他专心干正事。他在杀人方面和做学问方面一样，大手笔在行，可细节上总出差错。我觉得，这就是二等智力的标志。另外，他不在乎恶心场面。”

他脸上闪过一丝嫌弃的神色。“比如说这件莱维尼娅风格的事。”他依然拿枪指着我，另一只手拿着手电筒像追光灯似的在对面石台地面上来回划着。“关键是要杀了你，然后摆好尸体。我想，既然有你们两个，他本可以在坑里放进莱维尼娅和巴西亚努斯。不过，说真的，干吗要找麻烦？明摆着有一出更美妙的场景好摆啊。”

手电光束停下了。“瞧，看见针管了吗？”

我点点头。

“我们都知道匕首在哪里。好啦，我觉得本有一支手电的，去找匕首。”

“为什么？”

“因为你要是不去我就开枪打死你，因为你我都不希望这样。”

我回身走向本，他把一支小小的电筒递给了我。

“扔给我。”亨利爵士说着伸手接过电筒，把它放进衣袋里。他回头看看本，摇摇头说：“真可惜啊，在我赶到之前你和马修没相互杀了对方。不然的话，我就可以把一切归罪于你们，然后救走凯特。”他转过目光盯住我。“亲爱的，本不该把你也搅进来的。对不起，你不知道我有多抱歉，可是我别无选择。

“你会明白我为你布下了什么场景。毒药和利刃，在坟墓里，不多不少。很少有人能享受如此美妙的死亡。至少，我能把这份尤雅留给你。”

说着他拧灭了手中的电筒。我听见一阵脚步声和碎石滚下来的哗啦声。接着，我就和本一起身陷黑暗之中。

45

本挣扎了一下夹在石块之间的身体，问我：“他去哪里了？”

我蹲下身。“我不知道。”

“滚石挡住了原来的出口，但一定会破开另一个。找一找，看能否找到。”说着，一道细小的亮光射穿了黑暗。亮光来自本手里的一支小手电。

“你怎么……”

“往后退。”他厉声命令道。

光束不够强大，只能穿透眼前几英尺的黑暗。我鼓起勇气，尽快走到刚才亨利爵士站着的地方。我四下摸索一番，发现除了碎石还是碎石，可紧接着，我就感觉到了什么。是一丝空气的流动。

“有气流。”我说。当时亨利爵士一定立刻感觉到了。

“去找他。”

“把你留在这里？”我努力压下恐惧感，回身朝本走去。

我听见他在挪动身体的重心。“那胸针还在吗？奥菲莉亚的胸针？”

“在。”

“那么你要做的就是尽量接近外边地面，胸针背后有一个微型发射器。”

“什么？”

“我就是靠它才跟上你的。我在胸针里放了块芯片，它发射的电波无法穿透这么厚的岩层，但尽量接近地面，电波就能发出去了。”

“发射给谁？”

他做了个苦脸，又换了换重心。“我把密码给了辛克莱，警察一直在寻找它，找你。”

我顾不上无声的眼泪哗哗地顺着脸颊流下来，伸出手指摸到了挂在项链上的胸针。

“你可以做到的。”他说。

我在他身边蹲下。“不。”

“凯特，我被夹住了。估计我的腿断了，可能整个骨盆都碎了。就算能把这些石头搬开，我也不可能爬到洞穴那边去，更别谈什么走动了，况且这些石头根本搬不了。如果你也待下来，我俩都得死。吉梅内斯夫妻得死，阿特奈德也得死。”

“阿特奈德已经死了。”

“她并没有死，但如果过了太久得不到帮助，她也早就死了。还是钾溶液，但这一次她是吞下去的。”

在想象中，我看见了那个酒杯。“她就是格特鲁德，是被毒酒毒死的王后。”

“在她这件事上，当时的演出安排留下了足够的时间让救护人员赶到她身边。我来得这么迟，就为了这个。”他拉住我的手，“凯特，如果让亨利爵士逃出去，她就活不长了。你希望结果是这样吗？”

“不。”可我也不愿意在黑暗中走着走着就走进一处迷宫，而且还是独自一人。如果越走越远怎么办？我可能会走进又一条死胡同，而且孤身一人，和亨利爵士在一起。

“凯特，你能做到。”本的声音挡开了我心头的恐惧，让我的思路重新坚定清晰起来。我得又攀又爬，手电也只能间或开一下。如果我真的靠近了亨利爵士，那手电就根本不能用了，否则就只会照亮自己，使自己成为射击目标。不过，在黑暗中探洞，还是可以采取一些预防措施的。

听他说完后，我就得到洞穴对面找到针管，再爬回到马修身边把匕首拿来，最后再回到本身边。

“匕首你拿着。”他说。

我把匕首往皮带上一插，把针管放在他能够得着的地方，尽管我俩谁都没说这么做的原因。“你为什么说自己是罗兹的外甥？”我问。

“我需要你相信我。”

我暗想，可这才是最让我对你失去信任的那个谎话。

他喘着粗气。“事实上，这是她的主意。阿特奈德所说的其他事情……”

我摇摇头。“你不必……”

“不，我一定要说。”他额头上满是汗珠，身上的疼痛使他紧咬着嘴唇，“她说的一切都是真的。那次袭击，那些死亡，还有那些疑问……可凯特，那些疑问并没有解决。这你能相信吗？”

我觉得嗓子眼里一堵。“对不起。”我悄声说。

他眼神一下严肃起来。“为什么？”

“因为我以为你是杀手。”

他脸上闪过释怀的神色，强挤出笑容说：“我也对你怀疑过，有一两次。”

“你也怀疑过我？”

“是玛克欣死后？还是桑德森博士死后？是的。不过奎格利太太的死不可能与你有关。”

“我还以为你是杀手，可你反倒救了我的命。”

“还没呢。”他说。这句玩笑话他在查尔斯旅馆时也说过，可那似乎是上辈子的事了。他碰了碰我的手，我把手放进他手中，紧紧攥住他。“如果今天真有什么命获救，那救命人一定是你，教授。”

*人们的恶行在其身后传扬，而善行则经常随尸骨葬入坟墓。*奥菲莉亚奋力试图反其道而行之。现在，看来我也得如此了。我压下眼泪，用力捏了捏他的手，赶紧松开，摸索着朝洞穴对面走去。再不走，就走不了了。我不敢出声说话。

在刚才形成的新石坡的另一边，我再次惊奇地感觉到有空气在流动，便朝气流来的方向爬去。新开口就在斜坡顶端，好像是两大片花岗岩之间的裂缝。“等着我。”我说着就挤过了缝隙。

绝壁内的通道陡峭向上，有的地方几乎是垂直角度，因此它更像是烟囱而不是隧洞，我只能盲目地摸索着前行之路。在头顶远处，我偶尔听见一声脚步或喘气，有一回，一小堆碎石哗地跌落下来，我赶紧侧身躲开，生怕再来一次碎石流。幸好那一阵碎石从我身边落过，随后便没了声息，通道里恢复了寂静。

有一次，我瞥见亨利爵士的手电光在我头顶很远的地方闪烁。我停住脚步歇息下来，停了几分钟。我可不愿意赶上他却被他开枪打死。

由于一路向上攀爬，我的胳膊开始痛起来，大腿也因为始终要支撑整个贴在岩石墙面的身体而开始抽筋。在黑暗中，我不知道自己到底走了多远，更不知道还需要走多远。但是，恐惧感驱使我继续向前。我无法想象在黑暗的洞穴下面本的生命渐渐流逝。

我脑子里不停地回想着那些凶杀事件。亨利爵士在剧院杀了罗兹，然后放火烧了建筑，还把那部第一对开本拿走了。

可为什么？

我一阵寒战。从那以后的日日夜夜，他似乎十分善良，十分体贴。

你忘了，亲爱的，我可是演戏的。

走了似乎是几小时之后，通道开始平坦起来。我在地上躺了一小会儿，庆幸还有背下的一方平地。但是我不能歇太久，得赶紧到达洞外地面。我撑着翻起身，继续向前爬去。没爬多远，转过一个弯，我身体一缩，直眨眼睛。

亮光。我缓缓地向后退回拐角处，大概也就是前方二十码的地方吧，一道金红色的亮光射进洞来。我站起身看着亮光，努力让眼睛回忆起如何应付它，然后便蹑手蹑脚地朝亮光走去。从我的位置朝峡谷看去，狭窄岩缝外的红石高崖上有一个浅浅的石窟。

亨利爵士背靠石壁坐在洞窟口，两腿向外伸着，那只驮袋躺在他身边地上，口是开的。他一手拿着一页纸，另一只手里拿着枪。他脑袋斜倚在石壁上，看上去睡着了。我的手紧紧捏住匕首。*能扑上去吗？能把枪夺过来吗？*无论如何，我得移动到洞穴边缘，发射器就能发出信号了。

“你让我失望了。”他说话的声音低沉柔和。

我赶紧往后一缩。如果他要朝通道开枪，我无处可躲。我只好朝他扑过去。

我绷紧神经，倾听着。

可是亨利爵士并没有移动位置。"没几个人死得其所，"他沉思自语道，"可你却得到了一次无价的莎士比亚风格的死亡……最伟大的莎士比亚式死亡之一……可你却把它抛弃了。朱丽叶，我亲爱的。你背弃了朱丽叶。"

我还是没听见有任何响动，便谨慎地探头窥视。他没有动，只是睁开了眼睛。

"亲爱的，我知道你还在那里。如果你一定要做俗人，还不如让自己有点儿用处。"说着，他举起左手拿着的那页纸，"信，致威尔，自威尔……你拥有你的威尔，还有额外的威尔，太多的威尔……可詹姆斯一世时期的字体太糟糕，我实在看不懂这其中的那几行字。"

信！就在手稿里，我竟然没发现。

"我能。"我说。我必须使亨利爵士允许我走出洞穴，这样，发射器就有机会被接收到。

"匕首还是针管？"他问道，"你一定带着其中的一样。可能是匕首。"

混账。

"不管是什么，把它丢了，手掌摊开，手里不能有东西，走出来吧。"他说着一扬眉毛，把那页纸递了过来。

我在急切和谨慎之间纠结了一会儿，侧身走出岩缝，把匕首刚好放在视线范围之外。热浪冲我扑面而来，直往岩石内沉去，接着我嗅到了沙漠地带雨水的金属气味，听见沉闷的轰响。我朝绝壁边缘走去，靠在亨利爵士对面的石壁上，朝下看。直下两百英尺，砂石谷底消失在湍急的水流之下，激流奔涌，拍击着两岸，裹挟着树木砂石。我心一沉。谁也无法登上峡谷，要等山洪流尽，那可得好几天之后了。

在我们对面，悬崖被夏末的亮光染成一片粉红。左边山巅之上，银色的条状云层聚积起来，形成一顶灰色篷罩。灰色云层的远端高高耸起，如一块铁砧，顶部遥不可见。空气潮湿，弥漫着雨水的气息，厚重凉湿的风直往洞穴里灌。夏季的季风气候早早来到了德拉古恩山。

"那里上午就开始下雨，还没消停呢，"亨利爵士一挥手说，"你明白了吧，即使马修没有蠢到把原来的入口堵了起来，我们也不可能循原路回去了。那个入口已淹在了水下,而且我估计,那通道也有一半给水淹了。”他说着拍拍身边的洞穴地面。“亲爱的，就在这里。我要看你一字一句地念出来。要是我发现你漏读了，一枪打死你。”

这样，我就得走到亨利爵士身边去，往那个洞窟里走几英尺。发射器在那里能发信号吗？挂在项链上的胸针一下一下地敲击着我的脖子。

信上的字迹和我在对开本和威尔顿庄园的那封信里看到的一样潦草，是德比伯爵写给威廉·谢尔顿的。我颤抖着声音读了起来，亨利爵士则不断插话问：那是什么字母？那个词是什么？

信的内容是为沉默所做的道歉和解释。

我唯一能有权力给的礼物……是将你讲述的故事搬上舞台，即使那不是你的原创。在奇怪的命运作弄下，它曾使我们那小小的世界着了火，还差一点儿要了那姑娘的命。

“那姑娘？”亨利爵士嚷道。

“就是遭遇了环球剧院火灾的那个孩子，”我说，“第一场火灾，她一定逃过一劫。”

一点儿暗示,一段事实,霍华德家族很快就发现自己失宠了，要怪罪的只有他们的女儿。我喜欢这样的结果：交换麻烦。

现在，可说的一切都早已过去，其他的剧作，也就是此剧的伙伴们，都正在进入不朽史册，过往的历史昂起了长角吐火的脑袋,像一条人们以为久已死去的巨龙,但其实它只是睡着了。单凭这出戏就足够使她感到威胁，因为像莱昂诺拉一样，虽然不可能，她还是在卡德尼奥家中找到了幸福。

也许读到这里你微笑了。

是谁的？有一次你气愤地这么问。她是谁的孩子？

当时我以为也许时间能说出真相。但她就是她，是美之蔷薇。

我称她为莎士比亚之女，而这就足够了。

信被一把从我手里夺走了。“够了够了。”亨利爵士说。

我伸手去夺信，可他用枪对准了我的头部。

我太阳穴里鲜血跳突，声音比峡谷下的洪水声还响。莎士比亚之女？我用舌头舔舔干燥的嘴唇。

刚才本那么肯定会有的支援在哪里？难道我不经意间把发射器撞落在洞穴里的什么深处了？

“亨利爵士，”我请求道，“拜托了。那封信可能会向我们和盘托出关于莎士比亚的真相。”

“如果不是关于写了那些剧本的莎士比亚的真相，那就不是我想要知道的真相。那不是我想要知道的真相。”

所有的杀人案件为的都是这个？为捍卫斯特拉福德的莎士比亚？他就是这么来解释自己所做的一切的吗？披着捍卫莎士比亚信仰的外衣来进行这样一场保卫战？

亨利爵士看看手里的信。“真是绝大的讽刺啊，为得到格兰威尔发现的剧本我在所不惜，可最后到手的却是这封我拼命想隐藏起来的信。”

我必须说服他允许我在洞穴入口近处待着，这样，藏在胸针里的发射器才能工作。于是，我用他唯一认为有价值的货币来买时间，那就是莎士比亚。“但是你的确拿到了这个剧本啊，”我说，“藏在《堂吉诃德》里的。我想，笔迹是一样的。如果你愿意，我可以读给你听。”

他眯起了眼睛。

“乡绅桑丘和堂吉诃德上，”我说，“剧本是这么开始的，可是我没读下去。”

“拿出来看看。”

我从驮袋里拿出书，抽出那一叠纸，小心翼翼地把它们展开。

桑丘朋友，金子你留下。书我留着……

亨利爵士的眼里闪现出贪婪的神色。“莎士比亚佚作，”他喃喃地说着，微笑起来，“读下去。”他命令道。

这是我一生所做过的最困难的事情：要大声读出一段爱和背叛的故事，同时还得时刻关注亨利爵士，看他是否有刹那间放松了警觉。希望我站的位置离外面足够近……希望警察正在搜寻……希望本的生命不会在黑暗中衰竭得太快。

我读完了第一幕，开始读第二幕。现在我成了自己名誉的坟墓，那间黑暗的大宅，只有死神居住其中。

我的声音颤抖了。我突然意识到，没有人会来；即使有人在寻找声音，我站的位置在洞窟里太深，他们听不见。

一条狭窄的石台伸展出去，其顶端消失在悬崖边。没等亨利爵士反应过来，我从他身边一跳而过，跌跌撞撞着朝石台跑去，一只手扶着崖壁保持身体平衡，另一只手抓着剧本，还不停地扯着脖子上的项链。

“凯特，”亨利爵士的语气中带着真正的痛苦，“回来。”

我还在往前走。

“你没有理由用剧本和自己的生命来冒险。”

“我的命早就遇险了，而这剧本只是用来阻止你立刻杀了我。”

“回来，我们做交易吧，”他恳求说，“你来做导演，我演堂吉诃德。”

“你觉得本会同意？”

他沉默了。

“我明白了。他是我应该妥协放弃的东西，你放弃杀我，我放弃救他。我俩都拿到了剧本。”

“凯特，他反正是要死的。”

项链终于断开了，胸针滚落到我手上。我把它塞在崖壁上一处缝隙里。石台碎了一小块，一片碎石直落入谷底的河水中。我一扭身，回复了平衡。脚下，石台和峭壁之间有一道裂缝。

“凯特，回来。”

“把枪扔了。”

他犹豫着，又一块碎石松裂开来，往下掉去。亨利爵士手里的枪在峡谷中飞出一道弧线，跌落在下面奔突的激流中。

崖壁上传来一阵低沉的轰鸣，我赶紧一点一点儿往回挪。

“跳。”亨利爵士喊。就在整块石台从悬崖边滑落之际，我纵身一跳，只见石台呼啸着砸进下面的水中，溅起冲天的水柱。

我回到洞窟里，大口喘气，手里依然攥着剧本。亨利爵士朝我走来一步。

“别动。”

他停下脚步。

“把驮袋丢在地上，踢进洞里去。”我要他断了念头，别想对那封尚未读完的信打任何主意。

亨利爵士扔下驮袋，但是没有把它踢进洞去，反而走到对面洞壁站下。“你知道自己在做什么吗？”

我没去移动驮袋，只是把《堂吉诃德》那本书拉过来，把剧本折回，重新塞进书去。“莎士比亚是谁有什么关系？你为什么那么害怕真相？”

他背靠着石壁滑坐下去，把脸埋在双手之中。“真相是什么？彼拉多用开玩笑的口吻问，他不愿等着听到答案。培根的句子。”[①]他抬起头，“凯特，我并不害怕真相，我怕的是事实，那暴君般的无聊事实。真理，就是那个大写字母T起头的真理，才是最重要的。过去的事实，现在的事实，这都不重要。你是讲故事的，是导演，你应该明白这一点。”

他越说，语气中的情感越丰满，越具有引诱力。“无论什么发霉的信中说了什么，真相就是莎士比亚就是人人，是人人的莎士比亚。他不是什么伯爵骑士，也不是伯爵夫人或王后，天哪，他和整个可恶的官僚体制没有任何关系。为什么总有那么多的人不愿意承认，一个平凡之地的

① 出自培根《论真理》。

平凡孩子能够成功，而且能做出伟大的事情？不管怎么说，我也做到了，当然是小规模的，在舞台上从龙套跑到了爵士名号。斯特拉福德的莎士比亚为什么不能名垂青史？”

“亨利爵士，重要的是戏，不是他的出身。”

“凯特，你错了。就像你们住小木屋的林肯，这斯特拉福德孩子的故事说明了一个具有重要意义的道理：人人皆可有天赋，人人皆可成为伟人。莎士比亚曾使我从阴沟里爬起身来，我则用了一生的时间为他增光添彩。他也能为其他人做到这一点。至少，我始终就这么认为。他给了我第二阵风，把我带回了舞台……等我演完了哈姆雷特父亲的鬼魂，演完了普洛斯彼罗、李尔和莱昂特斯，莎士比亚的遗产就将安然无恙地再流传一百年，如果那些专找无聊事实的家伙不惹是生非的话。”

“你把他的遗产和你自己的混在一起了。”

他用责备的眼神看着我。“我以为你会理解的。”

“你以为我会同意你的所作所为？”我跳起身来，手里依然拿着塞着剧本的那部书，“你以为他会同意？”我心头突然迸发出一团怒火，大声质问，“无论莎士比亚到底是什么人，你以为他会欣赏你借他的名义这样杀人？”怒火烧得快，消解得也快，我语气中冷若冰霜，“好吧，亨利爵士，我都明白。我明白你是个杀手，是个胆小鬼，你不敢面对真相。”

他扑上来要把书夺过去，我转身闪开，但他再次扑上来。这一次他抓住了我，把我推着贴在洞穴石壁上。*“普通的凯特，可爱的凯特，有时又是该死的凯特。”*

这几句话他是压低嗓音说出来的，这声音绝对没错，是带美国口音的声音，就是图书馆里的那个跟踪者。

我是演戏的，他曾这么说过。

马修曾说自己就是图书馆里的那个人，但他在说谎。马修当然计划按莱维尼娅的方式处置我，但那威胁是亨利爵士的主意。台本是他写的。我一声喝叫，身子一转，把他甩到洞穴另一边去了。他放开手，站稳脚跟后又冲我扑来。我猫腰躲开。

亨利爵士来不及收力，一下跌倒在洞穴地上，滑到洞口边缘。

我冲过去看个究竟。

就在洞口下方，他双手钩在一块突出的岩石条上，一条腿踩在一个很小的缝隙里，另一条腿正晃荡着在岩石壁上寻找支撑点。我赶紧一脚插进一处裂缝支撑住，身体朝岩石边凑过去。我无法仅用一只手把他拉住，只好把夹着剧本的书放在一边，先用一只手，然后是双手一起，死命拽住他的手腕。有那么一刹那，我觉得他可能会把我和他一起拉下悬崖。从他的眼神看，他似乎有这样的念头。

紧接着，我们听见了直升机的轰鸣。

“警察，”我说，“亨利爵士，无论你我发生了什么，他们一定会发现剧本，还有那封信。”

就在这一刹那，他内心的某一点放弃了。在他自己努力下，我慢慢地把他安全地拉上洞穴边缘。

“对不起，”他大口喘着气，“凯特，对不起。我从来没真想伤害你，可你就是不肯闪开。”

“省省吧，”我冷冷地说，“你准备进监狱去好好待一段时间吧。”

“这是现代版的复仇，”他说，“凯特，你成了哈姆雷特。你不明白吗？”

他说话的语气既痛苦又带着钦佩，可是我所能想到的，只是在戏结束时舞台上那一堆尸体。“那使你变成了什么东西？”

峡谷上方，闪电划出蓝幽幽的一道弧线，劈开天幕，响雷在峡谷间炸开，谷底，湍流激荡直冲天际，裹挟着巨石和树木从我们身边翻卷而过。直升机的螺旋桨有节奏地轰鸣着，越来越响。

亨利爵士挣扎着站起身，头朝后一仰，迎着狂风用洪亮的嗓音朗诵着：

我已使
正午的太阳失色，召唤出暴烈的风，
在碧绿的大海和湛蓝的高天之间
挑起了喧嚣的战争。

在我眼前，他成了普洛斯彼罗，成了那位呼唤出暴风雨、启动了正义之轮的魔法师。只见他慢慢地举起胳膊，手指指向我。

在我命令下，坟墓唤醒了
里面的沉睡者，坟墓打开，把他们放出来，
就凭我万能的魔法。

“亨利爵士，在你的命令之下，坟墓都塞满了，”我愤怒地反驳说，“没有打开。一共六个。七个，如果本死了的话。”

在他周身盘绕的某种力量颤抖着减弱了。突然，他恢复了老态龙钟的模样，筋疲力尽，还略带一丝悲伤。他垂下胳膊。

但是这粗暴的魔法
我就此抛弃……

峡谷对面，直升机轰鸣着进入我们的视线，螺旋桨在崖壁上激起阵阵回响。直升机越飞越近，洞穴地面上的水和尘土被飞卷起来。直升机舱门敞开，辛克莱和吉梅内斯先生站在门边指点着。

亨利爵士从我身边一冲而过，拾起駄袋，袋里装着那封或许说明或许又并未说明莎士比亚到底何许人的信。我赶紧一脚把书踢出他能够到的范围，自己把书和其中夹着的剧本抓在手里，压在胸前，可是他并没有要抢的意思。只听他用尖锐的高声对着我，就像一位流浪父亲在请女儿原谅一样。他不是演戏，而是在请求原谅。

我要折断这魔法杖，
把它深深埋进大地之中，
我还要把这本魔法书

丢进铅锤从未测过的深海之底。

等我意识到他想干什么，赶紧冲上前去，已经太迟了，他已经走到悬崖边缘。

“别忘记我。”他说着朝后一仰，跌落下去。伊卡洛斯从太阳上跌落，仰面朝天，面带沉醉的微笑，双臂展开，像一对破碎的翅膀。

深深的峡谷底部，我看见一朵小小的无声浪花。湍流只托了他一次。

他就此消失。

幕　间

一六二六年七月

他曾设想过在观众的嘲弄声中死于火烧剑劈，至少也得是火烧刀刺，而不是在黑暗中孤单死去。

死亡的臭气越发浓厚，把他的每一次呼吸都堵在了嗓子眼里，但最可怕的，还是那一片寂静无声。起先，神父还很喜欢。同室的那个军士从前显然是个英勇之人，可在他死前最后两天却狂热疯癫，痛苦的呻吟号叫让人难以忍受，同样难以忍受的还有他双手不停地抠抓着堵在门口的巨石的声音。那家伙抠得手指只剩血淋淋的骨头，可他还是不停地抠着抠着，直到力气用尽。那军士原本可是个身强力壮的汉子。

神父想，也许喧嚣和寂静都是对他散布流言蜚语的惩罚。

尽管他的本意是好的。他们上路后不久，就遇上了一条大河，因为连续三天的大雨，河水上涨。要是他们等三天，水就会下去——在这地方，河水的上涨和下落同样突然，同样奇怪——可队长却不是个有耐心的人。在他不停的咒骂声中，一队人当天下午就渡过河去，结果损失了三头骡子和它们背上驮着的所有物品。队长觉得最大的不幸是丢了他的酒壶，便让人鞭打骡夫。那几个人像往常忍受队长那残忍的愚蠢一样忍受了鞭刑，只是眼光中多了几分愤怒。但是，当他们发现神父的圣经也丢了，眼神燃起了恐惧的火光。

这些人，他们多数都是无知的农民，他们的虔诚更接近于迷信而非理性的信仰，不然的话，他也许就能说服他们不要恐惧。于是，神父从驮袋里掏出那部《堂吉诃德》，厚厚的一本，装帧华丽，就说那是自己的圣经，说很乐意拿出来和众人分享。

众人的恐惧消退了。此后，他每天就“念”福音书的开篇，一直念到关于“倾斜的风车”的那几章，还根据自己的记忆高声朗读了浪子回头的寓言。有时候，这样的窘境会使他忍不住要爆笑出来，但现在看来，那简直是发生在另一世界的事情了。

当然啦，那些人看见了他塞在书背后的那一叠纸，他们认定那是一份布道书，是私人祷文，因此常拿来和他开玩笑，说是他的大作，他的杰作。不过他觉得，他们这么说也不无道理。可是，那是份什么样的祷文呢？

现在我成了
自己名誉的坟墓。
那间黑暗的大宅，
只有死神居住其中。

军士曾用严厉的眼光看了他一两回，不过无论有什么怀疑，他并没有说出口。和队长不一样，军士是一位出色的领头人。

他们顺着河流一路走出丛山，进入一片棕黄色的平原，这地方很容易让人误以为回到了家乡卡斯蒂尔。又走了几天，落在队伍最后的几个人发现了两个印第安女人和她们的孩子。还没等神父发现那一小群大呼小叫的人面前是什么，那几个孩子已经死了，而女人的情况更糟。当兵的就这德行。一开始他只是转身走开，可那五六个人为满足自己的欲望，动作实在太过粗暴，而且连续不停，神父最终还是催着骡子紧赶几步，向队长做了报告。队长策马回身，一个优雅的翻身下了马背，挥舞着剑走进那一堆人中，那些人闪开了。一时间，他目瞪口呆。一个女孩已奄奄一息，但是他在众目睽睽之下朝另一个女孩走去，将她一剑挑死。

接着他翻身上马，小跑着回到队伍前头。他们甚至没留下来掩埋死者。

当天夜里，神父独自走开，去为亡魂祈祷，他看见了树丛里的眼睛，看见了注视的目光。队长冲神父破口大骂，说他是傻瓜，是胆小鬼，但军士则一声不吭地加强了营地的夜间守卫。

根本不管用。第二天早晨，他们中的一个被发现趴倒在营地二十码远的草丛里，眼珠没了，原来是生殖器的地方现在只剩一个血淋淋的洞。从此，就像野牛被狼悄无声息地从牛群里拉走吃掉一样，每一个碰过那几个女人的人都被挑出来，一个接一个地被杀掉，被杀的手法越来越匪夷所思，越来越让人毛骨悚然。人就是突然不见了，几小时或几天之后，人们又看见了他，还活着，躺倒在路上。

这些濒临死亡的人都希望一吻圣经。神父也动摇过，到了这时候还玩弄圣经噱头是不是错了。但他还是觉得，只要在这痛苦和恐惧的最后关头能给人一丝安宁，一定更接近恩慈而不是罪孽。

他们从未看见过敌人，看见的只是他们刀下之痕。人们开始念叨起魔鬼来，可是队长一心只念着黄金之城，似乎既没注意到流血死人的事情，也不关注日益浓重的恐惧情绪，一味用剑和鞭催促着队伍前进。他似乎也没有注意到，自己已成了那些碰过印第安女人的最后一个人了。

三天之后的早晨，队长没有从他的营帐里走出来。人们发现他躺在地上，肚肠内脏像幔布一样铺撒在地上，眼珠没了，手没了，舌头也没了，喉咙上被人割了一刀，生殖器塞在他嘴巴里。可前一天夜里，谁都没看见任何人，没听见任何响动。

他们没有举行任何仪式，把他草草埋了，然后就起程回家，至少是回圣菲的要塞。

太迟了。当天夜里，印第安人就冲了过来。一队人马中，大部分没下床就被杀死，不过军士把幸免于难的人聚拢在一起，自卫着杀出一条路，退进山去，最后退进了一道峡谷。可他们的人依然隔一段时间就少一个，等他们到达那处幽谷时，只剩八个人两匹马了。他们以为进了峡谷就足以自卫，没想到印第安人像岩羊一样善于爬坡登山。

于是他们就进洞穴躲避，心中不断感谢上帝，让他们幸运地在绝壁上发现了这么一个通向巨大石室的通道口。等他们意识到那个洞口不是自己发现的，而是被有意赶进去的时候，为时已晚。碎石雨已开始落下，有两个人试图冲过石雨逃出去，结果都被砸死了。剩下的人躲在洞里，直到石块落下的声音消失。接着，在黑暗中的等待开始了。

接着,就是死亡,直到只剩下神父和军士。最后,神父真的孤身一人了。

那间黑暗的大宅只有死神居住其中。

两天前他不再有小便，嘴唇焦裂，嘴巴干得连吞咽都痛苦不堪。

接着，他不再孤单了：黑暗中浮现出很多人的脸，像美人鱼的头发那样微微起伏飘荡。一个身穿绿色长衫的黑发女子，一个眼神中露出恶作剧神色和愤世智慧的中年男子，还有一些人，目睹世间最亮的光明和最深的幽暗如此密不可分地交织在一起，眼神中充满了沉默的哀伤。

看得最真切的是一张他从未见过的脸。一位深棕色头发的姑娘，他把她的肖像藏在胸口已有多年，就藏在他那柄硕大的殉道十字架中。

大主教会怎么想？他心里升腾起一阵大笑，可那声音听起来却像一声干呕。“无涯的精神虚掷于耻辱之中。”他在愤怒中大叫一声。这也可能是主教的话。

可是他错了。他早就明白这一点。*爱永远不会虚掷。爱绝非真爱，若人家变心它也随之而变……*[①]

那姑娘的脸又一次升显起来，微笑着，他感觉内心在颤动，在跳突。

“可她是谁？”他听见自己年轻时的声音在问。

“她就是她，”另一个声音回答道，“美之蔷薇。”

剩下的就是寂静。

---

① 出自莎士比亚十四行诗第116首。

第 五 幕

46

罗兹死后五个月，在十二月的一个寒冷之夜，我回到了环球剧院，彩排《哈姆雷特》。这比预想的要早得多。

剧院按原先的宏伟样式重建。在随后的六月里，剧院将出现更为宏伟的景象，那时候，《卡德尼奥》几乎四百年来的首次演出就将进行，准确地说，是在二十九日。出于各种原因，我受邀做了导演。

可是阿特奈德曾决定，得先演《哈姆雷特》，可是杰森·皮尔斯唯一有空来演这位忧郁王子的时间就是十二月。我以为，十二月中旬在环球剧院开演，这主意近乎荒唐，可阿特奈德不这么认为。“伊丽莎白时期的人们一年到头都上剧院看戏，”她说，“我们为什么不能呢？你觉得现代人的身体状况柔弱到什么地步了？”接着她写了一张支票，赞助这出戏的演出，以纪念罗兹。这一次她又是对的，至少从票房的情况来看是这样。演出期的票早已售罄，而离正式开演还有十天的时间。

彩排到末尾，演员们一个个下场，我终于获得了一个宝贵的在剧场里独处的机会。伦敦的十二月，日落很早，按时钟时间看，还刚到下午。暮光斜射在茅草屋顶上，让我有些眼花缭乱，我抬起一只手去遮挡阳光。莎士比亚时代，露天剧院的演出都是在下午开始，黄昏结束，据说这是传统。可现在我注视着舞台，倒真说不准事实是否真的如此。就拿海格力斯之柱来说，中午阳光下，它们呈现一片猩红，毫无顾忌地向外突着。在灰色天空之下，它们色泽变暗，显现出樱桃红色，略带着贵族的冷傲；如果说得刻薄一些，它们就像肋排上插着的两根骨头。不过，无论冬夏，我最喜欢看着它们的时候就是日落时分，这时候的柱子和整个环球剧院似乎才真正有了莎士比亚风格，或者说是圣经风格，或者两者兼而有之：

这时候，暗影深重，如魔鬼在嗫嚅，那几根海格力斯之柱则像火焰跳荡的血河一般闪闪发光。

我浑身一颤，把外衣往身上裹得更紧了些，回忆着。

亨利爵士死后一周，他的尸体被找到了。在峡谷下面一点儿的地方，人们发现了那只驮袋，半埋在一堆垃圾里，但袋子里的东西全没有了。

到头来，他几乎成就了他所希望达成的全部目标。他使那部失落的剧本重见天日，但却毁掉了那封内容也许对莎士比亚不利的信。为此，他牺牲了自己的生命。

还有六个人的生命：玛克欣、桑德森博士、奎格利太太、格莱西娅拉、马修，还有罗兹。

阿特奈德用《哈姆雷特》纪念罗兹，而我则决定用《卡德尼奥》来纪念她。同时，我还是没有完全原谅她那样耍弄我。还有一个原因，我内心的一个小声音说道，因为她死了。我在口袋里摸到了那枚像护身符般一直带在身边的奥菲莉亚的仿制胸针。放下它吧，玛克欣曾这样对我的愤怒和悔恨说。*放下她吧。*

我慢慢地从座位席走下去，进入了站客区，面对着空荡荡的舞台。“亲爱的王子，晚安，”我高声说，我也不明白自己是在和谁或什么东西说话，也许就是对舞台吧，“让一列天使用歌声送你入眠。”

一阵掌声刺开了寂静，我猛地转过身去。有人神情冷淡地靠着墙站着，在鼓掌，就鼓了那么一阵。

这样的闯入颇让人恼火。每星期总有那么一个游客，以为“请勿打扰，排练进行中”的告示只是挂给其他人看的，总会找到法子逃过引座员和警卫的视线，溜进场来。我高声说：“你来晚啦，演员都走了。”

“他们演得棒极了。”一个我熟悉的英国口音回答道，带着巧克力和青铜质地的声音，“不过鼓掌不是给他们，而是给你的。”本说着一推墙，站直了身子。

我僵僵地站在那里看着他，好像看见的是鬼魂。

“对不起我早早溜了进来，”他说，“不过我从没亲眼看过导演导戏，有点儿好奇。”他边说边朝我走来，脚步略微有点儿跛，“教授，你会不会介意去喝一杯呢？”

“浑蛋，”我微笑着说，“你过来邀约之前就没想过要先打个电话？”

“啊呀，”他不慌不忙地说，“我带了一瓶上好的香槟，正好约会用呢。真的，见面喝那个也太隆重了。”说着他从我一侧擦身而过，朝通向舞台的阶梯走去，轻松地在最上面的那级台阶上坐下，掏出两个细长酒杯和一瓶酒，动手去拔瓶塞。

我跟着他走上阶梯。“你如果要让我喝香槟，那这次见面算什么就随你说了。”

嘭的一声，瓶塞拔掉了，本把淡色的酒倒进杯子。“干杯。”他边说边把一个酒杯递给我。

“庆祝什么？”

他一笑。“见面？”

我点点头，呷了一口，冷艳香醇。

“凯特，你还好吧？”

我眨眨眼睛。他自己住了五个月的康复医院，还来问我好不好？说真的，我不知道话该从何说起。

亨利爵士死后几小时，一开始是直升机螺旋桨的轰鸣，接着是人们在喊叫，人们在黑暗中屏住呼吸，手电光在黑暗中四下晃动，最后把本活着从洞穴里拉了上来。第二天，他们把马修的遗体也弄上了地面。

又过了几天，在吉梅内斯夫妇的帮助下，我带着美国渔业和野生动物部门的一位官员、五位考古学家和一位洞穴学专家再次进入洞里。官员对墨西哥无尾蝙蝠感兴趣，而五位考古学家中，两位来自亚利桑那大学，其余三位分别来自墨西哥城、伦敦和萨拉曼卡，都是冲着西班牙殖民时期和英国詹姆斯一世时期的考古发现来的，那位洞穴学专家来自亚利桑那州立公园部门。正如我所推想的，在干洞穴里发现的那几座碎石堆，是当年那五位西班牙殖民者士兵的坟墓。

第六座里发掘出的尸体应该是一位圣方济各会修道士。他的殉道十字架里藏着一幅希利亚德的微型肖像画，精致的画中是一位栗色头发的女子，肖像周围围着花圈般的一圈金色文字，其内容似乎将此画与福尔杰的那幅希利亚德的画关联了起来：但你永久的夏日将不会消退。没有其他可以说明死者身份的线索，但是唯一能确定的是，在这个地方失踪的英国神父就是威廉·谢尔顿。

我们从下面的通道进入洞穴，沿着老路经过蝙蝠洞，回到了那个活洞穴，杰姆的墓就在那里。当时他拿着的一些纸页，现在都已经朽成发霉的泥灰。不过，洞穴里景象壮观，回声缭绕，若是再为几页纸的消失而纠结，似乎太不应该了。

吉梅内斯夫妇在一次记者会上公布了发现手稿的事情，一夜之间，我就成了名人。我们身边陡然掀起一阵喧闹，不过大多数世人很快就接受了这样的事实：那位西班牙神父本是名叫威廉·谢尔顿的英国人，他手边拿着《堂吉诃德》和莎士比亚那部很久以来被认为已经遗失的剧本手稿。不过，奥菲莉亚的日记因阿特奈德和圣公会之间的暗中商谈而依然无人提及。威尔顿庄园的几封书信则根本没得到曝光。

吉梅内斯夫妇根据原先阿特奈德的建议，在一次不公开的拍卖会上卖掉了那份手稿，具体价格没有公布，故引来一场猜测：让人失望的一千万美元？一份伪作居然卖了五个亿？通常，真相总在两个极端之间。手稿由大英图书馆和福尔杰莎士比亚图书馆共同保管，按照协议，它按年在两地轮流展出，因此，手稿像可怜的珀耳塞福涅①一样，要年年受旅途颠沛之苦了。

被盗走的几部第一对开本在亨利爵士家中的藏书室里找到，分别交还给了环球剧院和哈佛大学。不过，哈佛的那本里少了《泰特斯·安德洛尼克斯》中的一页，我一直藏在口袋里的那一页正好物归原处。在巴利亚多利德，皇家英格兰学院院长正思考着如何处理德比伯爵送给威廉·谢尔顿的那部第一对开本。

---

① 珀耳塞福涅（Persephone）：希腊神话中的冥后，每年三分之一时间生活在冥界，其余时间生活在人间。

激动人心的事情背后跟着深深的阴影。紧接着罗兹之死，亨利爵士和马修·莫里斯教授相继死亡，这一事件震动了整个莎士比亚学界。辛克莱在一次向全世界直播的记者招待会上对这几起事件做了官方解释，更是把一场喧闹演变成了暴风雨。亨利爵士和马修共同策划了五起谋杀，然后亨利爵士杀了马修。至于亨利爵士之死，辛克莱坚定地说那是一次意外。

在人们记忆中，哈佛大学第一次空缺了莎士比亚研究的终身教职，自荐信和履历纷至沓来，简直像是北美和英国的每一片树林都突然移动了起来。我一直觉得，与亨利爵士一起工作是一件幸事，可是，有不少人向我谨慎打听，问我计划挑选什么样的人来填补他在《哈姆雷特》一剧中的空缺，而那些人都是全球业内星光熠熠的名字。鬼魂一角，似乎一直被认为是堂吉诃德一角的预演。

那么，我该从何而起？

“很好，”我说，“我很好，谢谢。”

本笑了。“我敢肯定，这么说有点儿简单了，不过听你这么说我很高兴。”

“你呢？你好吗？”

他盯着杯子里向上升腾的气泡。“凯特，我发现了一些东西。”

我吃了一惊。罗兹的原话。“别开玩笑。”

“不是玩笑，”他抬眼看着我，“是认真的。”

我朝他瞪大了眼睛。在住院治疗和进康复院的整个期间，他一直拒绝接受探访，我们只是在电话上聊过几次。几天之内，休顿图书馆和威尔顿庄园的文件各自物返原处，就是杰姆致治尔德教授的信，以及威尔致“最甜美的天鹅”的信等。没人问起相关问题，至少在我问之前无人问起。我所知道的，就是在艾尔西诺的那次事件中，本趁乱从亨利爵士那里拿走了钱伯斯的那部书，那书和那几封非法所得的信件一起藏在庄园中。至于他是怎么把它们弄回来的，他不愿意说。不过，他曾经问我要那枚藏着微缩肖像的胸针，还坚持说是我自己同意的。那件东西也很快物归原处，随奥菲莉亚致福尔杰夫人的信一起回到了福尔杰图书馆。

我们最近一次谈话是我刚开始排演的时候，是六周前的事。当时我发现了霍华德家族和德比伯爵之间的关系，心情激动，给他去了电话。

他听上去有点儿累，不过听我一说就精神了起来。“什么关系？”

“老式关系，婚姻。德比的女儿嫁给了萨默塞特的一个堂弟。”

“你开玩笑吧。”

“事实上，是另一个罗伯特·卡尔，只是这一位坚持用苏格兰语的拼写方式写名字，就成了凯尔，开头字母不是C，而是K。是一六二一年的事，就在萨默塞特伯爵夫人从伦敦塔里放出来的前一年，也是第一对开本出版的两年前。”

她现在是家人了，威尔顿庄园的那封信就是这么写的。

“那么，情况大致就是这样了。把德比和那些剧本联系上了？”

我并不同意。“婚姻只证明他和霍华德家族有关系。我们从巴利亚多利德的第一对开本一事上得知，他认识威廉·谢尔顿，而从威尔顿庄园的那封信上，我们得知他和莎士比亚有着某种关系，可没有一个能证明那些剧本是他写的。他完全可以是又一位恩主。”

“还需要什么证据？”

“一些明白无误的东西。”

他叹了口气。“到哪里去找？”

“从头开始，到四百年来没人找过的地方去找。”

“有想法吗？”

我想了想。“在故事的字里行间，也许是流言蜚语，不过不是在剧本里，那里的东西早被人翻遍了。”

“那么，是关于什么的流言蜚语呢？”

“钦定本圣经，也许吧。”

他长长地出了一口气。“诗篇中的签名。”

“也许那里有关于谁做了翻译的线索，特别是诗篇第46。”

“难道我们还不清楚？你还不清楚？”

“不清楚。翻译圣经的人没有说个人都翻了哪些部分。看起来是有意为之的，目的是烧掉个人痕迹。圣经是上帝之作，他们是这么考虑的。不是凡人手笔，当然更不是一人之作。不过，也许还是会有某些痕迹留了下来，一直保存在那里。”

“那也算上我。”他说。他行动尚未自如，而且也读不懂詹姆斯一世时期的手迹，因此我对他能有什么发现并不抱太大希望。不过，要是他需要做点儿事，以免待得发慌，干就干吧。

可现在，他坐在舞台边缘，说已经发现了什么。我放下眼镜。“是什么？”

他递给我一份复印的信件。我抬眼一看，笔迹是文书体的。

本一笑，说道：“福尔杰图书馆拿回了自己的东西后，十分乐于助人，甚至还教了我如何读詹姆斯一世时期的手迹。”

“这东西就是在那里发现的？”

他直摇头。“是私人收藏，”他有点儿语焉不详，“信是西敏寺学院院长奇彻斯特主教兰斯洛特·安德鲁斯于一六〇七年十一月写给一位朋友的。兰斯洛特，这名字不太像是主教会起的，不过他的确不太像普通的高级教士。”

他不再说了。于是我俯身看信。信的大部分内容是关于沃里克郡的天主教问题，不过有一段文字引起了我的注意，关于剑桥以马利学院院长劳伦斯·查德顿和新近翻译完成的钦定本圣经中的诗篇。在参与圣经翻译的人中，他是为数不多的有清教倾向的神职人员。诗篇的翻译是分派给他这一组译者的。

从主教的信中看，查德顿曾写过一封措辞严厉的信，说国王拿到了全组认真翻译完成的诗篇，把它交给了一伙诗人去润色。主教直接引用让查德顿光火的原话，好像给诗篇润色是深重的罪孽，比《利未记》所谴责的，如手淫、鸡奸和巫术等还要恶几个等级。主教给他回信，想安抚他的情绪，说不会允许诗人乱改他们的译文，不过说到节奏和音律，他觉得国王这么做也是有道理的。诗篇本来就是歌词，可它们听上去却像是布道。

他特别指出，是像沉闷的布道。主教和国王一样，完全赞同要忠于原文，但忠于原文并不一定不能使译文优美动听。

可查德顿的情绪并未被安抚下来。他又做了一项指控：他们还在自己的翻译部分中签了名。

主教在信中写道，这一点如果属实，那就真的是亵渎了，可是他亲自把诗篇梳理了一遍，并未在其中发现任何签名的痕迹。他叹着气给朋友查德顿写道，还不如操心没做完的翻译，别再对已经做完的翻译胡说八道了。如果这坏脾气的家伙还弄不明白，他就要请国王去督促他们，润色的事就由他亲自做。至少，如果那些诗人交来的东西真的很差，这位好主教还能够加以拒绝。

可惜，这位主教并不像查德顿那样不明事理，他在信中没有提到一个人名。

我读完信，看见本的脸上闪过一丝微笑。“你觉得莎士比亚可能是这些诗人中的一个？”

“有可能。但其他人是谁？谁都没有发现过任何其他签名的线索。”

“有人去查过吗？”

我笑了。“也许没有。”

“那问题在哪里？”

我扭了扭身子。“不过我疑惑的是日期。过去的说法是，诗篇完成于一六一〇年，当时莎士比亚四十六岁，好像这是解开谜团的一把挺有意思的钥匙。可是主教信上的日期是一六〇七年。”

“非得是给自己的生日礼物吗？”

“那倒不必。但为什么是诗篇第 46？为什么要做这件事，同时又不给别人留下任何查找的标记？”

“你觉得，让别人知道他做了这件事，这对他而言真那么重要？也许他做此事是为了自己，就因为他可以这么做，因为诗篇里莫名其妙地说到摇动和矛。”

“也许吧。”我说着皱皱眉头。*给自己的生日礼物。*

我跳下舞台，快步走到有座观众席上我放着笔记的那张桌边，拿起三页折叠的纸，走回去放在本面前。那是从在线的《牛津国家传记辞典》上复印下来的，是六代德比伯爵威廉·斯坦利、彭布罗克伯爵夫人玛丽·西德尼·赫伯特，以及弗朗西斯·培根爵士等的条目。

“荒诞怪兽，”本说，“差不多齐了。”

“给自己的生日礼物。”我提示说。

本扫了一眼这些条目，抬头看着我。“他们都出生于一五六一年。”

“也就是说，一六〇七年诗篇翻译完成的时候，他们都……”

他一声唿哨。“他们都刚好四十六岁。”

一时间，我们呷着香槟，沉默不语。在这寂静的莎士比亚世界中心，湛蓝的天穹让我们觉得自己正在冬日梦境里飘游。

“你知道德比是荒诞怪兽里活得最长久的一个吗？”我沉思着说道，“彭布罗克夫人于一六二一年死于天花，就在德比的女儿嫁给另一个凯尔之前几星期；而培根则于一六二六年春天死于肺炎，原因是他的一个实验，用雪塞进鸡的腔体里以延长鸡肉保鲜期。但是，德比一直活到英国内战开始的时候。”

“战死的？”本问。

“不是。他在切斯特，沉湎于自己最喜欢的书卷里，另外，当时他已八十四岁了。不过，一六四二年九月，国王逃出伦敦，国会里的清教徒终于可以对他们长久以来就憎恶不已的剧院动手了。他们于九月二日突然关闭剧院，一关就是差不多二十年……”

“那帮清教徒，可不是喜欢找乐的家伙，总算后来大多数都西迁而去。”

“多谢啦，”我说着做了个鬼脸，“四星期后，德比死了，几乎正好四星期后，九月二十九日。”

“好像是议会杀了他？”

“不由人不这么看，不是吗？不过历史不是这么来的，光看日期无法确定因果关系。”我说着坐下，茫然地用手指抚摸酒杯的边缘。

“那你准备怎么办？”

我摇摇头。“阿特奈德曾建议由韦斯利·诺斯再写一本书，这一次写那几个荒诞怪兽。我答应过她会考虑的。”

“她对我说起过，你打算用别人的名字来出版这玩意儿？”

“挺合适，不是吗？”他笑了，而我则摇摇头，“问题是，这一切最终也不过是风言风语，并没有铁的事实。”

“但此前这似乎并未让人们就此止步。”

“让奥菲莉亚止步了，那以后她很开心。”

“所以你倾向于走奥菲莉亚的路，而不是迪莉娅的？”

人事中自有一股潮流……罗兹最喜欢的句子在我脑海里回响起来。“你和罗兹有多熟悉？”我问。

“足以知道她对你十分钦佩。”

“她喜欢想象自己正出演着十四行诗中的故事，她始终就是那个诗人。”

“当然啦，而你就是那位金发青年。”

我不笑了。“这种说法，简直太自高自大了。不过，亨利爵士有一次倒也这么对我说过。”

本盯着我，说道：“还有，罗兹把你称为她的金发姑娘。”

我身子朝前一倾。“你是否想过她在自己的十四行诗剧中会让你扮演什么角色？”

“哪还用得着想。她让我演黑夫人[①]啊，”他说着自嘲地一笑，“绝不是女性角色，她向我保证了的，是捣乱的角色，插足坏事的人，完全适合当兵的身份。”

我笑了。“你怎么什么？”

他啜了一口香槟，说道：“我告诉她我不是演员，我不会按任何人的脚本走。”

“然后她反驳说：‘*连莎士比亚的脚本也不行？*’”

---

① 黑夫人（Dark Lady），莎士比亚十四行诗中出现的神秘人物，莎士比亚将十四行诗的第二部分（第127首至最后）献给她。

他一愣。“她告诉你了？”

我摇摇头。“有一次我对她说了同样的话，而她也差不多是这样回答的。”

他也笑了。“你是怎么回答的？”

“说我要自己写剧本。也许乱一点儿，但那是我自己的。”

“结果呢？”

“还不肯定。不过，如果我不随着莎士比亚的路走，那我也绝对不会走奥菲莉亚或迪莉娅的路。”

他点点头，又啜了口香槟。“想过与人合作吗？”他嘴角上挂着坏坏的笑意，既有些促狭，又怀着希望。

“你心里有什么故事？”

“最最老式的故事啊，”他说，“男生遇见女生。”

“女生遇见男生如何？”我微笑着反问。

他举起酒杯。

停了一会儿，我也举起酒杯，说：“为新故事。”

作者后记

开始读研究生不久，一个秋天的傍晚，我在恰尔德图书馆后室的古旧书堆里东翻西找。恰尔德图书馆属于英语系，藏在哈佛大学怀德纳图书馆顶层一个角落里。不经意间，我翻到一部四卷本的书：E. K. 钱伯斯的《伊丽莎白时期的舞台》，出版于一九二三年。我一本接一本地翻看着。书中满是资料，就大部分资料而言，我不知道该派什么用场，比如有这么一个注，说“伊丽莎白时期的大部分演员都有杂耍功夫，毫无疑问能在钢丝上翻腾”。不过，在第三卷临近结束的地方，我读到了几页关于莎士比亚的戏剧作品的内容，包括一个简短的目录，标题为“佚作”。

我知道，写于英国文艺复兴时期的大部分剧本都没能保存下来，因此我推测，莎士比亚写的某些剧本也一定遗失了。让我感到惊讶的是，关于遗失的剧本钱伯斯似乎略知一二。页面上白纸黑字地写着两部戏剧的标题，至于《卡德尼奥》而言，还有剧情梗概。

我开始设想，如果真去发现其中一个剧本，那会是怎样。会在哪里发掘到这东西？发现的那一刻又会给人什么样的感觉？那样的发现会给我们的生活带来什么样的影响？除了它显然能让人一夜成名、一夜暴富之外？

最容易想到的寻找莎士比亚佚作的地方是英国的图书馆和历史建筑。不过，如果某个剧本真藏在那种显而易见的地方，那就早该被发现了。于是，我开始做起了自私的白日梦，设想是否有可能在英国之外的某个地方发现莎士比亚的一部剧本，在某个我也许能发现的地方，比如说新英格兰（至少是在波士顿和华盛顿特区之间的东北走廊地区），或者是西南地区的沙漠地带。偶尔地，我甚至还去新英格兰各地的背街小巷转悠，走进那些摆在大马棚内的古董店，在散发着劣腐麝香味的书箱里翻找。可是，根本没见着一本莎士比亚的四开本，更不用说手稿了。

渐渐地，我暗暗承认自己事实上不可能发现莎士比亚佚作，不过无论如何，把这件事情写成小说可能更有趣，那样的话，我可以控制发生的事件，以及发生在什么人的身上。接着我又想，为什么不把更大的莎士比亚之谜放在故事中呢？他到底是谁？

引发故事的那段钱伯斯的话，就是故事中的凯特所读的那段，只做了小小的改动。小说中与莎士比亚有关的主要地点都是真实的地名，不过我为了小说情节的需要，偶尔做了一点儿随意的改动。关于莎士比亚真实身份的那些推测也都真有其事，至少的确有人做过那样的推测。最后，小说中许多历史人物都是根据事实加以编造的。现代的人物，当然都是虚构的。

书业公所（英国早期的版权形式）的一条记录证实莎士比亚为《卡德尼奥》的合著者，另一位是约翰·弗莱彻。弗莱彻是国王剧团继莎士比亚之后的主要剧作家，也曾与莎士比亚合作过其他几部戏剧。我之所以在小说中“发现”《卡德尼奥》，是因为在两部已知标题的佚作中，这部戏的细节我们知道更多，也因为故事情节来自塞万提斯的小说《堂吉诃德》，这使它与西班牙的殖民世界有了某种联系，这就与美国西南地区有了关联，而美国西南是我最喜欢的地区，我希望让我的人物在那里玩一场捉迷藏游戏。

另一部佚作《爱得其所》完全消失了，而《卡德尼奥》则于十八世纪以手稿形式重新出现，那是刘易斯·西奥伯德为伦敦舞台所提供的“现代”版本。大部分学者认为，原手稿已经失传，但是以《双重谬误》为题的删节本流传了下来。大部分的改编，用凯特的话来说，到处是漏洞，充满了弗兰肯斯坦式的伤疤和瘢痕。不过，散落在剧中一些地方的台词，听上去有可能出自莎士比亚或弗莱彻之手。但是，仅凭词组和只字片语，很难区分哪一句出自大师，哪一句出自学生，就像仅凭一笔一划很难区别伦勃朗真迹和“伦勃朗画室”作品一样。小说中凯特和其他人认定出自莎士比亚之手的那些词语，其来源就是《双重谬误》。

唯一的例外是关于桑丘及堂吉诃德的舞台指示的一句话：我为此负全部责任，因为那个删节本里没有任何关于这位疯老先生及其世俗乡绅的记载。不过，我像凯特一样，认为莎士比亚一定会把这两位人物看成是这一故事的喜剧效果和奇巧剧情的不可或缺的元素，因此会在某种框架下把他们写进去。

我读到过一位学者的推测，那是理查德·威尔逊在《秘密的莎士比亚》(曼彻斯特大学出版社，2004 年）中提出的，他认为《卡德尼奥》可能与霍华德和亨利亲王之死有关。霍华德家族是拥西班牙派，秘密的天主教徒，声名狼藉，特别是北安普顿伯爵及萨福克伯爵。在小说中，我为简明起见，始终用这个头衔称呼两人，可事实上，他们的爵位是詹姆斯国王登基后才获得的。的确有传言说弗朗西丝·霍华德与亲王有暧昧之情，“手套事件”据说也的确发生过（尽管传言中的“女士”一直未有姓名）；至于弗朗西丝用有毒的小饼害死其丈夫的一位情人的可怕事件，法律文件中有详尽记载，她的确在上议院承认自己犯有谋杀罪。至于霍华德家族与莎士比亚和环球剧院的关系，则完全是我的想象。

说斯特拉福德的威廉 · 莎士比亚写了那些署了他姓名的戏剧，当然是最简单不过的事了，但的确有其他说法，认为也许不是他写的，有些说法引人好奇，有些则让人愤慨。不过，所有“另有他人”之说的主要问题是，这么做需要共谋沉默：如果写戏的的确另有其人，为何从未有人透露过一点儿风声。伊丽莎白和詹姆斯两朝的宫廷上，流言蜚语时起，暗地中伤不断，机智文人充斥，说他们共谋沉默，完全站不住脚。

今天，“反斯特拉福德派”中存在各种团体，有专注于学术研究的，也有出于偶像崇拜的阴谋论者。许多人迷恋于寻找密码信息，以期揭开以“威廉 · 莎士比亚”之名出版剧本的那位真正的、故意蒙着面具的作者的真实身份。这样的“其他作者”很多，其中最受人追捧，也是最令人尊敬的两位，时而是牛津伯爵，时而是弗朗西斯 · 培根。其他比较常见的名字有克里斯托弗 · 马洛、埃德蒙 · 斯宾塞、菲利普 · 西德尼爵士及其妹妹彭布罗克伯爵夫人玛丽·赫伯特、伊丽莎白女王、沃尔特·拉莱爵士、南安普顿伯爵、德比和拉特兰，还有的认为是一个包括以上所有人的秘密写作组，为首的就是培根或牛津伯爵或两人共同担当。让人无法解释的是，竟有人出于狂想，认为剧本是萨塞克斯伯爵亨利·霍华德（此人在有记载的第一次莎士比亚戏剧演出前四十四年就被斩首）和丹尼尔·笛福（出生于第一次莎士比亚戏剧演出后大约七十年）写的。最近又有了新的加入，是地位稍次的朝臣亨利·内维尔爵士。

在反斯特拉福德派中，目前最受追捧的是第十七代牛津伯爵爱德华·德维尔。本书中的那些字谜，是牛津伯爵派提出的证据，认为它们证明是牛津伯爵写了那些剧本。伯爵的家姓“维尔”（Vere），长久以来都与拉丁语中的“真相”（verum）相关。小说中的阿特奈德指出，这就使两者产生了关联。在现实世界中，这一帮人也竭力在莎士比亚戏剧中满世界地寻找通往真相的“可疑的”或“有意义的”线索。“ever”一词是另一个最受重视的证据。托马斯·卢尼是第一位真心认为牛津伯爵写了那些戏的人，他的《“莎士比亚”身份揭秘》[①]于一九二〇年首次出版，竟使弗洛伊德也信以为真。

不过，培根最早被人推测为莎士比亚戏剧的真正作者。早在十九世纪五十年代，迪莉娅·培根和其他几个人就郑重提出这一观点。培根说支持者们以无与伦比的热情，梳理了莎士比亚和文艺复兴时期其他作者的作品，发现了众多的字谜、藏头诗、数字密码，以及双关暗语（经常是以“野猪”指“培根”），认为这一切都能确定，他们的培根就是那些剧本的作者（另外，还经常提到他是伊丽莎白女王的孩子）。有几位莽撞之徒甚至不惜办降神会或去盗墓。不过，要让所有的培根说者放弃观点并非易事，这一群人中包括英美两国的学者、作家、律师和法官，而最意趣盎然的培根说作品，当属马克·吐温那篇奇文《莎士比亚死了吗？》。

无论别人对他另有什么说法，不可否认的是，培根聪明绝顶，也十

---

① *“Shakespeare” Identified*。

分狡猾：在担任王室主要朝臣时，他还一度设计了一套让人惊叹的密码系统，就是本书中杰姆·格兰威尔用的那套。培根于一六二三年出版了那套密码，与第一对开本的出版恰好同年。

第六代德比伯爵说最重要的支持者，是二十世纪初期著名的法兰西学院法国文学史家、教授阿贝尔·勒弗朗。不过对英语世界来说，尽管德比有名字（威廉）、缩写（WS），以及相应的生卒年代等条件，他的候选资格依然落在培根及牛津伯爵两人之后。

关于作者身份，非虚构性（及不带派别偏见的）的最佳著作是约翰·米切尔的《谁写了莎士比亚？》。关于维护斯特拉福德的莎士比亚之观点的作品，可参见麦克利的《为莎士比亚一辩》[①]。

最初建造的环球剧院于一六一三年六月二十九日上演莎士比亚的《亨利八世》时毁于大火（据旧儒略历该日是星期二），此剧当时被称为《皆为真实》（*All Is True*）。据说那是一次意外事件，是特效火炮发射的礼花弹落在了茅草墙顶引起的。目击者说，现场有一人因从火焰中抢救儿童而轻微烧伤，人们用淡啤酒浇灭了他马裤上的火苗。目前的新环球剧院确实是自一六六六年伦敦大火以来该市第一座获得允许用茅草墙顶的建筑。

埃文河畔的斯特拉福德的许多莎士比亚纪念地和剧院都享有世界声誉，而华盛顿特区国会山上的福尔杰莎士比亚图书馆则拥有全世界最丰富的莎士比亚藏书。

彭布罗克伯爵的家宅威尔顿庄园是可以确定莎士比亚曾到访过的少数几座文艺复兴时代建筑之一，有观点认为，他到过那里的证据，比他到过现今斯特拉福德镇上的任何一座建筑的证据都强大得多，除了葬着他的那座教堂。威尔顿庄园里的那座西敏寺莎士比亚雕像仿制品确实存在，包括雕像上含有古怪的大写字母的铭文，不过那幅突显字谜的画是我的想象。同样，在被称为“单立方室”的帕拉迪奥室里确有一套阿卡

---

① John Michell: *Who Wrote Shakespeare?* (Thames & Hudson, 1996)；Scott McCrea: *The Case for Shakespeare* (Praeger, 2005)。

迪亚风情画，我只是在描述时稍加改动以适合故事情节。某幅画后的密室完全是我的编造。伯爵夫人给儿子的那封说了“莎士比亚君今在吾处”的信，十九世纪时有文献记载，但自那时起，学者示再见过。威尔致“最甜美的天鹅”的信则是我编的。

巴利亚多利德圣阿尔班的皇家英格兰学院由西班牙国王腓力二世创立，目的是训练英国的年轻人担任罗马天主教教职，并（据伊丽莎白女王的观点来看）准备在英国国内挑起宗教叛乱。该学院目前依然存在，仍为英国年轻人提供宗教教职培训。该学院的图书馆曾经藏有一部第一对开本，但是据说在二十世纪初时卖掉了。一六〇一年，就是马洛被杀后的第八年，一位名叫“克里斯托弗·莫莱”的人在那里注册学习，而马洛一生都用“莫莱”（Morley）这个拼写来写自己的姓。一六〇四年，塞万提斯也在那里完成了他的《堂吉诃德》。

在美国西部，有众多以莎士比亚命名的矿区、小镇和剧院；在科罗拉多的洛基山里，遍布着以莎士比亚戏剧人物和戏剧名称命名的矿区。本书中罗兹关于这一课题的成果其实是我做的，当时我正为《史密森杂志》写一篇题为“莎士比亚如何赢得美国西部”（发表于一九九八年八月号）的论文。犹他州红岩地区的雪松城是犹他莎士比亚戏剧节的故乡，那里有一座现代版的环球剧院，不过我按埃文河畔的斯特拉福德的莎士比亚出生地的情况，增加了普雷斯顿档案馆。杰姆·格兰威尔关于《哈姆雷特》的赌注，是改写了丹佛一八六一年发生的一起真实的赌案。《洛基山新闻报》详细报道了那件历史性的赌案，我书中的相关报纸报道，是严格根据真实的新闻报道设计的。

莎士比亚鬼城位于新墨西哥州西部，靠亚利桑那州界的罗兹伯格附近，我好几次从其所有者那里听说了宾·贝利·史密斯的传说，不过，阿特奈德在小城偏僻街道尽头的那座宫殿是我加上去的，虽然它所模仿的原型哈姆雷特城堡是真实存在的建筑,就是丹麦的艾尔西诺（或赫尔辛格）小城外的克隆伯格堡。海丁汉姆堡的宴会大厅也是真实的地方，那里曾是牛津伯爵的行宫。牛津伯爵说的拥趸对《哈姆雷特》一剧的狂热也真有其事，他们认为，该剧就是他们意中候选人的秘密自传。正如小说中凯特和阿特奈德所说，该剧内容的确与牛津伯爵的生平有着不少诡异的相似之处。

美国学者迪莉娅·培根在写作其一八五七年的巨著《揭秘莎士比亚戏剧原理》时精神失常。关于她在三一教堂的莎士比亚幕前守夜的故事，来自她自己写给好朋友纳撒尼尔·霍桑的信中描述。她的守夜，似乎得到了三一教堂的教区牧师格兰威尔·J. 格兰威尔的许可。格兰威尔牧师有几位子女，但杰雷米（杰姆）是我给他们家里新添的成员。同样，乔治·费雷尔医生就是一八五七年十一月三十日将迪莉娅收治在自己私人病院里的那位医生，病院就在亚登河畔的亨莱，但他的女儿奥菲莉亚出自我的想象。

弗朗西斯·J. 恰尔德从一八七六年起任哈佛大学教授，直到一八九六年去世，他收集整理的英格兰和苏格兰民谣，迄今仍是英国文学研究界的煌煌巨著。他也是一位出色的莎士比亚学者。正如小说中所写到的，蔷薇花是他一生激情所在，而在汤姆斯通的一处寄宿旅馆（现为博物馆）的后院里，的确有一株著名的班克斯夫人蔷薇，虽然我把种植这株蔷薇的年份往前推了几年。我希望，恰尔德教授之灵会原谅我给了他一个私生女。

莎士比亚的十四行诗一直名声不好，人们觉得它不是写给一位金发青年，就是写给一位危险的黑发女子，诗人还似乎与其陷入了一段三角恋情。这方面的研究主要围绕弄清楚那女子和青年的真实身份，但均未有确切的结果。在 1—17 首诗中，莎士比亚恳求那青年人生子。让人好奇的是，西奥博乐德的《双重谬误》序言中提到了莎士比亚有一个私生女，而当时人们对此尚不知情。由于诗的叙事者显然对金发青年与黑发女子的恋情满心嫉妒，让这位女子有了个女儿，从而模糊了孩子父母的身份，这就十分自然了。不过，这一层关系是我编造的，并未有事实证据。

尼古拉·希利亚德是莎士比亚时期英国最出色的画家，在某种意义上，他就是艺术界的莎士比亚。希利亚德的专长是画微缩肖像，其作品细节精妙，有摄影照片般的效果。伦敦的维多利亚和阿尔伯特博物馆里藏有一幅他的作品，画的就是一位年轻男子，背景是一片火焰。

托马斯·谢尔顿是霍华德家族的盎格鲁－爱尔兰裔家臣，的确是将《堂吉诃德》翻译成英语的第一人，其译作于一六一二年出版。尽管他有个弟弟是我的虚构，但为数不少的虔诚的英国天主教信徒的确秘密逃往欧陆，前往如巴利亚多利德圣阿尔班的皇家学院那样的神学院。英国的耶稣会士通常都被派回英国，加入那里的秘密天主教会。

在现今新墨西哥州的圣菲及周边地区，最早的传教士是圣方济各会的。现今美国的西南部，是当时欧洲人眼中的“新西班牙”，那里的本土居民于十七世纪起来反抗，杀戮西班牙入侵者，特别是神父。亚利桑那东南的德拉古恩山曾是阿帕奇人的据点，直到一八八六年杰罗尼莫被捕，而伟大的阿帕奇酋长科齐斯（Cochise）仍然埋葬在这处群山的一个秘密地点。虽然凯特于其中发现尸骨和随葬宝藏的峡谷和岩洞是我编造出来的，但那地区的确有众多谜一般的洞穴。最近在该地区附近发现的卡切纳洞穴就是一个例子，说明这座山脉肯定还藏着许多类似的秘密“珠宝宫殿”。

钦定本圣经中的“签名”，谁都可以自己去看去数。签名是怎么会有的却从未有人做过解释，我也未能弄清楚是谁“发现”的。诗篇第46的翻译到底是什么时候完成的（尽管一定是在一六〇四到一六一一年之间），以及到底是哪些人翻译了诗篇，一直没有确切说法。西敏寺学院院长及后来的奇彻斯特主教兰斯洛特·安德鲁斯，剑桥以马利学院院长劳伦斯·查德顿，此两人都是研究圣经的神学家，而且有清教倾向的查德顿还是受命翻译诗篇的“剑桥第一委员会”成员。不过，主教致查德顿的信是我想象的产物。

培根、德比和彭布罗克伯爵夫人的出生日期有历史记载可查，不过，要把白日梦变成小说，需要很多人的帮助和鼓励。[1]

① 以下略去了一长串个人和图书馆、剧院剧团、教堂、博物馆等机构的名单。

有三个人，在我写作本书时从头至尾倾听、阅读并作出评论：学者、作家和朋友克里斯滕·普尔（Kristen Poole）；我母亲梅琳达·卡雷尔(Melinda Carrell)，她最早教会我要热爱读书；还有我的丈夫乔尼·海伦博特（Johnny Helenbolt）。

我对乔尼感激不尽。

图书在版编目（CIP）数据

莎士比亚谜案／（美）珍妮弗·李·卡雷尔(Jennifer Lee Carrell)著；张琼，张冲译．一南京：译林出版社，2016.11

书名原文：Interred with Their Bones

ISBN 978-7-5447-6596-1

Ⅰ．①莎… Ⅱ．①珍…②张…③张… Ⅲ．①长篇小说－美国－现代 Ⅳ．①I712.45

中国版本图书馆CIP数据核字（2016）第218738号

书　　名	莎士比亚谜案
作　　者	〔美国〕珍妮弗·李·卡雷尔
译　　者	张　琼　张　冲
责任编辑	韩继坤
特约编辑	苑浩泰
出版发行	凤凰出版传媒股份有限公司 译林出版社
出版社地址	南京市湖南路1号A楼，邮编：210009
电子信箱	yilin@yilin.com
出版社网址	http://www.yilin.com
印　　刷	三河市延风印装有限公司
开　　本	960×640毫米　1/16
印　　张	26
字　　数	242千字
版　　次	2016年11月第1版　2016年11月第1次印刷
书　　号	ISBN 978-7-5447-6596-1
定　　价	35.00元

译林版图书若有印装错误可向承印厂调换

This edition published by arrangement with Dutton, a member of Penguin Group (USA) Inc.

著作权合同登记号 图字：10-2016-466号